衷心感谢

教育部人文社会科学研究规划基金项目
"英国海洋小说与国家认同和文化自信研究"（19YJAZH025）、
上海高等学校一流本科课程《英国文学史及作品选读》建设项目
和上海海事大学外国语学院教学科研团队建设项目
"英美海洋文学与文化研究"的资助。

郭海霞 著

NATIONAL IDENTITY AND
CULTURAL CONFIDENCE
IN BRITISH MARITIME FICTION

英国海洋小说与
国家认同和文化自信研究

上海三联书店

只有在英国，人和海洋才可以说是达到了水乳交融的地步
——大海进入了大多数人的日常生活。

康拉德

前　言

　　对于我们中国人来说,英国是迫使我国打开国门的第一个西方国家,我们或许对它怀有一种复杂的心情。如果说 20 世纪以前的西欧是世界的中心,那么英国则是这个中心的核心。英国率先实现了工业革命,成为世界最先进的国家,开创了世界的一种新文明。作为一个四面环海的岛国,英国孤悬于欧洲大陆之外,却能威慑世界。欧洲大陆的人发现:英国人热爱他们自己和属于他们的一切,在英国人看来,除了英格兰之外就没有别的世界,当他们看到一位漂亮的外国人时,他们就说"他长得像个英国人"。那么,英吉利民族的自信从何而来?

　　文学在民族与国家想象和构成中起着重要作用,而民族与国家影响着文学书写和叙事所采取的立场,国家、民族性嵌入文学之中,就如心脏深扎于人体之中。因此,它们之间如影随形,文学成为民族与国家的表征,民族和国家借文学"为自己建立骄傲与后盾,亦以此对抗具有敌意的环境"①。如巴尔扎克所说,小说是一个民族的秘史。对于身居海岛的英国人而言,英国海洋小说弘扬了英国的海洋传统和属性,充满了英帝国的骄傲和民族自豪感,增强了民族的整体认同感,正是他们文化记忆的媒介和集体记忆的表现形式。

---

① 孙红卫:《民族》,北京:外语教学与研究出版社,2019 年,第 72 页。

　　众多英国海洋小说作为英吉利民族意志的载体,隐含的对文化记忆的选择和重构以及对民族认同和民族共同体形塑等组成了本书的总体框架。本书将梳理各个时期英国海洋小说,以及作家的散文随笔、书信集和作者传记等,将用于文本分析的具有代表性的作品主要包括:18 世纪丹尼尔·笛福的《鲁滨逊漂流记》《鲁滨逊漂流续记》《辛格顿船长》和《经商全书》等;19 世纪沃尔特·司各特的《海盗》、罗伯特·迈克尔·巴兰坦的《珊瑚岛》、查理·金斯莱的《水孩子》、罗伯特·路易斯·史蒂文森的《金银岛》、约瑟夫·鲁德亚德·吉卜林的《勇敢的船长》等;20 世纪约瑟夫·康拉德的《台风》和《青春》、伍尔夫的《到灯塔去》《海浪》、曼斯菲尔德的短篇海洋小说和当代小说家巴里·昂斯沃斯的《神圣的渴望》等。

　　文学与民族精神之间有着难解难分的亲缘关系。英国文学批评家 F. R. 利维斯认为,英国文化的生存、英国民族文化对于民族性的强调都必须依赖于传统的延承,而文化传统的一脉相承,其最佳载体就是英国文学,尤其是大学的文学教学。① 本书将英国海洋小说纳入社会学、人类学、经济学和政治学等跨学科的考察范畴,旨在全面阐释英国海洋小说所具有的传递文化、民族和信仰的同一性纲领以及集体价值的功能。本书将证明英国海洋小说作为文学文本,不仅是民族文化记忆的对象,还能够通过自身的媒介功能,对英吉利集体同一性、民族认同、民族自信和国民核心素养教育产生影响,而且对我国民族自信和民族价值观的建构具有借鉴意义。本书旨在扩大文学视野为文化视野,通过厘清英国海洋小说的历史发展脉络,并阐明各个历史时期,特别是英国海洋小说对民族共同体形塑和国家想象的作用,揭示英国海洋小说从不同侧面书写着民族性,共享共同体的价

---

① 邹赞:《文化的显影:英国文化主义研究》,广州:暨南大学出版社,2014 年,第 121 页。

值观,探究英国海洋小说的民族和国家想象。国内外的前期研究集中于对英国文学所体现的海洋文化和海洋精神等探讨,但未能关注到文化记忆对民族想象的影响以及对民族同一性、公共文化建设以及文化自信培养的作用。本研究认为,民族共同体形塑应生活情境所需历经长期培养;作为记忆文化中最具英国特色的基本概念,"理性思维"、"科学精神"、"海外冒险"、"全球贸易"和"社会责任"等所包括的内涵与英国现代国家形成的复杂过程以及英吉利民族认同和文化自信有着密切联系;通过回忆对"文化符号"和"记忆形象"进行传唤、激活,凝聚在其中的历史关联将被唤醒并得以展开,最终指向集体身份和认同。

同时,对于英国海洋小说中殖民英雄的崇拜情结和异域书写,即对异族形象的贬低和丑化以反衬"英格兰性"的叙事我们应保持清醒的认识。像鲁滨逊等这些早期的殖民者身上大胆冒险和孜孜进取的精神,他们遇到困难不怕艰险、保持乐观和积极应对的态度值得我们学习,但是他们的"白人至上论"和"西方中心主义"等文化优越感和文化偏见应受到批判。在凝聚英国人国家认同和文化自信的自由贸易中,鸦片贸易和奴隶贸易的罪恶不能被忽视。英国人离开不列颠岛,在全世界寻求商业利益,伴随着殖民、贸易和商业的繁荣与辉煌,不可否认,英国人的优越感和文化自信进一步强化,但是鸦片贸易和奴隶贸易给他国人民和其他民族带来的痛苦和灾难应被永远牢记。希望本书通过审视英国小说家笔下的海洋和海洋帝国、研究他们兴衰演变的经验教训,能为我们中国实现民族复兴,建设不称霸的海洋强国提供参考和借鉴。

郭海霞
2021 年 5 月

目 录

绪　论

一

　　史学家们认为,现代西方文化的源头是古希腊的海洋文化。与中国人的恋土恐水相反,古希腊人则是重水而轻土。西方第一位哲学家泰勒斯即提出了"万物基于水"的命题,体现了古希腊人对水的强烈信赖和重视。在古希腊神话中,海神波赛冬占有很高的地位。荷马说:"海神夫妇是万物之父。"另一位对西方艺术产生巨大影响的爱神阿芙洛狄忒也是从海中诞生的。古希腊人比较喜欢蓝色和紫色,这两者都是大海的颜色。古希腊人对这两种颜色的独有情衷暗示着他们对海洋的热爱。就海水本身来说,它是无色透明的。它之所以呈蓝色,正是映照了天空之蓝的结果。紫色则是在蓝色之中又加上阳光(特别是朝霞、晚霞)照射,折射出紫外线的结果,被认为是大海深处的颜色。在西方人看来,这两种颜色是最高贵的颜色,只有神才配享用。对于西方人来说,大海有着特别的内涵:大海会让他们想起《奥德赛》和《埃涅厄斯纪》等经典中英雄人物海上冒险的辉煌历史,也会让他们想起大航海时代冒险家纵横四海的不朽功勋。大海是生命新的起点,它代表了西方人敢于探索,勇于冒险,积极尝试的开拓精神。

　　古希腊的海洋文明孕育了近代和现代人的民主意识和科学精

神。平原少,土地贫瘠,有利于种植葡萄和橄榄,决定了希腊人只有通过商业贸易才能维持生存和发展。而对希腊来说,这种贸易只能是海外贸易,这就决定了古希腊民族从整体上看,绝不是东方式的农业民族,而是工商航海业居主导地位的民族。古希腊曲折的海岸,众多的海湾良港,晴朗的天空,风平浪静的海洋,又为这种工商航海贸易提供了最为便利的条件。法国历史学家马克·布洛赫在他的著作《封建社会》一书中说,在13世纪以前,海上航行比陆路快,假如不是遇到强劲的风,船行速度每天达60至90英里,而在陆上,通常每天的行程在19至25英里之间。[①] 商业航海贸易须以平等交换的原则,商业贸易的发展要求自由的环境,以及顾及商业贸易者整体利益的政策,这一切都有助于古希腊人平等观念的形成和民主政治的建立。总之,海洋文明对西欧社会的发展产生了深刻的影响,是海洋文明引导整个欧洲走出了中世纪,并引导它迎来了资本主义的曙光。

英国作为西方世界代表国家,其历史和文化的海洋特质更是明显,海洋是英国历史的重要依托。众所周知,英国全境由靠近欧洲大陆西北部海岸的不列颠群岛的大部分岛所组成,隔北海、多佛尔海峡和英吉利海峡同欧洲大陆相望,除了爱尔兰共和国,它与任何国家都没有共同的陆地边境线,与任何大陆都不相连。它四面环海,是一个典型的岛国。在英国的历史文化发展中,独特的地理环境,即岛国位置下的海洋环境发挥了重大的作用。

英国海洋环境也给其语言留下了深深的海洋印记,凡是与海洋、海水相关的词语和表达都相对丰富、词义切分也比汉语细致,一个词往往可以对应两个、甚至两个以上的汉语词语。例如,在汉语凡是"海洋伸进陆地的部分"都叫海湾,比较笼统,而英语的词义的区分就

---

① [法]马克·布洛赫:《封建社会》(上),北京:商务印书馆,2004年,第125页。

很清晰：面积小和水不太深的海湾叫 bay，又大又深的海湾叫 gulf；
还如，港口"在汉语里只有一个词，而英语却有两个：harbor 和 port。
如果是指岸边供船只避风的港口就叫 harbor；如果供船只避风的港
口所在地是个城市，那么这种港口英国人就叫 port；还有，"码头"的
含义在汉语里相对模糊，凡是指"海边、江边专供船只停靠，乘客上
下、货物装卸的建筑物"都叫码头，而英语里"码头"词义区分则是很
细：供装货、卸货和停船的码头用 wharf，供人行走、漫步或者上岸的
凸式码头叫 pier；有船坞供船只停泊的码头叫 dock；再如，英国人把
"龟"分成两种：tortoise(陆龟)和 turtle(海龟)。汉语里的"龟"很大
程度上就是指乌龟，相当于英语的陆龟(tortoise)，这是因为中国是
内陆国的缘故；英国人把鳄鱼也分为两种：alligator，指"头部短、攻
击力强的鳄鱼"；crocodile，指"头部宽、颚部巨大的鳄鱼"；海豚在英
语里也分成 dolphin 和 porpoise 两种，前者指"个头大、鼻子尖的海
豚"，后者则是指"个头小、鼻子突、牙齿较多的海豚"，而汉语对这两
种海洋生物是不做细分的。① 英语中有大量以"鱼"为喻体的习语和
谚语，以及与船上用具和航海有关的习语，充分体现了英国人的生活
和生产方式以及英吉利民族的智慧。例如，drink like a fish(像鱼儿
那样能喝酒/"牛饮")；cry stinking fish(卖鱼人叫卖臭鱼/自扬家
丑)；Never offer to teach fish to swim(不要教鱼儿游泳/不要班门弄
斧)；Hoist your sail when the wind is fair(好风正扬帆/形势大好，正
是大干一场、奋发图强的好时候)；A great ship asks for deep water
(大船走深水/有能力的人要干大事业，不能大材小用)等。像这样与
海洋相关的词汇、习语和谚语在英语中举不胜举。语言以不同地区，

---

① 李文凤：《英国海洋文化对英语词义的影响》，《玉溪师范学院学报》，2010 年第 9 期，第
　35 页。

不同民族、不同社会集体的社会成员的共同认同为前提,以约定俗成的方式,形成各种语言符号和表现方式,反映了使用该语言的民族的自然环境、历史背景、经济发展和风土人情。总之,民族语言与民族文化紧密联系在一起,民族语言也就是一定的民族文化的组成部分。任何文化的特点都离不开一定的地理环境,每种文化都因其地域、气候、环境的特点而具有不同的特征。英国所处的地理环境和历史背景,构成了鲜明的海洋文化,因而它的语言也充分展示了海洋文化的特点。可以说,海洋与英国人的生活息息相关,正如康拉德在他的小说《青春》里写的第一句:"只有在英国,人和海洋才可以说是达到了水乳交融的地步——大海进入了大多数人的日常生活。"①

二

海洋是人类生存之源,是国家走向世界的通道,是发展经济的重要空间,是国家参与国际事务的重要舞台。2001 年 5 月,联合国缔约国文件指出:"21 世纪是海洋世纪"。换句话说,海洋发展是 21 世纪人类社会发展的主要问题。当前,随着我国改革开放的深入与参与经济全球化程度的加深,国人越来越强烈地感觉到海洋对于中国经济、社会和文化发展的重要意义。认识海洋、利用海洋和保护海洋不仅是经济的重要问题,也是文化以及文学研究关注的焦点。而随着海洋文化研究的兴起,海洋文学的研究已日益引起世人的关注。英国海洋小说是英国文学的重要组成部分,在其经典作品中占有不可或缺的地位。英国独特的岛国地理位置使其历史、文学不可避免地一开始就和航海、海盗、船舶、海上探险、海上征战、海外贸易、海外扩张和殖民等内容紧密相连。海洋,无论作为一种生产、生活、交通、殖

_____

① 康拉德:《康拉德海洋小说》,薛诗绮编,上海:上海文艺出版社,2012 年,第 1 页。

民扩张的地理场景,还是作为神秘、财富、力量、征服和期许的文化象征,都是支撑和充实英国文学的建构性元素。

那么,什么是海洋小说和海洋文学?在 2008 年,由宁波大学外语学院主办,《外国文学研究》编辑部、《外语教学》编辑部、浙江省海洋文化与海洋研究中心、浙江海洋学院、宁波市外文翻译协会协办的"海洋文学国际学术研讨会"①,在宁波大学举行。研讨会集中了国内二十余所高校及美国、英国、澳大利亚、瑞典等国的专家学者,围绕"海洋文学的历史与现状"、"海洋文学与人类生态文明"、"海洋文学与人类核心价值"等话题,进行了深入而又具有建设性意义的讨论。厘清"海洋文学"这一概念的内涵和外延,也是与会专家首先关注的问题。国内外文学史提到海洋文学作品,一般都是就题材而言,而非文学思潮与文学流派。关于"海洋文学"完整准确的意义,与会专家达成了以下共识:(一)以海洋为活动舞台,展现人类物质生产与精神活动的作品都可视为海洋文学作品。(二)以海洋为背景或叙述对象、反映海洋、人类自身及人与海洋关系的作品。(三)具有鲜明海洋特色和海洋意识、高扬海洋精神的文学作品。实际上,广义上的海洋文学指的是所有与海洋相关的一切文献资料(包括航海记录、船只制造技术资料和海洋文学作品);狭义上的海洋文学可指以海洋或海上经历为书写对象、旨在凸显人与海洋的价值关系和审美意蕴的文学作品。因此,狭义上的海洋文学兼有海洋性和文学性两大基本属性。但也有学者认为,真正意义上的海洋文学应该是作品主题与海洋特性密切相关。我国学者王松林认为,我们不妨将海洋文学的定义放宽些,将那些以海洋为题材或根据海上的经验写成的反映人类与大

---

① 这是我国首届国际海洋文学研讨会,标志着文学与社会和自然界关系的加强,以及我国国人的海洋意识的增强。

海情感关系的文学作品都纳入海洋文学的范畴。[①] 海洋文学可以说是海洋文化的重要体现。海洋文学不仅是单纯以海洋或航海为背景的文学,还包括具有海洋精神和对海洋情怀的追求与探索的文学作品,是"人类对海洋的理解、对海洋的感情、与海洋的生活对话的审美把握和体现,作为人类的海洋生活史、情感史和审美史的形象展示和艺术记录"。[②]

英伦三岛特殊的地理位置限定了作家们想象的空间,而英国人固有的冒险精神则推动了海洋文学的繁荣。[③] 的确,英国因其独特的地理环境,有着悠久的海洋文化与文学传统,英国古今一大批作家都有着割舍不去的海洋情结,因此,英国海洋小说是英国文学之林中的一大景观。英国海洋小说家眼中的大海不仅是创作灵感的源泉,更是反映民族性格和民族文化的一面镜子。学习和了解英国海洋小说会使我们对英国,甚至是其他海洋国家的历史、文化、民风和民俗获得更深入的认识。

三

对于身居海岛的英国人而言,具有 400 多年历史的英国海洋小说正是其文化记忆的媒介和集体记忆的表现形式,与英吉利民族的同一性和价值观构建以及国民核心素养教育密切相关。然而,到目前为止,国内外学术界对于英国海洋小说的系统性研究成果并不多。特别是将英国海洋小说放置于文化记忆的视阈之中考量,并将其与文化自信相关联,这种研究视角在国外学术界尚属空

---

① 王松林,芮渝萍:《英美海洋文学作品选读》,上海:上海交通大学出版社,2011 年:第 2页。
② 曲金良:《海洋文化概论》,青岛:青岛海洋大学出版社,1999 年,第 172 页。
③ 蔡永良等:《英吉利文明》,上海:上海三联书店出版社,2014 年,第 112 页。

缺,但下面的系统研究和既有成果为本研究的进行起到很好的铺
垫作用:

（一）从海洋文化和国家历史角度的探讨:美国学者 Mentz 和
Rojas (2017)①从海洋文化与文学的关系探讨了全球探险和殖民统
一时期大西洋两岸的作家、读者和思想家对海洋的多元理解。英国
学者 Mathieson (2016)②所编一书收录了从海洋文化和历史视角对
英国、爱尔兰和法国等国文学进行研究的论文。他指出,在人类的历
史和文明中,海洋一直是文化想象的重要场所,围绕着它,社会建构
自己的身份。该书中对英国水手与国家概念之间关系的探讨对本研
究很有启发。英国学者 Docherty (2009)③分析了海洋在西方文化中
的地理和政治上的重要性,并认为在现代主义文学中,海洋是回忆和
死亡的象征。瑞典学者 Mattisson (2009)④从有关文本中展开对水
手、船长生活缩影的具体阐述,认为这些描写部分再现了当时的海上
生活,尤其是一战的战况,有助于人们更好地了解当时的历史和战争
中的人类;英国肯特大学的 Klein (2002)⑤聚焦英国文学和历史中海
洋的文化内涵与实质,指出海洋精神是不列颠特质不可或缺的部分。
此书的研究具有跨学科性,它探索了海洋的概念与社会和政治之间
的联系以及其隐喻,为本项目的跨学科研究提供了宝贵的借鉴与参

---

① Mentz, Steve and Martha Rojas (ed). *The Sea and Nineteenth-century Anglophone Literary Culture*. New York: Routledge, Taylor & Francis Group, 2017.

② Mathieson, Charlotte (ed). *Sea Narratives: Cultural Responses to the Sea*, 1600-*Present*. London: Palgrave Macmillan, 2016.

③ Docherty, Thomas. "Modernism, Modernity and the Sea",出自《海洋文学研究文集》,段汉武等主编,北京:海洋出版社,2009 年。

④ Mattisson, Jane. "Sea Literature and World War One: a Positive Story",出自《海洋文学研究文集》,段汉武等主编,北京:海洋出版社,2009 年。

⑤ Klein, Bernhard (ed). *Fictions of the Sea: Critical Perspectives on the Ocean in British Literature and Culture*. Farnham: Ashgate, 2002.

考;英国学者 Peck (2001)①在其扛鼎之作中深入研究了英美两国小说家笛福、奥斯汀、康拉德、库珀和梅尔维尔等的小说,重点探讨了国家身份、小说和海洋三者的关系。他指出,海上生活渗透和影响着英国生活的方方面面。上述代表性论著为研究海洋与英美文学、文化之间的关系提供了许多新的、多元化的观察视域,但是大都没有从文化自信和民族同一性角度对英国海洋文学进行深入探讨。

（二）世界海洋小说史和文学史的研究:美国斯坦福大学学者 Cohen (2010)②颠覆以往以国家和地区划分小说的历史,打破了人们的陆上思维,她跨越两百多年的历史,以海船和甲板为视角,重述海洋小说的兴起,聚焦海洋与小说的关系。她的研究对象涉及英、美、法等多个国家作家的海洋小说,如笛福、康拉德、库珀、梅尔维尔、凡尔纳和雨果等的作品。另一位美国学者 Bender (1988)③通过对跨越一个多世纪的美国海洋作家(从梅尔维尔到马修森)及其作品的研究,构建了美国海洋文学传统,为海洋文学史研究提供了丰富的资料、独特的视野,为海洋文学批评奠定了方法论基础。上述著述尽管已开始从海洋的视阈出发来考察文学发展史,并试图梳理了海洋同欧美国家的文学与文化之间的渊源关系,少数论著甚至在理论探索和研究方法方面不乏重要的学术开拓性和创新性,然而大多数论著并没有探讨海洋文学作为独立的文学类型所涉及的基本理论、研究对象和与研究范式等问题,没有关注文学可以"作为集体记忆的一种媒介"。

---

① Peck, John. *Maritime Fiction: Sailors and the Sea in British and American novels*, 1719 - 1917. New York: Palgrave Macmillan, 2001.

② Cohen, Margaret. *The Novel and the Sea*. Princeton: Princeton University Press, 2010.

③ Bender, Bert. *Sea Brothers: The Tradition of American Sea Fiction from Moby-Dick to the Present*. Philadelphia: University of Pennsylvania Press, 1988.

　　国内学界对于英国海洋文学的系统研究较国外滞后,局部零散研究多,全面系统研究少,至今没有研究专著出版。到目前为止,国内进行过较为系统研究的期刊论文主要有:刘立辉(2018)①就英国16、17世纪文学中的海洋叙事与民族国家想象进行了探讨;马平平(2016)②就20世纪前英美文学中的海洋意象进行了论述;作者(2020,2018,2013,2012)③就英国海洋小说中的贸易、海盗书写、女性形象和英国海洋小说的起源和发展做了分析;焦小婷(2010)④从人类学的视域出发,认为与其他类型的文学相比,海洋文学中人文观念渐次经历了敬畏与征服、审美与对立、平等与和谐的过程;徐燕(2010)⑤认为英国儿童海洋小说反映了海洋和人类之间的关系,并始终紧扣对少年读者的道德关怀;段汉武教授等分别在2009年和2010年出版了两本有关英美海洋文学研究的论文集(《海洋文学研究文集》《蓝色的诗与思——海洋文学研究新视阈》)。

　　综上所述,国内外研究的英国海洋文学对象文本有限,特别是国内研究还很薄弱,散见于报刊和期刊评论较多,研究专著较少,研究作家的单部作品较多,系统研究较少,未能对英国海洋文学做出全景式的批评实践,而且,上述研究未能充分关注到英国海洋小说

① 刘立辉:《英国16、17世纪文学中的海洋叙事与民族国家想象》,《西南大学学报》(社会科学版),2018年第3期,118—131、191。
② 马平平:《20世纪前中国和英美小说海洋意象研究述论》,《扬州大学学报》(人文社会科学版),2016,20(04):110—115。
③ 郭海霞:《〈鲁滨逊漂流续记〉中的贸易书写》,《河南大学学报》(社会科学版),2020年第6期,第94—99页。郭海霞:《英国海洋小说中的海盗书写与重构》,《外国语文》,2018年第5期,第81—86页。郭海霞:《论英国海洋小说中女性形象的嬗变》,《外语教学》,2013年第2期,第85—88页。郭海霞:《英国海洋小说的起源与发展》,《外国语文》,2012,第S1期,第44—45、84页。
④ 焦小婷:《人类学视域下的海洋文学探究》,《河南大学学报》(社会科学版),2010年第4期,第108—112页。
⑤ 徐燕:《英国儿童海洋小说的道德关怀》,《宁波大学学报》(人文社科版),2010年第2期,第41—45页。

作为民族意志载体对英吉利民族想象以及民族同一性建构的作用。本书针对文学研究与文化观念相脱节的困局,以英国海洋小说与民族国家认同和文化自信的关联为主要对象,在语境化研究视野中对其进行文本细读,发掘并阐释文学在文化观念上的深层价值,从而说明文学对于一个民族的核心价值观和文化自信形成的重要作用。

本研究以哈布瓦赫、皮埃尔·诺拉、扬·阿斯曼、阿莱达·阿斯曼和阿斯特莉特·埃尔等学者的文化记忆、风景诗学和新历史主义等理论为主导,全面而系统地分析英国海洋小说对于文化记忆和民族身份认同的构建,探究海洋叙事里蕴含的跨国的政治和经济系统。以文化记忆理论的几个关键概念(如记忆场、记忆形象和主题的文化记忆功能等)为切入点,探究个体遭遇如何形成集体记忆,以及作家如何通过文学文本对群体甚至是民族的文化记忆进行重构。将历史语境与文本细读相结合,关注历史语境与文学记忆、文学生产特性之间的互动关系,充分考虑权利、利益、意识形态和政治倾向等对文学书写的作用;另一方面,在关注文学作品如何渗透主流意识形态的同时,也关注文学作品中与主流意识对立的、颠覆的思想,从矛盾中对历史和文化进行把握。

本书将英国海洋小说纳入文化、历史和政治等跨学科的考察范畴,旨在全面阐释英国海洋小说所具有的传递文化、民族和宗教的同一性纲领以及集体价值的功能。本书将证明英国海洋小说作为文学文本,不仅是民族文化记忆的对象,还能够通过自身的媒介功能,对集体同一性、国家认同、文化自信和国民核心素养教育产生影响,而且对我国文化自信和民族价值观的建构具有借鉴意义。在英国海洋小说家“对民族的叙说”中,“我们能够感受到焦虑的爱国者内心深处最诚挚的希望：国家昌盛"。① 本书将从中国学者的视角来审视英国海洋小说家笔下的英国社会，挖掘英国海洋小说的文化建构功能，突破了国内海洋文学研究的现有模式。因此，本书可以在一定程度上弥补我国在英国海洋文学研究方面的缺憾，有助于拓展外国文学研究的学术空间，可以为中国本土的海洋文学创作提供一个有益的视角。研究将始终保持本土关怀与当代视野，探究英国民族共同体形塑对我国文化研究和民族自信构建的启示。

本研究的学术价值在于：

（1）此研究关注英国海洋小说如何以其虚构性参与到社会文化讨论、民族身份的建构以及国民核心素养教育中，因此，它可以拓展英国文学研究的深度和广度，丰富和完善外国文学研究；

（2）由于海洋文学也是中国文学的基本内容之一，因此，从文化记忆角度对于英国海洋文学研究可以为中国本土的文学研究和创作提供一个有益的视角，也可以为我国丝绸之路研究，特别是海上丝绸之路的研究做出贡献。

本研究的应用价值在于：

（1）此研究有助于我们认识英国海洋文学如何参与英吉利民族文化记忆的再造、民族价值观的形成、民族和国家想象以及命运共同体培育；

（2）文化是一个国家、一个民族的灵魂。"建设社会主义文化强国，增强国家文化软实力"是我国的一项国策，基于此，此研究可为我中华民族的文化建设、文化自信和集体同一性建构提供借鉴；

---

① ［土耳其］奥尔罕·帕慕克：《你为谁写作》，魏丽明译，《渤海大学学报》（哲学社会科学版），2008 年第 5 期，第 6 页。

（3）此研究还可以帮助沟通文明形态，促进文化交流，弘扬"跨越时空、超越国度、富有永恒魅力、具有当代价值的文化精神"，为我国当前的"一带一路"战略提供依据和实践参考。

上　篇

第一章　英国海洋小说的起源

He knew the sea, would point the prow

Straight to that distant Danish shore,

Then they sailed, set their ship

Out on the waves, under the cliffs.

Ready for what came they would through the currents,

The sea beating at the sand, and were borne

In the lap of their shining ship, lined

With gleaming armor, going safely

In that oak-hard boat to where their hearts took them.

The wind hurried them over the waves,

The ship foamed through the sea like a bird

Until, in the time they had know it would take,

Standing in the round-curled prow they could see

Sparkling hills, high and green,

Jutting up over the shore, and rejoicing

In those rock-steep cliffs they quietly ended

Their voyage.

(*Beowulf*, lines 208 - 224)①

　　英国海洋小说是英国海洋历史和文化最直接的体现。无论是英国早期的文化形成,还是近现代文化的蓬勃发展,海洋和岛屿的影响至关重要。英伦三岛的在海洋中的地理位置决定了英国小说家们想象的基础,而英国人特有的冒险精神则成为海洋小说繁荣的动力。

第一节　北欧海盗的侵袭与征服

　　早在 25 万年前,早期人类就经由连接不列颠与欧洲大陆的路桥来到了不列颠岛。伊比利亚人(Iberians)和凯尔特人(Celts)相继成为英伦三岛的主人,到公元 1 世纪罗马帝国凭借强盛的国力与军事力量征服了这一地区。但随着罗马帝国的衰落,罗马人退出了英伦三岛。② 他们走后,原来居住在易北河口(今德国西北部与丹麦一带)的盎格鲁人(Angles)、撒克逊人(Saxons)和朱特人(Jutes)开始大举进攻不列颠,并很快征服了当地的凯尔特人。

---

① *Beowulf*, trans Burton Raffel, Signet Classics, New York: New American Library, a division of Penguin Group (USA) Inc., 2008: 11 - 12.

② 英国历史上"罗马人的征服"(Roman Conquest)是在公元 43 年开始的。当时罗马皇帝克劳迪乌斯(Claudius)率领四万大军,用了三年时间终于征服了不列颠岛的中部和中南部。随后,整个的英格兰被罗马牢牢控制了。随着罗马军队的四处征战,凯尔特文化在欧洲大陆逐渐消失,一点点并入罗马文化之中,只有在罗马人永远没能到达的爱尔兰,和罗马人永远没能真正占领的苏格兰,他们延续着自己的王国。罗马人占领不列颠长达四百年,直到公元 407 年,因罗马帝国内外交困,才不得不放弃在不列颠的军事存在。英格兰岛上的古老居民凯尔特人,又重新建立自己的秩序。

　　大多数盎格鲁-撒克逊（Anglo-Saxon）男子在北海从事渔猎，他们长年累月跟暴风海浪搏斗，磨练得顽强粗犷。他们时常成群结伙以海盗的面目远航劫掠，具有很强的组织纪律性。因此，他们是渔夫兼海盗。早在公元287年，盎格鲁-撒克逊人就开始掠夺不列颠沿海地区，到429年，他们已经深入不列颠腹地。勇猛好斗的盎格鲁-撒克逊人最终把原来的土著凯尔特人驱赶到遥远的北部和西南部山区，而他们自己基本上控制了不列颠富裕的东南部地区。大获全胜的盎格鲁-撒克逊人战士把他们的妇孺眷属接到海岛落户，从此成为不列颠的新主人。盎格鲁-撒克逊人在岛上富饶的农业区全面取代了凯尔特人和罗马人，他们的语言、性格乃至社会习俗成为英国现代文明的正宗。自盎格鲁-撒克逊人到来之后，英国才被称为"英格兰"（England），其含义是"盎格鲁人的土地"（land of the Angles）。

　　在英雄主义文化价值观和掠夺财富的现实需要推动下，盎格鲁—撒克逊人继续向不列颠未被征服的地区推进。到公元650年左右，他们在已建立了许多小王国，其中最重要的有七个：北部的诺森伯里亚，中部地区的麦西亚，东部沿海地带的东盎格利亚、肯特、埃塞克斯，南部的威塞克斯和苏塞克斯。① 不列颠进入"七国时代"，互争雄长。英格兰列国君主互相竞雄长达二百余年，征伐不断，民众深受其害。正当他们向着统一的方向蹒跚而行的时候，北欧斯堪的纳维亚半岛的北方人（Norsemen或Northmen），亦即诺曼人（Normans），仿效几百年前盎格鲁—撒克逊人的作法，不断侵袭英国。这些人又被称为维京人（Viking）。② 英格兰人称这些人为丹麦人（Danes），因

① 参见崔毅编著：《一本书读懂英国史》，北京：金城出版社，2010年，第18页。
② 维京人（英语：Viking，丹麦语：Viking，挪威语：Viking，冰岛语：Vikingar）是诺尔斯人的一支（斯堪的那维亚人），他们是从公元8世纪到11世纪侵扰并殖民欧洲沿海和英国岛屿的探险家，武士，商人和海盗。其足迹遍及从欧洲大陆至北极广阔疆域，欧洲这一时期被称为"维京时期"（Viking Age），在英语中，这个词是从18世纪的传奇（转下页）

为他们是从丹麦来袭的。

维京人是勇敢善战的民族,其性格残暴,野蛮自私,奉行弱肉强食的个人主义原则。他们往往乘春季的第一阵东风,乘坐 75 英尺、架设 16 对桨、右边有驾驶座的龙头战舰,身着铠甲头盔,手操盾牌和铁战斧,从海上飞驰而来。789 年夏季的一天,三艘海盗船在多尔切斯特海港靠岸,疯狂抢杀后,带着战利品扬长而去。四年后,另一支海盗侵入诺森伯里亚地区的一个富裕的修道院,杀死了大部分修士,把教堂圣器洗劫一空。自此,英国进入了长达 250 年之久的"维京时代"。

不仅在英国,在欧洲和世界上的其他地区,如爱尔兰、法国、西班牙、意大利和俄罗斯等地,乃至北美,维京人都留下了踪迹。他们呼啸喧腾达三百余年,或侵袭,或通商,或移民,或立国。在这里最值得一提的是对法兰西的入侵。在抢掠英格兰的同时,维京人在 9 世纪入侵法兰西,845 年攻占巴黎,抢劫了亚眠、波尔多、马赛、卢昂、波尔多等城市。911 年,诺曼人罗洛(Rollo)率军占领了法兰西西北部的一大片地区,称其为"诺曼底"(北方人的土地),他自称"诺曼底公爵"。尽管诺曼人最后改信了基督教,采用法语,定居诺曼底后数十

(接上页)故事中引入的,有一种说法认为可能是来源于古代北欧人的古北欧语语言,"vik"意思是"海湾","ing"意思是"从……来",加起来"维京"意思是在海湾中从事某种事,"vikingr"是在海湾中从事这种事的人。另一种说法认为是来源于古英语"wic"意思是"进行贸易的城市",因为后来部分维京人定居到不列颠岛,并和当地人进行贸易。他们在公元 800 到 1070 年处于统治地位,对海上交通构成威胁。人们常认为哥伦布就是第一位发现新大陆的旧世界人。维京人莱夫·埃里克松早在哥伦布登陆美洲的五百多年前发现了新大陆的存在。据说他们是在到达了格陵兰岛之后,再向西行,到达今天之加拿大纽芬兰。他们在那里发现了许多有用之物资,包括木材、葡萄、毛皮等的东西。不过他们在美洲大陆待了大约十年之久,就离开了这个物产丰盛的大陆了。原因就是因为美洲原住民。他们在美洲大陆生活了不久,就遇上了美洲原住民。好勇斗狠的维京人与他们发生流血冲突,因此导致他们的报复,而这个比维京人更早到达美洲大陆的部落最终成功的把维京人赶出这片丰饶的土地。再次入侵美洲大陆的,就是五百多年之后,带着旧世界的枪炮刀剑及农耕技术而来的其他欧洲人了。

年间放弃其海上骚扰行动而采用法兰克式骑兵战术，但他们仍保留了其海盗祖先维京人的许多特质。他们表现出一种极度不安鲁莽的气质、近乎愚勇的好战精神以及与无耻不忠与生俱来的诡计多端。诺曼人在随后扩张至欧洲其他地区的行动中，创下惊人的冒险作战的纪录，常常仅以一小撮人征服数倍的敌人。无与伦比的快速越野渡海能力、野蛮暴力的使用以及对金钱有过早的使用观与价值感等均是诺曼人的特质。性喜冒险的诺曼人定居诺曼底后，在欧洲发动了数次重大的领土扩张战役。其中最重要的是 1066 年诺曼底公爵威廉入侵英国，他征服英国后即成为英国国王，这就是诺曼征服（Norman Conquest）。

　　在古代和中世纪，人们历来对海盗持有鄙夷与厌恶的态度，然而对于民风悍烈的北欧人来说，海盗却是男子汉大丈夫的伟业。他们素来崇尚武功，在其原始宗教观念中，人死后能否升入天堂，并不取决于道德的高尚，而在于替本族勇敢作战。早期的斯堪的纳维亚半岛环境艰苦，这使得只有心志最强韧的人才能在生存环境中保持活命；古老的血仇报复习俗，及海上无法无天的抢劫恶习，都体现了诺曼人的民族特性，也造就了尼采式的狂妄勇气。一位维京人说过："告诉你我的信心何在——我只相信自己的力量。"维京人好战、勇猛，他们认为懦弱是罪恶，而力量是善良。"峡湾中的男人"在艰难的磨炼中成长，他们渴望占领更多的土地、财富和权力。"青年人把航海、劫掠、战斗、当海盗视为人生历程的必修课，犹如古希腊人之于奥林匹克竞技会、中世纪欧洲骑士之于骑马比武一般。"①在这种社会普遍意志的支配下，热衷于外向型军事扩张活动便是很自然的了。

---

① 沈坚：《维金时代：冲突与交融》，《历史研究》，1989 年第 5 期，第 166 页。

西方曾有人称"维京时代"为日耳曼民族的第二次大迁徙。① 与陆上民族活动特点不同的是,诺曼人的侵袭和迁徙主要经由海上。北欧地处高纬度地区,气候苦寒。对于那些生活无着,百无聊赖的人们来说,较好的出路似乎就是外出"闯天下",当海盗。不列颠诸岛气候宜人、土地肥沃、资源丰富、人民富裕,而且地势低平,缺乏天然屏障,对于邻北海仅一水之隔的北欧海盗来说,不啻是十分近便的猎食对象。

从物质条件和人员素质来看,诺曼人的航海经验、造船技术日臻完善,此时已具备足以向远洋挑战的能力。诺曼人为生活环境所限,向以渔猎为业,早在远古即开始建造船筏,穿行于北欧海域。5 世纪,北欧船装设了 U 型桨架,以固定桨位,船身亦趋大型化,外型更合理。6 世纪以后,船只开始使用帆,由小帆发展至大杯帆,船的龙骨也有了相应改进。从考古发掘物可见,典型的北欧海盗船船体狭长,达 14 至 23 米,无甲板和尾舵,船头船尾朝上高翘,多雕成龙首形状,或饰以漂亮的涡形图案,船中央竖有橡木桅杆以张挂船帆,设 16 到 30 余支长桨,可载 60 到 150 名武士。这种吃水浅的平底船,两头能开,进退自如,适应性强,既可航泊于狭窄曲折的河道港湾,又能驰骋于汪洋大海。融技术和艺术创造于一体的北欧船,很自然地被人视为"维京时代"的象征。据认为,当时英、法、爱尔兰等西欧国家的造船技术尚难以望其项背。此外,诺曼人还拥有作为远洋水手所必备的素质、经验和胆识。他们坚毅顽强,不畏艰险,而且熟悉海上气

---

① 日耳曼人(Germanic Peoples)是一些语言、文化和习俗相近的民族(部落社会)的总称。这些民族从前 2 千年到约 4 世纪生活在欧洲北部和中部。日耳曼人不称自己为日耳曼人。在他们的漫长历史中他们可能也没有将自己看作是同一个民族。民族大迁徙后从日耳曼人中演化出斯堪的纳维亚民族、英格兰人、弗里斯兰人和德意志人、荷兰人、瑞士的德意志人、加拿大、美国、澳大利亚和南非的许多白人。在奥地利也有许多日耳曼人后裔。许多这些新的民族今天都是与其他民族混合而成的。

候与水文，能根据海水的颜色、潮流和风向，以及对于归巢海鸟、海
豹、鲸鱼的活动规律和浮冰漂移的观察，来判断海岸的方位、距离，还
能以太阳和北极星作为航海定向的坐标。诺曼人堪称古代富于才能
的航海民族。

　　在英格兰，因北欧人侵袭和征服而引起的种族、文化的冲突与融
汇，在历史上留有格外深刻的痕迹。抗御入侵的斗争在英国产生了
深远的政治后果，它对形成英格兰民族共同心理、增进民族向心力与
国家统一趋势起了积极作用。英格兰七国的最终统一也是在这一过
程中实现的。828 年，威塞克斯国王爱格伯特（Egbert，802—839 年
在位）统一七国，被尊为"全英格兰的国王"。9 世纪末，阿尔弗雷德
大帝（Alfred the Great，871—899 年在位）聚合全英力量，奋力抗击
丹麦海盗，从而挫败至少是大大延缓了丹麦人的全面征服。在 878
年，他打败丹麦人并迫使他们于 879 年签订威德摩尔和约，规定了英
丹分治的界限，自此双方对峙局面形成。英丹双方依约划地而治，英
格兰东北部归丹麦人，西南部仍由英格兰人治理，文化上规定丹麦人
改宗基督教。由此产生了独特的"丹麦区"（Danelaw）。这是一个受
丹麦本土支配的海盗王国，实行丹麦的法律与社会管理形式。11 世
纪初丹麦人卷土重来，大举进犯，成功征服了英国，建立了短暂的包
括不列颠和斯堪的纳维亚的北海帝国（克努特帝国）①。但克努特帝
国由于缺乏牢固的经济基础，1035 年克努特去世后，帝国宣告瓦
解。克努特的长子哈萨克努特（Hathacut）邀请威塞克斯王国的长

————————

① 克努特（Knud II den Store，995—1035 年），英格兰国王（1014—1035 年在位），丹麦国
　王（1018—1035 年在位），挪威国王（1028—1035 年在位），丹麦历代王者所发展起来的
　海盗帝国，终于在克努特手里达到了顶峰。他是哈拉尔蓝牙王之孙，斯凡八字胡须王之
　次子。斯凡八字胡须王在 1014 年征服了英格兰大部，成为第一个被英格兰人承认为国
　王的丹麦人。克努特是当时西北欧真正的霸主，是诺曼人征服时代的风云人物，他使丹
　麦国势达到鼎盛，史称"克努特大帝"。

子爱德华从诺曼底归国,并把他作为自己的继承人。1042 年哈萨克努特病死,爱德华即位,丹麦人在英国的统治结束。然而,1066 年的诺曼征服使英国落入另一支北欧人——法国化的诺曼人之手。一部 8 至 11 世纪的英国史同北欧海盗史交织一体,北欧人的海外侵袭是在英国揭开序页(789 年),又是在英国落下帷幕的(1066 年)。

在双方这种长期交往中,不仅浸染着对抗、虐杀的血泪,而且蕴含了深远厚重的相互吸收、交流、协调以至融合的因素。由丹麦传入的一种大铁斧,很快成为英国有力的生产工具,据推测,英国得以大规模砍伐森林、充分开发最肥沃的农业区,可能与此相关。① 北欧卓越的造船技术同样使英国人获益匪浅,以致阿尔弗雷德组建英国舰队时也不忘参照其成果。丹麦区的长期存在,北欧人在英国一多半土地上完全定居这一事实,使英国在种族构成、制度、文化等方面接受了大量北欧影响。现今英吉利民族构成中,即包容着"维京时代"融入的丹麦人、诺曼人成分。在英国,留有丹麦语痕迹的地名比比皆是,仅以 by 结尾的就超过 70 个,诸如德比(Derby)、格林斯比(Grimsby)等。② 从 1086 年"末日审判书"③可见,约克郡东区 40% 的

---

① 〔英〕阿·莱·莫尔顿:《人民的英国史》(上册),谢琏造等译,生活·读书·新知三联书店,1976 年,第 62 页。

② Franklin. D. Scott. *Sweden:The Nation's History*,Southern Illinois University Press,1988:28.

③ 末日审判书(英语:Domesday Book,或简写为 Domesday),是 1086 年完成的大规模调查英格兰的记录,由征服者威廉实施,类似于现在政府的人口普查。征服者威廉需要得到他刚刚征服的国家的信息,以便管理英格兰。调查的主要目的是找出谁拥有什么并使他们交税。调查时估价员的审核是决定性的一书上说的"谁拥有财富,或者财富值多少",就是法律。书名 Domesday(Doomsday 的中古英语拼法,意为"世界末日")从 12 世纪开始使用,强调了这本书的最终性和权威性。

地名,北区 38％ 的地名都源于北欧语。① 英国人名中诸如 Thor、Freya 之类,英语中许多词汇如 ill、awkward、odd、happy、law 等,亦系北欧影响的明证。据统计,在现代英语中,大约有一千八百多个词汇来自于斯堪的那维亚语,方言中就更多了。在诺曼底人征服英国之后,当地一些本族语民间作家为了抵御法语的侵蚀,他们所写的作品里充满着从斯堪的那维亚语来的借词。在早期中古英语文学作品中,斯堪的那维亚语借词的数量大大超过法语借词的数量。在苏格兰某些地区,斯堪的那维亚语一直流传使用到十七世纪。② 司法制度方面,现行英美式 12 人陪审团制,以及陪审团裁断中遵循的按 2/3 多数通过的原则,据信也"可能是由丹麦区的丹麦人首先创制的"。③ 丹麦人定居英格兰东北部,还在开发如兰开斯特、林肯、诺福克等地以及推进耕作业方面作出了贡献。④

北欧人的入侵对英吉利民族的性格也产生了深远的影响。斯堪的那维亚人富有自由色彩,重视权利观念,特别是丹麦人,他们是富有活力的个人主义者,其富于冒险、骁勇好战的高傲武士血统和不列颠岛上英格兰土著民族结合起来,给这个民族增加了一种活泼强悍、追求自由的特征。他们长期的海上生活,善于适应各种不同的环境,形成了一种海外冒险和海外征战的秉性。这些以及他们强烈的个人主义性格为英国人日后独立不羁、勇于开拓的民族特性的形成添上了有力的一笔。

---

① G. V. Scammell. *The World Encompassed*：*The First European Maritime Empires*, *c. 800 - 1650*. Berkeley-Los Angeles：University of California Press，1981：28.
② 郝雁南：《斯堪的纳维亚语对英语的影响》,《读书》,2007 年第 12 期,第 144—145 页。
③ Johannes Brondsted. *The Vikings*. Lomndon：Penguin Books，1960：243.
④ G. V. Scammell. *The World Encompassed*：*The First European Maritime Empires*, *c. 800 - 1650*. Berkeley-Los Angeles：University of California Press，1981：30.

第二节　英国海洋小说的雏形

　　盎格鲁—撒克逊人的入侵对英国的社会、经济和文化产生了重大的影响。他们的叙事文学内容丰富,题材广泛,种类繁多,使英国文学得到极大的丰富。文艺复兴至 17 世纪,是英国小说这种文学样式的发端期,也可以说是"韵文叙事文学向散文叙事文学转型的时期"[①]。同样,这个时期也是英国海洋小说的雏形阶段。中世纪盎格鲁—撒克逊人的英雄史诗与雏形期的英国海洋小说血缘关系最近。史诗的故事性和现实性以及叙事技巧对英国海洋小说的产生起着最直接的催化作用。

　　然而,随着时光的流逝,加之长期的兵荒马乱,大部分叙事文学的手抄本已经失传。在有幸保存下来的文本中,最著名、最有价值的就是《贝奥武甫》(*Beowulf*),它是民间传说与英雄史诗的结合体。很多学者认为,这部作品早在 6 世纪就以口头文学的形式在民间流传,8 世纪才有了书面形式。因此,有许多研究人员一直认为《贝奥武甫》是 10 世纪的北欧海盗以口头的形式从国外传入英国的。这首英雄叙事长诗,长达 3000 行,故事的舞台位于北欧的斯堪的纳维亚半岛,因此,《贝奥武甫》取材于斯堪的纳维亚的历史和人物。史诗的无名氏作者像一位艺术大师,像一位建筑师那样竖立起一座富丽堂皇的哥特式大教堂,而他的建筑材料主要是英雄时代各日耳曼民族的历史和民间传说,主要是斯堪的纳维亚的历史和故事。"他把一些历史事件和传说故事用预言或回顾的方式,用暗示或插曲的手段,穿

---

① 蒋承勇:《英国小说发展史》,杭州:浙江大学出版社,2006 年,第 1 页。

插和镶嵌在主要情节里面。这样一来,贝奥武甫的事绩就成了英雄时代整个日耳曼世界的一个组成部分;贝奥武甫的降妖除怪行为就具有了推动人类社会发展的历史意义。"①

　　《贝奥武甫》是以古英语记载的传说中最古老的一篇,在语言学方面也是相当珍贵的文献。语言学家兼奇幻文学作家 J. R. R. 托尔金(John Ronald Reuel Tolkien,1892—1973)坦言,撰写《魔戒》小说系列时,从《贝奥武甫》获得许多灵感,例如,与贝奥武甫交战的龙,跟《哈比人历险记》里出现的恶龙十分相似。当时的英格兰正处于从中世纪的异教社会向以基督教为主导的新型社会过渡的历史时期,因此《贝奥武甫》在一定程度上反映了新旧生活方式的混合,兼有氏族社会的英雄主义与封建社会的理想,既体现了异教的日耳曼文化传统又带有基督教文化的印记。它的故事性和现实性为英国海洋小说

① 李赋宁:《古英语史诗〈贝奥武夫〉》,《外国文学》,1998 年第 6 期,第 67 页。

的形成与发展打下了最初的基础。

这首史诗以简短的古丹麦家谱作为开始。齐尔德·谢冯是古丹麦第一位伟大的国王,他以征服敌人的能力而闻名。后来,齐尔德成为了荷罗斯加的曾祖父,而荷罗斯加就是贝奥武夫时代古丹麦的国王。荷罗斯加和他的祖先一样,是一位好君王,他希望借着建造名叫希奥罗特("鹿厅")的大殿来庆贺他的统治。当大殿建成之后,荷罗斯加举行了盛大的庆典。盛大的宴会引起了怪兽格兰代尔的注意,它决定进行夜袭。次日早晨,荷罗斯加和他的领主知道了这次流血事件,就为失丧的武士哀悼。就这样,开始了格兰代尔和古丹麦的战争。

十二年过去了,格兰代尔进攻古丹麦的消息传到了另外一个部族——耶阿特(瑞典南方的斯堪的纳维亚)。伟大的领主贝奥武夫决定去帮助古丹麦人:他率领他最好的武士们出航,到达了丹麦的领土。希奥罗特大殿再次举行了盛大的庆典来向贝奥武夫表示敬意。荷罗斯加承诺,如果贝奥武夫可以打败格兰代尔,他将赐给贝奥武夫所有的一切。贝奥武夫说,他会让神来决定结局。他和他的领主武士们就睡在希奥罗特大殿中去等待格兰代尔。格兰代尔和以前一样到了希奥罗特,饥饿地寻找新鲜的血肉之躯。当格兰代尔吞吃他的一个部下时,贝奥武夫谨慎地观察着。当格兰代尔冲向贝奥武夫的时候,他抓住格兰代尔的臂膀不放。格兰代尔因为贝奥武夫紧扭它的手臂而痛苦地挣扎。贝奥武夫抓着格兰代尔的手臂抢了起来,使得大殿都几乎要倒塌。不一会儿格兰代尔被甩了出去了,留下了他的断臂在贝奥武夫的手中。它逃回到它在荒野中的巢穴中,死在了那里。

从此,丹麦人认为贝奥武夫是他们历史上最伟大的英雄。荷罗斯加的吟游诗人传唱着贝奥武夫和其他过去名人的歌。在希奥罗特大殿中,格兰代尔的断臂被当做战利品钉在了墙上。荷罗斯加承诺贝奥武夫永远也不会缺少财富,而贝奥武夫大方地向他道了谢。耶阿特的人马都按照荷罗斯加的诺言被赐予财富。然而,格兰代尔的母亲进入了大殿想要为她的儿子复仇。武士们准备迎战用了太多时间,让格兰代尔的母亲抓走了荷罗斯加的一位参事。当贝奥武夫被召唤到大殿,他发现荷罗斯加正在为他朋友哀悼。荷罗斯加告诉贝奥武夫格兰代尔那种怪兽在阴暗之地所住的地方,荒原中的一片恐怖大地。

　　贝奥武夫劝说荷罗斯加和他一起骑马去荒原。当他们到达荒原的边界时,贝奥武夫叫来他的铠甲,从恩费尔特那里拿来一把剑,就跳入了水中。过了很久,贝奥武夫游到了湖底,格兰代尔的母亲正等在那里准备攻击他。贝奥武夫挥舞起他的剑,但是发现这样砍不伤她,所以他就掷出宝剑。和怪兽扭打在一起,直到贝奥武夫看到附近有一把巨大的宝剑。他抓过剑柄,挥舞起来割下了她的头杀死了她。在不远处,贝奥武夫发现了在巢穴中死去的格兰代尔,他砍下他的头作为战利品带走了。当贝奥武夫带着格兰代尔的头颅和剑柄(剑身被格兰代尔的血液的热量所熔化了)回来的时候,丹麦人被惊呆了。他们背着他们的英雄和他的战利品回到了希奥罗特,另一个庆典又开始了。贝奥武夫详细叙述了他的战斗,荷罗斯加赞扬了他并且建议他做君王。一个更大的庆典紧接着开始了,贝奥武夫得到了更加多的无价珍宝。第二天一早,耶阿特人正准备离开丹麦。在他们离开前,贝奥武夫当着丹麦人的面承诺帮助荷罗斯加。荷罗斯加称赞了他并且保证,他们将是永远的同盟。当耶阿特人走后,荷罗斯加觉得其实他希望贝奥武夫永远也不要离开。

　　英雄们带着欢乐回到了他们的故乡,在那里他们的国王海吉拉克和王后海吉得向他们致敬。海吉拉克称赞了贝奥武夫的勇敢,并且给他一半的王国。他们一起治理这个国家,并走向和平和繁荣。不久以后海吉拉克和他的儿子在战斗中相继被杀死,所以贝奥武夫就成为耶阿特的国王,并且贤明地管理着国家。在贝奥武夫统治的第五十年,一只怪兽的出现惊吓了耶阿特人。有一处古代的宝藏,被一远古文明警惕地看管着,直到他们种族的最后一个人死去。当他死后,一条喷火巨龙发现了宝藏并且看守着它长达 300 年。一天,一个奴隶偶然发现了宝藏,他偷走了一个杯子作为献给他主人的贡品。巨龙醒来发现宝藏中少了什么,开始向耶阿特人发怒。后来一天,贝奥武夫知道了巨龙毁了自己的大殿。这次攻击使他沉思。不久,他为战斗定制了一面盾,带着他的 11 位领主向着巨龙的巢穴进发。贝奥武夫带领众人攻入巨龙的山洞。那盾牌保护他免受巨龙火焰的灼烧,但他的部下因为害怕而逃走了,最后只剩下一个人跟在他身后。这个人是威格拉夫,贝奥武夫的一位亲戚。威格拉夫愤怒了,但是发誓他会一直留在贝奥武夫的身边。接着,巨龙冲向他们。贝奥武夫和巨龙互相攻击了三个回合,最终都用致命一击击中了对方。巨龙被斩首,但是贝奥武夫被巨龙咬伤并且致命的毒液流入了他的体内。贝奥武夫说,威格拉夫应该作为他的亲属继承他的王国,接着他就死了。威格拉夫按照贝奥武夫在宝藏地的嘱咐给他的尸体沐浴。在他死后,那些逃走的懦夫都回来了,他们被威格拉夫严厉地责罚。他派出一名信使去告诉百姓们国王的去世。威格拉夫和贝奥武夫的那些领主们将巨龙的尸体投入大海。他们将宝藏安放在贝奥武夫的墓冢当中,一齐哀悼这位最有大能的君王。

这部作品使用古老的日耳曼诗歌语言生动地描述了高特族勇士贝奥武甫机智勇敢地战胜恶魔格兰代尔和为民除害的壮举:庄严、华丽、隐晦、多省略、既简练又复杂、既含蓄又强烈。"作为英国早期叙事文学的杰出范例,《贝奥武甫》展示了后来的小说家们乐意效仿的三个艺术特征：即塑造一个英雄人物的形象、描述一个精彩动人的故事以及展示公认的价值观念"。①

在贝奥武甫死后，人们遵照他的遗言，在海边的悬崖上筑起了高大的塔形陵墓，巍峨入天，专为海上航行的水手们导航，贝奥武甫火葬后的灰烬被封存在陵墓的底座：

···. He spoke

Sadly，said I should greet you. asked

That after you'd burned his body you bring

His ashes here，make this the tallest

Of towers and his tomb — as great and lasting

As his fame，when Beowulf himself walked

The earth and no man living could match him.②（lines

3094 – 3100)

（　　　　……他悲伤地说着，

并让我请你们将他火葬后的灰烬

带到这里，使他的陵墓成为最高的

塔——伟大而持久，

犹如他的名誉，因为当贝奥武夫

在世时，没有人能比得上他。

诗歌第 3094—3100 行，本人译）

Then the Geats built the tower，as Beowulf

---

① 李维屏：《英国小说艺术史》，上海：上海外语教育出版社，2003 年，第 12 页。

② *Beowulf*，trans. Burton Raffel. New York：New American Library, a division of Penguin Group (USA) Inc. , 2008：125.

Had asked, stong and tall, so sailors

Could find it from far and wide. ①(lines 3156 – 3158)

（如贝奥武夫要求的那样，高特人建造了

　陵塔，雄伟壮观，巍峨入天，

　让水手们远远就能望见。

诗歌第 3156—3158 行，本人译）

　　在这部作品中，还出现了很多有关旅行、航海等的词汇，这在其他国家的文学史上是不多见的。例如，表示"海洋"的词语有 hronrad（whale-path② 鲸鱼之路，或者 whale's acre 鲸鱼的田亩）、swanrad（swan's road 天鹅之路，swan's riding 天鹅的旅程）和 ytaful（cup of waves 波浪之杯）；表示"海船"的有 wægflota（floater on the waves 浮波之物）；sægenga（sea goer 海洋的行走者）；merehengest（horse of the sea 海上之马）；brimwudu（wood of the sea 海上之木）等。

　　盎格鲁-撒克逊时期还有一部跟海洋密切相关的作品，那就是《航海者》《水手》（The Seafarer，约 7 世纪），出自于《爱塞特诗集》。③ 这部作品生动地描述了主人公的航海生涯，充分反映了当时

---

① *Beowulf*, trans. Burton Raffel. New York: New American Library, a division of Penguin Group (USA) Inc. , 2008: 127.

② 这种复合词在英语中称为 kenning（隐喻），在古英语和古斯堪的纳维亚语诗中，一种比喻性的，在表名字或名词时常用的复合表达方式，如"剑的风暴"是"战争"的隐喻。

③ 爱塞特诗集（*Exeter Book*），亦译《埃克塞特诗集》。现存最大的一部古英语诗集，约抄于 975 年，手稿由利奥弗里克（Leofric，1072 年卒）主教交给爱塞特大教堂。诗集以宗教长诗开始：《基督》（Christ）分 3 部分；两首关于圣古思拉克（St. Guthlac）的诗；《阿札里阿斯》（Azarius）的片段；寓言诗《不死鸟》（Phoenix）。接着是若干宗教短诗。所有现存的盎格鲁-撒克逊抒情诗，或通称挽歌的诗——《流浪者》（The Wanderer）、《航海者》（The Seafarer）、《妻子的哀悼》（The Wife's Lament）、《丈夫的口信》（The Husband's Message）和《毁灭》（The Ruin）——均收集于此。这些诗属世俗诗，在描绘恋人的离别、流放的悲哀或大海的恐怖与魅力时，都引起人们强烈的绝望与寂寞之感。此外，《爱塞特诗集》还保留了 95 则谜语。其余部分则包括押韵诗、格言诗、《威德西思》（转下页）

人们对大海的向往和冒险精神，以及对上帝的信仰。它由一位历经
沧桑的老水手和一位对航海充满幻想的青年水手的对话组成，全诗
分为两个部分，共 125 行诗句。在海上漂泊了一生的老水手开怀畅
谈隆冬时节海上生活的艰辛和孤独，这些是舒适的"城市居民"（the
one who has the joys of life, dwells in the city, — lines27）所不能
了解的，他们永远不会明白他的痛苦：

> How I have suffered grim sorrow 　　 at heart,
>
> have known in the ship 　 many worries [abodes of care],
>
> the terrible tossing of the waves 　 where the anxious night watch
>
> often took me 　　 at the ship's prow,
>
> when it tossed near the cliffs. 　　 Fettered by cold
>
> were my feet, 　　 bound by frost
>
> in cold clasps, 　　 where then cares seethed
>
> hot about my heart - 　　 a hunger tears from within
>
> the sea-weary soul. [···] 　　　　　　　 (lines 4 - 12)①

（我的心 　　 多少次忍受着严峻的悲伤，

　 已经知道在船上 　　 有许多担忧[顾虑重重]，

　 海浪可怕地翻滚 　　 我通夜守望

　 不眠 　　 伫立船首，

　 当它贴岸颠簸。 　　 寒冷犹如锁链

（接上页）（Widsith，即虚构的吟游诗人的英雄故事）和两首叠句诗《迪奥》（Deor）和《乌
尔夫和伊瓦舍》（Wulf and Eadwacer）。书中的诗编排得有些杂乱，据认为是抄自更早的
诗集。

① 〈http: //www. shmoop. com/poetry/how-to-read-poem/poetry-glossary. html〉

铐住我的双脚，　　冰霜像钩子一样

将我扣牢，　　满心的忧虑在

沸腾煎熬——　　饥饿撕心裂肺，

使水手的灵魂疲倦。[……]

诗歌第 4—8 行，本人译)

　　尽管各种忧患痛苦像海浪一般从四处袭来，大海仍是航海者心灵的归宿。宁肯在狂风怒号的海洋中丧生，也不愿投向平安富贵之乡苟活一世。航海是向死而生，是灵魂大无畏的努力。大海是自然的崇高，航海者的激情则是人之力量与尊严的崇高，诗句对大海之汪洋和严寒的描写、对孤独而又炽烈的灵魂的描写，产生了狂飙闪电般的效果，在一瞬间击中读者心灵。大海既象征尘世的磨难，也象征上帝一般深邃的彼岸。精神世界的烦恼驱使他忍受冬日海上航行的种种艰辛去寻求异国的家园。他将航海生涯视为摆脱人世间罪孽与烦恼并最终与上帝建立精神上的联系的天路历程：

Indeed there is not so proud-spirited　a man in the world,

nor so generous of gifts,　　nor so bold in his youth,

nor so brave in his deeds　　nor so dear to his lord,

that he never in his seafaring　　has a worry,

as to what his Lord　　will do to him.　　(lines 39 – 43)

(世上无人　　具有像他那样的崇高思想，

　也没有人像他那般慷慨　　和年少时的勇敢，

　亦无他的英勇　　和上帝对他的爱

　他始终　　对航海抱着极大的热情，

　　不期待上帝的恩赐　　无论那是荣誉还是死亡。

诗歌第 39—43 行,本人译)

　　在这里,航海实际上可能是一个忠诚的基督徒的隐喻的精神之旅。李维屏认为,诗中主人公同时扮演了水手和朝圣者的角色,他那千辛万苦的航海生活象征了精神意义上的赎罪过程,因此,《航海者》是最早将双重角色赋予同一人物形象并使其产生象征意义的英语叙事诗之一。[①]

　　诗里还写到宁静的乡村与狂暴大海的对比,憩息与出行的对比,这是西方文学另一个主题:逃离。开满花朵的果园(groves take on blossoms—line 48)、美丽的女子(pleasure in women—line 45)、悠扬的竖琴声(the sound of the harp—line 44)永远是水手心中挥之不去的梦境,但人海就像塞壬歌声一样令人痴迷,它叫人摒弃现世安稳,投身于风暴之中。那是苦行生涯,又是天国般的极乐体验。航海的悲剧感充分显示出个体生命的激昂与丰富。陆地是现实主义的,海洋是浪漫主义的,陆地与海洋体现社会与自然、文明与野蛮、约束与自由等多重二律背反的关系,这是后人从逃离主题衍伸出去的思想。

　　以上两部作品可以说是盎格鲁-撒克逊时期英国海洋文学的代表作。即使在这之后的几百年,除了与之地理环境相似的希腊外,其他国家的文学作品中,也很少出现海洋和航海的细节描写。

　　随着诺曼人的入侵,开始了中世纪的英国文学时期,这个时期覆盖 4 个多世纪。14 世纪下半叶,英国在人称"英国贸易之父"的爱德华三世(Edward III,1327—1377 在位)统治下,正在扩大同各国的贸易,被誉为"英国诗歌之父"的杰弗里·乔叟(Geoffrey Chaucer,1340—

---

① 李维屏:《英国小说人物史》,上海:上海外语教育出版社,2008 年,第 23 页。

1400)在当时的英国接触到水手、商人、监工和农夫等。在他的长篇叙事诗《坎特伯雷故事集》(*The Canterbury Tales*，1387—1400)中，乔叟对英国早期航海及商贸事业的发展做了真实的记录和描绘，并生动地刻画了英国当时已出现的独特、新兴的职业：海员和商人：

> 还有一个船手，远自西方而来；据我所知，他是达得茂斯①的人。勉强骑着一匹小马，一件粗毛衣袍罩过膝部。他的一把刀挂在围颈的线带上，拖到腋下。炎夏把他的皮肤晒成棕色，老实说，他倒是个"好手"②：在法国波尔多，趁着商人们睡着的时候，他很喝到过几口酒。他顾不着什么好心眼儿；在大海中航行，如果同旁人打架而占了上风，他就让他们掩目走跳板，落海不偿命。但讲起他的本领，譬如计算月亮的盈亏、潮水的涨落、水流，以及临头的危机、海港和驾驶，从赫尔到喀他基那③之间，找不出一个和他同样的能手。他凡做一事都是勇而有谋。他的胡子已经过了不少风浪。所有从瑞典的哥得兰到西班牙的非尼斯特角的每一海港他都熟悉，西班牙和布列塔尼的任何一条溪流他也知道。他的船名叫摩德伦。④

> 还有一个商人，留的是八字胡须，穿的是花色衣服。高高骑在马背上，头戴一顶法兰德斯⑤的獭皮帽，一双整洁的鞋子用华

---

① 达得茂斯是英国西南海边的一个港口，在当时以出海盗著名。

② 这里"好手"作"恶棍"解。

③ 赫尔是英国东部的港口城市，喀他基那是指西班牙的新咖太基。

④ 乔叟：《坎特伯雷故事》，方重译，北京：人民文学出版社，2011年，第8—9页。

⑤ 法兰德斯(荷兰语：Vlaanderen；法语：Flandre；英语：Flanders，又译为弗兰德、佛兰德或弗朗德伦)是传统上比利时北半部的一个地区，人口主要是弗拉芒人，区内语言是弗拉芒语(荷兰语的一种方言)。虽然今日的弗兰德通常专指占了比利时北半领土的弗拉芒大区所占区域，但昔日弗兰德亦曾包括法国北部和荷兰南部的一部分。

贵的扣子扣起。他夸大着自己的见解，为的是谋取利润；他认为世上最重要的事就是维持密得尔堡和奥威尔①之间的海上安全，不使受海盗骚扰。他知道如何在交易场上买金币。他是一位精打细算的人；能讲价，善借贷，谁也不知道他有债务在身。他确是一个人才，可惜，说句老实话，我不知道他的尊姓大名。②

杰弗里·乔叟（Geoffrey Chaucer，1340—1400）

《坎特伯雷故事集》的艺术成就很高，远远超过了以前同时代的英国文学作品，是英国文学史上现实主义的第一部典范。乔叟视野开阔，观察深刻，写作手法丰富多样，真实地反映了不同社会阶层的生活，开创了英国文学的现实主义传统，对莎士比亚和狄更斯产生影响。就这部作品所体现出的朝气勃勃、乐观欢愉、敢于冒险和追求自

---

① 密得尔堡是法兰德斯沿海的一个通商口岸，英国与之隔海最近的一个商埠就是奥威尔，当时也是一个重要海港。
② 乔叟：《坎特伯雷故事》，方重译，北京：人民文学出版社，2011年，第6页。

由的海洋意识和海洋精神而言,它也是英国后来成为海上霸主、海外扩张和殖民的先声。

托马斯·莫尔(Thomas More,1478—1535)

　　15 世纪中叶以后,随着工商业和手工业的迅速发展,英国的文化事业也日趋繁荣。文艺复兴时期英国杰出的人文主义者托马斯·莫尔(Thomas More,1478—1535)的对话体小说《乌托邦》(Utopia,1516)也是英国海洋小说的端倪。这本书是莫尔的不朽之作,写于1515 年至 1516 年他出使欧洲期间,用拉丁语写成,在 1551 年被译为英文。书中叙述一个虚构的、名叫拉斐尔·希斯拉德的航海家航行到一个奇乡异国乌托邦的海外见闻,对英国社会作出了独特的反映。"乌托邦"一词来自希腊文,意即"乌有之乡"。莫尔第一次用它来表示一个幸福的、理想的国家,莫尔说,"乌托邦"是南半球的一个岛国。在那里,社会的基础是财产公有制,人们在经济、政治权力方面都是平等的,实行按需分配的原则。莫尔赞扬岛国的贤明制度,实际上是批判欧洲，特别是英国都铎王朝①的君主专制制度。莫尔生于资本主义原始积累时代，他在"乌托邦"这本书中批判了新生的资本主义关系，描写了人民的痛苦。当然，处于那个时代的莫尔还不可能理解资本主义的历史地位，也无法指出实现理想制度的真正途径，他的乌托邦只是一个空想而已。

第三节　艺术特征

《贝奥武甫》《水手》《坎特伯雷故事集》和《乌托邦》等作品为英国海洋小说的成型起到了推波助澜的作用，为它的问世奠定了必要的物质基础。从这个时期的作品我们可以看到英国海洋小说产生的基本轨迹，它们大都具有以下特点：

第一，由于大海对于当时落后的航海技术而言，是非常神秘而高深莫测的，因此，这一时期的作品充满了人们对大海的敬畏之情，反映了人们对大海险恶和狂暴的无奈。

从古希腊开始，西方人就试图认识大海，驾驭大海。在作家的笔下，海洋往往成为灾难、惊险、厄运和神秘的化身。大海有着变幻无常的风暴，是巨大的破坏力的形象。在西方神话中，海神波塞冬就是个暴躁易怒、心胸狭窄、报复心强的家伙，伟大的英雄赫拉克勒斯根除海怪的壮举，英雄忒修斯斩海怪的勇猛，奥德赛 10 年的漂泊磨难，这些形象和描述都反映了古代西方海洋民族生之艰难。另一方面，

---

① 都铎王朝（Tudor dynasty），是 1485 年—1603 年间统治英格兰王国及其属土的王朝。历时 118 年，共经历了五代君主。始于亨利七世 1485 年入主英格兰、威尔士和爱尔兰，结束于 1603 年伊丽莎白一世的去世。虽然历时不长，但都铎王朝处于英国从封建社会向资本主义社会转型这样一个关键时代，因而其实施的各项政策也极具时代特色。

大海对于当时落后的航海技术而言,是非常神秘的,人们充满着对大海的敬畏之情也是很自然的。

英吉利民族以富于冒险、骁勇好战、勇于面对自然等性格而著称。大海的险恶、暴躁和变幻无常,对勇敢的人们充满着挑战性,海洋的神秘莫测,引发了人们探海、斗海的兴趣,大海成了人们展开自由的翅膀和顽强拼搏的理想场所。盎格鲁-撒克逊时期的《贝奥武甫》和《水手》等作品风格强悍、忧郁、具有刚性美。水手在海行中所经历的常人难以理解的种种磨难和艰辛更激发了他对大海的敬畏和陶醉。在这两部作品中,既有对于寒冷、可怕的北海的描写,人们视海为畏途,但为了谋生仍不得不航海,遂有"北海为死海"之谚语。作品中对神灵的描写不少,英雄大都被赋予超越人类的力量,这反映了人们改造自然的美好愿望。轰轰烈烈的海盗时代的尚武精神和英雄主义精神在作品中得以充分展示。

第二,道德说教和宗教的色彩较浓厚,故事情节较单一,结构也较简单;人物形象都比较夸张,具有传奇文学的虚构性,缺乏现实感和性格完整性。

《贝奥武甫》是自然神话和英雄传说相混合的典范。例如:贝奥武甫与巨龙之间的搏斗就象征地再现了冬天和夏天的神话传说——贝尔武甫体现为夏之神,与冬之神即巨龙展开死战。这部伟大的史诗歌颂忠诚、无私、智慧、勇敢等优秀品质,所塑造的英雄形象近乎神,是一种理想化的英雄人物形象。李赋宁认为,《贝奥武甫》的作者所描绘的异教的英雄社会图画却又深深地染上了基督教思想和行动的色彩。尤其是主人公贝奥武甫被描绘成极似耶稣基督的人物:品格高尚,心地善良,仁慈,英勇不屈地和代表罪恶势力的妖怪做斗争,最终为解救人民的苦难而献出了自己的生命。①

另外，这部史诗的结构较简单，情节也有些突兀、单薄。作品的开头和结尾前后呼应，形成了一个伟大生命中崛起与衰落两个时刻的对照，一个古老而动人的、青年与老年、初次成功与终于死亡之间的对比。史诗以双重哀伤的调子结束了这一英雄故事：哀伤英雄贝奥武甫的死，哀伤英雄民族的衰亡。"构成北欧宗教之基础的人生观，也是有史以来在人类心中出现过的最为阴郁的思想。人类精神的唯一支柱、纯洁清白的好人所能实现的唯一理想就是英雄主义，而英雄主义要靠事业的失败才能实现。英雄唯有通过死亡才能证明自己是英雄。善良的力量不是通过征服邪恶的壮举体现出来的，而是通过在无可避免的失败面前仍然奋力抵抗邪恶的精神体现出来的。"②古老的血仇报复是这部史诗的重要主题之一。史诗中插曲大都和血亲报仇有关，因此，死亡和罪恶的阴影笼罩着中心故事。英国批评家托基因(J. R. R. Tolkien)认为，《贝奥武甫》总的效果，与其说像史诗，还不如说像一首长篇的抒情哀歌(a long, lyrical elegy)。③

许多学者认为《水手》是挽歌——对逝去的人和事的哀伤。公平地说，这首诗的确包含了很多感叹：关于朋友死了，关于变老，辉煌的日子过去了等。但它最终超越这些悲叹教我们的读者一个教训，那就是对上帝、对基督教信仰的重要性。因此，《水手》反映出浓厚的道德说教和宗教传统。在《剑桥古英语读物》中解读这首诗歌时，理查德·马斯登(Richard Marsden)曾写道，它是一首告诫和说教诗，在这里，冬季航海的痛苦用来比喻虔诚的基督徒所面临的挑战……这首诗似乎也在告诉基督徒要忠诚和不放弃自己的信仰。

---

① 李赋宁：《古英语史诗〈贝奥武夫〉》，《外国文学》，1998 年第 6 期，第 67 页。
② 伊迪丝·汉密尔顿：《神话》，刘一南译，北京：华夏出版社，2010 年，第 337 页。
③ 李赋宁：《古英语史诗〈贝奥武夫〉》，《外国文学》，1998 年第 6 期，第 69 页。

　　中世纪的英国文学作品更是强烈地反映了个人灵魂拯救的基督教义准则。《坎特伯雷故事集》是一幅包括所有阶层生动形象人物的长卷,其中的故事有宫闱轶事、骑士传奇、教会圣徒传、劝善布道文、动物寓言、寓言叙事诗等。它向我们展示了那个时代的英国社会复杂而又现实的画面。在刻画人物上乔叟以贵族的理想对待生活,但从未失去真实的创作态度。他肯定人类寻求世俗幸福的权利,反对禁欲主义;颂扬人类的力量,智慧和对生活的热爱;反对并嘲讽社会上一切不道德的行为,包括宗教陋习。因此,乔叟虽然本质上是一位中世纪作家,但他身上的人文主义印记预示着一个新世纪的到来。

第二章　英国海洋小说的成型

　　我们英国有这样一句俗话:"骨子里生成的性子,到老也改不了。"把这句话用到我身上,那是再恰当不过了。……在我饱经沧桑之后,当初那种孜孜以求、遨游四海的本性,现在总可以说是时过境迁,渐渐淡漠了。何况,我如今已是年逾花甲的老头子了,何苦再去冒险,而不呆在家里一心一意地坐享清福呢?……但是,这种生活,对我是毫无魅力的,至少,它对我遨游四海的心思是无所影响的。这种心思,简直是一种怪癖,特别是在我如此优越、舒适的环境里,还无时无刻不想着去看望我那个海岛上的新居,看望我曾开拓、耕耘过的田园。我昼思夜想,魂牵梦绕的,除了此事,别无其它。

(《鲁滨逊漂流续记》)①

　　进入18世纪,英国的封建制度全面瓦解,资本主义经济迅速发展,中产阶级的队伍日益扩大,英国社会进入了较为安定的时期。文学上崇尚新古典主义,其代表人物是诗人蒲伯。表现启蒙主义精神的主要是散文作家,他们推进了散文艺术,还开拓了两个文学新领域,即期刊随笔和现实主义小说。在众多的现实主义小说中,海洋已

---

① ［英］笛福:《鲁滨逊漂流续记》,艾丽秦彬译,兰州:甘肃人民出版社,1983年,第1页。

经不仅仅是作为背景出现了，有时甚至成了文学作品中不可或缺的主体。英国，作为一个海洋包围的岛屿国家，航海及海上和海岛生活不可避免地成为小说的重要主题之一。

第一节　大航海时代下的海外探险与贸易

在几千年前，当西方人把耶路撒冷视为世界的中心的时候，英国的地理位置并不是很有利，它被认为位于世界的边缘，处于非常危险的位置。然而，在 1492 年，历史性的转机到来了，因为意大利航海家克里斯托弗·哥伦布（Christopher Columbus，1451—1506）在西班牙女王伊莎贝拉（Isabel I la Católica，1451—1504）的支持下发现了美洲大陆。这次发现使得英国，这个弱小的岛国变得尤为重要，因为众所周知，从欧洲大陆到美洲最近的海上路程就是经由英伦诸岛。过往船只无不在英国的港口停靠待发，补充航行中必要的食品和饮水，这也促使伦敦、利物浦等成为当时世界最大的商业中心之一。英国同西班牙一样，也把它的前途寄托于大海。1436 年，一位主教在其《英格兰政策小述》中说道："珍视贸易，保有舰队，我们将是海峡的征服者"。[1]

在最早期的英国，海洋可以说是很大一部分人的生活保障，是他们食物的主要来源，然而，英国人不仅仅为了单纯的生存而依靠海洋，在早期英国传统文化中，英国人对海洋有着特殊的精神寄托。同古希腊人一样，海洋对英国人来说一直都是一种挑战，他们把征服海洋看成一种英雄行为。航海热潮的兴起使海洋成为人们发家致富的

---

[1] 阎照祥：《英国史》，北京：人民出版社，2003 年，第 120 页。

工具,英国政府也鼓励国民的征海行为,制定了一系列的政策来保障征服者的利益,并积极组织海外贸易活动。英国自 14 世纪以来的繁荣发展日益有赖于其国人对外征战、探索开拓、大力发展殖民地并拓展贸易的能力。在海上所取得的霸权在很大的程度上赋予其国民上述的能力。奥利佛·克伦威尔(Oliver Cromwell,1599—1658),这位英国著名的军政领袖就认为,英国作为一个岛国,要继续发展,就必须走向海洋;不仅要防守海岸线,还要称霸海上。① 我国学者杨国桢认为:"英国是大航海时代和世界体系扩散的最大获利者。16 世纪以前,英国人把英伦三岛当做孤悬海外的大陆;16 世纪以后,英国人把英伦三岛变成海洋的一部分,'成为一条船,或者更明确地说,成为一条鱼'"。②

英国大规模、系统化的造船工业起始于约翰王(King John,1167—1216)在位的年代,是他于公元十三世纪初就在朴次茅斯港设立了皇家海军造船厂。15 世纪,当葡萄牙、西班牙在积极进行或筹备远航探险的时候,英国人也跃跃欲试,摩拳擦掌。15 世纪下半叶,英国已成为先进国家。在政治上,1453 年英法百年战争结束,1485 年红白玫瑰战争结束,英国政局稳定,建立了都铎王朝,君主专制制度逐渐形成。在经济上,英国的农业、手工业、商业都发展的比较快,成为欧洲经济最发达的国家。在生产关系和阶级关系上,15 世纪时,农奴制已被消灭,资产阶级和新贵族逐渐崛起,是资本主义萌芽生长得最茁壮的国家之一。15 世纪末,英国的资本主义迅速发展起来,要求在世界范围获得原料和市场,聚敛财富,完成资本积累。这就驱使英国通过海洋进行全球扩张。英国人充分认识到:"在一个商

---

① 杨金森:《海洋强国兴衰史略》,北京:海洋出版社,2007 年,第 123 页。
② 杨国桢:《重新认识西方的"海洋国家论"》,《社会科学战线》,2012 年第 2 期,第 229—230 页。

业时代,赢得海洋要比赢得陆地更为有利";"海洋是国家繁荣,与外界通商贸易、扩大势力和发挥影响的一条途径——在航空事业未出现之前,大海是唯一的一条沟通与外界联系的自然通道";"谁控制了海洋,即控制了贸易;谁控制了世界贸易,即控制了世界财富,因而控制了世界。"①

在航海方面,15 世纪初英国成立了"商人开拓者"公司,与汉撒同盟②竞争,从事海上货运。英国商船出现在西欧沿海各地,并有武装护航。英国的渔业也快速发展。英国渔船常到北大西洋深海捕鱼,甚至常到冰岛一带捕鱼。作为海岸线最长的岛国,英国的航海业也迅速成长起来。在这种国情下,英国于 15 世纪末挤进了航海探险地理发现的行列,不过它这时还只能扮演配角。当时,英国西南部的海港重镇、渔业中心布里斯托尔成为英国人航海探险地理发现的中心和基地。

从 1480 年起,布里斯托尔的商人们便开始陆续派出船只,去寻找传说中神秘的亚特兰蒂斯(大西洲)③、巴西群岛和安的列斯群岛,并寻找新渔场。布里斯托尔的商人们在得知哥伦布的发现后,加快

---

① 杨金森:《海洋强国兴衰史略》,北京:海洋出版社,2007 年,第 124 页。
② 汉萨同盟(拉丁语:Hansa,Hansa Teutonica 或 *Liga Hanseatica*,英语:Hanseatic League),12—13 世纪中欧的神圣罗马帝国与条顿骑士团诸城市之间形成的商业、政治联盟,以德意志北部城市为主。汉萨(*Hansa*、或 Hanse)一词,德文意为"公所"或者"会馆",最早是指从须德海到芬兰、瑞典到挪威的一群商人与一群贸易船只。12 世纪中期逐渐形成,14 世纪晚期—15 世纪早期达到鼎盛,加盟城市最多达到 160 个。1367 年成立以吕贝克城为首的领导机构,有汉堡、科隆、不来梅等大城市的富商、贵族参加。拥有武装和金库。1370 年战胜丹麦,订立《施特拉尔松德条约》。同盟垄断波罗的海地区贸易,并在西起伦敦,东至诺夫哥罗德的沿海地区建立商站,实力雄厚。15 世纪中叶后,随着英、俄、尼德兰等国工商业的发展和新航路的开辟,转衰,1669 年解体。
③ 亚特兰蒂斯(希腊语:τλαντς νoos,英语:Atlantis,意为"Island of Atlas","阿特拉斯的岛屿"),又译阿特兰蒂(提)斯,意译大西洋岛、大西国、大西洲,一传说中拥有高度文明发展的古老大陆、国家或城邦之名,最早的描述出现于古希腊哲学家柏拉图的著作《对话录》里,据称其在公元前九千六百年左右已被一场自然灾难毁灭。

了探险的步伐。他们出资装备了一个英国探险队准备西航,并由移居此地的意大利人约翰·卡博特(John Cabot,1450—约 1499)担任探险队领导。1496 年 3 月 5 日,英王亨利七世(Henry VII,1457—1509)颁发了给卡博特父子的许可敕令,授权他们以充分的和自由的权利航行至东海、西海、北海(指英国以东、以西、以北的海洋)的所有海域、区域和海岸,去寻找、发现和考察位于世界任何部分的、迄今为基督教世界所不知的、异教徒和不信神者所居住的一切海岛、陆地、国家和地区。1497 年 5 月 20 日,卡博特率以其妻子命名的三桅帆船马修号和 18 个成员,离开布里斯托尔向西航行。此次探险主要以开辟去东方的新航路、获取香料为目的,他们采取等纬度航行法,一直把航线保持在北纬 52 度的纬线上。6 月 24 日,他们发现了陆地。卡博特称其为"首次见到的陆地",这里是纽芬兰岛的北端。他们在最近的一个港湾登陆,举行了占领仪式。亨利七世则把卡博特"首次见到的陆地"改名为"新发现的陆地",即纽芬兰(Newfoundland)。卡博特的首次远航探险极大地鼓舞了英国人。他们认为自己没花多大力气便取得了与西班牙人一样、比葡萄牙人还抢先一步的巨大成绩,因为卡博特首航发生在哥伦布首航之后,达·迦马(Vasco da Gama,约1460—1524)首航之前。

于是,英国很快组织了对"中国"的第二次远航探险。为了进行这次探险,一共装备了五艘或六艘航船,约翰·卡博特再次被任命为这个探险队的领导人。人们推测,卡博特是在航途中逝世的,所以探险队的领导权落在了他的儿子塞瓦斯蒂安·卡博特(Sebastiano Caboto)肩上。卡博特第二次探险所留下的资料比他的第一次探险更少。人们只知道,在这次探险中,英国船只无疑到达了北美大陆,并沿着它的东部海岸向西南航驶了很远的距离。显然,他们是想寻找人口稠密的中国海岸。水手们经常登上海岸,可是他们在那里遇见的不是中国人,而是身穿兽皮的人(北美印第安人),这些人既没有黄金,也没有珍珠。在英国人的心目中,第二次探险是得不偿失的。这次探险耗费了大量资金,但是没有任何收益,甚至连一点收益希望也没有带回来,因为这个地区的毛皮财富并没有引起水手们注意。这个新地是一片布满针叶和阔叶森林的海岸,几乎无人居住,这个地方绝对不可能是中国或印度的海岸。在以后几十年过程中,英国人再没有做过沿西部航线前往东亚的任何新的认真的尝试。总体来说,卡博特父子的两次北美航行探险具有较大的意义:他们继诺曼—维京人之后,在地理大发现时代和大航海时代首先发现了北美广大地区,从而开始了发现北美洲的进程,并且,他们的航海探险使英国加入地理大发现的行列。15 世纪末,新航路开辟后,英国利用大西洋航路中心的有利条件,积极发展对外贸易,推行"重商主义"政策,鼓励出口,支持工商业者参与贸易竞争,占领殖民地。

16 世纪中叶,英国的商业经历了一场衰退,贸易额急剧下降。一些伦敦商人于 1548 年组成了"商人企业家协会",其目的是探索和发现人们至今未知的地域、陆地、海岛、国家和领地,并通过海路航行到迄今人们至今未访问过的地区。当然,协会当前最直接的努力目标是开辟东北新航路到达中国。英国人热衷于东北新航路有着自身的经济上的原因。当时英国的主要货物是呢绒、毛料、毛纺业,养羊业是英国的民族工牧业。而这类厚型衣料、织品在南亚、东南亚这些热带地区显然没有什么销路。而在东北航路沿途的寒冷的文明开化地区,则有销路(这一点后来在俄国实现了)。当然,沿途未开化的土著蛮族是不能提供市场的,但北角和中国之间可能居住着属于中华民族、语系、文化的文明的民族,有希望同他们贸易。1553 年,商人企业家协会购置了 3 艘船,任命威洛比为探险队队长兼旗舰好望号船长,钱瑟勒为慈善号船长。威洛比、钱瑟勒航行是寻找东北通道的首次探险。探险队重新发现了新地岛和其他一些小岛,查明了挪威北部的大陆海岸线,弄清了它们没有如维拉札诺等担心的那样、延伸到北极或与北美洲相连。这次探险开辟了西欧大国英国与东欧大国俄国之间的有价值有意义的新航路,从而开始了英俄间稳定的密切的直接的海上联系。商人企业家协会得到了英国政府的正式承认,1555 年改组为莫斯科公司,这是第一家股份有限公司。

英国在以上两个方向的探险可以不受西班牙葡萄牙威胁,也相对近便,并也取得较大的成就。从 16 世纪中叶起,随着经济的发展,国力的增长,英国开始对西、葡传统的海外势力范围和殖民地进行渗透,觊觎富饶的亚热带、热带海洋和地区。于是,英国人开始在大西洋上袭击从墨西哥和中美洲载运贵重金属返回西班牙的船只和从西非贩运黑奴岛美洲的西班牙船只。弗朗西斯·德雷克(Sir Francis Drake, 1541—1596)是英国反西班牙海盗活动的最活跃人物。1577年,德雷克开始了他一生冒险事业中最重要的行动。这次行动的结果也是他始料不及的——使他从大海盗冒险家成为航海家、探险家、地理发现者。这一行动就是他继麦哲伦后第二次完成了环球航行。伊丽莎白女王和一些大臣用个人的钱支持、帮助了这次冒险。这次航行的最初目的,主要是与西属美洲以南的居民通商,探索传说中的南太平洋中的未知陆地,狠狠抢劫打击西班牙人。德雷克的环球航行在地理发现史、航海史和探险史上的意义在于:他自始至终指挥完成了环球航行;他们发现了火地岛和德雷克海峡;他们一口气考察了从火地岛到温哥华的长达数万公里的新大陆西部海岸线,这些海岸线大部分是已发现过的,小部分是新发现的(如加拿大西海岸),一部分则被他们修正落实了(如智利西海岸)。另外,德雷克环球航行还带回了一些关于印第安人的民族志、历史志等珍贵资料。

德雷克环球航行后,英西关系急剧恶化,双方的敌对从海盗游击

逐步走向全面战争。英国注重发展海军①,1588 年夏,西班牙的无敌
舰队在英吉利海峡被英国舰队打败,标志着西葡海上霸权的丧失和
新的海上强国英国、荷兰的崛起,西葡从此退出了地理发现航海探险
的主要舞台,只是在发现已占据的地区进行殖民、移民、开发,英、荷
则跃为地理发现航海探险的新的主角。

    16 世纪 70 年代,在卡博特父子探寻西北通道后大半个世纪,英
国人又探寻从大西洋到太平洋的西北通道,以便绕过北美大陆或从
海上、从某条海峡穿过北美大陆到达中国。1576 年伦敦成立了一个
以迈克尔 · 洛克为首的"中国公司",伊丽莎白女王也是入股
人。② 1600 年英国又成立了东印度公司,随之而来的就是对远东、东
南亚、美洲和澳洲的远征和探险考察。1583—1587 年,英航海家数
次航行至今切萨皮克湾和北卡罗来纳一带,将该地命名为弗吉尼亚。
1607 年,伦敦弗吉尼亚公司在此地建立詹姆斯镇(Jamestown),开始
移民,该地成为英国的第一个海外殖民地。③ 1612 年,弗吉尼亚公司

---

① 英国皇家海军从 1546 年正式组建以来,其强弱与国家的兴衰紧密联系在一起。英国海
军开始仅是一支不起眼的力量,后经过不断扩充,发展成为世界上首屈一指的强大海
军,先后曾击退过 16 世纪末西班牙"无敌舰队"、17 世纪荷兰舰队、18 世纪法国海军。
进入 20 世纪后,皇家海军依然是世界上最强大的海军。第二次世界大战后,皇家海军
在规模上仅次于美国海军居世界第二位,20 世纪后期,皇家海军规模缩小,在美国海军
和苏联海军之后居世界海军第三位。

② 在 16 世纪后半叶,英国商人经国王的特许,组建了很多经营海外贸易的公司,除了上面
提到的莫斯科公司以外,还有波罗的海公司(1579 年)、土耳其公司(1581 年)、非洲公司
(1588)等。

③ 弗吉尼亚公司(英语：Virginia Company)是由一些英国商人在 1606 年成立。由于西班
牙贵族和皇室在中南美洲发现大量金子而变得极端富裕,使整个欧洲都相信美洲,特别
是北美洲——一个没白人定居的地方,是有许多金子。在 1607 年 5 月,英国的 108 个
殖民者被差遣至新世界(即北美洲,英语：New World)找寻金子,甚至要找出能抵达中
国的水路。詹姆斯镇位于维吉尼亚半岛,是从英国国王詹姆士一世的名字而命名。詹
姆斯镇附近有詹姆斯河。詹姆斯镇的定居者每年死于疾病、饥饿和印第安人的袭击。
经过艰苦的奋斗和抗争,1624 年,詹姆斯镇已经初具规模,甚至开始通过种植和销售一
种新的作物—烟草—来盈利了。维吉尼亚以北也有一些英国早期殖民地,位 (转下页)

在百慕大岛殖民。17 世纪 20—30 年代，英国相继占领了西印度群岛的圣基茨、巴巴多斯、尼纳斯、托尔图加、蒙特塞拉特、安提瓜、普罗维登斯、巴哈马、特克斯瓜德罗普和马提尼克，并把这些岛屿变成种植园、贩奴基地和海盗出没之所。在探寻西北新航路的新阶段中，英国人充当了绝对的主角，这多少显示了英国实力的增长和资本主义的发展。尽管西欧人（葡萄牙人）已于 1498 年、1514 年和 1543 年从海上抵达了印度、中国和日本，但探索西北航路的重要的直接的动因仍是想走捷径到达中国、日本、印度，可见中国等亚洲文明国家仍是吸引西欧航海家、探险家从事探险和地理发现的磁铁和引力场。探寻西北通道的出资者有君主、政府、官员、公司、商人等，这进一步说明航海探险发现具有越来越广泛的社会参与。

17 世纪中期，英国资产阶级革命取得胜利，成为最有力量争霸海洋的国家。英国不容忍与荷兰共享海洋，因此在荷兰的航海、殖民和贸易达到鼎盛的时候，英国通过三次英荷战争（1652 年—1654 年，1664 年—1667 年，1672 年—1674 年）打败了"海上马车夫"荷兰，耗尽了荷兰的贸易和海军实力，夺取了海上霸主地位，建立了海权——贸易——殖民地的帝国主义模式。从 1485 年都铎王朝建立算起，经过 170 多年的奋斗与争夺，英国终于成为海上霸主。英国同其他的西方海洋强国走向海洋的目的是一样的，那就是：探索环球航线，发现新的陆地，搜刮海外的金银财富，进行资本的原始积累，占领海外殖民地，即海外的原料产地和商品销售市场。

到了 18 世纪，英国在殖民地贸易和航海方面基本确立了世界霸

（接上页）于今天马萨诸塞州的位置（1620 年 11 月 21 日，包括 35 名清教徒（Puritans）在内的 102 人乘坐"五月花"号船到达科德角，今马萨诸塞州普罗文斯敦）。维吉尼亚的定居者到新大陆来的目的是给英国商人赚钱，而马萨诸塞州的定居者却是为了找寻宗教自由，这清教徒由于受英国国教的残酷迫害，为宗教的目的而远征。

权地位。而它发现新的陆地和探索新航线的努力也在继续着,其中最重要的是詹姆斯·库克①(James Cook,1728—1779)对"南方大陆"——大洋洲的探险。库克曾经三度奉命出海前往太平洋,带领船员成为首批登陆澳洲东岸和夏威夷群岛的欧洲人,也创下首次有欧洲船只环绕新西兰航行的纪录。国内,英国的封建制度全面瓦解,资本主义经济迅速发展,中产阶级的队伍日益扩大,英国社会进入了较为安定的时期。在这个环境中,英国把重商主义推进到极致,建立起重商主义的庞大帝国,并对外大举开殖扩土,建立庞大的殖民帝国。同时,英国在 18 世纪后半期又率先发动划时代的工业革命,把一个曾经只在文明边缘徘徊的小小岛国推向了世界舞台的中心。

在重视工商业和海外贸易的发展过程中,科学和理性精神得到了前所未有的彰显。以牛顿为代表的科学家在自然科学领域的探索成果解除了封建专制和宗教迷信对人们思想的束缚,促进了启蒙运动的发展。启蒙主义者们高举着理性主义②的大旗,在专制主义、教权主义、特权主义盛行的西欧,发出了振聋发聩的呐喊:天赋人权、自由平等、主权在民,给尚处在黑暗中的人们带来光明和希望。因此,18 世纪的英国崇尚航海与冒险,也正是理性高奏凯歌的时代。

"理性"的历史是博大精深的哲学发展史,但总的来说,它是指客观超然地建立在事实基础之上的推理和判断的能力,能够识别、判断、评估实际理由以及使人的行为符合特定目的等方面的智能。理

---

① 库克常被人们称为库克船长(Captain Cook),海军上校,是英国皇家海军军官、航海家、探险家和制图师。在第三次探险时,库克被夏威夷土著杀死。库克的死讯传到英国时,举国上下沉浸在一片悲痛之中;英王乔治三世失声恸哭,为失去这样一位曾为大英帝国立下汗马功劳的伟大探险家而悲痛不已。库克,这位杰出的探险家以他辉煌的业绩永垂青史。

② 理性主义(Rationalism)是建立在承认人的推理可以作为知识来源的理论基础上的一种哲学方法。一般认为随着笛卡尔的理论而产生,17—18 世纪间主要在欧洲大陆上得以传播,本质上体现资产阶级的科学和民主,是启蒙运动的旗帜。

性使人类脱离主观的情绪化的本能反应，摆脱被操控的地位，而拥有了独立思考和反思的能力。英国的 18 世纪被称为"理性的时代"，人们对人类通过理性认识世界的能力充满了渴望，同时，启蒙运动带来的思想解放让人类充分相信自己的理性。因此，启蒙主义是 18 世纪英国文学的思想主轴。此时期的作家们相信理性的绝对权威，在其文学作品中对理性表现出前所未有的关注，力图在现存社会结构内树立美德，创造自由。他们推进了散文艺术，开拓了两个文学新领域，即期刊随笔和现实主义小说。而且，现实主义小说在长达五十余年的发展中，产生了笛福、斯威夫特、理查逊、菲尔丁、高尔斯密、斯泰恩等一批出色的小说家，它代表 18 世纪英国文学的最高成就，也使英国文学在整体上达到欧洲同一时期的最高水平。英国作为一个海洋包围的岛屿国家，航海及海上和海岛生活不可避免地成为这些小说的重要主题之一。

第二节　英国海洋小说早期的代表作品

18 世纪的英国，经济、科学、文化的全面兴盛促进了小说的崛起。工业化大生产推动了商品经济的迅猛发展和新兴资产阶级的诞生，促使英国进行大规模的海外殖民扩张，寻求更大的原料产地、销售市场和资本积累，客观上促进了文化，特别是海洋小说、海外冒险小说的繁荣。

这一时期英国具有代表性的海洋小说有丹尼尔·笛福（Daniel Defoe，1660—1731）的《鲁滨逊漂流记》（*Robinson Crusoe*，1719）、《鲁滨逊漂流续记》（*The Further Adventures of Robinson Crusoe*，1720）、《海盗船长》（又译为《辛格顿船长》）（*Captain Singleton*，

1720)，和文学大师乔纳森·斯威夫特(Jonathan Swift，1667—1745)的《格列佛游记》(*Gulliver's Travels*，1726)，以及多比亚斯·乔治·斯摩莱特(Tobias George Smollett，1721—1771)的《蓝登传》(*The Adventures of Roderick Random*，1748)和《皮克尔历险记》(*The Adventures of Peregrine Pickle*，1751)。

丹尼尔·笛福(Daniel Defoe，1660—1731)

  丹尼尔·笛福被英国文学史专家认为是"当代小说的源头"，"小说之父"。毫无疑义，笛福是英国现实主义小说的第一位先驱。西方的"小说"概念是指18世纪后期才正式定名的文学式样，以前只能叫"准小说"，是用散文写的虚构故事。英国所说的"小说"，就是指从笛福所开创的通过一个主人公的遭遇对现实生活进行描写的文学样式，所以他们把18世纪看作小说的开端时期。

  笛福出生于英国首都伦敦，父亲经营屠宰业(一说是油烛商)。无论从出身、教养，还是经历说，他都属于资产阶级中下层。同那时候的青年人一样，笛福也渴望出海，因为在海外一个便士就能变成足足一个英镑,英国的一半财富是漂浮在海上的。虽然海外淘金的探险家本人也常常会长眠在大海的波涛下,但是笛福打算接受这一现实。

笛福第一次出海就饱尝了海上的各种滋味——海浪的冲击、晕船的痛苦,还遭到了阿尔及利亚海盗的袭击,不过最后英国警卫船出面打退了阿尔及利亚海盗。由于船上运的是走私酒,说不定会被发现,笛福不得不打开几桶好好酬劳这些救命恩人,以麻痹他们的警惕性。他经陆路(不算英吉利海峡)穿过欧洲回到英国,沿途拜访了法国、意大利、西班牙和葡萄牙。有人建议他在西班牙的省城加迪斯设立一个永久性贸易代办处,但他谢绝了。在他航海的同时也积累了许多经验,增强了自信,并赚了些钱。他游历广泛,从事过袜子批发,烟酒进口,航海保险等,经商还算成功。在此期间,他成了家,开始了养家糊口的生活。

1692 年,他的生意失败了,32 岁的笛福负债累累,同时还要养活妻子和 6 个孩子,由于对政治一直有较浓厚的兴趣,他开始为报社撰写政论文章来谋生,因为这些文章经常抨击国王和执政党,结果,笛福数次入狱,在监狱里呆了不少年,由于政论文章只能给他惹麻烦并增加债务,笛福只好转向小说创作。

1719 年 3 月笛福根据水手亚历山大·塞尔柯克①的一部分经历和自己构思,完成了自己最著名的作品《鲁滨逊·克鲁索》,中文大都翻译为《鲁滨逊漂流记》。300 多年后的今天,这部小说仍然脍炙人口。《鲁滨逊漂流记》给笛福带来了巨大成功并帮他还清了部分债务。然而,由于债主不断上门讨债,孩子们也对他撒手不管,1731

---

① 亚历山大·塞尔柯克(Alexander Selkirk)是一名苏格兰水手,有着丰富的导航经验,1713 年,塞尔柯克发表了一篇讲述自己冒险经历的短文。许多人认为,六年后,丹尼尔·笛福在创作著名小说《鲁宾逊漂流记》的过程中,借鉴了塞尔柯克这段经历。

年,丹尼尔·笛福去世,终年71岁,像生活在荒岛上长达28年之久的他的小说主人公鲁滨逊一样,他孤独而又恐慌。

《鲁滨逊漂流记》实际上有上、中、下三卷。除上、中两卷是连贯的鲁滨逊的冒险故事外,下卷"鲁滨逊的沉思集"已没有漂流、冒险的故事内容,多是宗教说教,超出了小说的范畴。

我国读者经常看到的《鲁滨逊漂流记》只是鲁滨逊冒险故事的前半部分。这部写实风格的海洋小说的成功奠定了笛福在文学史的地位,使他成为"英国和欧洲小说之父"。这部小说的主人公鲁滨逊是个英国人,1632年出生在英国约克市。从小就充满了遨游四海的念头,喜欢航海和冒险,到过世界上的很多地方,碰到过许多危险,但他一点儿也不畏惧,希望走遍天涯海角。但他的父母并不赞成,可年轻的鲁滨逊还是瞒着父母,登上了船。

1659年,鲁滨逊乘船前往南美洲,途中遇上大风大浪,船上的桅杆吹断了,船也翻了,同伴们都死在海里,只有他一个人被大浪卷到了这个无名的、没有人居住的荒岛,到处是乱石野草.他又冷又饿,流落到这种地方,怎么活下去呢?

第二天,太阳出来了,海面上也平静下来。等到潮水退了,鲁滨逊看到那翻了的船,有一半浮在海面上,离岸并不远。他就找了一些木头做成木筏,划到船边。在船舱里,鲁滨逊找到很多可以用、可以吃的东西,陆陆续续地搬到岸上,还带回没有淹死的一条狗、两只猫,这使他在凄凉中感到一丝安慰。更有趣的是他在破船里拾到许多钱,但钱在孤岛上又有什么用呢?

现在首先需要一个容身的地方,以避日晒雨淋。鲁滨逊走遍荒岛,在山坡上选择了一块有水源、有树阴、又可以防野兽的地方,用木头和船帆搭起一座简陋的帐篷。那儿可以看到海面,他希望瞧见过往的船只,以便请求救援。

　　鲁滨逊在岛上定居下来,过着寂寞的生活。他没有更高的要求,但是破船上搬下来的食物很快吃光了,要想活下去,就得想办法。他每天拿着枪,带着狗到森林里去打猎,或到海边去捕鱼,并且把捕到的山羊畜养起来。后来他竟有了成群的山羊,可以常喝羊奶,吃羊肉。搬来的东西里,有一些麦子,他把它们撒到围墙里,不久长出了嫩芽,后来结出了十几个穗子。他用这点儿麦种反复种收,到了第四年,终于吃到了自己种的粮食。

　　十六年过去了。有一天,鲁滨逊忽然发现海边沙滩上有人的脚印,刚开始他很乐观地想那是自己留下的脚印,到后来他才发现他根本没有到过这里,他恐惧万分。猜想这一定是附近陆地上的野人留下来的。他担心这些野人会来吃掉他,于是在住所前的空地上插下杨柳桩子,又将羊群分成几个地方圈养。他在这种不安的心情下又生活了两年。后来,鲁滨逊再一次看到野人留下的生火的痕迹和满地的人骨,这使他联想到他们野蛮的宴会。鲁滨逊在恐惧之中开始考虑怎样对付这可能出现的野人。他在荒岛上生活了二十八年之后,终于看到三十多个野人乘着小木船上岸了。他们拖出两个倒霉的同伴,杀了其中一个人,另一个则挣扎着逃跑。他逃的方向正是鲁滨逊住所的方向。鲁滨逊决心救下这个逃跑的人,于是他开枪打死了追赶的两个野人。鲁滨逊给他救下的野人取名为"星期五",因为这一天就是星期五。他开始教导"星期五"。"星期五"很快成为他的好帮手、忠心的仆人和知心的朋友,并渐渐学会了说话。他们愉快地生活在岛上,扩大了粮食种植面积,又增加了几个羊圈,晒了更多的葡萄干。他差不多淡忘了要回到英国、回到文明社会去,甚至要忘了自己原来是生活在现代社会的。

　　有一天清晨,鲁滨逊被"星期五"喊醒,原来有一艘英国船只在附近停泊着。他发现这艘船上发生了叛乱,水手们绑架了船长。鲁滨逊和"星期五"救出了船长,船长愉快地答应带他们回英国去。鲁滨逊乘这艘船在海上航行半年后,终于回到了英国。

笛福在 1719 年出版了以上冒险故事的前半部分后,《鲁滨逊漂流续记》很快也于同年问世。它和前半部分一样受到舆论的重视,一起在世界的书林中享有盛名,历久不衰。在《续记》中,鲁滨逊由原来的荒岛创业发展到全球航行,他来到中国的南京、北京以及长城以外的蒙古地区,以比较的方法描述中国见闻,认为中国的城市、生活、贸易、军队等等一切都不如欧洲。书中充斥着对中国的歧视、偏见和傲慢。在此书中,除了人们所熟知的鲁滨逊和星期五这两个活生生的人物之外,笛福还塑造了许多有血有肉、栩栩如生的人物,例如宽厚仁慈、从容大度的西班牙人领袖,信仰虔诚、忠于职守的法国牧师,以及浪子回头的英国水手威尔·阿金斯等。鲁滨逊的形象在《续记》中更加成熟和丰满。"他不仅倔强无畏,而且更为世情练达,指挥若定;他不仅以一个艰苦卓越的创业者的面目出现,而且还是一个旅行家、冒险家和外贸经纪商。"①总之,在这本小说中,鲁滨逊更加接近原始积累时资产阶级创业者的真实形象。

《海盗船长》(《辛格顿船长》)1720 年出版,有些批评家认为这部长篇小说是写实主义的杰作。这部以同名主人公航海冒险、开发荒岛为主要内容的长篇小说,反映了英国殖民时期的生活、道德和理想,发表后立即成为家喻户晓的流行读物。主人公是一个有钱人家的孩子,幼年被骗子拐走,辗转出卖,最后落到一个吉普赛女人的手里。她后来向他讲了他的身世和原来的名字:波勃·辛格顿。这个吉普赛女人被绞死后,他就跟一个船主出海,不幸这艘船又被海盗劫

① [英]笛福:《鲁滨逊漂流续记》,艾丽,秦彬译,兰州:甘肃人民出版社,1983 年,(序)第 2 页。

去,于是跟着一个舵手做佣人,当了海盗。后来船员中有人叛变,将波勃也列入叛徒之列,一共有二十三人被扔到荒岛上,以示惩罚。在荒岛上,他们自谋生活,自造船只,居然能航行大海,从马达加斯加航行到非洲大陆。由于出色的战斗和指挥能力,波勃被拥戴为船长。他们从非洲东南岸,徒步跋涉,跨越内陆,到达大西洋边的黄金海岸。中途有浩瀚无垠的沙漠,有成群嗷吼的狮、虎、豹、狼。一路上,他们的冒险事迹骇人听闻。有些地区象牙遍野,沙金满谷。最后大家腰缠万贯,握手告别,各奔前程。辛格顿船长回到伦敦,结交了坏蛋,没几年就挥霍精光。于是他重新出海,参加海盗,横行于中美南美沿海,巡弋南洋群岛、印度锡兰(即现在的斯里兰卡)沿岸、阿拉伯海,还到过中国台湾一带。一路劫掠财货,又成了巨富。最后他对这些不义之财感到忏悔,愿以积资救济贫穷。他最后潜行回国,隐姓埋名以免遭刑戮。

　　笛福一生的活动是多方面的。他的文字工作就包括了政治、经济和文学等方面。然而,他的基本思想和主张却不复杂,那就是"一切为资本主义发展,为资产阶级利益","他是想当典型的新型资产阶级的代言人"。① "他认为贸易是社会进化、国家富强的根本原因。他的口号是:贸易就是一切。"②作为一名商人,在资本主义的拜金浪潮中,笛福从清教主义和启蒙主义者倡导的理性、自由思想出发,"把商海情结变成虚构文学的灵感源头和基本内容"。③

　　从某种意义上来说,笛福这些作品诞生在英国绝不是偶然的,而是英国海洋岛屿文化的独特性影响文学创作的实证。在这些小说

① 徐世谷译:《笛福文选》,北京:商务印书馆,1984 年,(序)第 7 页。
② 徐世谷译:《笛福文选》,北京:商务印书馆,1984 年,(序)第 8 页。
③ 曹波:《人性的推求:18 世纪英国小说研究》,北京:光明日报出版社,2009 年,第 48 页。

中,充满着英国人对海洋的向往和征服海洋的强烈欲望。即使是在历经死亡的恐惧之后,主人公鲁滨逊依然保持着对海洋探险的痴迷,并毅然决然地多次登上征途,这正反映了当时整个英国社会对海洋探险的普遍心态,证实了资本主义原始积累时期新兴资产阶级对海外财富的渴望和对陆上权利的神往。

乔纳森·斯威夫特(Jonathan Swift,1667—1745)

乔纳森·斯威夫特生于爱尔兰都柏林的一个贫苦家庭。他父亲是定居爱尔兰的英格兰人,早在他出生前七个月就已去世。斯威夫特由叔父抚养长大,就读于著名的都柏林三一学院(以天主教的"三位一体"命名)。十五岁时就读于都柏林三一学院,获学士学位。1688 年,斯威夫特前往英国,做了穆尔庄园主人威廉·邓波尔爵士的私人秘书,直到 1699 年邓波尔去世。在他担任秘书期间,阅读了大量古典文学名著。1699 年,斯威夫特回到爱尔兰,在都柏林附近的一个教区担任牧师,但为教会中的事务常去伦敦,后来卷入了伦敦的辉格党与托利党之争,受到托利党首领的器重,担任过该党《考察报》主编。1714 年托利党失势,他回到爱尔兰,任都柏林圣帕特里克教堂主持牧师,同时着手研究爱尔兰现状,积极支持并投入争取爱尔兰独立自由的斗争,但一个个美好的梦想最后都破灭了。晚年的斯威夫特内心十分孤独,只限于和屈指可数的几个朋友交往。他将自己积蓄的三分之一用于各种慈善事业,用另三分之一的收入为弱智者盖了一所圣帕特里克医院。亲人去世,斯威夫特本人也被疾病折磨得不成样子,但是,他仍然一直坚持写作(直到逝世)。许多人甚至认为他已完全疯了。1745 年 10 月 19 日,斯威夫特辞世,终年 78 岁,葬于圣帕特里克大教堂。

　　斯威夫特在早年就接触到了当时的社会政治,开始养成分析事物的才能和敏锐的观察力。对于一位讽刺作家来说,这都是不可缺少的条件。《格列佛游记》的构思源于与朋友的一次聚会,斯威夫特谈到当时的政界种种贪婪无耻的行径时激动万分,嬉笑怒骂间,信笔开始了第一卷的创作。这本书经过无数次的增删修改终于 1726 年匿名发表,并立刻在英国社会引起了很大的争议。200 多年来,它被译成几十种文字,在世界各地广为流传。在这部小说中,海洋以其神秘莫测成为作者驰骋想象的理想空间,斯威夫特借虚构的几个海中王国来讽喻现实,使之成为英国最早的一部讽刺小说。

　　小说共分四卷,第一卷中主人公格列佛以自述的口气介绍了自己的家庭情况海外出海动机。他为人正直、单纯、坦率,还具有一定的航海以及医学知识。因为行医不能养活妻子儿女,他接受了他人的邀请,到航海船只上去当外科医生。于是,格列佛开始了他的航海旅行。

　　格列佛最先到了小人国。起初以为小人国与英国毫不相像,但实际这里却是英国的缩影。国王比他的臣民只高出一个手指甲盖,却狂妄地自命为“头顶天的宇宙统治者”,以其无常的喜怒决定老百姓的命运。官吏们也无需德才兼备,只要跳绳跳得高,坚持的时间长,就可得到高官厚禄、锦衣玉食。小人国的两党以鞋跟高矮为区分标志。斯威夫特映射的是英国的托利党和辉格党。而吃鸡蛋时是从大头敲开还是从小头敲开,则指的是天主教与新教之间关于教会仪式的无稽之争。为了这一区区争端,竟导致了小人国的内战,甚至殃及邻国。由于小人国里的警察制度和诬告成风,格列佛不得不逃离那里。顺利地回到了英格兰,靠出售从小人国带回的牛和羊,发了一笔小财。

第二卷,再次出海的格列佛来到了巨人国。那个国度里虽然法律条文不多、文化上并不先进,却有一种纯朴和自然美。国王贤明而正直,经常关怀臣民。为了赢得国王的好感,格列佛主动为他讲述战争的技术、火药的发明。他的溢美之词在国王的追问下破绽百出。国王对英国存在的营私舞弊、侵略战争和法律不公大加指责,并指出其原因就在于人心的卑劣自私。作者巧妙地借助巨人国国王之口对英国社会的种种现实弊端加以讽刺和嘲笑,从而寄托了对于理想社会的向往之情。在一系列的奇遇之下,格列佛再次还家。

第三卷,格列佛又来到飞岛国。那里的科学家脱离人民与实际,从事不着边际的"科学研究",例如,如何从黄瓜中提取阳光取暖,把粪便还原为食物,繁殖无毛的绵羊,软化大理石等等。尤其是对属地的居民,更采取残暴的手段。稍有叛逆,就将飞岛驾临上空,阻隔阳光,或降落到其国土上,将居民碾压成粉。斯威夫特用文学的笔触,嬉笑怒骂的文字将嘲讽和谴责上升到了精神文化领域,鞭挞了英格兰统治集团对爱尔兰的欺压与榨取。飞岛上的人长得畸形怪状,整天担忧天体会发生突变,地球会被彗星撞击得粉碎,因而惶惶不可终日。格列佛还到了一个魔术家的国度,在那里回溯了古罗马的政治,召见一系列历史人物,对比了英国的制度。斯威夫特试图向读者揭示,所谓的历史英雄人物,都是些如此丑恶的人,是通过种种卑劣手段而获得高位的。他借此非难了君主的政体,表达了赞成共和制度的态度。

　　小说的最后一卷,格列佛船长来到了慧骃国(马国)。在这里受到了一种人形兽"耶胡"的攻击,被一匹智马救了下来。原来,这个国度中,马是主要公民,善良、有理性,"耶胡"则贪婪、好斗。作者用耶胡代表了人类的贪欲和败坏,而用智马象征了对善良、美好品质的向往。不言而喻,如果人类堕落下去,将与动物无异,那是多么可悲啊!最后,格列佛船长回到英国,终生与马为友,拒绝人类的靠近。

　　在《格列佛游记》中,斯威夫特以较为完美的艺术形式表达了他的思想观念。他用丰富的讽刺手法和虚构幻想的离奇情节,深刻地剖析了当时的英国社会现实。这部小说将现实与幻想融合,将两者进行对比,用虚实的反差来完善讽刺的艺术效果,具有强烈的感染力。

多比亚斯·乔治·斯摩莱特(Tobias George Smollett,1721—1771)

　　多比亚斯·乔治·斯摩莱特出生于苏格兰邦希尔附近的一个乡绅家庭,年幼丧父。从格拉斯哥大学医学系毕业后,他一度担任军舰上的医生,参加了英法争夺西班牙在西印度群岛殖民地的战争。后退出海军,在西印度群岛的牙买加呆过一段时间,后返回伦敦开办私人诊所。斯摩莱特利用行医之余从事文笔工作,是一个十分多产的作家,著有六部长篇小说,两部戏剧,编辑和撰写的非虚构作品多达七十卷,还翻译过大量文学作品,其中包括三十五卷本的《伏尔泰全集》,被誉为亨利·菲尔丁和塞缪尔·理查逊之后 18 世纪英国最有才能的小说家。

斯摩莱特的小说几乎都与海洋有关,描写了英国海军的真实生活,这在英国小说史上开拓了一个新的领域,"从某种意义上来说,他是英国海军军旅小说的创始人"。① 他的海洋小说主要有《蓝登传》(1748)和《皮克尔历险记》(1751)。

《蓝登传》带有自传部分。蓝登出身苏格兰富绅家,从小丧母. 祖父因反对儿子的婚事而褫夺了孙子的财产继承权,蓝登靠舅父包金上尉抚养。因舅父避难出走,他不得不中断大学学业,去当外科医生的学徒,不久与同学斯特拉普来伦敦谋生,作了军舰上医生的助手,参加战争。离开军队后,他伪装贵族,以欺骗和赌博为生,因债务入狱。最后他到舅父的船上做外科医生,在阿根廷遇见发了财的父亲,一起回到美国,并与自己喜欢的女子结婚。小说主要由三部分组成:主人公早年在苏格兰的不幸经历;蓝登在海上的冒险,这部分揭露了海军的黑暗、船上水手受到的非人的待遇;蓝登在英国特别是伦敦的生活和最后一次航海。从苏格兰到英格兰,从乡村到城市,从军队到市井,到处充满不人道和不公形象。主人公生活在一个自私、堕落、金钱至上的环境里,受到腐蚀,不择手段地以求脱离贫困处境。斯摩

---

① 王松林,芮渝萍主编:《英美海洋文学作品选读》,上海:上海交通大学出版社,2011 年,(序)第 2 页。

莱特以人物的历险故事来描述、讽刺生活的各方面。

《皮克尔历险记》也是人物奇遇历险记，也由三部分组成：主人公的童年、青年生活；在法国、佛兰德斯、荷兰等地旅行；在英国主要是伦敦贵族社会、政客界的冒险。皮克尔出身富豪，自幼顽皮，他早慧但胡闹，完成学业后去欧陆旅行，寻欢作乐，不断地闹风流韵事。他又尝试进入政界，最终失败。皮克尔不象蓝登，他无须为生计奔波，更多地出入上流社会，他的活动反映了贵族社会道德的堕落、议会选举的腐败。小说中塑造了出色的怪诞人物，如退休的舰队司令官霍塞·特恩尼恩，他性急、嘴里念念不忘以前的航海生涯，在粗暴的外表下有一颗善良的心。

斯摩莱特的小说既具有很强的写实成分，又带有很强烈的主观色彩。与菲尔丁和理查逊一样，斯摩莱特是 18 世纪英国小说发展过程中起到极其重要作用的人物。他的小说语言简洁，非常个性化，引进了苏格兰、威尔士、爱尔兰等各种方言及职业专门语。"尤其令人叫绝的是他根据亲身经历收集的有着海军语言特征的词汇，这些词汇为情节的发展和人物的塑造起到了画龙点睛的作用。"① 与同时代的海洋小说家斯威夫特一样，他撕去了 18 世纪英国社会的伪善的外衣，将卑鄙和腐朽的黑暗面暴露在读者的面前，并对其进行无情的鞭挞。例如在《蓝登传》中，他大胆揭露了军舰上水兵生活的艰辛和遭受到的非人待遇，特别是他对军舰上污秽不堪的病区和伤员所遭受的折磨的描写极为真实，让人感到惊骇。

---

① 王松林，芮渝萍主编：《英美海洋文学作品选读》，上海：上海交通大学出版社，2011 年，第 43 页。

第三节 艺术特征

18 世纪的现实主义小说促成了英国海洋小说的崛起和成型,使海洋小说这一小说题材更趋成熟。概而言之,成型期的英国海洋小说有以下特点:

第一,海的形象一如既往,但是英国人接受挑战和顽强生存的自信心与日俱增;随着资本主义的兴起,英国海洋小说客观上反映了英国当时的殖民和海外扩张政策,有的成为政治的传声筒,为殖民扩张政策和海上霸权的建立摇旗呐喊,而有的则尖锐地驳斥了为当时社会制度进行辩护的一切思想企图并有力抨击了侵略战争和殖民主义的危害。

18 世纪正是西方世界探险高潮迭起的时期,也是英国人从事远洋贸易、殖民扩张和武力侵占的重要时期,这个时期的特征就是冒险和扩张。能够乘上出海的航船到远方去开拓疆土、发财致富,是每个胸怀大志的年轻人的梦想。他们在海外的种种奇遇会伴随着他们发财致富的故事而大受欢迎。因此,这个时期以游记形式记载海外探险历程的海洋小说大行其道也就毫不奇怪了。像 18 世纪所有英国海外投机商和殖民者一样,鲁滨逊冒险的真实目的并非探寻未知世界或证实某一科学假说,而是寻找富饶的殖民地,尽快地完成资本的原始积累,快速地获取资产阶级梦寐以求的经济和政治特权。辛格顿在几番惊险的经历之后,不畏艰险地横贯非洲大陆,继而驾船环游世界。一路上他不择手段地抢掠财富以实现他的无耻的创业梦想。

笛福的《鲁滨逊漂流记》既奠定了英国小说写实手法的基础,又同斯威夫特的《格列佛游记》和班扬的《天路历程》一起,以极其鲜明

的形象显示出英国人的民族性中爱好闯荡天下的一面。小说赞扬了
新兴资产阶级的代表——鲁滨逊身上所表现的勤劳、智慧、勇敢、顽
强和坚韧的美好品德。他凭着顽强的毅力，永不放弃的精神，实现了
自己航海的梦想。小说也反映了处于资本主义原始积累时期的新兴
资产阶级的要求"个性自由"，发挥个人才智，勇于冒险，追求财富的
进取精神。鲁滨逊在荒无人烟的孤岛上独自生活了 28 年，直至 27
年时，星期五才出现。面对人生困境，鲁滨逊的所作所为，显示了一
个硬汉子的坚毅性格与英雄本色，体现了资产阶级上升时期的创造
精神和开拓精神，他敢于同恶劣的环境作斗争。鲁滨逊又是个资产
者和殖民者，因此具有剥削掠夺的本性。

　　笛福的《鲁滨逊漂流续记》已没有了前一本书中对劳动和奋斗的
热情讴歌，它由同自然地斗争深入到社会冲突。"即使是对原来那个
荒岛的描写，也已经反映了移民垦殖、经营管理等等向着高一级社会
形态改造的过程。"①在这部小说中，笛福通过主人公鲁滨逊明显地表
现出他拥护殖民主义和主张种族歧视的观点。在鲁滨逊的眼中，英
国人和所有欧洲人是高贵的，似乎是上帝一手安排的殖民者；而拉美
的印第安人、非洲和亚洲的各民族都是落后、贫穷、野蛮和未开化的
人种。欧洲中心主义的优越感使笛福藐视中国的精神财富和物质财
富；他无视历史悠久、勤劳勇敢的中国人民对世界文明的卓越贡献，
把腐败的满清官员和乡绅的恶习同中国人的民族性格混为一谈。东
方主义视角使他鄙视东方、随意建构中国形象，进而觊觎主宰中国；
殖民主义者的眼光驱使他从精神和物质方面寻求对中国进行殖民统
治的理论依据。《续记》为殖民扩展奠定了舆论基础，为贬斥中国扩

---

① ［英］丹尼尔·笛福：《鲁滨逊漂流续记》，艾丽、秦彬译，兰州：甘肃人民出版社，1983
　　年，(序)第 1—2 页。

充了文本基础,对当今跨文化交流有着一定的警醒作用。

笛福的《辛格顿船长》通过文明与野蛮、进步与原始以及中心与边缘的对比叙事表现了正在崛起的大英帝国,体现了 18 世纪英国海洋小说与当时国内社会现状和帝国海外扩张的联系。小说中的现实主义叙述正是表征帝国的主要运作方式,旨在建构英国文化理所当然的文明优越性,彰显帝国扩张的正当合理性。

然而,与笛福的海洋小说有很大不同,读者可以在斯威夫特的《格列佛游记》中找到反殖民主义的语句。《格列佛游记》是饱寓讽刺和批判的文学杰作,他借船医格列佛之口逼真地描述了四次航海中的奇异经历,通过这种幻想旅行的方式来影射现实,反映了 18 世纪前半期英国的社会矛盾,批判了当时英国统治集团的腐朽和资产阶级唯利是图的剥削本质,暗含了对英国殖民政策的否定。

第二,小说家们叙述故事的技巧更为娴熟,小说的情节显得曲折生动,小说的可读性和娱乐性增强;中心人物主要为推进情节服务,冒险家、殖民者、商人成为这个时期海洋小说的主人公,而理性、务实的资产阶级特征在这些人物身上得以充分的体现。

笛福作为新型资产阶级的代表,他推崇理性,并在他的人物身上宣扬理性——人类相信自己并运用理智对现状进行理解、判断和改造的能力。正如曹波所言,"这部小说的突出成就,首先在于通过对资产阶级创业者征服自然的艰难过程的精确叙述,塑造了一位坚忍不拔、具有超强理性的个人主义英雄形象。"[①]主人公鲁滨逊在漂流到荒岛后,依靠自己的理性创建了自己的王国,在对荒岛的开发和征服的成功就是理性主义的彰显。鲁滨逊在理性原则的框架内,运用暴

---

① 曹波:《人性的推求:18 世纪英国小说研究》,北京:光明日报出版社,2009 年,第 48 页。

力,按"有用性"为自然重新建立秩序,成为小岛的征服者。"理性赋予他自信与乐观,面对荒岛的困境,他坚信只要能合理运用理性,一切问题都能迎刃而解。理性也让他成为及其稳定、免受外界干扰的主体,令他无论身处怎样的环境都能时刻保持清醒,始终临危不惧,并最终均能化险为夷。"①鲁滨逊正是在理性实践中将小岛驯服成为自己的殖民地。当有外族进入他开垦的殖民地时,他则自视为文明理性的代表,视土人为蛮荒之族,并将他们作为假想敌。土著人星期五一出现,鲁滨逊就立即占据了上帝的位置,星期五成为他理性重塑的对象。值得注意的是,在此之前,长年的孤岛生活让鲁滨逊期望有一个同性的伴侣来做"仆人"和"帮手"。岛上的世外田园风光中没有女性身影,即使置身于异性恋思维范式之外,鲁滨逊也未将星期五看作同性恋的对象。对鲁滨逊而言,星期五只是作为一个有用的助手而让他喜欢。在数十年的荒岛生活中,一切求生点滴,如烤面包、做衣服、种庄稼等,鲁滨逊都事无巨细地记录了下来,而完全没有涉及"性",这是因为性完全与鲁滨逊精打细算的理性相悖。瓦特在《小说的兴起》中认为该小说中性的缺失是理性极度控制的表现。② 鲁滨逊与星期五相处的乐趣主要来自其理性实践在教化星期五过程中的体现。鲁滨逊以工具理性的精神看待女人,在他的记述中尽一切可能排除女性身影。母亲只是充当将鲁滨逊的出海想法传递给父亲的传声筒;船长寡妇起到了保险柜的作用;成家后的家庭生活则成为他第二次出海的羁绊。第一部小说结尾时极简单地提到了妻子:"首先,我结了婚。这个婚姻不算太美满,也不算不美满。我生了三个孩子:

---

① 任海燕:《警惕启蒙的讹诈:也论现代神话鲁滨逊》,《外国文学》,2012年第5期,第77页。
② 转引自陈旭:《鲁滨逊·克鲁索的男性气质建构》,《解放军外国语学院学报》,2012年第3期,第108页。

两个儿子和一个女儿。可是,不久我的妻子就过世了。"① 之后,鲁滨逊抛开家庭生活,出海贸易。他后来到了巴西,"除了一些物品",他还给岛上的居民"送来了七个女人,……有的适合干活,有的适合当老婆"。② 在《续记》中,岛上的白人从掳到的五个女人中挑选妻子时,鲁滨逊明显赞同理性极度控制下的行事准则,"选择女人最要紧的是要从女方得到一种帮助,其他方面都是无关紧要的",他认为这样的选择"更实际,更周到"。③ 女人在这里以商品或物品的形式出现,只是发挥着传宗接代的"有用"功能。在《续记》中笛福还借鲁滨逊之口贬低中国,他以科技发展的"理性"眼光审视中国文明:

> 与我们欧洲比较,他们的实力、他们的荣誉,都算不了什么。他们的航运、商业和农业都很落后。他们的科学技术知识也很少。虽然他们也有地球仪,也有一星半点算术,可他们对天体运行的知识一窍不通。当出现日蚀时,老百姓认为是一条大龙在进攻太阳,要把太阳背走,于是全国的百姓拿着锣鼓盆罐,走上大街敲打起来,要把大龙吓走;就象我们要把蜜蜂赶进蜂房一样。④

鲁滨逊将中国文明视为缺乏科学理性的他者,而他则代表了具有理性、勤劳和务实的资产阶级特征的大英帝国。

---

① Daniel Defoe. *Robinson Crusoe*(unabridged),北京:中国对外翻译出版公司,2010 年,第 246 页。
② Daniel Defoe. *Robinson Crusoe*(unabridged),北京:中国对外翻译出版公司,2010 年,第 246 页。
③ [英]丹尼尔·笛福:《鲁滨逊漂流续记》,艾丽、秦彬译,兰州:甘肃人民出版社,1983 年,第 64 页。
④ [英]丹尼尔·笛福:《鲁滨逊漂流续记》,艾丽、秦彬译,兰州:甘肃人民出版社,1983,第 184 页。

　　在《格列佛游记》中,斯威夫特赋予慧骃国的慧马高度理性。在理性支配下的慧骃具有许多优点,而人形动物"野胡"不具备理性,因此邪恶、低劣。作者以理性动物的角度,审视人性的本质。"格列佛对人性的认识程度与屡次航行的情节之间形成了一种有趣的对照关系。或者说,随着航行之中遭遇的人为险境的不断加深,格列佛对人性的认识也变得越来越灰暗。"①正是对人性阴暗面认识的不断加深促使格列佛最终不愿做人,而宁愿与马为伍。

　　慧骃国是格列佛的理想之国,成为慧骃一样的动物是格列佛的梦想。在这部小说中,斯威夫特对理性以及这种理性动物的颂扬显而易见:

　　　　因为这些高贵的"慧骃"生来就具有种种美德,根本不知道理性动物身上的罪恶是怎么一回事,所以它们的伟大准则就是培养理性,一切都受理性支配。理性在它们那儿也不是一个会争论的问题,不像我们,一个问题你花言巧语从正面谈可以,从反面谈也可以;它们的理性因为不受感情和利益的歪曲和蒙蔽,所以该怎么样必然立即让你信服。……它们绝不溺爱小马,教育子女完全以理性为准绳。②

　　在生育和婚姻的问题上,慧骃们也绝对理性:

　　　　母"慧骃"生下一对子女后,就不再跟自己的丈夫同居了,除

---

① 张陟:《从海洋看陆地:斯威夫特与〈格列佛游记〉》,《宁波大学学报》(人文科学版)2011年第1期,第59页。
② [英]斯威夫特:《格列佛游记》,程庆华、王丽平译,北京:中央编译出版社,2011年,第177页。

非是偶然出事故,其中的一个孩子夭折,但这样的事很少发生,只有在那样的情况下它们才再同居。……在婚姻这件事上,它们非常注意对毛色选择,这样做是为了避免造成血统混乱。对男方主要是看重他的强壮,对女方则看她是不是美丽;这倒并不是为了爱情,而是为了防止种族退化。①

在这个理性占统治地位的时代,自然地欲望遭到压制,因为这些欲望被视为非理性因素。然而,在对理性的过度迷信和颂扬中,人是否就成为了"理性机器",少了些人味儿呢?

阅读这个时期的海洋小说中,人们不难发现女性人物几乎是缺席的。以《鲁滨逊漂流记》为例,在鲁滨逊生活了长达 28 年之久的海岛上,唯一带有雌性的就是他捕获和饲养的的母山羊("She-Goat"②)。在小说结尾处,鲁滨逊极其简单地提到了他的婚姻和妻子。《辛格顿船长》/《海盗船长》这部小说以异域历险为主要内容,主人公所到的地方——马达加斯加、非洲大陆、荒漠、黄金海岸、大洋、沿海各地——虽然形式上并不是一座座岛屿,但地理上都远离当时世界文明的中心——欧洲。整本书中几乎没有一个有模有样的女性人物,故事的叙述者(主人公)只是在开头和结尾的几页中以极少的笔墨提及了一个在他儿时养过他几年的吉普赛女人和他的好友——威廉远在英国的妹妹。

英国国王詹姆士一世曾要求女性服从丈夫就像臣民服从君主一样。到了 18 世纪启蒙运动时代,在自由和平等观念的影响下,英国女性的社会、政治和经济地位虽然有所提高,但基督教所宣扬的"女

---

① 同上,第 177 页。
② Daniel, Defoe. *Robinson Crusoe* (unabridged).北京:中国对外翻译出版公司,2010 年,第 115—7,169 页。

人属于男人"的观念依然根深蒂固,女人只是男人的附属品。因此,在轰轰烈烈的海盗生涯和冒险生活中女性和爱情是微不足道的,有时甚至是有害的,正像韦伯指出的那样,"性是人类生活中最强烈的非理性因素,它是个人对合理的经济目的的追求最大的潜在威胁。"①众所周知,"理性"是启蒙运动的关键词,因此英国的 18 世纪被称之为"理性的时代"。格雷戈(S. Gregg)曾用"上帝似的男子气概"(godly manliness)来形容笛福及其所在时代提倡的"男性气质的理想型态"(ideas of masculinity),其品质表现为"宗教信仰、积极(甚至尚武)、勇敢,以及具有理性的世界观"。②鲁滨逊和辛格顿船长在各自依靠理性创建的帝国中,成为了拥有支配性男性精神和男性气质的代表。尽管他们男性精神和男性气质的建构离不开与女性的交往实践,但是他们"以工具理性的精神看待女人"(即有用功能),在他们的叙述中"尽一切可能排除女性身影"③。正如学者段汉武指出的,"在《鲁滨逊漂流记》这样一部以张扬男性精神为话语内容的作品中,女性的缺席是不难理解的。"④

　　实际上,对于这个时期海洋小说中女性人物的缺失与隐形这个问题,大航海时代的历史背景也不可忽视。在资本主义萌芽时期,对于黄金的追求以及新航路的开辟激发了英国人的冒险和探索精神。而这种精神原本就蕴藏在英国人血液中,这也许是因为很多英国人是来自北欧的盎格鲁-撒克逊海盗后裔的缘故。新大陆的发现,殖民

① 丁锐,高东军:《探析荒岛文学中女性的缺失》,《安徽文学》,2009 年第 11 期,第 55 页。
② 陈旭:《鲁滨逊·克鲁索的男性气质建构》,《解放军外国语学院学报》,2012 年第 3 期,第 107 页。
③ 陈旭:《鲁滨逊·克鲁索的男性气质建构》,《解放军外国语学院学报》,2012 年第 3 期,第 109 页。
④ 段汉武:《论〈鲁滨逊漂流记〉和〈蝇王〉中的女性缺席》,《宁波大学学报》(人文科学版),2006 年第 2 期,第 35 页。

地的扩张,来往世界各地的各种各样满载黄金和其他货物的船只也为海盗活动提供了巨大的温床。历史上英国较为推崇"海盗政策",所以无论是在影片中还是在文学书籍中,可以看到的海盗形象百分之八十都出自于英国。不可否认,英国海盗对于英国海外航线的开辟起到了重要作用。同时,航海业也就由最初的谋生手段变成了进行扩张和贸易的手段。笛福认为"贸易与制造业、航海业是母与女的关系","促进英格兰的发展,就是增加人民的财富,只有促进贸易才能做到——航海业与对外贸易关系密不可分"。① 笛福的这种思想反映了当时处在上升时期的资本主义者的愿望。在英国 18 世纪早期,女性被排除在社会的生产劳动之外,她们只被限制在家庭和私人劳动中,生产劳动领域几乎完全为男子所占有,更不用说以冒险精神和海盗精神为特征的航海贸易业了。因此,男性冒险家、男性殖民者和男性商人是这个时期海洋小说的中心人物和主人公。男人们对高深莫测的大海充满着敬畏之情,但他们接受挑战和顽强生存的自信心与日俱增。随着资本主义的兴起,英国海洋小说客观上成为政治的传声筒,为殖民扩张政策和海上霸权的建立摇旗呐喊。

---

① [英]笛福:《笛福文选》,徐式谷译,北京:商务印书馆,1984 年,(序)第 9 页。

第三章　英国海洋小说的成熟

It was the tide, of course: but Tom knew nothing of the tide. He knew only that in a minute more the water, which had been fresh, turned salt all round him. And then there came a change over him. He felt strong, and light, and fresh, as if his veins had run champagne; and gave, he did not know why, three skips out of the water, a yard high, and head over heels, just as the salmon do when they first touch the noble rich salt water, which, as some wise men tell us, is the mother of all living things.

(*The Water Babies*)[1]

19 世纪是英国小说的成熟期,"经过 18 世纪小说家们的'助跑',到了 19 世纪英国小说的'腾空而起',成了叱咤文坛的雄鹰"(蒋承勇5)[2]。英国海洋小说也是如此,进入了发展的成熟期。海洋本身在19 世纪受到了前所未有的关注,海洋已经作为一种审美形象进入文学,海洋精神得到空前绝后的张扬。

---

① Charles Kingsley. *The Water Babies*, Ware, Hertfordshire: Wordsworth Edition Limited, 1994: 86.
② 蒋承勇:《英国小说发展史》,杭州:浙江大学出版社,2006 年,第 5 页。

第一节 维多利亚时代的"日不落"帝国

英国工业革命兴起后,代表工业资产阶级利益的政府奉行自由贸易政策,开始了工业资本掠夺殖民地的时期。在南亚和东南亚,1813 年,东印度公司的贸易垄断权被撤销,英国大量机制纺织品涌入印度,摧毁了当地传统的棉织手工业。1843 至 1849 年英国先后兼并信德、克什米尔和旁遮普,从而完成了对印度的征服,进而向印度外围扩张。1857 年印度民族大起义后,英国为了加强统治,于 1858 年撤销东印度公司的行政大权,将印度改为直辖领地。英国在 1814 至 1815 年割去尼泊尔南部土地;1824、1852 年两次侵略缅甸,将阿萨姆、若开、丹那沙林并入英属印度。1864 至 1865 年又将不丹的达吉岭和噶伦堡并入英属印度。1824 年,荷兰被迫将新加坡划归英国,马来亚划归英国势力范围。1841 和 1842 年文莱先后将沙捞越和北婆罗割给英国。1847 年文莱受英"保护"。

在东亚,英国不满足于对中国的经济侵略,在两次鸦片战争后,不仅要中国赔款、开辟通商口岸,还割去了香港(1842)和九龙半岛界限以南的土地(1860)。在西亚,1839 年,英国占领土耳其统辖下的亚丁港。1857 年又占丕林岛①。在非洲,1843 年英国兼并纳塔尔②。

---

① 丕林岛(perim island)阿拉伯语作 barim,位于红海海口曼德海峡(bad el-mandeb)中的小岛。在阿拉伯半岛赛义德酋长角外。为一光秃火山岛,长约 5 公里,宽约 3 公里,面积 13 平方公里(5 平方哩),海拔 65 公尺(214 呎)。
② 纳塔尔(Natal)是南非联邦和 1994 年以前南非共和国四个省之一。此后改称为夸祖鲁-纳塔尔省(又称夸一纳省)。位于南非的东部,东临印度洋,西与莱索托、自由省为邻,以龙山为界,北与斯威士兰和莫桑比克毗邻,南与东开普省以姆塔姆武纳河(Mtamvuna)为界。面积 92,180 平方公里(占南非总面积的 7.6%)。

1808、1861 和 1874 年,塞拉里昂、尼日利亚和黄金海岸相继沦为英国殖民地。自 1764 年起,濒临南美东岸的马尔维纳斯群岛,经法、英、西、阿根廷等国易手后,1833 年终为英国所得,始称福克兰群岛。对加拿大、澳大利亚和新西兰,英国采取移民拓殖政策,使其成为自己工业的附庸。19 世纪 70 年代以后,由于资本主义国家政治、经济发展的不平衡性,英国逐步丧失其工业世界的垄断地位,但资本输出和殖民扩张仍然领先。

1876 年,英国将印度命名为印度帝国,继续向其周围扩张。1876 年,英国占领俾路支①,1878 至 1879 年阿富汗沦为英国的附属国。1886 年英国占领曼德勒②,完成将缅甸并入印度的计划。1887 年英国宣布哲孟雄(锡金)受其保护。同年,荷属马尔代夫群岛改受英国保护。英国以印度为基地窥视中国的新疆、云南和西藏。掠夺新疆的阴谋最后为清军粉碎。云南在 1876 年被迫开放,增辟商埠,扩大领事裁判权,西藏在遭到 1888 和 1904 年的两次入侵后,亦被迫开放,承认英国的领事裁判权。英国还趁中国在甲午战争中的失败之机于 1898 年,强租威海卫。同年又强租九龙半岛北部及其附近岛屿,为期 99 年。在马来半岛,英国在 1874 至 1895 年间,先后将霹雳、雪兰莪、森美兰和彭亨 4 邦置于自己的保护之下,1909 年称英属马来联邦。在大洋洲,1874 年英国占斐济,1884 年宣布巴布亚为保护地。1893 至 1904 年又先后占有所罗门、汤加、吉尔伯特、库克、埃利斯和菲尼克斯群岛。在地中海,1878 年从土耳其手中夺得塞浦路

---

① 南亚与西亚俾路支人居住的地区,包括巴基斯坦西南部与伊朗东南角。面积约 30 余万平方公里。境内为干旱崎岖的高原,即伊朗高原的东南部。其南部濒临阿拉伯海长约 1,000 公里的近海地带称作"莫克兰"。
② 曼德勒(Mandalay),是缅甸第二大城市,位于缅甸中部偏北的内陆,是几个古代王朝曾经建都的地方。也是华侨大量聚集的城市,曼德勒地区被列为联合国世界文化遗产,可看的古迹很多。

斯岛。在非洲,英国夺得其中非常有价值的地区。1868 和 1885 年,英国先后将巴苏陀兰和贝专纳纳入保护领地。1887 年侵占祖鲁兰。1889 年,C. J. 罗得斯(Cecil John Rhodes)①的"南非公司"成立后,加紧掠夺津巴布丰及赞比亚河以北广大地区,并于 1895 年命名这一地区为罗得西亚(Rhodesia)(罗得斯作为这一地区的重要建立人,以他的名字命名)。经过同德、法、意各国的激烈争夺,在 19 世纪末,东非的索科特拉岛、索马里、乌干达、肯尼亚、桑给巴尔岛等地先后沦为英国的保护地。1882 年,埃及实际上变成英国的殖民地。19 世纪 80 年代埃及统治下的苏丹,爆发马赫迪起义,曾赶走英埃侵略军,建立自己的国家。1899 年,这个国家被英军扼杀,实际上沦为英国殖民地。

在这个世纪,英国通过控制海洋,利用海洋大通道,占领了大片殖民地并掠夺了殖民地的大量财富。而这个世纪自 1837 年以后的部分也常常被人们称为维多利亚时代②。从上面可以看出,维多利亚女王(Queen Victoria,全名为亚历山卓娜·维多利亚,Alexandrina Victoria,1819—1901)时期的大英帝国正处于鼎盛。③ 大英帝国,或称不列颠帝国(British Empire),成为一个由英国管理统治的全球帝国,领土面积高达 3367 万平方公里(大英帝国宣称对加拿大北极圈

---

① C. J. 罗得斯(1853—1902)是一位身在南非的英国商人,矿业巨头和政治家。他是德比尔斯(De Beers)钻石公司的创始人,今天全球市场上 40% 的未经琢磨的原钻出自这家公司,而以前更是占据了销售 90%。他一个英国殖民主义的狂热信徒,南部非洲地区的罗德西亚以他的名字命名。南非罗德斯大学也是以他的名字命名。
② 维多利亚女王是第一个以"大不列颠与爱尔兰联合王国女王和印度女皇"名号称呼的英国君主。她在位的 63 年期间(1837 年 6 月 20 日—1901 年 1 月 22 日),是英国最强盛的所谓"日不落帝国"时期,她在位期间直到她去世后,到第一次世界大战开始的 1914 年,英国都称为维多利亚时代。
③ 维多利亚女王在位时间长达 63 年零七个月,是在位最久的英国君主,也是世界上在位最久的女性君主。这是英国一个工业、文化、政治、科学与军事都得到了相当大的发展的时期,亦伴随着大英帝国的大幅扩张。

内、澳大利亚内陆和南极洲的土地拥有主权）。在第一次世界大战后的 1920 年年代，根据巴黎和约托管德国殖民地而达到全盛时期，号称覆盖了地球上四分之一的土地和四分之一的人口，相当于英国本土面积的 110 倍，为英国本土人口的 9 倍。它是世界历史上面积最大的全球帝国，同时也是史上跨度最广的帝国。在这个鼎盛时期，英帝国的领土、属土遍及包括南极洲在内的七大洲、五大洋，有"英国的太阳永远不会落下"的说法，所以被形容为继西班牙帝国之后的第二个"日不落帝国"。英国著名的经济学家和逻辑学家威廉姆·斯坦利·杰文斯（William Stanley Jevons，1835—1882）说："北美和俄国的平原是我们的玉米地，芝加哥和敖德萨是我们的粮仓，加拿大和波罗的海是我们的林场，澳大利亚、西亚有我们的牧场阿根廷和北美的西部草原有我们的牛群。秘鲁运来的白银，南非和澳大利亚的黄金则流到伦敦，印度人和中国人为我们种植茶叶，而我们的咖啡、甘蔗和香料种植园则遍及印度群岛，西班牙和法国是我们的葡萄园，地中海是我们的果园，长期以来就站在美国南部的我们的棉花地，现在正向地球的所有的温暖区扩展。"①

　　维多利亚时期以崇尚道德修养和谦虚礼貌而著称，也是一个科学、文化和工业都得到很大发展的繁荣昌盛的太平盛世。维多利亚时代被认为是英国工业革命的顶点时期，也是大英帝国经济文化的全盛时期。维多利亚时代科学发明浪潮汹涌澎湃，维多利亚时代人们信仰科学进步，对于工业革命充满了乐观和信心。汽船的出现使得运输和贸易达到了前所未有的繁荣兴旺，四通八达的铁路交通贯穿东西南北。印刷术的发展促进了文学艺术的空前繁荣，维多利亚时代艺术界呈现出群星夺目的盛景，还涌现出了许多伟大的作家、诗

① 杨金森：《海洋强国兴衰史略》，北京：海洋出版社，2007 年，第 124 页。

人和他们的传世之作,如著名现实主义小说家查尔斯·狄更斯(《雾都孤儿》《双城记》等)、夏洛蒂·勃朗特(《简·爱》)以及艾米莉·勃朗特(《呼啸山庄》)等,还有威廉·梅克庇斯·萨克雷、盖斯凯尔夫人、乔治·艾略特等一批出色的小说家在作品里表现了对现实关注、批判和人道主义的精神。诗人中最出名的有艾尔弗雷德·丁尼生和布朗宁夫妇。丁尼生与布朗宁是这个时代诗坛上对峙的两座高峰。这一时期还形成了男女平等和种族平等的进步观念,美国的废奴运动正是这一进步思想的体现。那个时代的中上层阶级对于饮食非常讲究,他们从遥远的国度进口各种具有异国情调的香料、调料,用于精心烹制的食品中。维多利亚时代有了历史上最早的烹调学校,名厨编写的烹调书籍风行英国,在这个时代人们最早将具体烹调方法如调料用量等详细写入书中。一些厨房小厨具也流行起来,如开罐器等,维多利亚时代还形成了许多进餐礼仪。这个时期,英国盛行下午茶,贵族们早餐丰富,午饭简单,晚饭很晚。据说,维多利亚女王的女侍从官——女公爵安娜每到下午就会觉得很饿,于是便让仆人拿些小茶点来吃,许多人纷纷效仿,下午茶渐渐成为一种例行仪式。事实上,围绕着这种下午茶习俗形成了多彩的茶文化,高雅的旅馆开始设起茶室,街上有了向公众开放的茶馆,茶话舞会更成为一种社会形式,维多利亚时代的淑女小姐们在那里与男友们会面。这个令人神往的时代,并没有随着维多利亚女王的去世而结束。很多历史学家认为,所谓"维多利亚时代"的真正结束,是在第一次世界大战结束以后。

在国势强盛、科学昌明、经济繁荣、社会相对稳定的情况下,维多利亚人表现出自满、乐观、正统等精神特征。但是,就在工业革命和国家经济发展的同时,两极分化的现象日益严重。对整个中产阶级思想发生了巨大影响的功利主义哲学认为:人类活动的根本动机是

"自利",理想的社会应伸进"最大多数人的最大的幸福",它强调了个人利益和个人发展的自由,提倡民主政治和发展教育,注重功利,讲求务实。但是最大多数人尽管也信奉"节制、勤勉、正直、俭省、自立"等美德,可是他们并没有获得最大的幸福,在富人的世界之外还有一个令人触目惊心的穷人的悲惨世界。

第二节　英国海洋小说的异军突起

英国海洋小说的崛起正是在英国海外殖民扩张和国内由农业文明向工业文明转型这一历史时期完成的。在 18 世纪登上文坛的英国小说在 19 世纪,尤其是维多利亚时代取得了进一步的发展。小说艺术的日臻成熟为英国海洋小说的创作提供了充足的借鉴与支撑。这一时期,英国具有代表性的海洋小说可谓层出不穷,具有代表性的有弗雷德里克·马里亚特上校(Captain Frederick Marryat,1792—1848)的《海军军官》(*The Navy Officer*,1829)、《海军候补生伊齐先生》(*Mr Midshipman Easy*,1836)、《海盗》(*The Pirate*,1836)和《幽灵船》(*The Phantom Ship*,1839)、查理·金斯莱(Charles Kingsly,1819—1875)的童话名著《水孩子》(*The Water-Babies*,1863)、罗伯特·迈克尔·巴兰坦(Robert Michael Ballantyne,1825—1894)的《珊瑚岛》(*The Coral Island*,1857)、威廉·克拉克·罗素(William Clark Russell,1844—1911)的《格罗夫纳沉船》(*The Wreck of the Grosvenor*,1877)、罗伯特·路易斯·史蒂文森(Robert Louis Stevenson,1850—1894)的《金银岛》(又译《宝岛》)(*Treasure Island*,1883)和约瑟夫·鲁德亚德·吉卜林(Joseph Rudyard Kipling,1865—1936)的《勇敢的船长》(*Captains*

Courageous，1897)等。其实，即便在以描写英国风土人情见长的简·奥斯汀笔下，人们也能发现大量有关英国海军和海军军官的描写，例如在她的最后一部小说《劝导》(*Persuation*，1818)中，除了"劝说"这一主题，关于皇家海军的内容也非常值得关注。奥斯汀的两位哥哥也曾供职英国海军，并最终升任海军少将。这些都从一个侧面向人们展示了英国海外扩张和海外殖民的影子。

弗雷德里克·马里亚特上校(Captain Frederick Marryat，1792—1848)

自斯摩莱特之后，弗雷德里克·马里亚特对英国海军生活做了更细致的描写，笔调也更加诙谐幽默。他生于伦敦，父亲是国会议员，也是当时英国在格林纳达岛的代理人。马里亚特14岁时就加入英国海军，由此开始了人生中的航海生涯。在历时25年漫长的远航经历中，他参加了许多战役，战绩卓越，同时他也到过世界的很多地方。他的海上生涯大致可分为3个阶段：一是作为一名海军候补生在英国舰队服役的时期(1806—1809)；二是由海军中尉晋升为海军中校的时期(1810—1819)，期间他在圣赫勒拿岛附近巡航，防止拿破仑逃跑，也曾巡航至百慕大；三是升任上校的时期(1820—1830)，1820

年他获悉拿破仑死讯后,赶赴圣赫勒拿岛并成功绘制了拿破仑的遗像。之后,马里亚特参加了一次缅甸战争,还奉命驻守了百慕大地区(1820—1830)。他的后期海上生活主要是在大西洋的群岛间执行搜寻任务。孤独的航海生活令他逐渐对航海产生了厌倦,因而开始小说创造。1829 年他的第一本小说《海军军官》问世。次年他便以海军上校军衔引退,全身心投入于小说创作,开始了人生的另一重要阶段。

马里亚特在英国海军服役长达 24 年,其作品多根据其漫长的海军生涯和海上见闻写成,如《海军候补生伊齐先生》,《海盗》和《幽灵船》等。马里亚特的作品情节曲折,文笔流畅幽默,人物形象惟妙惟肖,尤其是他铺设紧张事件的技巧在当时几乎无人可及,他的作品亦被后人视为海洋小说的前驱和典范。他的个人航海经历也可在其作品中窥见一斑。在他的小说中,"海洋既是检阅主人公品格的理想场所,同时也是自然美的化身"。① 有的文学史家认为他是首位专为少年儿童写历险小说的作家,因为他还写过一些儿童读物,较有影响的有儿童历史小说,如《加拿大移民》(Settlers in Canada,1844)和《新森林的孩子们》(The Children of the New Forest,1847)等,具有当时历险小说的各种主要元素。19 世纪初,随着大英帝国的崛起,普通大众对国外开拓的热情也与日俱增。读者对历险小说,特别是海上冒险小说的需求大大增加。尽管马里亚特的作品有时为说教所累,但鲁滨逊式的惊险事件、一波三折的情节、对人物和航海生活的生动描绘等,都使得他的作品一问世就大受欢迎。

《海军候补生易奇先生》是马里亚特最优秀、最畅销的作品,描述的是 19 世纪拿破仑战争时代的海军生活。小说以作者自己的航海

---

① 王松林,芮渝萍主编:《英美海洋文学作品选读》,上海:上海交通大学出版社,2011 年,第 61 页。

冒险经历和真实历史事件为素材,对海上战役、法国监狱以及海军候补生的生活进行了生动的描写。小说主人公杰克·易奇家境富裕,备受宠爱,在父亲的影响下,自幼信奉人人平等的哲学,且随时为捍卫这一观点与他人辩论,后在其父亲朋友的游说下开始了皇家海军的生活。他在船上经历了一系列的冒险,目睹了军舰上的残酷及有悖于他生活信念的海军等级制度,并逐渐接受了权威和等级的概念。在小说中,马里亚特塑造了一群幽默有趣的人物,虽说表现手法稍显粗糙,但人物刻画的生动性丝毫不逊于狄更斯的作品。这部作品的最大特点是其语言的轻松和幽默。作者通过第三人称的叙述手法,以讽刺幽默的口吻描写了军舰上的生活,每个场景读来都令人忍俊不禁。

查理·金斯莱(Charles Kingsly,1819—1875)

查理·金斯莱(国内也有人译为"金斯利")的童年大半在英国西部沿岸的渔村度过。1843 年以优等成绩毕业于剑桥大学。毕业后当了牧师,曾参与发起基督教社会主义改革运动。后常年担任牧师、教授并开始发表作品。他最早的两本小说《酵母》(*Yeast*，1848)和《奥尔顿·洛克》(*Alton Locke*，1850)描述了贫穷等社会弊病。这些作品奠定了他的文学家的地位。以后一段时间里，他一心写诗歌，并开始了有关自然历史的创作。《海滨奇观》(*The Wanders of the Shore*，1855)由他和孩子们一起去托贝海滨渡假而产生灵感，生动描绘了目光敏锐的观察家在岩石滩上和近水海域所观察到的一切。《海滨奇观》显然是写给成年人看的，但却深受维多利亚时代儿童的喜爱。1860年，金斯莱被授予牛津大学的钦定教授，部分是由于阿尔伯特亲王的影响。他当过皇家牧师，经常出入于温莎王家。当他还是剑桥大学的学生时，金斯莱就曾给威尔士王子(后来的爱德华七世)当过家庭教师，并一直保持友好关系。正是在这段时间，他着手写下了《水孩子》，作品于1863年出版。

这部小说讲述了一个扫烟囱的穷苦男孩汤姆，一直过着被师傅虐待的生活。一次，因受人们的误会，他在逃避追捕时，沉睡到水中成为了水孩子。他在水里结识了许多动物朋友，可他在交往中仍表现出人类自私自利的本性，但是水中的仙女们依然用爱来教育他。汤姆渐渐有了改变。最后，他在游向大海的历程中，终于学会了怎样以爱来对待别人，同时自己也成长为一个热爱真理、正直、勇敢的人。

金斯莱的《水孩子》中的大海，与冷漠的陆上世界相对，是个温暖的理想世界，小主人公汤姆在那里完成了他的人性塑造。金斯莱透过写实与幻想结合，创造了一个丰富的艺术世界。这部幻想小说中"他藉由男孩汤姆的灵魂洗涤之旅面对并思考着维多利亚时代的社会与文化现实，并努力调和着自我信仰与时代精神的冲突"①。作品

---

① 何卫青：《死亡之河的现实倒影、自我调节与文化重构——解读金斯莱小说〈水孩子〉》，《中国海洋大学学报》，2007年第5期，第67页。

中充满了各种讽喻,亦不乏劝诫,但它们在作者幽默诙谐的笔调和生动奇特的想象之下,读来丝毫也不觉得冰冷生硬,而是妙趣横生,令人忍俊不禁。其中寄托了作者对自己的孩子和所有孩子的希望:爱清洁,行善事,勇敢正直,健康成长,成为博闻广识、心胸开阔的人。汤姆听到的声音是:"下海去! 下海去!"他得到的教导是:世界是如此的精彩,如果他想成为一个男子汉的话,就必须到外面的世界闯一闯。他必须像每一个降生到这个世界上的人一样,完全靠自己在外面闯。用自己的眼睛看,用自己的鼻子闻,自己睡自己做的床,自己玩火就自己烫痛自己的手指头……作品中那些对于现代文明弊病和生硬教育方式的隐晦的抨击,即便是成人读后,也不免掩卷沉思。而作者对于真理、正义、善良、慷慨、无私、真诚、勤劳、勇敢、懂事等美好品质的拥护和赞颂,和对于虚伪、邪恶、凶残、贪婪、自私、狡猾、懒惰、怯懦等丑陋品质的憎恶和谴责,至今仍具有不朽的意义。

罗伯特·迈克尔·巴兰坦(R. M. Ballantyne,1825—1894)

罗伯特·迈克尔·巴兰坦出生于苏格兰爱丁堡的一个文学之家,他的父(Sandy Ballantyne)是一家报社的编辑,印刷负责人和他的叔叔詹姆斯·巴兰坦(James Ballantyne)是苏格兰最有名的作家沃尔特·斯科特爵士(Sir Walter Scott)的印刷商。巴兰坦小时候经常进出于斯科特的住所。16 岁时,巴兰坦赴加拿大哈德逊湾公司工作了六年。在那个被称为"加拿大的荒野"的偏远地区,他与当地的土著美国人和捕兽者做买卖。对家人的思念使他开始写信给他的母亲。对于写作的热爱才刚刚开始。1847 年,他回到了苏格兰发现他父亲死了。这个消息是毁灭性的,但他逼着自己写完并在次年出版了他的第一本书,《哈得逊湾,生活在北美荒野》。

《珊瑚岛》是他的代表作品,也是他的成名作品,流传甚广,被列为经典著作之列。他另外著有《冰世界》(*The World of Ice*,1860)、《与鲸鱼的战斗》(*Fighting the Whales*,1863)、《海上的人》(*Man on the Ocean*,1863)、《生命之船》(*The Lifeboat*,1864)、《灯塔》(*The Lighthouse*,1865)、《心灵深处》(*Deep Down* 1868)、《沉没于海》(*Sunk at Sea*,1869)、《在波浪下》(*Under the Waves*,1876)、《孤岛》(*The Lonely Island*,1880)等一百多部作品。

在《珊瑚岛》中,巴兰坦向人们讲述了三个男孩子的传奇经历,他们在南太平洋海域一个由珊瑚构成的海岛上度过了一段难忘的日子。少年拉尔夫从小热爱大自然,对传说中遥远、神秘的珊瑚岛充满了向往。十五岁那年,他征得父亲的同意,搭乘一艘远洋货轮去周游世界,可是不幸的是轮船在热带的暴风雨中触礁,他和船上的另外两个男孩子杰克、彼得金被海浪冲到珊瑚岛,于是三个少年在这里开始了他们的孤岛探险之旅。岛上奇特的生物景观、美妙的热带风光迷住了三个孩子,但他们很快就发现生活并不像表面那么和平宁静,食人者的暴行使他们深感震惊和愤怒,他们不惜一切代价,勇敢机智地向受害者伸出了救援之手。最后他们终于找到机会,踏上了归乡之途。三少年热爱生活、勇于探索、乐于助人的精神风貌在书中得到了充分展现,给人留下了很深的印象。

威廉·克拉克·罗素(William Clark Russell, 1844—1911)

威廉·克拉克·罗素出生在纽约。他的父亲是英国钢琴家,男中音歌手兼作曲家亨利·罗素,经常来往于大西洋两岸的英国和美国。他曾就读于私立学校温彻斯特和布洛涅。他渴望冒险,曾与著名小说家查尔斯·狄更斯的儿子一起打算离家出走,从学校到非洲旅行。狄更斯的一封信劝阻了他们。但是,罗素对冒险生活的渴望并未就此放弃。在13岁时他加入英国的商船队,并服务了八年。他曾去过亚洲和澳大利亚。海上艰辛的生活的永久损坏了他的健康,但也为他提供了创作材料。他写小说,报刊文章,历史散文,传记和诗集,但最出名的是他的小说,其中大部分描写的是海上生活,特别是商船生活的艰苦。19世纪美国最伟大的小说家、散文家和诗人之一赫尔曼·梅尔维尔非常崇拜罗素,曾将《约翰·玛尔和其他水手》

（*John Marr and Other Sailors*，1888）这本诗集献给他。罗素投桃报李，在 1890 年将《海洋悲剧》（*An Ocean Tragedy*，1889）献给梅尔维尔。

《格罗夫纳沉船》是罗素第一部真正意义上的海洋小说。在历史上的 1782 年的确有格罗夫纳沉船的真实事件，进一个世纪后出版的这本小说尽管有着相同的名字，但与这个历史毫无关系。他将此书的版权以 50 美元（大约相当于现在的 21000 美元）的价格卖给了出版商桑普森·娄，在四年的时间，这本书卖出了近 35000 本。公众和学者对这部小说的好评和不错的销售业绩为罗素今后的写作生涯铺平了道路。《格罗夫纳沉船》被认为是非常受欢迎的维多利亚时代中期海上冒险和英雄主义情节剧。"小说讲述了一个扣人心弦的冒险故事。二副爱德华·罗伊尔在 19 世纪从英格兰到南美航行。在这艘英国商船上与一个铁石心肠的队长和预谋暴动的船员在一起注定不会是一次简单的航行。罗伊尔在困境中脱颖而出，平息了叛变和挺过了海难，并拯救两个无辜的平民的生命。这部小说是罗素最畅销和最知名的小说。除了这部小说，罗素还写了大量有关海上生活的作品，例如，《水手的心上人》（*A Sailor's Sweetheart*，1880）、《海上皇后号》（*The Sea Queen*，1884）、《一个奇怪的航程》（*A Strange Voyage*，1885）、《海洋悲剧》、《海上婚姻》（A Marriage at Sea，1891）、《移民船》（*The Emigrant Ship*，1893）、《罪犯船,》（*The Convict Ship*，1895）、《停泊的一次远航》（*A Voyage At Anchor*，1899）、《大西洋悲剧,和其他故事》（*An Atlantic Tragedy*，*and Other Stories*，1899）等。

罗伯特·路易斯·史蒂文森，苏格兰小说家、诗人与旅游作家，也是英国文学新浪漫主义的代表之一。他出生于爱丁堡，他的祖父和父亲都是土木工程师，在灯塔建筑方面成绩斐然，十分希望史蒂文

罗伯特·路易斯·史蒂文森(Robert Louis Stevenson，1850—1894)

森长大后能继承自己的事业，所以，他从他们那里遗传到了热爱冒险、喜爱海洋的性格。

1867年，史蒂文森秉承父亲旨意进入爱丁堡大学攻读土木工程。其实他从小就对文学情有独钟，广泛地阅读文学书籍，他特别喜欢莎士比亚、沃尔特·司各特、约翰·班扬与《一千零一夜》。史蒂文森曾说他的整个儿童时代和青年时代一直在为一个目标忙着，那就是练习写作，他的口袋里总是装着两个本子，一本是阅读的书，一本是写作的本子。因此入学不久，他便向父亲要求改学文学，结果未获批准。作为折衷，父亲让他改学法律。1875年，他通过毕业考试，成为了一名律师。但他对文学的热情没有丝毫减退，即使在受理诉讼案件时，仍抽空从事文学创作。从1873年开始，他陆续在各种期刊杂志上发表作品，将全部精力都投入到了文学创作中。由于健康原因，他早期开始到处旅游，既是为了健康也是为了消遣。1880年史蒂文森不慎感染肺结核,此时他刚返回苏格兰不长时间。之后他前往瑞士,而后又到了法国南部,1884 年又前往英格兰的波恩茅斯。在这个期间,史蒂文森发表了短篇小说集《新天方夜谭》(*New Arabian Nights*,1882);冒险小说《金银岛》和《绑架》(Kidnapped,1886)以及《化身博士》(*Strange Case of Dr Jekyll and Mr Hyde*,1886)等一系列作品,以此确立其文学威望。史蒂文森在 1890 年于南太平洋的萨摩亚群岛的乌波卢岛(Upolu)购买了 400 英亩(大约 1.6 平方公里)的土地。在 2 次返回苏格兰的计划失败之后,史蒂文森经过了许多努力,在这里建立了自己的栖身之所,而且将它命名为维利马(Vailima)。史蒂文森的影响力因为当地居民向他寻求建议而扩及到当地,因此他很快进入当地的政治圈中。他以当地居民为素材写了短篇故事集《海岛之夜娱乐记》(*Island Nights' Entertainments*,也称为 *South Sea Tales*,1893),情趣盎然,富于人情味。正因如此,在 1894 年年仅四十四岁的史蒂文森突患中风病逝后,岛上居民为他举行了盛大的葬礼,坚持在他的身旁来守卫,并且用他们的肩膀将他们的"图西塔拉"(萨摩语:Tusitala,意为故事作家)运送上瓦埃阿山(Mt. Vaea),埋葬在一处可以眺望海洋的地方。

尽管史蒂文森生命短暂,但他是个多产的作家,除了小说,他还写了很多诗歌和散文。史蒂文森受到了许多作家的赞美,其中包括欧内斯特·海明威、约瑟夫·鲁德亚德·吉卜林、豪尔赫·路易斯·博尔赫斯与弗拉基米尔·纳博科夫等知名作家。但是在他去世后他的文学声誉开始下降,并且后人仅仅认为他是一名杰出的儿童故事作家。许多现代主义的作家并不认同他,因为史蒂文森是大众化的,而且他的作品并不符合他们所定义的文学。然而,到了 20 世纪中期,评论家对其作品进行了新的评价,开始审视史蒂文森而且将他的作品放入西方经典中,并将他列为 20 世纪最伟大的作家之一。在 20

世纪晚期,史蒂文森开始被重新评价成一位拥有过人洞察力的艺术家、文学理论家、随笔作家与社会评论家,也被认为是南太平洋殖民历史的见证人与人类学家。随着新的学术研究,他现在被认为与约瑟夫·康拉德及亨利·詹姆斯地位相同。

　　史蒂文森的《金银岛》曾被译成各国文字在世界上广泛流传,并曾多次搬上银幕。解放前,我国就曾出版过好几个译本,解放后,出版的《金银岛》的新译本就更多了。小说描写了敢做敢为、机智活泼的少年吉姆·霍金斯发现寻宝图的过程以及他如何智斗海盗,历经千辛万苦,终于找到宝藏,胜利而归的惊险故事。吉姆每次的单独行动都让人为他提心吊胆,然而,他总能化险为夷并有重大发现。从他身上,我们看到了人类好奇心对自身发展的重大意义。而在读到两面三刀、心狠手辣的海盗头目西尔弗时,我们不禁为世上竟有这样的人渣感到羞愧。从这个人身上,我们不难看出,人走上邪恶之路后要改邪归正是多么的困难。对岛中人本·冈恩,作者虽然着墨不多,但这位因迷恋钱财而被放逐孤岛,"似熊,似猴,黑糊糊,毛茸茸的怪物"的遭遇似乎是在提醒人们一味追求金钱可能造成的灾难。全书脉络清晰,故事情节跌宕起伏,具有很强的可读性。这不能不归功于作者在构思布局、渲染气氛、刻画性格方面的卓越技巧。

　　《肇事者》(The Wrecker,1892)是史蒂文森另外一本海洋小说。这部小说篇幅很长,是与他的继子劳埃德·奥斯朋(Lloyd Osbourne)共同完成的。这是一个充满喜剧性的、神秘的探险故事,它围绕着一艘位于中途岛(Midway Island)附近的①沉船——飞毛腿(the Flying Scud)展开。从一本集邮册里得到的线索使人们逐渐找到了失踪的船员并解开了沉船之谜。直到小说的最后一章,各种元

---

① 此岛位于北太平洋上,夏威夷群岛之西,此岛位于亚洲和美洲之间的中途,故名。

素和线索才有了相互联系。史蒂文森称这个故事为"南海奇谈"(South Sea yarn)。虽然这本书当时卖得好,舆论界对它的评论却好坏参半。

海洋小说一般有历险、寻找(包括寻宝、寻人)、漂泊等模式,它们是西方文学史上的传奇(罗曼司)与流浪汉小说的海洋版①。《鲁滨逊漂流记》开海洋小说的风气之先,史蒂文森的《金银岛》寻宝使鲁滨逊式的故事又多了一份神秘、若干悬念。

约瑟夫·鲁德亚德·吉卜林(Joseph Rudyard Kipling，1865—1936)

约瑟夫·鲁德亚德·吉卜林出生于印度孟买,他出生时的屋子至今还座落在 Sir J. J. 实用艺术学院(Sir J. J. Institute of Applied Art)的校园里。他的父亲约翰·洛克伍德·吉卜林(John Lockwood Kipling)是该校的老师,他的母亲是艾丽丝·麦克唐纳(Alice Macdonald)。这对夫妇最早于英国斯塔福德郡的鲁德亚德湖上订婚,于是鲁德亚德·吉卜林的名字也由此而来。在吉卜林 6 岁时,他

---

① 参见罗贻荣:《西方海洋文学中的海洋精神》,〈http://www. dreamkidland. cn/leadbbs/read. php? tid-19105. html〉2005 - 09 - 26。

同 3 岁的妹妹被一起送到了英国一间儿童寄养所接受教育,直到他 12 岁离开。他在这里的生活并不愉快,受到的关爱非常有限,这段经历可能也很大程度上影响了他以后的写作,尤其是增加了他对孩子的同情心,这在他的许多作品里多有体现。在结束了英国的这段历程后,吉卜林于 1882 年返回了印度,在他父母工作的城市拉合尔(今属巴基斯坦)开始了第一份工作,为当地一个很小的报纸《公民军事报》(Civil & Military Gazette)做助理编辑,从此他尝试性地开始了诗歌的创作,到 1883 年,他正式出版了他的第一部作品。1892 年,26 岁的吉卜林同 30 岁的卡罗琳·贝尔斯迪尔(Caroline Balestier)结婚。正当这对新婚夫妇共度他们的旅行蜜月时,吉卜林的银行账户却突然出了故障,他们手头的现金只能够维持他们到达美国佛蒙特州(贝尔斯迪尔家族许多成员住在那里)。于是在接下来的四年里,他们便住在了佛蒙特州,并在伯瑞特波罗(Brattleboro)小镇建了一座名叫"Naulakha"的房子(意思是 90 万卢比)。至今,这个房子仍然坐落在吉卜林路路边,鹅卵石质地、深绿色装饰、宽敞的空间,曾一直被吉卜林摹绘称成为一艘"船"。也正是在那段时期,吉卜林开始专注于儿童文学的写作,在 1894 年和 1895 年陆续出版了经典之作《丛林之书》和《丛林之书二》(The Second Jungle Book)。1897 年,他携妻子返回了英格兰,并于当年即出版了《勇敢的船长》(Captains Courageous)。

吉卜林的作品在 20 世纪初的世界文坛产生了很大的影响,他本人也在 1907 年获得了诺贝尔文学奖。他是英国第一位获得诺贝尔文学奖的作家,也是至今诺贝尔文学奖最年轻的获得者。此外,他也曾被授予英国爵士头衔和英国桂冠诗人的头衔,但都被他放弃了。由于吉卜林所生活的年代正值欧洲殖民国家向其他国家疯狂地扩张,他的部分作品也被有些人指责为带有明显的帝国主义和种族主义色彩,长期以来人们对他的评价各持一端,极为矛盾,他笔下的文学形象往往既是忠心爱国和信守传统,又是野蛮和侵略的代表。然而,近年来,随着殖民时代的远去,吉卜林也以其作品高超的文学性和复杂性,越来越受到人们的尊敬。

《勇敢的船长们》是吉卜林在创作鼎盛期时写的一部海洋小说,自问世以来一直倍受海洋故事爱好者们的青睐。它反映了 19 世纪末在蒸汽船普及前的时代里,那些驾着帆船,以命相搏,出没于大洋捕渔和冒险的男子汉们的精神,也反映了一个公子哥儿在海洋的严酷环境下被改造的过程。故事的主人公哈维・切尼,15 岁,是一个家境富有的被溺爱坏了的男孩。一次他乘船到欧洲去,被一个巨浪从船上打入了大海。所幸他被一个渔民救起,送上了一条叫"陪伴"号的渔船。这条船的船主兼船长迪斯科・屈劳帕并不欢迎这个孩子的到来,但是还是告诉他将管他的食宿,每个月外加 10 个美元,但要干活儿,直到 9 月份船到格洛斯特码头时为止。而此时正是 5 月中。哈维坚持要求马上送他到纽约去,并保证他父亲会为此行付钱。但是船长对哈维说其父是百万富翁有怀疑,拒绝改变航行计划,拿自己这个渔季的收入冒险。哈维开始变得无礼。船长立即在他鼻子上猛击一拳教他懂得礼貌。而船长的儿子丹很快成了这个落难者的朋友。因为他很高兴船上有了一个和自己年龄相仿的人。而且哈维所讲的那些高楼大厦、私人小汽车、晚会的故事强烈地吸引了他。他觉得哈维不可能编造出富人生活的所有那些细节。哈维开始去适应船上的生活,他的海上的教育开始了。船员朗・杰克负责教给他各种绳索和设备的名称。哈维学得很快,这有两个原因,第一,他是个聪明的少年。第二,那个海员在他答错的时候总是用绳子头狠狠地抽他。他也学会了放平底小船、腌制鳕鱼、在舵轮前守望等各种船上的活儿。逐渐,哈维开始习惯于海上生活,也从工作和休息中得到了愉快。而最使哈维高兴的是海员们开始根据他的表现接受他作为一个工人、作为他们当中的一员了。9月初,"陪伴"号加入到其它船的行列,在一处暗礁区投入捕鳕鱼的高潮。渔民们一天24个小时忙着捕鱼,因为最先装满船舱返航不仅是一种荣誉,而且最先回港的鱼可以卖最高的价钱。这一年,"陪伴"号再次夺冠。船一靠格洛斯特码头,哈维就发了一封电报给父亲,告诉他自己没有淹死,而且活得很好,很健康。他父亲、百万富翁切尼先生回电说他将乘私人小汽车尽快赶来。这使船长和其他船员大吃一惊——哈维过去说的都是真的。切尼先生和哈维的妈妈见到自己的儿子大喜过望,当他们看到船上生活已把儿子从一个纨绔少年变成一个自立的青年时,更是加倍高兴。哈维已懂得怎样以自己的双手谋生,怎样不是根据一个人所有的金钱而是根据他的为人来评价一个人。切尼先生自己童年贫穷而挣得了一份大家业,所以对儿子的变化更是特别高兴。哈维也自然成了切尼公司事业的出色继承人。

第三节　艺术特征

海的神奇与险恶、海上生活的惊险,也使海洋成为文学作品的理想背景。19世纪的海洋小说进一步表现了英国人认识和驾驭海洋的信心,展示了他们意志的坚韧和勇敢。19世纪的海洋小说为19世纪末英国小说的繁荣作出了自己的贡献,这个时期的英国海洋小说有以下特点:

第一,海的形象被美化,亲海成为海洋小说新的旋律;儿童海洋小说成为19世纪海洋小说的主要构成部分,其成长和教育主题被突出;英国海洋小说仍然是政治的传声筒,为英国殖民扩张政策和海上霸权呐喊。

　　工业革命在引发社会巨变的同时,也导致了人们生活方式的彻底改变。这些变化对作家敏感的内心世界的冲击是极为强烈的。当农村经济转变为工业经济,当传统的手工作坊变成工厂的规模生产,当一种长期稳定的、田园牧歌式的生活方式在工业化和城市化的浪潮中一去不复返时,人们便产生了普遍的怀旧与伤感的情绪。外国儿童文学专家舒伟和于素萍认为,在特定意义上,正是这种复杂深切、惘然若失的心态促使这一时期的英国一流作家关注儿童和书写儿童;英国浪漫主义诗人对于想象和儿童的重视与崇拜培育了张扬幻想精神的文化土壤;浪漫主义诗人往往把对童年的回忆和讴歌上升为对自由的崇拜和对人性本真的追寻,表达了寻回失落的自我和逝去的精神家园的渴望。同浪漫主义诗人们一样,金斯莱反思机械时代,关心下层人民的生活疾苦,反对当时不合理的儿童教育,强调劳动的意义,被认为是进化论者和社会改良主义者。这些观点在他的儿童海洋小说《水孩子》里都得到了充分的体现。正如李靖和吴巳英的研究证明:"在《水孩子》中,金斯莱运用了很多赞颂自然、儿童和生命的诗歌,来表达他的文化反思,比如,《水孩子》中引用华兹华斯(William Wordsworth,1770—1850)的诗歌直接质疑理性思维;此外,金斯莱还引用了美国诗人朗费罗(Henry Wadsworth Longfellow,1807—1882)的诗歌,该诗将自然比做母亲和护士,将人类比做婴孩,抒发了使人们渴望心灵返璞归真的热望。"[①]金斯莱继承了浪漫主义者对大自然的钟情与热爱。清澈洁净的河流和海洋在他的小说中是"基督教的涤罪意象","被设想为具有内在深度的强大力

---

① 李靖,吴巳英:《诗性思想与心灵培养——金斯利文化反思的内涵和表现形式》,《解放军外国语学院学报》,2012 年第 4 期,第 108 页。

量,能净化内在深处的存在,重新给予有罪的灵魂以雪的洁白"。①

　　这个时期海洋小说中的小主人公们的道德进化和灵魂洗涤之旅以对海洋这个自然世界的认识为途径。小说中处处出现以他们的视角呈现的水中和海上生活的细节,并且这些细节融入了他们学习的场景中,例如,在《水孩子》中,汤姆变成水孩子后起初很顽皮,"他吓唬螃蟹,吓得他们躲到沙里去,紧张地伸出两个小圆珠似的眼睛看着他;他搔石珊瑚的痒,痒得他们赶紧把嘴巴闭上;他把石子放进海葵的嘴里,海葵以为开饭了,结果空欢喜一场"②。报应仙女以其人之道,还治其人之身,惩罚了汤姆。她还让汤姆观看她是如何惩罚那些乱给孩子们治病的医生、喜欢给自己的女儿裹脚束腰的蠢女人、粗心的保姆以及残酷的教师,以此使汤姆更加深刻地认识到了自己的错误。第二天,果然按照报应仙女的话,成了好孩子。"他没有吓唬一只螃蟹,没有搔珊瑚的痒痒,也没有把石子扔进海葵的嘴里去。"③

　　19世纪海洋小说的流行与英国岛国地势、英国海洋民族性格及维多利亚时代"日不落帝国"时的民族傲气都有很大关系。巴兰坦对人的看法是乐观的,他和史蒂文森一样,认为英国男孩都是有勇气、有智谋的。这种勇气和智谋使他们胜利地征服了海盗、热带岛屿,就像当时的大英帝国把自己的统治与宗教强加给他们眼中的芸芸贱民一样。巴兰坦的《珊瑚岛》和史蒂文森的《金银岛》代表了维多利亚时代的极端自信和对英国青少年群体文明价值的乐观肯定。拉尔夫、杰克、彼得金和吉姆都被刻画为少年英雄:勤劳、正直、智勇双全,这

---

① 何卫青:《死亡之河的现实倒影、自我调节与文化重构——解读金斯莱小说〈水孩子〉》,《中国海洋大学学报》,2007年第5期,第68页。
② [英]查尔斯·金斯利:《水孩子》,肖遥译,北京:中国妇女出版社,2009年,第89—90页。
③ [英]查尔斯·金斯利:《水孩子》,肖遥译,北京:中国妇女出版社,2009年,第96页。

正是优秀的殖民者的样子。而且作品中很少有女性角色或者根本没有女性的影子，这也正是殖民主义文学的特点之一：以男性为中心，少有女性的位置。当时的英国人普遍认为，殖民地的拓展、帝国的建设是男人的事业。

维多利亚时代社会相对稳定，无产者与上层阶级的矛盾趋于缓和。无论在工业、商业，还是在殖民扩张和殖民剥削方面都处于高峰时期。大英帝国的海外殖民扩张极大地激发了英国公众的民族自豪感，当时的英国弥漫着一种普遍的帝国主义情绪。评论家麦肯齐指出，"在维多利亚时代后期的英国，帝国主义已演变成一种爱国主义，打破了阶级和党派的界限，将英国凝聚成一个整体。"①作为这种时期的作品，《珊瑚岛》和《金银岛》不可避免地流露出当时的日不落帝国特有的民族自满、自傲，表现了当时的大英帝国对所有国家，所有人的恩赐态度，传达了当时英国人的普遍心态，即英国人居所有人之上，能够战胜、征服一切的狂傲。研究这些海洋小说的意识形态色彩，有助于我们了解大英帝国鼎盛时期典型的东方主义思维模式。

我国学者李道全指出："受到帝国思想影响的儿童，也自觉地从帝国的视角审视异域他者，并对帝国叙事的真实性毫不置疑。……透过《珊瑚岛》中的儿童，读者已经可以看到三个儿童对帝国的深深认同。他们已经接受了帝国文化霸权模式下的教育，将这些价值观念视为'天然'模式。"陈兵和牛振宇认为，《金银岛》中潜藏着根深蒂固的东方主义思维方式。小说中的金银岛与广义的东方现实世界存在客观联系，而萨义德对东方主义的分析批判可以揭示小说中的东方主义文本性态度和东方主义对东方的对象化现象。《金银岛》体现

---

① Mackenzie, John. *Imperialism and Popular Culture*. Manchester：Manchester UP，1986：4.

了东方主义"东方化"和"包容"东方的愿望,金银岛及岛上财宝代表着被东方主义扭曲了的东方形象,反映了东方主义"客体化"、"对象化"东方的态度,使东方成为西方的欲望天堂。[①]"诱人的金银后面隐藏的是西方与东方的掠夺与被掠夺的关系,金银岛及其财富是小说中东方的代表。"[②]

第二,小说在结构形式与叙述方法上趋向成熟,多角度、多人物变换的叙述方式被使用;人物不再处于仅仅为情节服务的地位,人物形象的塑造成为小说创作的基本任务;浪漫和感性主义风格和手法得以显现和张扬,而18世纪的现实和理性主义逐渐隐退其后。

在《水孩子》中,金斯莱的叙述方式亲切而风趣,文笔优美而简洁:

> 可怜的小汤姆,对他来说这真是一次沉闷的旅行。他好多次想要回文德尔去,和那些鳟鱼在夏天明朗的阳光下玩耍。但这是不可能的,过去的事情不会再来,人不可能再回到小时候,水孩子也不能。[③]

与18世纪的《鲁滨逊漂流记》通过海洋所体现的道德说教截然不同。这本小说从头到尾,充满着春天早晨那种轻快的情调。金斯莱始终感觉在为自己的孩子写书,所以书中的口吻总是针对着孩子,而且常带有调笑的口吻,叫人读来更加觉得亲切,便是成人读来,也觉得非常风趣。另一方面,由于金斯莱平日爱好自然,同时也是个博

---

① 陈兵、牛振宇:《〈金银岛〉:西方人的"东方幻想"》,《安徽大学学报》(哲学社会科学版),2008年第2期,第79—83页。
② 陈兵、牛振宇:《〈金银岛〉:西方人的"东方幻想"》,《安徽大学学报》(哲学社会科学版),2008年第2期,第80页。
③ [英]查尔斯·金斯利:《水孩子》,肖遥译,北京:中国妇女出版社,2009年,第70页。

物学家,所以本书关于海洋和自然界的描写都极其真实而且生动。

《金银岛》中史蒂文森在情节的安排上是处处暗藏玄机;尤其在同一艘船上安插一批觊觎宝藏的海盗,把故事的张力推到极致,紧紧地抓住读者的情绪。除了情节曲折、变化离奇的趣味外,书中人物刻画也相当成功。人物形象有血有肉,鲜明生动,既有细致的心理刻画,又有精确的细节描写。如"我就不用说了,那个独腿水手是怎么萦绕在我的梦里,挥之不去","我会看到那个人化成一千种不同的形状,现出一千种狰狞的表情。一会儿那条腿截到齐膝盖,一会儿截到齐屁股,一会儿他又变成一个要么没腿,要么在身躯中央长着一条腿的怪物。最可怕的噩梦就是看见他连跳带跑越过树篱和水沟向我追来。"①在这里,一个涉世不深的小孩子的恐惧的内心世界真实而幽默地呈现出来。又如一开始的"船长","他的旧水手帽有一道卷边耷拉下来了,一刮风,那卷边就有些碍事,但他一点也不在意,就让它那么耷拉着。"②一个大大咧咧的海盗形象清晰地呈现在我们的脑海里。还如"我记得他的外套破成什么样子;他曾在楼上自己房里把他补了又补,到最后,上面除了补丁外别的什么都没有了。"③平时挥霍无度的"船长"也会这样勤俭节约,平时杀戮斯杀、大大咧咧的大男人也会针线活。这些细节描写似乎暗示着事物鲜明相对的两面,人物形象丰满了不少。对于水手的生活、海盗的行踪,尽皆栩栩如生,活灵活现。而其中独脚厨师希尔佛的角色塑造,尤其使人印象深刻。他有时凶残,有时温和;有时充满暴戾之气,有时又颇具绅士风度;有时沉稳冷静,有时又贪生怕死,最后甚至抛弃属下人。人性的善良、邪恶与贪婪,在他身上显露无遗。

---

① Robert Louis Stevenson. *Treasure Island*,上海:上海世界图书出版社,2008:3.
② Robert Louis Stevenson. *Treasure Island*,上海:上海世界图书出版社,2008:5.
③ Robert Louis Stevenson. *Treasure Island*,上海:上海世界图书出版社,2008:5.

《勇敢的船长们》处处流露出吉卜林老练简洁的写作风格。这部小说的成功还在于他在小说中创造了一系列生动的人物形象,如哈维·切尼、屈劳帕船长、屈劳帕夫人、他们的儿子丹和水手郎杰克等。哈维·切尼自然不用说,精明强悍、明辨是非、嫉恶如仇、助人为乐的屈劳帕船长也给人留下了深刻印象。作为船长,他具有捕鱼和驾船的丰富经验。他能在茫茫的渔场上寻找最理想的停泊地,捕到大量的鱼。每到一个海域,他对海水的深度、海底的土质,甚至土质的气味都了如指掌。就整体风格而言,"小说对美国葛罗赛斯特海岸的渔民生活有非常细腻准确的描述,文笔简洁自然,尤其对海上捕鱼生活的描绘常常带有一种诗意的抒情笔调"。①

这个时期的海洋小说充满浪漫主义气息,作家们描写自然风光,歌颂大自然。由于厌恶资本主义物质文明,反感庸俗丑恶的现实,对工业化的恐惧和憎恶便成为作家共有的特点,而雄伟瑰丽的大自然和远方奇异的情景,则成为他们寄托自由理想之所在。在他们的笔下,大自然的美和崇高往往同城市生活的丑恶鄙俗形成强烈的对比,一些非凡的人物往往出没在大自然中间或奇异的和具有异国情调的环境里。他们把自然看作一种神秘力量或某种精神境界的象征。蔚蓝的大海、清澈的河流、绿色的树林和草地、晶莹的露水和唱歌的云雀成为小主人公们洗涤灵魂和道德进化之旅。

作家们不仅歌吟本国自然之美,而且乐于描绘异国风光,如巴兰坦的太平洋海域的珊瑚岛和吉卜林的纽芬兰浅滩的大渔场。通过海员的故事,珊瑚岛被描述为"数以千计的丰饶小岛是由珊瑚虫等小生物形成的,那里几乎四季如夏,树木硕果累累,气候宜人"。② 在纽芬

---

① 陈兵:《论吉卜林〈勇敢的船长们〉中的教育理念》,《外国文学评论》,2009 年第 4 期,第 71 页。

② R. M. Ballantyne, *The Coral Island*, Ware, Hertfordshire: Wordsworth, 1993: 7.

兰浅滩的大渔场,"雾浓得鱼跟鱼都相互看不清;那里的大浪比燕麦牛奶粥更稠;那里的浪尖翻滚着伴有一种连续不断的撕裂声;那里的疾风吹过广袤无垠的空间,仿佛在放牧海上紫蓝色的云彩,那里的细雨亲吻方圆千里阴沉沉的海面"。①

另外,不同于之前的 18 世纪的英国海洋小说,在此时的海洋小说中,女性人物开始作为配角出现,例如,《金银岛》的小主人公吉姆的母亲出现小说的开头的部分,与儿子一起在海盗船长中风死后,打开了他的大水手箱;在《水孩子》中,小主人公汤姆的灵魂之旅是有一群仙女引导的,包括岸上的爱尔兰女人(水中仙女们的女王),水中的报应仙女和报答仙女等,而且汤姆最好的朋友是一位一身洁白的小姑娘艾丽。在吉卜林的《勇敢的船长们》等小说中,船长的妻子及未婚形象开始亮相。英国步入工业化时代是其社会转型的重要时期,妇女地位亦受社会变动的影响。工业化的过程也是一个伴随着性别社会化的过程:它建构了积极为社会作出贡献的女性的边缘化地位;同时它提供了建构女权主义意识形态的前提,觉醒的女性开始展开与男性争取同等社会地位的斗争。随着社会的变迁,妇女在家庭内外的角色和职责有了新的内涵,但与其配偶的主被动关系没有太大的变化。

《勇敢的船长》这部小说的创作源于吉卜林居美期间和其家庭医生对于美国渔民生活的探讨。在吉卜林这样一部张扬冒险精神和男性力量的海洋小说中,男人对海洋的热爱与女人对海洋"怨和恨"形成了鲜明的对比。"陪伴"号渔船的船长屈劳帕是一位优秀的渔民,他的妻子屈劳帕夫人"沉默寡言却显得十分庄重","跟所有那些在海

---

① [英]吉卜林:《勇敢的船长》,徐朴,汪成章译,武汉:湖北教育出版社,2010 年,第 1 页。

边遥望亲人归来的女人一样,眼睛不太明亮"。① 从屈劳帕夫人的口中我们得知在她所居住的小城里每年就有一百多人在海上丢掉了性命,"小伙子跟上了年纪的都有"②。因此,在这个城市里设有渔民遗孀和孤儿救济会这样的组织。当参加为这些遗孀和孤儿举行的募捐活动时,一直养尊处优的切尼夫人(切尼的母亲)怎么也没有想到世界上会有那么多寡妇。在此之前她曾见过的一位葡萄牙教士,他那里"有一张生活艰难的寡妇名单,那名单简直跟他的黑袍法衣一样长"③。难怪屈劳帕夫人说"要是海是活的,听得懂我的话,我真想跟它说我恨它"④。屈劳帕夫人从她的儿子小的时候就希望他能开个店,安安稳稳地生活在陆地上,远离海洋以及海上生活所带来的危险。当屈劳帕说她"看不起海洋"时,她的回答和她痛苦的模样深深地刺痛了读者的心灵:"'我的父亲——我的大哥——两个侄子——我的二妹夫。'她说着,垂下头用双手抱着,'大海把他们的性命都要去了,你叫我怎么去喜欢大海呢?'"⑤

　　这部海洋小说的基调乐观,凸显了男性冒险、奋斗和开拓的强悍精神。学者陈兵指出,《勇敢的船长》中的渔船"陪伴"号就是一个理想的男性社会,吉卜林的这种理想社会往往是由强悍的男性组成的,

① Rudyard Kipling. *Captains Courageous*. New York：The New American Library, Inc. , 1964：135 - 6.
② Rudyard Kipling. *Captains Courageous*. New York：The New American Library, Inc. , 1964：136.
③ Rudyard Kipling. *Captains Courageous*. New York：The New American Library, Inc. , 1964：137.
④ Rudyard Kipling. *Captains Courageous*. New York：The New American Library, Inc. , 1964：136.
⑤ Rudyard Kipling. *Captains Courageous*. New York：The New American Library, Inc. , 1964：136.

对男性力量和男性精神的歌颂充斥于吉卜林的作品中。[①] 吉卜林自己也说:"声音浑厚的男子在晚餐桌上的笑声是世界是最可爱的声音"[②]。作为船长夫人,屈劳帕夫人仅出现在小说结尾部分的三个场景中,说的话也屈指可数。在小说的最后,自己的丈夫又起帆远航了,屈劳帕夫人望着"陪伴"号渐渐远去,她很坚强,并没有哭,而是在安慰一直哭泣的切尼夫人,"我们都是女人。我看就是大哭一场你心里也不会就此好过一些。上帝知道,哭对我没有一点点好处,不过他也知道,有好多事情都可以让我大哭一场!"[③]这里的"好多事情"究竟是什么? 这一点很值得读者的思考和回味。作为故事的叙述者,吉卜林剥夺了屈劳帕夫人以及那些渔民遗孀的话语权。她们一直生活在无奈和沉默的愤慨之中,抑制着自己的情感,极少有机会没抒发出来。作为渔民和海员的妻子,她们同她们远在海上的丈夫们一样学会了坚韧、克己的精神。整体而言,尽管作家在他们的作品中对女性充满同情和怜惜,然而她们大多情形下是沉默的,或是少言寡语的,是男性人物的陪衬,对男性人物的依附感极强。在男性精神的笼罩下,女性人物仍然处于失语状态。

① 陈兵:《论吉卜林〈勇敢的船长们〉中的教育理念》,《外国文学评论》2009 年第 4 期,第 76 页。
② 转引自陈兵:《论吉卜林〈勇敢的船长们〉中的教育理念》,第 76 页。
③ Rudyard Kipling. *Captains Courageous*. New York: The New American Library, Inc. , 1964: 156.

第四章　英国海洋小说的繁荣

　　这种事儿除了在英国别处是不会出现的,只有在英国,人和海才可以说是达到了水乳交融的地步——大海进入了大多数人的日常生活,而人们对于在海上寻欢作乐、航行旅游、混饭谋生,或则略知一二,或则了如指掌。

(康拉德《青春》)①

　　20世纪是英国海洋小说的繁荣期,也是创新变革时期,英国海洋小说园地异彩纷呈。到了这个世纪,海洋和航行作为文学意象和象征其内涵在英国海洋小说中得到进一步的升华和丰富。同样以大海为背景,18和19世纪的英国海洋小说主要是对海上冒险和海外殖民的描写,而20世纪,特别是上半世纪的现代派作家的英国海洋小说更加倾向于以海洋和航行来展现人物的心路历程和繁杂心绪;20世纪后半期以描写拿破仑时代以及一战和二战时海战和海军生活为主要内容的海洋小说利用海洋和航行建构英国民族精神的同时,讴歌了英吉利民族的海洋英雄气概。

---

① [英]康拉德:《康拉德海洋小说》,薛诗绮编,上海:上海文艺出版社,2012年:第1页。

第一节　走向衰落的海洋帝国

20 世纪初,英国已经发展为世界经济中心。然而,世界变化很快,大英帝国注定不能成为千年帝国。1901 年 1 月 22 日,英国维多利亚女王逝世,大英帝国享有百年霸业的那个时代结束了。刚刚登上霸权巅峰的帝国正面对着一个崭新的,却是将要翻天覆地、失去控制的五洲四海。

19 世纪后半叶,英国海上霸主、世界霸主的地位开始受到挑战。19 世纪后期发生的以电的应用为主的第二次技术革命,使美国、德国发展迅速,英国的工业垄断地位开始丧失。因此,就国家的实力而言,进入 20 世纪后,对英国世界霸权最大的挑战来自这两个一暗一明、一远一近的国家。暗处、远处的是美国,而明处、近处的是德国。美国的挑战是以和平的方式决出胜负,德国的挑战最终以战争的方式决出胜负。

德国统治集团自 19 世纪 90 年代开始,从争取称霸欧洲的“大陆政策”转向夺取全球霸权的“世界政策”,这对于已经掌握世界霸权的“大英帝国”是一个严重的挑战。第一次世界大战前,英国和德国之间的矛盾尤为突出,两国在世界各地,特别是非洲和中近东的势力扩张发生了严重的碰撞和对抗。在向帝国主义过渡过程中,德国充分利用两次工业革命的成果,大力发展资本主义经济。到 20 世纪初,德国工业总产值已跃居世界第二位,超过老牌资本主义国家英法。但德国海外市场狭小,尤其是殖民地面积少,这是制约德国经济进一步发展的一大障碍。1900 年任宰相的皮洛夫曾宣称:“让别的民族去分割大陆和海洋而我们德国人只满足于蓝色的天空的时代已经过去了。我们也要为自己要求阳光下的地盘。"而当时英国殖民地面积最大,直接受到来自德国的威胁。英德殖民地之争尤为突出。在非洲,德国想沿赤道一线向两边扩张,从东非到西南非建立一个斜断非洲大陆的"赤道非洲帝国"。而同时英国想从埃及南下和由好望角北上,建立一个纵贯非洲的帝国,并计划修建一条铁路,把英属亚洲和非洲殖民地连接起来。在中近东地区。德国帝国主义野心勃勃,扬言要开足马力,开到幼发拉底和底格里斯河里去。"巴格达铁路将替我们开辟到伊朗和阿富汗的道路,而成为架在英属印度上面的一把利剑。"德国修建巴格达铁路的计划,直接损害了英国在中东的利益,并威胁到英属印度。德国为夺取英国的海外殖民地,从 19 世纪 80 年代开始增加海军军费。1898 年德国议会通过了庞大的海军建设计划,两年后又把计划扩大一倍。德皇威廉二世曾说,德国的未来在海上,"定叫海神手中的三叉戟掌握在我们手中"。德国海军力量很快增长到居世界第二位,仅次于英国。这对于英国来说,是不能容忍的。

实际上这就是英德在重分世界问题上的矛盾,这是导致一战爆发的主要原因之一。18 世纪 70 年代以来英德关系的演变过程表明,英德冲突对于一战爆发所起的作用虽然不是唯一重要的,但不能低估。海军竞争和协约国的形成与发展是英德矛盾的两个主要表现形式,二者互相关联,互相影响,终于成为导致一战爆发的主要因素。

一战后,在经济方面,英国由战前的债权国变为战后的债务国,这主要是因为英国在一战中从美国买了大量的武器,还在自己研制坦克上花了太多的银子,再就是对盟国的支援。国际金融中心由英国伦敦转移到了美国纽约。一战中,英国商船损失严重,使得其航运业遭遇重创,导致英国贸易量的下降。在殖民地方面,英国在战后虽然领土有所增加,但其对领土的控制力却因战争的巨大伤亡与物资损失而大大削减,再之后英国的殖民地有很多开始独立,对英国的政治经济带来很大影响。总之,"日不落帝国"世界政治、军事霸主的地位都已名存实亡。可以说,第一次世界大战是英国由盛转衰的转折点。在英国国内,一战使大量英国男子离开原先的工作岗位而参战,一贯被视为弱者的妇女接替男子,参与大量战时工作,一方面妇女作为家庭支柱,承担稳定社会的重任;另一方面妇女广泛就业,直接参加战时经济和社会事务,为英国取得第一次世界大战的最后胜利做出了不可磨灭的贡献。这不仅在很大程度上改善了妇女社会经济地位,加速了女权运动的发展,而且使英国社会对妇女的传统偏见有所削弱。经过一战的冲击、影响,英国妇女终于获得了选举权,所以,一战推动了英国妇女解放运动的发展。

20世纪20年代,海军强国先后在华盛顿、伦敦召开了两次海军裁军会议。在两份条约的框架内,英国勉强维持了海军实力第一,确切地说,是和美国海军并列第一。经济上,西方经济危机周期性的发生,严重损害了英国的经济实力。1920年至1921年,英国爆发战后第一次经济危机,工业生产下降46%,创英国历史记录。1922年,英国工业生产开始复苏后又陷入长期萧条之中。1929年,英国在发达国家的工业产值比重从1913年的14.5%下降为9%。1931年12月11日,英国议会通过《威斯敏斯特法案》,正式确立英国和加拿大、澳大利亚、新西兰、南非等14个自治领自由结合为英联邦,废除《殖民地法律有效法》。自治领获得了完全独立的主权,获得了与英国平等的地位,它们与英国在内政和外交方面互不隶属。形式上,英联邦成员国共同效忠英王而联合起来。这是民族解放以及大英帝国实力由鼎盛走向衰落的必然结果。《威斯敏斯特法案》标志着英国对殖民地的统治在实质上开始瓦解。从以上可以看出,从第一次世界大战结束至第二次世界大战爆发之间,英国的海上霸主地位以及大英帝国体系发生了根本的动摇。

到 20 世纪中期,尤其是第二次世界大战结束之后,随着全球民族主义运动的兴起与英国日渐式微的国力,大英帝国逐渐瓦解,英国被迫同意印度、巴基斯坦、缅甸、锡兰等殖民地独立。50 年代,独立的浪潮逐渐转移到北非,英国的殖民地体系彻底崩溃。今天,英国和它的大部分前殖民地国家组成了一个国际性的组织——英联邦,但是与大英帝国不同的是,英国再也没法完全在政治、外交及经济等各方面直接影响英联邦的其他成员。丘吉尔在第二次世界大战之前曾信心十足地说过:"世界上无论什么东西,无论什么见解,无论什么论据和劝说,不管他们多么动人,都不应该使我们放弃我国所赖以生存的海洋霸权。"①而在第二次世界大战之后,他于 1947 年发出感叹:"我万分沉痛地看到大英帝国威望丧失和国家衰落。"②

20 世纪 60 年代至 70 年代,英国经济走走停停,高通货膨胀与失业率并存,经济发展速度长期落后于其他西方发达国家,"英国病"③日益加重。1979 年撒切尔夫人执政后,针对传统经济政策的弊端,采取以货币学派④为主的综合治疗措施,取得了经济发展的明显成效;以严厉的自由化市场化措施实现了英国经济的复苏,使"英国病"也有了缓解。之后的布莱尔政府更是以灵活实际的改革政策为英国的发展注入了一缕清风。

---

① 杨跃:《海洋争霸 500 年》,北京:军事科学出版社,2007 年,第 219 页。
② 杨跃:《海洋争霸 500 年》,北京:军事科学出版社,2007 年,第 219 页。
③ 所谓的"英国病",是指在二战结束后,英国经济出现的滞胀状态,而且这种状态持续了近三十年,被一些经济学家戏称为"英国病"。
④ 货币学派是二十世纪 50—60 年代,在美国出现的一个经济学流派,亦称货币主义,其创始人为美国芝加哥大学教授弗里德曼。货币学派在理论上和政策主张方面,强调货币供应量的变动是引起经济活动和物价水平发生变动的根本和起支配作用的原因,布伦纳于 1968 年使用"货币主义"一词来表达这一流派的基本特点,此后被广泛沿用于西方经济学文献之中。

在国内创造"经济奇迹"的撒切尔夫人政府积极参与欧洲事务并把英国从欧共体的边缘带入了核心。撒切尔夫人还想使英国在世界上再次发挥重大作用,重振帝国余威。但是无论如何,斜阳已落,帝国不在,地区性大国的定位已成定局。"但是,正像我们中国人总以为自己有悠久的历史文化而骄傲一样,大英帝国的子民也完全有理由为自己民族昔日的辉煌而骄傲、自豪。"①的确,在今天这个日趋多元化的世界,英国人应为昔日的殖民帝国感到羞耻,然而他们还有许多理由为自己的祖国感到自豪、骄傲,例如它在世界历史上领先的资产阶级革命、科技和工业革命,还有它悠久的民主传统和丰富的文化遗产,这其中就包括英国的海洋文化和文学。英国人应当为科学伟人牛顿骄傲和自豪,为文学巨匠莎士比亚骄傲和自豪,为发明大师瓦特骄傲和自豪,为"欧洲祖母"维多利亚女王骄傲和自豪,还要为悠久的海洋文明和丰富的海洋小说而自豪。

第二节 英国海洋小说的异彩纷呈

尽管海洋帝国的风采已不如往昔,但是在 20 世纪英国人对海洋和航行的热爱却没有一丝一毫的减少,而是与日俱增。这一点在这个世纪出版的海洋小说以及涌现的海洋小说家的数量上得到了充分的展现。20 世纪的英国出版了大量海洋小说,这些小说的作者对于国内的读者有些是熟悉的,而有些是陌生的。大家所熟知的有约瑟夫·康拉德(Joseph Conrad,1857—1924)、弗吉尼亚·伍尔夫(Virginia Woolf,1882—1941)、威廉·萨默塞特·毛姆(William

① 袁方,武溥行:《英国人》,三秦出版社,2003 年,第 180 页。

Somerset Maugham，1874—1965）、休·洛夫汀（Hugh John Lofting 1886 - 1947）、凯瑟琳·曼斯菲尔德（Katherine Mansfield，1888—1923）、威廉·戈尔丁（William Golding，1911—1993）等，而英国当代另一些写海洋小说的作家也许就不那么眼熟了，例如理查德·休斯（Richard Hughes，1900—1976）、C. S. 佛瑞斯特（C. S. Forester，1901—1966）、赫伯特·欧内斯特·贝茨（Herbert Ernest Bates，1905—1974）、尼古拉斯·蒙萨拉特（Nicholas Monsarrat，1910—1979）、艾丽斯·默多克（Iris Murdoch，1919—1999）、B. S. 约翰逊（B. S. Johnson，1933—1973）、达德利·蒲柏（Dudley Pope，1925—1997）、哈蒙德·英尼斯（Hammond Innes，1913—1998）、帕特里克·奥布莱恩（Patrick O'Brian，1914—2000）、薛尔·斯戴尔斯（Showell Styles，1908—2005）、巴里·昂斯沃斯（Barry Unsworth 1930—2012）、道格拉斯·爱德华·瑞曼（Douglas Edward Reeman，1924—　）、朱利安·斯托克温（Julian Stockwin，1944—　）、约翰·班维尔（John Banville，1945—　）彼得·汤京（Peter Tonkin，1950—　）等。

　　20 世纪初期，英国海洋小说的发展呈现多元化趋势。具体表现在一部分作家继续秉承传统海洋小说的审美情趣，延续这类小说的传统创作手法，其中以毛姆为代表；另一部分作家则极力推行改革，尝试新的创作方法，其中以伍尔夫和曼斯菲尔德为代表，而康拉德可以说是这两类的一个过渡。

　　毛姆的父亲是律师，当时在英国驻法使馆供职。小毛姆不满十岁，父母就先后去世，他被送回英国由伯父抚养。毛姆进坎特伯雷皇家公学之后，由于身材矮小，且严重口吃，经常受到大孩子的欺凌和折磨，有时还遭到冬烘学究的无端羞辱。孤寂凄清的童年生活，在他稚嫩的心灵上投下了痛苦的阴影，养成他孤僻、敏感、内向的性格。

威廉·萨默塞特·毛姆(William Somerset Maugham，1874—1965)

幼年的经历对他的世界观和文学创作产生了深刻的影响。1892 年初，他去德国海德堡大学学习了一年。在那儿，他接触到德国哲学史家昆诺·费希尔的哲学思想和以易卜生为代表的新戏剧潮流。同年返回英国，在伦敦一家会计师事务所当了六个星期的练习生，随后即进伦敦圣托马斯医学院学医。为期五年的习医生涯，不仅使他有机会了解到底层人民的生活状况，而且使他学会用解剖刀一样冷峻、犀利的目光来剖视人生和社会。从 1897 年起，毛姆弃医专事文学创作。

　　毛姆是一个优秀的旅行者，特别擅长描写异国风光。1919 年，毛姆著名的长篇小说《月亮和六便士》(*The Moon and Six Pence*，1919)问世，描写一个英国画家(以法国印象派画家保罗·高更为原型)来到南太平洋中的塔希提岛，与土著人共同过纯朴原始的生活，创作了不少名画。这部小说表现的是天才、个性与物质文明以及现代婚姻、家庭生活之间的矛盾。海岛是主人公斯特里克兰德的精神家园，岛上的一切原始而纯朴，优美而热烈，它们不断地激发他的艺术灵感,与庸俗琐碎、按部就班、无所事事的文明世界形成对比。毛姆最出色的作品也许是他的短篇小说,数量达 150 篇之多,内容绝大多数都是关于东南亚海上旅行生活和太平洋岛国的风情。毛姆笔下的世俗男女在一幕幕凛冽的人间短剧中出演了一个个令人难以忘怀的角色。人性弱点无时不在精确透视之下,人际关系被一次次地冷冷剖析。在各种光怪陆离的场景中,迷失的人性引发了一连串的悲剧。毛姆的短篇小说受莫泊桑影响较深,作品故事性强,一般都有伏笔,有悬念,有高潮(或反高潮),有余波。情节变化较多,都还能不落窠臼。毛姆文字干净利落,起承转合比较自然。

约瑟夫·康拉德(Joseph Conrad,1857—1924)

康拉德,全名约瑟夫·特奥多·康拉德·科尔泽尼奥夫斯基(Joseph Józef Teodor Conrad Korzeniowski),素有"海洋小说大师"之称,是一位波兰裔英国作家。康拉德童年时代流离颠沛,七岁不幸丧母,十二岁丧父,故而没有受到系统的学校教育。浪漫的气质使他在十五岁就决定当一名水手,在舅父的帮助下,康拉德在 1873 年去了瑞士，次年(1874 年)到达马赛。他在法国马赛找到在开往西印度法属马丁尼克岛的一艘商船上的工作，1876 年在"圣安托尼"号上当乘务员，在海上 18 个月的传奇经历，在所写小说《诺斯特罗莫》(Nostromo，1904)中有所记述。1878 年康拉德在英国商船队当水手，1880 年升为大副。第二年他在"巴勒斯坦"号上，在驶往远东途中遇到大风，发生撞船，水手逃亡，货物着火，弃船逃命种种变故，都在他 1898 年写成的短篇小说《青春》(Youth，1898)中有如实的描述。1886 年他取得了英国国籍和大副资格，1890 年谋得刚果河上的船长职位。

1889 年康拉德开始用英语从事文学创作。1895 年第一部长篇小说《阿尔迈耶的愚蠢》(Almayer's Folly)出版。直到 1898 年他开始专心从事写作为止，20 多年间，从水手到船长，他的生活都是在与风涛的搏斗中度过的，他的航迹遍经大西洋、印度洋、太平洋、地中海、加勒比海、欧洲、亚洲、非洲、大洋洲、美洲，这种无与伦比的丰富的生活经验为他以后的写作积累下取之不竭的素材。到 1924 年去世时，康拉德共出版 31 部中长篇小说及短篇小说集和散文集。

康拉德充分运用自己的生活经验，出色地描绘了海洋上色彩斑斓的奇异风景，以及在海洋的挑战面前人们表现出来的精神面貌。《"水仙号"上的黑家伙》(The Nigger of the 'Narcissus'，1897)、《青春》和《台风》(Typhoon，1902，始于 1899)等出色传达了海洋上狂风暴雨的气氛、水手们艰苦的航海生活以及在惊涛骇浪中深刻细微的心理状态。他的长篇小说《吉姆爷》(Lord Jim，1900)、《黑暗的心》(Heart of Darkness，1902)、《阴影线》(The Shadow Line，1917)等，大量描写了堕落或失败的英雄、贪婪而无能的殖民者，对殖民主义做出了深刻反讽，并探讨了不同民族与文化间的复杂关系，其中充满了来自大海的特有的孤绝疏离感及对生命的毁灭力量的关注。康拉德的笔下经常出现真正的男子汉形象,他们常常会面对无情的世界——在茫茫大海、狂风暴雨中,在利欲熏心的尘世中,他们面临着危险、恐惧、屈辱、欲望、责任感等多重选择。确实,在康拉德的笔下,海洋尊严、伟大、波澜壮阔、气象万千;一次次惊险的航程中又有着异国情调的点缀,浪漫气氛的渲染,读来令人神往,遐想不已。

康拉德的创作兼用现实主义和浪漫主义的手法,擅长细致入微的心理描写,行文流畅,有时略带嘲讽。他曾说他要用文字使读者听到、感觉到、更重要是看到他所表达的东西。读者将因此而产生各种不同的感受:鼓舞、安慰、恐惧、陶醉等,还将看到真理之所在。康拉德把福楼拜和莫泊桑的现实主义手法引入英国小说,又从英国小说那里继承了探索道德问题的传统。他的散文也写得丰富多彩,给人以美的享受。康拉德善于把大海作为一种独特的背景,揭示出他的人物——那些远离陆地上资产阶级社会的狭隘和束缚的人们,他们的内心世界中深藏的种种愿望和情感,在这个背景下得到了更加淋漓尽致的表现。

康拉德海洋小说中比较多的是表现征服自然的英雄主义精神、张扬人的强悍生命意志或体现人类面对或身处海洋时的苦难意识、漂泊意识和忧患意识,凸现人类在自然面前的脆弱与命运无常。而伍尔夫和曼斯菲尔德这两位女性作家突破和超越人与自然之间的冲突征服模式,表现人类与大海相互理解认同的和谐共存理念。

伍尔夫出生于伦敦,结婚以前她的名字是艾德琳·弗吉尼亚·斯蒂芬(Adeline Virginia Stephen)。她的父母双方都曾丧偶,所以伍尔芙与她的异母/异父兄弟姐妹住在一起,整个家庭跨三宗婚姻。伍尔芙的母亲是位绝色佳人,曾为前拉斐尔派的画家爱德华·波恩·琼斯(Edward Burne Jones)担任模特。伍尔夫的父亲莱斯利·史蒂芬爵士(Sir Leslie Stephen),是当时显赫的编辑,文学评论家及

弗吉尼亚·伍尔夫(Virginia Woolf，1882—1941)

传记作者。他的亡妻为萨克雷的幼女，因此，他与很多文学名士都有往来，包括亨利·詹姆士。伍尔芙跟随父母住在伦敦市区，邻海德公园。她的早年教育由父母在家指导完成。

1895 年她的母亲突然离世，2 年后，同母异父姐姐斯特拉(Stella)去世，15 岁的伍尔芙因此遭受若干次精神崩溃。后来在自传《存在的瞬间》(*Moments of Being*)中道出她和姐姐瓦内萨·贝尔(Vanessa Bell)曾遭受同母异父的哥哥乔治和杰瑞德·杜克沃斯(Gerald Duckworth)性侵。1904 年，父亲莱斯利·斯蒂芬爵士去世之后，她和瓦内萨迁居到了布卢姆斯伯里(Bloomsbury)。后来她们和几位朋友创立了布卢姆茨伯里派文人团体。她在 1905 年开始职业写作生涯，最初为《泰晤士报文学增刊》撰稿。1912 年伍尔夫和公务员兼政治理论家伦纳德·伍尔夫(Leonard Woolf)结婚。1915 年，她的第一部小说《远航》(*The Voyage Out*)出版，其后作品都深受评论界和读者喜爱。大部分作品是由自己成立的霍加斯(Hogarth)出版社推出。伍尔夫被誉为 20 世纪伟大的小说家,现代主义文学潮流的先锋;不过她本人并不喜欢某些现代主义作者,如乔伊斯。她对英语语言革新良多,在小说中尝试意识流的写作方法,试图去描绘在人们心底的潜意识。爱德华·摩根·福斯特①称她将英语"朝着光明的方向推进了一小步"。

　　伍尔夫的三部海洋小说《远航》、《到灯塔去》(To the Lighthouse,1927)和《海浪》(The Waves,1931)都以海洋为背景,充溢诗的节奏和意蕴,是 20 世纪西方现代主义小说的稀世明珠。她作品中的海洋意象不仅是时空背景,更是人物情感、理想以及人物在各个精神层面成长的写照。

凯瑟琳·曼斯菲尔德(Katherine Mansfield,1888—1923)

---

① 爱德华·摩根·福斯特(Edward Morgan Forster,1879 年 1 月 1 日—1970 年 6 月 7 日),OM,CH,英国小说家、散文家。曾荣获英国最古老的文学奖詹姆斯·泰特·布莱克纪念奖。现在美国艺术文学院设立有 E. M. 福斯特奖(E. M. Forster Award)。

曼斯菲尔德生于新西兰的威灵顿。她的父亲是一位成功的银行家,在威灵顿社交界享有威望。她的童年在维多利亚式的文化习俗和新西兰美丽的自然环境中度过。她的青年时期在英国伦敦皇后学院度过;15 岁时,她离家来到英国伦敦,进入皇后学院就学,研习法语、德语和音乐课程,她在那里爱上了文学,并开始写作,写一些短篇的散文和诗歌。3 年后她不情愿地回到了故乡新西兰,入惠灵顿皇家音乐学院学习。1908 年 7 月,她说服父亲同意她前往英国生活,从此走上文学道路,离开故乡,一去不返。她用凯瑟琳·曼斯菲尔德这个名字作为笔名,以一个作家的身份定居伦敦,开始写作生涯。从此她遭受过不少人生的挫折。波西米亚式的生活使她时常感到孤寂无助,现实生活远非她的想像。一些随机的个人交往和无所顾忌的性生活并没有带给她太多快乐。1912 年,她认识了评论家兼编辑墨里(John Middleton Murry),二人志趣相投,生活到了一起。墨里是她生活和文学创作上的良伴。一战开始后她不断在英法两国间往返游历,见到了自己唯一的弟弟,这次见面促使她转而倾情于新西兰故乡和童年生活回忆。然而,她的弟弟死于战场,这不仅使她病弱之躯再添痛创,也让她负疚于对家人感情上的疏远。郁郁之中,曼斯菲尔德寄情笔墨,著名短篇小说《序曲》(Prelude,1918)透露了她对新西兰家乡的美好回忆。曼斯菲尔德流传下来的大多是短篇小说,写的非常诗意和散文化,显示了那个时代富裕知识分子的那种闲散的艺术趣味。她对英语短篇小说的贡献在于她独树一帜的小说叙述艺术。曼斯菲尔德观察敏锐,注重心理表现,文笔优美流畅,表达细腻含蓄,富有诗意。

在曼斯菲尔德短篇小说中,大海和海湾是最引人注目的场景和意象。海洋意象反复出现在《在海湾》(At the Bay,1922)、《小扣子被拐记》(How Pearl Button was Kidnapped,1912)、《蜜月》

（*Honeymoon*，1922）、《起风了》（*The Wind Blows*，1920）和《航行》
（*The Voyage*，1921）等短篇小说中。这看似平常的意象却常常出现
在情节发展和人物心理的关键时刻，生动感人，含蓄蕴藉，意味隽永。

休·洛夫汀（Hugh Lofting，1886—1947）

　　休·洛夫汀出生于英国伯克郡的梅登黑德（Maidenhead），在谢
菲尔德（Sheffield）的圣玛丽山学院（Mount St Mary's College）毕业
后，他远赴美国，在麻省理工学院读了土木工程专业。作为土木工程
师，他到处旅行，后来他在第一次世界大战中参加了爱尔兰卫队①。
在他给孩子写的信中没有战争的残酷场面，而是用充满想象力的故
事。一个能和动物交谈的医生的故事就成了他给孩子们写信的新情
节。孩子们非常喜欢这些故事，洛夫汀的妻子建议把信编成书，让其
他的孩子也能看到，于是这些信成为他后来小说的良好素材。

　　洛夫汀历时十几年创作了以"杜里特医生（Doctor Dolittle）"为
主人公的系列童话，书中描绘着一个故事：在英国乡村住着一个医

---

① 爱尔兰卫队（the Irish Guards）于 1900 年奉维多利亚女王之命成立，是英国军队中的两
　个爱尔兰军团之一。威廉王子在 2011 年 2 月被任命为爱尔兰卫队上校。

生,他是个怪人,但是充满着爱心,他学会了各种各样的动物的语言,与动物们亲密和睦相处。杜里特医生的故事已经成为儿童文学经典名作,同时也受到各个年龄层读者的喜爱和推崇！这个系列包括《杜立特医生的故事》(*The Story of Doctor Dolittle*,1920)、《杜立特航海记》(*The Voyages of Doctor Dolittle*,1922)、《杜立特医生的邮局》(*Doctor Dolittle's Post Office*,1923)、《杜立特医生的马戏团》(*Doctor Dolittle's Circus*,1924)、《杜立特医生的动物园》(*Doctor Dolittle's Zoo*,1925)、《杜立特医生的归来》(*Doctor Dolittle's Return*,1933)、《杜立特医生的打滚沼泽冒险记》(*Doctor Dolittle's Puddleby Adventures*,1953)等 12 本小说。其中有几本是非常精彩的儿童海洋小说,特别是《杜里特航海记》,这部作品以航海探险为题材,叙述的是杜里特医生与鞋匠的儿子汤米、名叫吉普的狗、名叫玻利西亚的鹦鹉和名叫奇奇的猴子一起航海的故事。这本精妙无比的作品,既质朴天真,又寓意深远,书中处处闪现出作者的智慧和幽默,单纯明朗的故事情节中蕴涵着作者对于人类、动物、大海和自然的深刻思考,此书获得了纽伯瑞儿童文学奖。

威廉·戈尔丁,英帝国二等勋位爵士(CBE)①,出生于英格兰西南角康沃尔郡一个知识分子家庭,7 岁开始写作。父亲是当地学校的校长,也是一位学者,痴迷于求知和探索。其父对政治有极大的热情,相信科学。母亲是位主张女性有参政权的妇女。戈尔丁继承了父亲开明、理智的秉性,自小爱好文学。1930 年戈尔丁遵父命入牛津大学学习自然科学,两年后转攻文学。1934 年发表了处女作——一本包括 29 首小诗的诗集(麦克米伦当代诗丛之一)。1935 年毕业于牛津大学,获文学士学位,此后在一家小剧团里当过编导和演员。

---

① 全称是 Commander of the Most Excellent Order of the British Empire.

威廉·戈尔丁（William Golding，1911—1993）

1940 年参加皇家海军，亲身投入了当时的战争。1945 年退役，到学校教授英国文学，并坚持业余写作。1954 年发表了长篇小说《蝇王》(*Lord of Flies*)，获得巨大的声誉。戈尔丁是个多产作家，继《蝇王》之后，他发表的长篇小说有《继承者》(*The Inheritors*，1955)、《品契·马丁》(*Pincher Martin*，1956)、《自由落体》(*Free Fall*，1959)、《塔尖》(*The Spire*，1964)、《黑暗之眼》(*Darkness Visible*，1979)、《移动目标》(*A Moving Target*，1982)、《纸人》(*The Paper Men*，1984)和航海三部曲《航程祭典》(*The Ritual of Passage*，1980)、《近方位》(*Close Quarters*，1987)、《地狱之火》(*Fire Down Below*，1989)等。

《蝇王》是戈尔丁第一部，也是最著名的长篇小说。这部海洋小说是一部寓言式小说。它以 19 世纪著名儿童海洋小说《珊瑚岛》为小说的外在形式，典型地呈现了戈尔丁"人性恶"的思想观点。《蝇王》的故事其实很简单，那是发生在遥远的未来时代。在一次核战争中，一架飞机带着一群男孩从英国本土飞向南方疏散。飞机因遭到袭击而迫降在太平洋的一座荒无人烟的珊瑚小岛上。最初孩子们齐心协力,共同应付随之而来的种种困难。但由于对"野兽"的恐惧使孩子们渐渐分裂成两派,代表理智与文明的一派与代表野性与原始的一派,最终爆发了两派中的矛盾。蝇王来源于希伯来语,原词为"Beelzebub"。在英语中,"蝇王"则是粪便与丑恶之王(或污物之王),在《圣经》中,"Beel"被当作"万恶之首"。在小说里,蝇王不只是象征着丑恶的悬挂着的猪头,更代表的是人性最深层的黑暗面,是无法避免的劣根性。《蝇王》完稿后,开始时命运不佳,它曾先后遭二十一家出版社的拒绝,直到1954年才出版。然而使人意外的是,该书一经问世即获得极大的成功,立刻成为五十年代后期六十年代初期中学、大学校园里的畅销书,深受青少年读者的欢迎,享有"英国当代文学的典范"的地位,并曾在1963年和1990年两度被搬上银幕。作品生动形象地显示了这一主题:文明的约束一旦放松;人类的原始本能就会暴露无遗。由于不敌大多数人的邪恶本性,少数坚持文明的儿童就成了无辜的牺牲品。然而,童年的天真一旦结束,人类天赋的智慧终将战胜邪恶。发生在太平洋孤岛上的这场未成年人之间文明与野蛮的斗争,不能被认为是虚拟的和无意义的。它是人类历史的演绎,并且今后还会继续演绎下去。

戈尔丁以平淡、拙朴、凝重和冷漠的叙述风格,用他特有的沉思与冷静挖掘着人类千百年来从未停止过的互相残杀的根源,他的作品设置了人的原善与原恶、人性与兽性、理性与非理性、文明与野蛮等一系列矛盾冲突,冲突的结果令人信服地展现出文明、理性的脆弱性和追求民主法治秩序的难度,说明了人类走向专制易,奔向民主社会难的道理。在欲望和野蛮面前,人类文明显得如此不堪一击。由于他的小说具有清晰的现实主义叙述技巧以及虚构故事的多样性与普遍性特征,并描述了今日世界人类的状况,1983年戈尔丁获得诺贝尔文学奖,他获奖的主要因素就是《蝇王》在创作上取得的巨大成就。

理查德·休斯(Richard Hughes,1900—1976)

　　理查德·休斯出生于英国东南部的萨里(Surrey),父亲是公务员,母亲在牙买加长大。曾就读查特豪斯公学(Charterhouse),1922年毕业于牛津大学的奥里尔学院(Oriel College)。早在牛津读书期间,休斯便出版了诗集《流浪的夜晚和此前的诗》。毕业后,休斯担任英国威尔士国家歌剧团团长,并创作了著名广播剧《冒险》。休斯在1932年结婚以前一直从事记者这个职业,游历广泛。休斯一生共写了四部小说。他 1926 年出版了第一本小说《牙买加飓风》(*The Innocent Voyage* or *A High Wind in Jamaica*,1929),此书一经出版即登上英美两国的畅销书排行榜,并获得法国费米那文学奖,从此奠定他作为经典作家的地位,此书日后更获选为"20 世纪百大英文小说"①之一。休斯是位善于描写海洋的作家,他在《危险航行》(*In*

----

① 20 世纪百大英文小说:1998 年 7 月,美国纽约公共图书馆选编的《世纪之书》以及蓝灯书屋的《当代文库》编辑小组选出了本世纪一百大英文小说(The Hundred English Novels of The 20st Century)。其中以乔伊斯(James Joyce)《尤里西斯》(*Ulysses*)位居第一名,并且盛赞此书为"当代小说中的毕加索"。《尤里西斯》于 1922 年出版,曾因晦涩、色情被英、美等国视为禁书,甚至当众焚毁;今日全世界有近三百种译本,是意识流小说的代表。康拉德(Joseph Conrad)一人入选了四本,是最大的赢家。除了由编辑所选出的名单之外,现代图书公司也进行了一次读者的 20 世纪百大英文小说票选,并于 1999 年发布,总计有超过 20 万的票数。其中,艾茵·兰德(Ayn Rand)的《阿特拉斯耸耸肩》(*Atlas Shrugged*)位居第一名。

Hazard，1938)中对海上暴风雨的描写堪与康拉德的《台风》相媲美。二战期间，休斯供职于英国海军部，从事文职工作。《阁楼上的狐狸》(*The Fox in the Attic*，1961)是他继《牙买加飓风》后创作的长篇巨献《人性的困惑》(*The Human Predicament*)三部曲的第一部。此后，休斯又创作了《大海上的男人》和《困惑的少年》等著名作品。

《牙买加飓风》讲述了一个发生在孩子与海盗之间的故事，被誉为"描写儿童心理动荡的经典之作"，堪与诺贝尔作家威廉·戈尔丁的《蝇王》媲美。牙买加岛上一阵飓风过后，九死一生的桑顿夫妇决定让他们的五个小孩和领居费尔南家的一对姊妹随商船回到他们的故乡英格兰。在途中，孩子们遇到海盗，并被带到了海盗的船上。然而，这是一群温柔的海盗，他们把孩子们当成客人一样款待，并与孩子们建立了亲密的关系。其中桑顿家的大女儿艾米莉甚至和船长约翰逊产生了某种纯净但有暧昧的情愫；而费尔南家的女儿玛格丽特则成了奥托大副的情人。当然，这种依循可能只有在海盗船——这个与世隔绝的特殊环境中才能存在，一旦登上大陆，背叛和谎言就开始"抬起了他们丑陋的头颅"。当船长费尽周折把孩子们送上了另一艘去英国的商船时，他却不知道自己这群只越货不杀人的"文明"海盗也即将进入英国海军的虎口。对于艾米莉来说，在船上和海盗们的温情以及与玛格丽特的同舟之谊一走上陆地就好像荡然无存。她不仅将海盗船的行踪告诉了军方，而且将她弟弟的意外死亡和自己失手杀死遭劫的荷兰籍船长的责任都有意无意的推卸给海盗们和玛格丽特。故事的结局是"罪恶"的海盗受到了应有的惩罚，"无辜"的孩子们除了失忆玛格丽特又恢复了正常的生活。

理查德·休斯的《牙买加飓风》与威廉·戈尔丁的《蝇王》、C. S. 刘易斯的《纳尼亚传奇》和詹姆斯·巴里的《彼德·潘》并称为是描写儿童心理的"四大名著"。故事结束了，留给我们的思考可能才刚刚开始。在这部小说中,读者会感到邪恶和善良不是那么泾渭分明,单纯与世故不是那么截然对立,真实与虚伪是那么模棱两可,理智与癫狂是那么唇齿相依。这样一种"罪恶"与"无辜"的双重错位,一是主体错位:天真归于海盗,罪恶归于孩童;二是结局错位:天真者遭诛灭,有罪者被赦免,却让我们感到无从解释。或许是我们太多的预设与"原本"让我们在遇到一个新的问题的时候显得那么的束手无策。但是,如果一旦这些预设——他们往往是人类文明积淀的成果——因为对于一个新现象的解释,必须颠覆,那么我们是否会面临更大的迷茫。也许人性就像牙买加飓风中的所有的一切一样,并不是固定的,而是可以被移动的,只不过有的飘移的没有踪影,有的或许还有残骸。

C. S. 佛瑞斯特(C. S. Forester, 1901—1966)

塞西尔·斯科特·佛瑞斯特(Cecil Scott Forester)是塞西尔·斯科特·特劳顿·史密斯(Cecil Louis Troughton Smith)的笔名。他出生在开罗,父母离婚后,他随母亲迁往伦敦。曾就读于爱霖学校(中学)(Alleyn's School),达利奇学院(Dulwich College),伦敦盖氏医院(Guy's Hospital),但是在这所教学型的医院佛瑞斯特没能最终完成他的学业。后来，他试图参军，但是由于他的身体原因（太瘦，还戴眼镜），他没能实现这个愿望。大约在 1921 年，在学医学好几年之后，他开始使用笔名认真从事起写作。在二战期间，佛瑞斯特前往美国为英国的情报部门工作。

佛瑞斯特是一位非常多产的作家，有时一年可写出三、四本小说。早期的作品有《非洲女王号》(The African Queen，1935)①、《将军》(The General，1936)、《延迟给付》(Payment Deferred，1926)和《枪》(The Gun，1929)②等。他的海洋和航海小说是他的一大特色，例如《决心已定的布朗》(Brown on Resolution，1929)、《来自康涅狄格州的船长》(The Captain from Connecticut，1941)和《船》(The Ship，1943)等。实际上，使福佛瑞斯特成名的是他的海洋战争小说。他最著名的作品是霍雷肖·霍恩布洛尔船长（Horatio Hornblower）的系列小说(1937—1967)，共 12 本，其中包括《见习军官——霍恩布洛尔》(Mr. Midshipman Hornblower，1950)、《海军上尉霍恩布洛尔》(Lieutenant Hornblower，1952)、《霍恩布洛尔与"阿特洛波斯"号》(Hornblower and the Atropos，1953)、《霍恩布洛尔在群岛西印》(Hornblower in the West Indies，1958)、《霍恩布洛尔与"热刺"号》(Hornblower and the Hotspur，1962)等。这个系列小说描绘了拿破仑时代皇家海军军官霍恩布洛尔船长从 17 岁上船作实习军官（midshipman）开始在英国海军历练和成长的故事。1937 年，佛瑞斯特推出新作《幸福的返航》(The Happy Return)，将他笔下最具迷人风采的英雄人物——霍恩布洛尔船长介绍给大家。

---

① 这部小说在 1951 年由导演约翰·休斯顿拍成电影，主演有亨弗莱·鲍嘉和凯瑟琳·赫本等，在 1952 年获得第 24 届奥斯卡金像奖。
② 这部小说在 1957 年以《气壮山河》(The Pride and the Passion)的名字拍成电影，主演有加里·格兰特、法兰克·辛纳屈、索菲娅·罗兰等。

他外貌上虽然喜欢摆架子,但内心却是不断反省深思。很快地,霍恩布洛尔船长就虏获了大众读者的心,该书的系列作品到目前仍受到霍恩迷的支持,在国外亦有专门的网站和讨论区交流此作品。英国从 1999 年到 2005 年拍摄了根据同名小说改编的一套电视剧《霍恩布洛尔船长》,一共 8 集。本片正是描写了十八世纪末至十九世纪初霍恩布洛尔船长的海上传奇故事,刻画了一位正直、勇敢、聪明、富有冒险精神并时刻反思人生的船长形象。霍恩布洛尔船长在小说里一路升到海军上将一等子爵的,不过电视剧里只拍到他升到上校船长,对应为小说里前 3 本的内容。那些帅哥和漂亮的帆船,令人着迷,主演是艾恩·格拉法德(Ioan Gruffudd)。[1]

赫伯特·欧内斯特·贝茨(Herbert Ernest Bates,1905—1974)

---

[1] 艾恩·格拉法德 1973 年 10 月 6 日在英国西南部的威尔斯出生。他平生的第一次表演是在威尔斯的肥皂歌剧《河谷里的人们》里,那年他仅十四岁。他毕业于英国皇家艺术学院,多才多艺的艾恩还曾经是一名双簧管手。除了在电视剧中得到机会,2004 年的《亚瑟王》也让他收获很多。

赫伯特·欧内斯特·贝茨，英帝国二等勋位爵士(CBE)，生于英格兰诺思安普敦郡(Northamptonshire)的拉什登(Rushden)。曾就学于凯特林中学(Kettering Grammar School)。毕业后当过记者、仓库管理员，后专门从事写作。他的许多故事描绘英格兰中部的乡村生活，特别是他的家乡北安普敦郡。贝茨特别喜欢在北安普敦郡乡村午夜散步，这常常为他的小说提供灵感。贝茨深深地爱着他的乡村和人民，正像在他的两本散文集《穿过树林》(*Through the Woods*，1936)和《顺流而下》(*Down the River*，1937)中所流露出的强烈情感一样。这两本书已经多次重印。贝茨写第一部小说《两姐妹》(*The Two Sisters*，1926)的灵感就来自于他的乡村午夜散步。二战期间他参加了皇家空军，唯一的任务就是写短篇小说，因为英国航空部意识到比起有关战争事实和数字，民众对参加战斗的人更感兴趣。贝茨写的故事最初以笔名"飞行官 X"发表在《新闻纪事报》(*The News Chronicle*)①上。后来他的故事以短篇小说集和长篇小说的形式出版，如《世上最伟大的人》(*The Greatest People in the World*，1942)和《勇士们是怎样倒下去的》(*How Sleep the Brave*，1943)。这些都是关于英国皇家空军的故事。大战末期贝茨创作了长篇小说《天助法兰西》(*Fair Stood the Wind for France*，1944)，这部小说为他带来了巨大的经济利益。二战后，事实上他平均一年写一部小说和一本短篇小说集，真是成就惊人。这些作品包括《"养家人"号的巡航》(*The Cruise of the Breadwinner*，1946)、《紫色平原》(*The Purple Plain*，1947)、《献给莉迪亚的爱情》(*Love for Lydia*，1952)、《七月的盛宴》(*The Feast of July*，1954)以及拉金家庭系列《五月的娇蕊》(*The Darling Buds of May*，1958)等，都深受读者欢迎。

---

① 《新闻纪事报》在 1960 年 10 月 17 日停止出版，被兼并到《每日邮报》(*the Daily Mail*)。

《"养家人"号的巡航》是贝茨的中篇海洋小说,首次出版以来的多次印刷。就像贝茨的畅销小说《天助法兰西》一样,这本小说也是有关战争的。这个故事发生在一艘叫"养家人"号的破旧渔船上。它也加入了战斗,在英吉利海峡的一段海岸执行巡逻任务。主要人物包括一个叫雪(Snowy)的男孩,也是位年轻的渔夫,他在船上自愿帮忙。他一直梦想得到一副双筒望远镜,这是船长格瑞森(Mr Gregson)向他许诺过的。第三个,也是最后的一位船员是吉米,一个年轻的工程师,他家里有妻子和三个孩子。一天,他们向南航行,雪听到远处的海面上好像有空中混战。他们朝声音听去,很快就听到口哨声。到达求救信号的来源,他们找到一个年轻的英国皇家空军飞行员被击落,但没有受伤。飞行员告诉他们,他打落了一架德国飞机,并相信它一定坠毁在西边的某个地方。他要求雪他们找到德国飞行员。经过短暂的搜索,他们成功了。尽管吉米抗议说他们不应该帮助敌人,但是他们帮助这个德国飞行员上了船。雪到甲板下面去给飞行员们准备一些茶和点心。这时,一架德国纳粹空军的飞机向渔船飞来,朝着甲板猛烈射击。雪上来后发现吉米死了,两名飞行员也受伤严重。格瑞森也被击中,但受伤并不严重。天开始下雨,格瑞森和雪把两位飞行员挪到甲板下面。在试图发动引擎前进时,他们发现子弹把油箱打穿了和大部分油都漏完了。当格瑞森上甲板升帆时,雪发现德国飞行员的双筒望远镜被丢在一边,没人在意。他拾起它,发现自己希望这个德国人死去,这样他就可以拥有它了。随着故事接近尾声,"养家人"号奋力向岸边驶去,而两位飞行员仍然活着。

小说主人公雪所经历的个人发展意味着这本小说可以作为一本教育小说来读,这是一个成长的故事——雪最终意识到双筒望远镜是多么微不足道,这就是顿悟。恐怖和仁慈同时出现在人物和读者的面前。当雪照料受伤的德国飞行员时,他开始意识到,战争并不令人兴奋,眼前的敌人跟他一样年纪,也与那个富有魅力的受伤的英国飞行员样子差不多,几乎辨别不出来。对两个飞行员的年轻和共同本质的强调展示了贝茨的平等的观念,批评了战争和种族主义。

尼古拉斯·蒙萨拉特(Nicholas Monsarrat, 1910—1979)

尼古拉斯·蒙萨拉特出生于利物浦,在剑桥大学三一学院获法学学士后,曾做过两年律师。但他是以作家的身份为人所知的。他的第一部作品《明日的畅想》(*Think of Tomorrow*)出版于 1934 年;尽管是一位和平主义者,蒙萨拉特还是在二战中参军,成为救护大队的一员,后来他成为英国海军志愿兵预备队的士兵。他毕生对航海的热爱使他成为一名才能突出的海军军官。他以小型战舰出色地完成了护送车队和保护他们免受敌人攻击的任务。蒙萨拉特在战争结束时成为了护卫舰的指挥官。1940 至 1946 年在皇家海军中服役的生活体验和战时的经历,使他得以在《三艘护航舰》(*Three Corvettes*,1945 and 1953)和《沧海无情》(*The Cruel Sea*,1951)中对海上的生活作出精确生动的描写,后者还成为一部极受欢迎的畅销书。《沧海无情》中有关潜艇战的细节描写相当精彩。

蒙萨拉特宣称 1942 年 8 月 3 日在太平洋航行时看到了在幽灵

船上"漂泊的荷兰人"①,在距离年轻的国王乔治五世在1881年见过她的位置不远。受此启发,蒙萨拉特在他生命的最后两年创作出小说《水手长》(The Master Mariner,Book 1：Running Proud,1978 & Book 2：Darken Ship- unfinished novel,1981)。《水手长》描写德文郡的年轻手水马修·劳在任海军将领弗兰西斯·德雷克(Sir Francis Drake,1540—1596)的水手长之后,一次受命驾驶一艘火攻船去撞击西班牙的无敌舰队(Spanish Armada)时,因神经紧张,起火过早。当船上的火就要烧着他和他船员的时候,有一名船员对他说:"你是想要永生不死吗,马修·劳?"后来,这位胆小的水手长虽然独自毛发无损地逃脱了死亡,但因为背叛了船员们对他的信赖,他发现自己将像那个漂泊的荷兰人那样,注定要永远在地球上漂流。

艾丽斯·默多克女爵士,DBE(Dame Iris Murdoch,1919—1999),又译为艾瑞斯·梅铎,生于爱尔兰都柏林,幼时随父母移居伦敦,曾就读于牛津萨默维尔学院(Somerville College)以及剑桥纽纳姆学院(Newnham College),主修哲学、历史与古典文学,并于牛津

---

① 传说1641年,一艘荷兰船行驶到这里时,竟未遭风暴,让船长亨德里克·凡·德·德肯(Hendrik van der Decken)感到异常高兴,于是在归航回荷兰时,他想,他该向他的顾主荷属东印度公司建议,在这非洲的顶端设一个定居点,供海上的船只逗留。由于他想得入了迷,没有留意天空早已乌云密布,等他听到瞭望员恐怖的叫声时,才意识到他们已经卷进猛烈的风暴之中。船长和船上的人和风暴搏斗了几个小时后,似乎已经暂时没事了。但是他们忽然又听到一声令人震惊的撕裂声,原来航船撞到了暗礁。当船已在慢慢沉下时,凡德德肯船长感到,他的死期不远了。但是他不愿意死,便大声诅咒说:"我甘愿绕这角区转圈航行,直到世界末日!"据说如今在好望角,只要出现大风暴,就会看到这艘船和船长,这个漂泊的荷兰人。只是切不可看得太仔细,因为传说,这样细看的人会在恐惧中死去。有许多人都声称曾经看到过这个漂泊的荷兰人,包括第二次世界大战中一艘潜艇上的人员和度假的人们。"漂泊的荷兰人"的故事反映了17世纪殖民开拓时期欧洲航海人员的历险。苏格兰小说大家瓦尔特·司各特(Sir Walter Scott,1771—1832)在1813年的叙事诗《罗克比勋爵》(Rokeby)中改写过这个传说,美国作家华盛顿·欧文(Washington Irving,1783—1859)1855年的《漂泊在塔潘海上的荷兰人》(The Flying Dutchman on Tappan Sea)实际上是另一个改写本,虽然船长的名字被改为兰霍特·凡丹(Ramhout Van Dam)。还有更多的作家是借这个故事来展开新的创作叙事,其中马里亚特的小说《幽灵船》是最著名的。

艾丽斯·默多克(Iris Murdoch，1919—1999)

大学任教，1948 年起在牛津圣安妮学院教授哲学。默多克的第一本
小说《网之下》(*Under the Net*)于 1954 年入选美国现代图书馆
(American Modern Library)的"20 世纪百大英文小说"；而 1978 年
的《大海，大海》(*The Sea，the Sea*)则获得布克奖，她很快就被誉为
"全英国最聪明的女人"。默多克生平著作等身，共发表过 26 本小说
与其它哲学著作、剧本和诗歌等。由于她的小说表现杰出，副业的小
说家身份反倒掩盖了本业的哲学家名声，1987 年以其非凡的成就受
封为英国女勋爵。

　　默多克的夫婿约翰·贝礼(John Bayley)在她的生命中占有重要
的一席之地。她在 1994 年的访问中说，她生命中最重要的两件事是
她的父母与自己作品。但生命中最最重要的是她的先生。贝礼小默
多克 6 岁，任教于牛津，也写小说。两人于 1956 年结婚，但默多克不
想生小孩，而且还有几次婚外情。贝礼从不干涉妻子的写作，两人最
大的共同兴趣便是游泳，只要有机会就会跳进水里游个痛快，这是为
何默多克的作品常出现游泳的情景，甚至在《大海，大海》中，把整个
场景搬到了大海边。晚年的艾瑞斯·梅铎不幸患上了阿兹海默症，
1999 年死于安养中心。

《大海,大海》讲述了戏剧名导演查尔斯,功成名就后隐居在大海边反省自己的人生历程、感情寄托及对艺术的审视,他希望摆脱剧院那种充满魔法、虚幻与权力游戏的生活,可是他还是忍不住写信给昔日的情人丽兹,使不能忘情于他的丽兹来找他。查尔斯的另一个情人罗丝娜出于对丽兹的嫉妒,也不断地来侵扰。在海边小镇上,查尔斯竟又偶遇少年时代的恋人哈特丽。当年不知什么原因哈特丽离开了他,嫁给了本,这使得他一直难以释怀。此时的哈特丽已是一个平凡、衰老的家庭主妇。查尔斯想象哈特丽的生活并不幸福,他利用哈特丽的养子泰特斯引诱她来到自己的住所,在哈特丽拒绝与他私奔后,被他锁在一间内室中,希望因此能将她从不幸的婚姻中解放出来。最后,在表弟詹姆斯的劝说下,查尔斯认识到自己的荒谬,释放了哈特丽,在神情恍惚间掉到海里,幸而被詹姆斯救起。随后泰特斯溺水,詹姆斯因为没有救起泰特斯而自杀。查尔斯又回到伦敦继续生活,种种迹象使他意识到泰特斯很有可能是自己的亲生儿子。这本小说通过与青梅竹马时代情人的旧情重燃,与往日一些至交故旧的交往,既反映出主人公的人生观、爱情观及处世哲学,同时也反映默多克作为一名女哲学家的哲学观解。书中故事虽不曲折,但描写细腻,剖析心理深刻,故事层次相连并留有伏笔。

B. S. 约翰逊出生于伦敦一个普通的工人阶级家庭,父亲是仓库管理员,母亲是酒吧招待。在二战伦敦遭受大轰炸(The Blitz)前,他与数十万儿童和青少年被迫疏散到乡村避难。约翰逊 16 岁就离开学校走向社会,做过各种各样的工作,如会计、银行初级职员等,还在标准石油公司(Standard Oil Company)①做过职员。他在业余时间

---

① 19 世纪 70 年代,从洛克菲勒在俄亥俄州创建了股份制的开始标准石油公司,石油公司的发展进入了一个新的时代。标准石油公司的“标准”一名,来源于他们标榜(转下页)

B. S. 约翰逊（Bryan Stanley Johnson，1933—1973）

去夜校学习拉丁文，并在伦敦大学伯贝克学院（Birkbeck College）学习了一年的大学预科课程，这为他后来考上伦敦国王学院（King's College London）做了良好的准备。从学校毕业后，约翰逊开始创作一系列实验性和个性化的小说，现在似乎可以称之为"视觉化写作"。

（接上页）自己出产的石油是顾客可以信赖的"符合标准的产品"也意味着给石油行业带来了秩序上的标准。标准石油公司用了 20 年的时间终于成为了美国最大的原油生产商，垄断了美国 95％的炼油能力、90％的输油能力、25％的原油产量，并将对美国石油工业的垄断持续到 1911 年。洛克菲勒也因其在石油领域让人企及的地位被誉为"世界石油大王"。1911 年 5 月 15 日，美国最高法院判决，依据 1890 年的《谢尔曼反托拉斯法》，标准石油公司是一个垄断机构，应予拆散。根据这一判决，标准石油帝国被拆分为约 37 家地区性石油公司。标准石油公司被拆分后，原俄亥俄标准石油成为了现在英国石油公司的一部分；原印第安纳标准石油改名为阿莫科石油（Amoco），后来成为现在英国石油公司的一部分；原纽约标准石油改名为美孚石油（Mobil），现在是艾克森美孚公司的一部分；原新泽西标准石油改名为艾克森石油（Exxon），是现在艾克森美孚公司的一部分；原加利福尼亚标准石油改名为雪佛龙石油（Chevron），现在是雪佛龙德士古公司的一部分；原肯塔基标准石油被加利福尼亚标准石油并购，现在是雪佛龙德士古公司的一部分。

在 40 岁时,约翰逊感到活得越来越压抑,一方面他的小说从商业角度上来看是失败的,另一方面,家庭问题也给他带来诸多困扰,于是,他选择了割腕自杀。在短暂的一生中,约翰逊共写了七部小说:《旅行的人们》(*Travelling People*,1963)、《阿尔伯特·安琪罗》(*Albert Angelo*,1964)、《拖网》(*Trawl*,1966)、《不幸的人们》(*The Unfortunates*,1969)、《通常的女管家》(*House Mother Normal*,1971)、《克里斯蒂·马尔利自己的复式簿记》(*Christie Malry's Own Double-Entry*,1973)和《让老太太体面地》(*See the Old Lady Decently*,1975,在自杀两年后问世)。

约翰逊在艺术上拒绝模仿和重复传统形式,具有强烈的求新意识和实验精神,是形式革新派小说最重要的创作实践者和理论阐述者。我国学者李维屏认为约翰逊是"迄今为止在后现代主义文学道路上走得最远的小说家"。[①] 他在现实主义烟笼雾锁的战后英国文坛上骄傲地承认并顽强地显示,乔伊斯的创新精神并未在战后绝迹。约翰逊小说中所使用的活页装匣、黑白空页和页中挖洞等手段等等正是"形式革新派"小说的典型代表。对于约翰逊来说,现实并不仅仅是生活中的一些实际了解,而是高度个人化的经验。生活与写作事实上可以相互交换,相互影响,相互加强,甚至在某些方面还可以相互创造,因此,"他创造性地发展了一系列后现代主义小说技巧,并使他的叙事艺术体现了高度的自我反映特征"。[②]

约翰逊第三本小说《拖网》是他唯一的一部海洋小说。他似乎秉承贝克特(Samuel Becket,1906—1989)《无名者》(*The Unnamable*,

---

① 李维屏:《英国小说艺术史》,上海:上海外语教育出版社,2003 年,第 353—354 页。
② 李维屏:《英国小说艺术史》,上海:上海外语教育出版社,2003 年,第 355 页。

1958)的暗示,有意放弃了编造虚构人物的努力①。这部小说被公认为是他最具自传色彩,他也声明小说"通篇是内心独白,表现我心灵的内部"。小说主要讲述了一个无名者乘着拖网渔船在北海海域无目地游荡了三个星期,而在这期间他审视过去和审视自己的精神过程。"题目'拖网'一语双关,既指捕有形的鱼的网,又指主人公对自己深层意识碎片的无形的整理和捕捉,……"。②弥漫于小说之中的依然是读者至此已经熟悉的压抑而凝重的气氛,那种对于写作的需要和对于虚构和事实的关系的理解。主人公以自我强加的孤独飘零来搜索以往的经验,试图找出某种关系以便接受现在和面对将来。《拖网》中的海洋是时间和经验的比喻,约翰逊说:"我在此将我狭小的心灵之网撒向我以往经历的大海。"③海上的航行俨然是一场自我发现的心灵之旅,从最先的晕船到最后对海洋和船员的认同也是这一过程的象征。小说的叙述线索往返于过去和现在之间,流转于回忆和现实之中,有时还以想象投向将来。在海浪与晕船的间隙叙述者试图准备写作,实际上他是在准备迎接生活中的风浪。在小说中,"思想的流动、行文的流动与海水的流动融为一体,在描绘顺利平稳的往昔经历时行文有如风平浪静,而在描摹以往的危难和眼前的晕眩时便似波涛汹涌"。④

达德利·蒲柏全名是达德利·伯纳德·艾格顿·蒲柏(Dudley Bernard Egerton Pope),来自一个古老的康沃尔郡(Cornwall)的家

---

① 侯伟瑞:《B. S. 约翰逊与战后英国小说的极端创新》,《外国文学》,1998 年第 1 期,第 63 页。
② 蒋承勇:《英国小说发展史》,杭州:浙江大学出版社,2006 年,第 485 页。
③ 侯伟瑞:《B. S. 约翰逊与战后英国小说的极端创新》,《外国文学》,1998 年第 1 期,第 63 页。
④ 侯伟瑞:《B. S. 约翰逊与战后英国小说的极端创新》,《外国文学》,1998 年第 1 期,第 63 页。

达德利·蒲柏(Dudley Pope，1925—1997)

庭。在纳尔逊[①]时代，他的高曾祖父是普利茅斯(Plymouth)的船东。蒲柏出生于肯特郡(Kent)的阿什福德(Ashford)。通过隐瞒实际年龄，他 14 岁就加入了英国地方军(the Home Guard)[②]，16 岁时作为实习生加入了商船队。他所在的船在第二年(1942 年)被鱼雷击沉。他与一些其他的幸存者在一个救生艇呆了两个星期。之后，他的一个手指遭受坏疽，他因病奉命退役。蒲柏为肯特的一家报纸工作过一段时间，然后在 1944 年作为海军和国防方面的通讯记者加入了伦

---

① 纳尔逊(Horatio Nelson，1758.9.29.—1805.10.21.)，英国海军统帅。生于诺福克郡伯纳姆索普镇一牧师家庭。12 岁参加海军，在其舅父任舰长的舰上当见习。1779 年晋海军上校，参加对北美殖民地的战争。1794 年参加欧洲第一次反法联盟对法战争，在夺取科西嘉岛的战斗中，右眼负伤失明。1797 年 2 月在圣维森特角海战中，率单舰冲入西班牙舰队，俘获敌舰 2 艘。战后受封爵士并晋升为海军少将。同年 7 月在夺占圣克鲁斯的战斗中败北，失去右臂。1798 年任地中海分舰队司令，在阿布吉尔海战中歼灭法国分舰队，使波拿巴远征埃及叙利亚的行动受挫，晋封男爵。他作战勇敢，指挥果断，富有创新精神，为英国建立海上霸权和争夺海外殖民地作出重大贡献。他所倡导的海军战术思想受到各国海军的重视。

② 英国地方军最初叫做"地方防御志愿者"或 LDV，是英国军队在第二次世界大战时期的一个防御组织。从 1940 年到 1944 年，英国地方军由 150 万的当地志愿者组成，他们通常是由于年龄而不适用于军事服务，因此，这支军队绰号"爸爸的军队"。作为一个二级防御力，它对纳粹德国及其盟友的入侵也起到了防范作用。它守卫着英国沿海地区和其他重要的地方如机场、工厂和爆炸品储存库等。

敦的《新闻晚报》。也就是从那时起，他转向阅读海军历史并从事海洋小说和海军历史小说的写作。

蒲柏对海洋的热爱非同一般，因为他自 1953 年起就一直生活在船上，23 岁时他拥有了自己的船，正如她的妻子所说："他的一生从未远离过海洋"。1954 年结婚后，他与妻子生活在一艘 8 米长的威廉·法父①游艇上，并给它取名"协奏曲"（Concerto）。后来，1959 年他们又去了意大利西海岸的圣托斯特凡诺港（Porto Santo Stefano），生活在一艘 42 英尺长的双桅纵帆船"托考伊"（Tokay）上。1963 年他们又搬到了一艘 53 英尺长的独桅纵帆船上，船的名字叫"金龙"（Golden Dragon）。他们在 1965 年乘着这艘船去了巴巴多斯②。离开英国时，他们唯一的女儿 4 个月大，达到巴巴多斯时十个月大了。1968 年他们再次搬家，来到一艘 54 英尺长的木质游艇"拉梅奇"（Ramage）上。他们一直呆到 1985 年，并且蒲柏的绝大部分小说都是在这艘船上写的。他最终逝世在西印度群岛东部的圣马丁岛（St Martin）的马里戈特市（Marigot）。

受 C. S. 佛瑞斯特的启发，蒲柏也成为了海洋小说这一文类中最成功的作家之一，人们经常把他与帕特里克·奥布莱恩相比。蒲柏最著名的是他的拉梅奇系列小说，共 18 本。1965 年，这一系列的第一本小说《拉梅奇》（Ramage）出版了。此后的二十四年间，他陆续出版了《拉梅奇与鼓声》（Ramage and the Drumbeat，1968）、《拉梅奇与海盗》（Ramage and the Freebooters，1969）、《拉梅奇的奖赏》（Ramage's Prize，1974）、《拉梅奇的钻石》（Ramage's Diamond，

---

① 威廉·法父（William Fife）家族以苏格兰游艇（Scottish yacht）的设计和制造出名。
② 巴巴多斯位于东加勒比海小安的列斯群岛最东端。巴巴多斯在葡萄牙语中意为"长胡须的地方"，绝大多数是非洲黑人后裔。是东加勒比地区经济最发达的国家之一，巴政局稳定，经济稳定增长，具有良好的国际和周边环境。地势低平，热带海洋气候，种植甘蔗，旅游业是外汇收入主要来源。

1976)、《拉梅奇与反叛者》(*Ramage and the Rebels*，1978)、《拉梅奇的魔鬼》*Ramage's Devil*，1982)、《拉梅奇的挑战》(*Ramage's Challenge*，1985)、《拉梅奇与"蒂朵"号》(*Ramage and the Dido*，1989)等 17 部小说。小说的大部分内容基于 18 世纪晚期和 19 世纪早期的真实事件，具体的时间跨度是从 1796 年到 1806 年。

蒲柏的小说大都基于他二战时在海军的经历和作为一个帆船运动爱好者的经验，以及对十八世纪海军历史的深入研究。不同于其他的海洋小说家，蒲柏在他的小说中融入了很多船上生活的事实和实践以及海军作战经验和技术。在他的海洋小说中，虚构的人物上演着真实的历史事件。

哈蒙德·英尼斯(Hammond Innes，1913—1998)

哈蒙德·英尼斯也叫拉尔夫·哈蒙德·英尼斯(Ralph Hammond Innes)，生于西萨塞克斯郡(West Sussex)的霍舍姆(Horsham)。1931 年担任《财经新闻》(*Financial News*)①记者。

---

① 《金融新闻》创刊于 1884 年的。是《金融时报》(*Financial Times*)的对手报章。经过多年和众多对手竞争后，《金融时报》最终于 1945 年吞并仅余的《金融新闻》。

《幽灵》(*The Doppelganger*，1937)，是他第一部小说。二战中他加入皇家炮兵并官至少校。这个时期他也出版过了一些小说，如《破坏者要呼吸》(*Wreckers Must Breathe*，1940)、《特洛伊木马》(*The Trojan Horse*，1941)和《攻击警报》(*Attack Alarm*，1941)，而且最后一部小说是基于英尼斯作为一个防空炮兵在位于伦敦南部的垦利皇家空军基地(RAF Kenley)所经历的不列颠之战(Battle of Britain)[①]这一真实的历史事件写成的。1946年英尼斯从部队退役后开始全职写作，并取得了成功。

英尼斯的写作很有规律，一年中他会用前六个月旅行和调研，后六个月写作。他的作品经常以航海为主题，描写海上发生的故事。他的小说还以对故事发生地点细致入微的描写而出名。他许多作品，特别是早期作品被改编为电影，例如电影《冰天雪地》(*Snowbound*，1948)改编自他的小说《孤独的滑雪者》(*The Lonely Skier*，1947，在美国出版时的名字是《雪中火》——*Fire in the Snow*)，电影《十九层地狱》(*Hell Below Zero*，1954)改编自他的小说《白色的南方》(*The White South*，1949)，电影《坎贝尔的王国(*Campbell's Kingdom*，1957)改编自他的同名小说(1952)，还有《玛丽·迪瑞号的沉没》(《怒海争雄》)(*The Wreck of the Mary Deare*，1959)改编自他的同名小说(1956)。小说《劫数难逃的绿洲》(*The Doomed Oasis*，1960)被改编为BBC广播剧。小说《金浸》(*Golden Soak*，1973)在1979年被改编成6集的电视剧。英尼斯1978年获得

---

① 这是英德空军在英伦上空上演了世界上规模最大的一次空战。1940年7月，希特勒制定了从海上入侵英国的"海狮"计划。该计划要求"德国空军要使用其全部兵力尽快击败英国空军"，夺取制空权，配合海军和陆军在英国本土登陆。德国空军投入不列颠之战的飞机约2400架，其中轰炸机1285架，其主要基地位于法国东北部、西北部以及荷兰和挪威。这次战役也由于英国的顽强表现，而迫使希特勒在没有把不列颠完全逐出战争之前，即先回头来对付苏联，重走两线作战的老路。

大英帝国勋章 C. B. E.（Commander，Order of the British Empire），1993 年获得布彻二十四届终身成就奖（a Lifetime Achievement Award at the Bouchercon XXIV awards）。他 1998 年 6 月 10 日去世，临终前仍在写作。英尼斯一生中创作过三十多部小说，其中《玛丽·迪瑞号的沉没》和《北极星》（North Star，1975）等是他海洋小说的代表作。《北极星》常常在海洋小说的排行榜上名列前茅（Most often tagged sea fiction）。

小说《玛丽·迪瑞号的沉没》中，玛丽·迪瑞号是一艘 6000 吨的货船，它沉没之前，在两次战争中被鱼雷攻击过三次，并在七片海域中航行了四十余年。这是一艘传奇般的货船，一艘神秘之船，悲剧之船。三月的一天夜里，巨型货船"玛丽·迪瑞"号满载仰光运来的货物，经过英吉利海峡，在风暴中漏水、颠簸，眼看就要沉没。约翰·桑德斯（John Sands）的救援船赶来援助，发现船上起火、大多数人已经弃船逃命。货船只剩下副驾驶员：基甸·帕茨上尉（Gideon Patch），他已经陷于半疯狂状态。两人一起救出了危在旦夕的船只，但他们回到港口，又面临更严厉的考验。海事调查委员会怀疑沉船是人为造成的，帕茨上尉嫌疑最大。桑德斯和帕茨必须找到真正的海难原因，才能洗清自己。他们再次出海，在珊瑚礁上打捞"玛丽·迪瑞"号遗落在海底的证据，发现货船董事会负债累累，只有船只沉没带来的保险金才能使他们摆脱困境。船主皮特里先生眼看就要从原告变成被告。伦敦法庭变成了人类灵魂的炼狱。约翰·桑德斯的性格兼有坚毅正直和贪财好利的特征，在公堂和风暴中同样引人注目。

英尼斯一生都保持着对大海的无尽热爱，他也有着丰富的航海经验，这些在他的很多作品中都有所显现。他和他的妻子驾驶他们的游艇——"特洛伊的三位一体"号（Triune of Troy）和"玛丽·迪瑞"号（Mary Deare）四处航行，在他去世时，他把他大部分的遗产捐赠给了海洋训练组织协会（Association of Sea Training Organizations），来使更多的人获得航行训练的机会，因为航海是他终生热爱的事情。

帕特里克·奥布莱恩(Patrick O'Brian，1914—2000)

帕特里克·奥布莱恩，英帝国二等勋位爵士（CBE），原名理查德·帕特里克·茹斯（Richard Patrick Russ），出生于白金汉郡（Buckinghamshire）的一个小村庄，查尔方特-圣彼得（Chalfont St. Peter）。他的父亲是一位医生，是德国人后裔，母亲是爱尔兰人后裔。在家里的九个孩子中，奥布莱恩排行第八。在他三岁时，他的母亲就去世了，凄凉伤感伴随着他的童年。他的学业也是时断时续，他有时会长时间地与他的父亲和继母呆在东萨塞克斯(East Sussex)的刘易斯(Lewes)的家里，在此期间，他的文学生涯开始了。奥布莱恩在十二岁时就写出了他的第一部小说，《凯撒：一只熊猫豹的一生》(Caesar：The Life Story of a Panda-Leopard)，三年后得以出版，并且受到舆论界和读者的好评。之后他还写了一些以自然历史和冒险为主题的故事，发表在男孩子的杂志和每年一次的出版物（annuals）[①]上。1934 年，他经历了一次短暂的皇家空军飞行员训练，但是结果不成功。1935 年，他开始住在伦敦，在那里工作并娶了他

[①] Annuals 也被称之为 Annual publications，是每年出版一次的系列或连续出版物，如日历、指南、年鉴、年度报告和文学作品集等。

的第一任妻子。二战中,奥布莱恩做过救护车司机志愿者,也为英国
情报部门工作过,并在工作中结识了他后来的第二任妻子。两人在
与各自原来的配偶离婚后于 1945 年 7 月结婚。婚后一个月,他按照
法律程序将原来的名字改成帕特里克·奥布莱恩,似乎要与自己过
去完全脱离关系。奥布莱恩也因他与第一任妻子和儿子以及兄弟姐
妹的有意疏远而备受争议。他与第二任妻子曾在威尔士和法国南部
居住,生活贫困。奥布莱恩在他七十岁左右才开始出名和有钱。

奥布莱恩以描写拿破仑时代海战和海军生活的《怒海争锋》
(The Aubrey – Maturin series)系列小说闻名。这个系列在二十世
纪文学史上影响深远,被认为是有史以来最好的历史小说,而他本人
也被《时代周刊》称为"最伟大的历史小说家"。此外,他还翻译过西
蒙·波伏瓦的作品;他为好朋友毕加索撰写的《毕加索传》也获得文
学大奖。

《怒海争锋》这一系列共二十本小说,实际上,奥布莱恩还有一本
没有写完,即《杰克·奥布雷最后一次没有完成航行》(The Final
Unfinished Voyage of Jack Aubrey)。这本小说于 2004 年在美国
出版,书名改为《21》。奥布莱恩在系列小说中,以惊人的博学和叙事
天赋再现了一段拿破仑时代的海战史和一个神秘的海上世界,主人
公是英国海军船长杰克·奥布雷(Jack Aubrey)和他的朋友、军医斯
蒂芬·马图林(Stephen Maturin)。他们是一对个性互异却配合绝妙
的拍档,奥布雷和马图林成为这个世界的灵魂,显示出作者在刻画人
物、构思情节时的机智与洞察力。《舰长与司令官》(Master and
Commander,1969)是这个系列中的第一本。年轻的英国海军舰长
奥布雷和潦倒的医生马图林在一个音乐会上偶遇,马图林决定作为
随军医生出海。他们的友谊拉开了一段充满炮火硝烟、历险与奇遇,
并始终有音乐点缀的文学航程的序幕。小说中,奥布雷的双桅横帆

船苏菲号(Sophie)与各色商船、私掠船斗智斗勇,还有他俘获吨位远比自己大的西班牙巡航舰卡卡弗戈号的精彩战斗。此后的三十年间,奥布莱恩陆续出版了这一系列的其他 19 本,如《上校舰长》(*Post Captain*,1972)、《皇家舰艇"惊奇"号》(*HMS Surprise*,1973)、《荒芜之岛》(*Desolation Island*,1978)、《爱奥尼亚使命》(*The Ionian Mission*,1981)、《通敌的港口》(*Treason's Harbour*,1983)、《极地远征》(*The Far Side of the World*,1984)、《深色大海》(*The Wine-Dark Sea*,1993)、《百天》(*The Hundred Days*,1998)、《后桅的蓝色》(*Blue at the Mizzen*,1999)等。

奥布莱恩有意识地在他的小说中加入了历史真实事件和人物,增强了故事的真实感。其幽默的文笔和精确的海军术语也是这个系列的特色。根据其中三部作品改编的电影《怒海争锋:极地远征》于2003 年上映。

薛尔·斯戴尔斯(Showell Styles,1908—2005)

薛尔·斯戴尔斯出生于伯明翰以北大约 13 公里的一个叫四棵橡树(Four Oaks)的地方。他的童年是在威尔士北部的山区度过的。

这对他的一生产生重要影响,因为正是在那里,他成为了一个登山爱好者和探险者,而且这份热爱延续了终生。对于那些攀登威尔士北部的斯诺登尼亚山(Snowdonia)的旅行者来说,斯戴尔斯的《北威尔士的山脉》(*Mountains of North Wales*,1973)这本书绝对具有纪念意义,而且鼓舞人心,因为它里面的信息可靠,还充满了对山脉的热爱之情。斯戴尔斯在萨顿科尔菲尔德(Sutton Coldfield)的维西主教语法学校(Bishop Vesey's Grammar School)读了中学。第二次世界大战期间,斯戴尔斯加入了皇家海军,驻扎在地中海地区。但即使在那里,他也尽可能多地走路和爬山。他当过海军少校,又一次他的船还被鱼雷炸沉过。退休后他一直住在北威尔士。在斯戴尔斯决定以写作为生以前,他已经在《笨拙》①杂志上发表过一些文章。他的第一部小说,《叛徒之山》(*Traitor's Mountain*,1946),是关于一个发生在威尔士的穿翻山(Tryfan)②山上及周围地区的谋杀之谜。斯戴尔斯是一位多产的作家,他为儿童以及成年人共写了 160 多本书。

斯戴尔斯著名的作品是他以拿破仑战争为时代背景的海军冒险小说,如关于见习军官塞普蒂默斯·奎因系列小说(Midshipman Septimus Quinn)和中尉迈克尔·菲顿系列集(Lieutenant Michael Fitton Adventures)。前者共包括《见习军官奎因》(*Midshipman Quinn*,1956)、《愤怒的奎因》(*Quinn of the Fury*,1958)和《见习军

---

① 伦敦出版的适合中产阶级趣味的幽默刊物(周刊)。1841 年由亨利·梅休(Henry Mayhew)和雕刻家埃比尼泽·兰德尔斯(Ebenezer Landells)创立,《笨拙》本是模仿法国由昂利·陀米埃(Henri Daumier)主画的幽默日报《喧闹》(Charivari)而成,但又有所不同,它比《喧闹》少一些挖苦,多一点亲善,而且要寻求比一般插科打诨的出版物更高的文学水准。确实,《笨拙》一直是关注英国生活各方面的,而且,它总是代表着大多数英国人的想法。从历史上看,它是最具影响力的时候是在 19 世纪 40 年代和 50 年代,它在"cartoon"一词的产生的历程中功不可没。在 20 世纪 40 年代,它的发行量达到顶峰,之后开始下滑,最后于 1992 年关闭。它在 1996 年复出,但在 2002 年再次关闭。

② 它是英国著名的山脉之一,位于威尔士北部的斯诺登尼亚山区,有着非常经典的尖形山峰和崎岖的峭壁。

官奎因与间谍丹尼斯》(*Midshipman Quinn and Denise the spy*,1961)等五本小说;后者包括《献给菲顿先生的剑》(*A Sword for Mr. Fitton*,1975)、《菲顿先生的船》(*A Ship for Mr. Fitton*,1991)、《菲顿中尉》(*Lieutenant Fitton*,1997)和《菲顿先生的飓风》(*Mr. Fitton's Hurricane*,2000)等 11 本小说。

在奎因系列小说中,15 岁的见习军官塞普蒂默斯·奎因不是一般人们心目中的英雄。他个子小小的、还戴着眼睛。但是读者会跟随这位坚定的见习官一路冒险,从英国到达地中海,从特拉法加海战到在法国的间谍活动。另外,像斯戴尔斯的《海军大臣》(*The Sea lord*,1956)和《海军军官》(*The Sea Officer*,1961)等海洋小说都与他在海军服役的经历有很大关系。他小说中的海战和海上事件很多都来自于英国护卫舰的航海日志,而这些都是船上的士兵亲眼所见的。这也使得他的小说读起来不仅令人兴奋,而且具有真实感。

巴里·昂斯沃斯(Barry Unsworth 1930—2012)

　　巴里·昂斯沃斯 1930 年出生在英格兰一个矿区小镇，1951 年曼彻斯特大学毕业后，他去了法国一年，以教书为业并开始写作。20 世纪 60 年代，他曾在希腊的雅典大学和土耳其的伊斯坦布尔大学教授英文。1999 年，他成为爱荷华大学爱荷华作家工作室的客座教授。2004 年他俄亥俄州的凯尼恩学院（Kenyon College）教授文字和创意写作。在他生命的最后几年，他与他的妻子定居意大利。主要作品有《神圣的渴望》（*Sacred Hunger*，1992）、《道德剧》（*Morality Play*，1995）、《脐心的红宝石》（*The Ruby in her Navel*，2006）、《石女》（*Stone Virgin*，1985）、《秃鹰之怒》（*The Rage of the Vulture*，1982）、《帕斯卡里之岛》（*Pascalis Island*，1980）等 17 部小说。1992 年，他的《神圣的渴望》荣膺英国文学最高荣誉布克奖，而《帕斯卡里之岛》《道德剧》则分别于 1980 年和 1995 年获得布克奖提名。

　　中世纪末与近代初的英国历史和奴隶贸易密切相联，可以说，奴隶贸易是英国历史的重要部分，从 16 世纪中期起到 19 世纪初止，在长达两个半世纪中，英国积极参与贩奴活动，贩奴是它资本原始积累的重要来源。昂斯沃斯的《神圣的渴望》以海洋和贩奴船为背景，描写了 18 世纪英国的奴隶贸易。外科医生马修·帕里斯，因宣扬违背教义的科学理论而遭迫害入狱。出狱后，万念俱灰的他搭上其姨父投资的贩奴船"利物浦商人号"，想在这场前途未卜的旅途中放逐自己。在船上，马修遇到一群来自不同阶层和境遇、性格迥异的船员，共同展开了一场海上冒险。然而，姨父雇佣的船长瑟索的残暴统治让所有船员们不堪忍受，当他坚持将患病黑奴抛入大海时，马修带领船员奋起反抗，和奴隶们一起逃往一座荒岛，企图在那里建立自己的"乌托邦"。与此同时，姨父的儿子伊拉斯谟·肯普在家中享受着锦衣玉食的生活，正忙于追求富商的女儿萨拉。他并不知道，贩奴船的突然失踪会导致父亲自杀,他的家族将就此败落。小说双线并行,在一艘充满粗俗语言、血汗泪水的贩奴船和一个宁静美好如简·奥斯汀式的爱情故事之间自如穿梭,而将两个故事联系在一起的是一个共同的主角:贪欲。

道格拉斯·爱德华·瑞曼(Douglas Edward Reeman,1924—2017)

　　道格拉斯·爱德华·瑞曼出生于伦敦附近的一个叫泰晤士迪顿(Thames Ditton)的小村庄。他的笔名亚历山大·肯特(Alexander Kent)(在写勃利索系列小说时用),这个笔名为了纪念他的朋友,一位阵亡在第二次世界大战的海军军官。他生于距伦敦不远的泰晤士迪顿,写过许多有关英国皇家海军的历史小说,主要是关于二战和拿破仑战争时的海战。1940年瑞曼在16岁的时候加入皇家海军,曾参加过二战和朝鲜战争。他最终晋升为中尉的军衔。除了作为一个作家,瑞曼还为帆船运动者教授过航行技术,为电影公司当过技术顾问。1985年与加拿大人金伯利·乔丹结婚。

　　瑞曼的处女作《为船祈祷》(*A Prayer for the Ship*)于1958年出

版,这也是他二战系列的第一部小说,此后他陆续出版了《阳光之下的潜水》(*Dive in the Sun*,1961)、《充满敌意的海岸》(*The Hostile Shore*,1962)、《必死之船》(*A Ship Must Die*,1979)、《铁海盗》(*The Iron Pirate*,1986)、《荣耀的男孩》(*The Glory Boys*,2008)等 25 部小说。他最著名的作品是拿破仑一世时期的海军系列小说,如《旗舰舰长》(*Flag Captain*,1971)、《海军实习军官勃利索》(*Richard Bolitho*,*Midshipman*,1975)、《海军实习军官勃利索与复仇号》(*Midshipman Bolitho and the 'Avenger'*,1978)、《身处险境》(*Stand into Danger*,1980)、《兄弟连》(*Band of Brothers*,2005)等。其主要人物是理查德·勃利索和他的侄子,亚当·勃利索。瑞曼还写了一系列有关布莱克伍德家族的小说(The Blackwood Saga)也称之为"皇家海军陆战队的传奇"(The Royal Marines Saga)。从1850 年代至 1970 年代,这个家族几代人服役于皇家海军陆战队。这一系列包括《荣耀的徽章》(*Badge of Glory*,1982)、《率先登陆》(*The First to Land*,1984)、《地平线》(*The Horizon*,1993)、《海上尘埃》(*Dust on the Sea*,1999)和《刀锋》(*Knife Edge*,2004)5 部小说。

瑞曼是一位讲故事的高手,他向全世界的读者讲述他惊心动魄的海洋故事已超过了 50 年,是一位伟大的海洋小说家。他使世界的人们了解了英国海军和他们的英勇事迹。目前,他的印刷销售的小说已超过 3400 万本。http://www.douglasreeman.com 是唯一的为道格拉斯·瑞曼设计并全面合作的官方网站。

朱利安·斯托克温出生于汉普郡(Hampshire)东北部的贝辛斯托克市(Basingstoke)。他有一位叔叔叫汤姆·克雷,在横帆船上当

朱利安·斯托克温(Julian Stockwin，1944—　)

水手，曾乘"卡蒂萨克"号(Cutty Sark)①绕道经过合恩角(Cape Horn)。受这位叔叔的影响，斯托克温很小就爱上了大海，并且这种爱一直在他的血液中流淌。文法学校毕业后，他的父亲将14岁的他送到"不倦"号②(HMS Indefatigable)上的海洋培训学校接受训练。斯托克温15岁时参加了英国皇家海军。当他的家人移民到澳大利亚去后，他也转到了皇家澳大利亚海军(Royal Australian Navy)③。斯托克温在军队服役8年，并最终被提拔为海军士官。退役之后，斯托克温返回校园，在塔斯马尼亚大学(University of Tasmania)攻读远东研究和心理学。他还读了跨文化心理学的研究生。他还参与过计算机的制造和设计以及软件开发工作。斯托克温后来又服务于英国海军和英国皇家海军预备役部队，并被授予英帝国勋章(MBE)和

---

① 人们在格林威治仍可看到19世纪最有名的帆船之一"卡蒂萨克"号。它停在陆地上，每年接待成千上万的参观者。它给人们留下深刻的印象，使人们回忆起历史上的巨型帆船，在蒸汽船取代帆船之前。"卡蒂萨克"号之类的帆船被用来从中国运回茶叶，从澳大利亚运回羊毛。"卡蒂萨克"号是帆船制造史上建造的最快的一艘帆船。

② 皇家海军"不倦"号是英国历史上战绩最为辉煌的一艘改装舰，舰长是爱德华·皮柳(Edward Pellew)。1797年，在另一护卫舰的协助下，皮柳追上并击败了一艘74门炮的法国战舰"人权"号。在这之后，皮柳和他的"不倦"号在1798年内一共击败了9艘战舰。

③ 皇家澳大利亚海军是澳大利亚国防军的海军分支。当澳大利亚的各殖民地组成澳大利亚联邦后，各地殖民地政府在1909年把自己所指挥的英联邦海军部队组合为皇家澳大利亚海军，但是直至第二次世界大战英国皇家海军仍然在太平洋地区提供防卫需要。二战后，皇家澳大利亚海军开始了扩张过程，多艘航空母舰和大型船舰被引进。今天的皇家澳大利亚海军是太平洋地区其中一支最大的海军，并参与了维持和平与军事任务。

少校军衔。他在 1990 年回到英国,并在 1996 年开始了他的写作生涯。与海洋打了一辈子交道,他作品主题自然是大海。他目前居住在德文郡(Devon)的艾维布里奇(Ivybridge)。

让斯托克温出名的是托马斯·吉德系列小说(Thomas Kydd series)。到目前为止,这个系列共有 14 部小说组成。第一部小说《吉德》(*Kydd*)出版于 2001 年。故事开始于 1793 年,主人公吉德是吉尔福特(Guilford)的一位制作假发的小商人,他被强制征兵,成为了一名海军士兵。他必须面对和克服海上生活的种种艰辛和危险。这倒不同于以往以海军军官为主人公的此类小说。第二部《阿尔特弥斯号》(*Artemis*, 2002)讲述了吉德 1794 年乘阿耳特弥斯号到了中国,并穿越了太平洋。他还升职成为了军需官。在第三部小说《海葵》(*Seaflower*, 2003)中,吉德被派到加勒比海地区,并被提升为中尉。第四部小说《兵变》(*Mutiny*, 2004)讲的是 1797 年吉德参与了诺尔兵变和坎珀当战役(the Battle of Camperdown)①,之后他晋升为上尉。在第五部小说《后甲板》(*Quarterdeck*, 2005)中吉德作为一名年轻的中尉乘"顽强"号(Tenacious)在 1798 年到了加拿大,并参与了美国海军的组建。第六部《"顽强"号》(*Tenacious*, 2005)主要讲述了吉德参加尼罗河海战(the Battle of the Nile)②的经历。在第七部《指挥》(*Command*, 2006)中,时间仍然是 1798 年,吉德在军舰"出

---

① 1797 年,16 艘荷兰军舰在德文得上将(Admiral de Winter)的指挥下准备加入法国军队对应作战,然而,在北海附近区域他们被英国海军上将邓肯(Admiral Duncan)率领的军队打败。这次战役发生在距离荷兰北部的海边小村庄坎珀当不远的海上,因此叫作坎珀当战役。

② 尼罗河(河口)海战,也称为阿布基尔湾海战(Battle of Aboukirbay),是法国大革命战争中一次重要的海战,发生在 1798 年 8 月 1 日—2 日之间,地点在尼罗河河口附近的阿布基尔湾(Aboukir Bay)。在霍雷肖·纳尔逊海军少将带领之下,英国舰队神奇的在亚历山大附近摧毁法国舰队,并将拿破仑的军队困在埃及。法国估计 1,700 人死亡(包括副海军上将布鲁耶斯)和 3,000 人被俘。英国则是 218 人死亡。

渣工"号（Teazer）上被提升为中校，驻守在地中海的马耳他。第八部小说《上将的女儿》（*The Admiral's Daughter*，2007）讲述了 1803 年吉德在战争再次爆发前夕回到"出渣工"号并负责这艘军舰的指挥，此时他遇到了上将的女儿，并产生了爱慕之情，然而他发现上层社会远没有他想象的崇高和纯洁。第九部是《背叛》（*Treachery*，2008），在美国出版的名字是《私掠船的复仇》（*The Privateer's Revenge*）。因为冒犯了海军上将，吉德带着耻辱离开了海军，他当上了一艘私掠船的船长。他仍然想着为国家而战斗，想赢回被夺走的荣耀，因此，他和他的船员们不惜一切来劫掠富有的法国商人以及返回法国的全副武装的战斗船只。在第十部小说《入侵》（*Invasion*，2009）中吉德官复原职回到海军，然而不久他突然被调离舰队，派回多佛执行一个秘密任务来保护一位神秘的美国发明家。第十一部《胜利》（*Victory*，2010）主要讲述了 1805 年吉德参加特拉法加海战（the Battle of Trafalgar）的经历。在第十二部《征服》（*Conquest*，2011）中，1806 年吉德加入探险队去夺取荷兰占有的开普敦，因为它这对通往印度的贸易路线十分重要。吉德和他的人必须保护脆弱的殖民地免受敌人从各方向的攻击，还要勇敢面对野兽和非洲的蛮荒腹地。第十三部《背叛》（*Betrayal*，2012）讲述了 1806 年吉德加入海军准将波普汉姆（Commodore Popham）在布宜诺斯艾利斯的战斗，尽管英国军队取得了胜利，但是当地的情景很复杂，吉德和他们的人面对的是当地人猛烈的抵抗，以及他们最亲密的西班牙盟友的背叛。最后一部小说的名字是《加勒比人》（*Caribbee*，2013）。在这部小说中，吉德和他的朋友尼古拉斯·兰奇（Nicholas Renzi）来到了加勒比海地区，发现在那里法国威胁着对英国至关重要的蔗糖贸易。吉德和兰奇开始了一次包含间谍活动和航海技术的动人心魄的冒险行动来摧毁这个损害帝国的新危险。

彼得·汤京(Peter Tonkin，1950—　)

　　彼得·汤京出生于北爱尔兰的阿尔斯特(Ulster)，父亲是一位英国皇家空军的军人。曾就读于普拉托皇家学校(Portora Royal School)①、Enniskillen(恩尼斯基林)等地的中学。他唱歌，表演，还发表诗歌，并在 1968 年赢得了一次大奖。他曾和保罗·马尔登②等就读于女王贝尔法斯特女王大学，师从谢默斯·希尼(Seamus Heaney)③学习英语。此间，汤京创作了一系列的戏剧，也出版过诗

---

① 普拉托皇家学校位于爱尔兰北部的新教聚居区，绝大多数的学生来自殖民官员或者地主家庭，普拉托皇家学校运行着一整套正宗的殖民地教育机制。

② 保罗·马尔登，1951 年出生于北爱尔兰的阿尔玛郡(County Armagh)。他于 1973 年出版了第一本诗集《新气象》，其时他还是名大学生。他在贝尔法斯特为英国广播公司服务至 1986 年，而后在剑桥大学当驻校作家。随后不久，他迁往美国，分别任教于哥伦比亚和普林斯顿大学，现为普林斯顿大学人文学科及创造性写作课的教授。1999 年，继詹姆斯·芬顿后，他成为牛津大学诗作课教授，现为伦敦诗协会长。

③ 谢默斯·希尼(1939 年 4 月 13 日—2013 年 8 月 30 日)，爱尔兰作家、诗人。1995 年因其诗作"具有抒情诗般的美和伦理深度，使日常生活中的奇迹和活生生的往事得以升华"而获诺贝尔文学奖，是公认的当今世界最好的英语诗人和天才的文学批评家。2013 年 8 月 30 日去世，享年 74 岁。

和短篇小说，当过电影评论家和报纸的编辑。自 1975 年起，他一直是一位全职的教师，并在哈博戴斯阿斯科学校（Haberdashers' Aske's）、维尔德尼斯学校（The Wildernesse School）和赛文德克斯（Sevenoaks）等学校担任英语课程主任和校长助理等职。彼得多才多艺，是英语、媒体、历史、哲学和公共服务多个学科的专家。即使他已经在 2009 年退出了全职教学，汤京仍然在 2010 年被提名为年度教师奖，由此可见他在英语教学方面的成就和影响力。

汤京在 1978 年出版了他的第一畅销小说《杀手》（*Killer*），从那时起，他已经出版了三十余部小说，其中包括备受赞誉的海洋小说理查德·马瑞那系列（Richard Mariner）和侦探小说——防御大师系列（Master of Defence）。马瑞那系列共有二十八部，包括《棺船》（*The Coffin Ship*，1989）、《火船》（*The Fire Ship*，1990）、《海盗船》（*The Pirate Ship*，1995）、《高潮》（*High Water*，2000）、《费尔韦尔角》（*Cape Farewell*，2006）、《毁船者》（*The Ship Breakers*，2007）、《爪哇岛的高潮》（*High Wind in Java*，2007）、《鬼魂之河》（*River of Ghosts*，2009）、《火山之路》（*Volcano Roads*，2009）、《罪犯船》（*The Prison Ship*，2010）、《死海》（*Dead Sea*，2012）和《黑珍珠》（*Black Pearl*，2013）等。这个系列的主要人物是威廉·海瑞提至（William Heritage），他的女儿罗宾（Robin）和女婿理查德·马瑞那。

汤京的海洋小说的独特之处在于它的悬疑和惊悚元素，读着会让人毛骨悚然。在《鬼魂之河》中，理查德和罗宾正在测试一艘无人操纵的潜水艇海神号，这时他们收到了另一艘潜艇的求救信号。这艘潜艇上的人们自己说是下海打捞忽必烈沉在海底的金币的，他们被困在海底，已开始缺氧。在《火山之路》中，理查德和罗宾正搭载"大乐趣"号轮船去印尼群岛与朋友们一起参加"火山之路"酒店的开业仪式，他们看到海面上漂浮着两具尸体。在《罪犯船》中，理查德·

马瑞那和他的女儿正在查塔姆群岛①的海事博物馆参观，就在这时一次恐怖袭击事件就要发生了。

第三节　艺术特征

20世纪是英国海洋小说在变革中繁荣发展的时期，概括言之，这个时期的英国海洋小说有以下特点：

第一，海的形象具有双面性，斗海和亲海都是海洋小说的主题；女性作家的海洋小说为英国海洋小说园地增添了炫目的光彩，推动了这一文学园地的扩大和延伸；大量出现的海洋战争小说和航海历史小说成为这个时期海洋小说的一大景观。

在英国海洋小说的整个范畴中，自《贝奥武夫》、《鲁滨逊漂流记》、《台风》、到《到灯塔去》、《在海湾》，再到《蝇王》，则是整个人类思想状态的一种记叙过程。很多海洋小说强调的是人的主观能动性，人与海洋、自然斗其乐无穷，并且在战胜海洋、自然，战胜自己的同时实现自己的价值。例如康拉德的海洋小说，它们以海洋作为故事背景，作为整体来看，它们都可以说是对人和船跟海洋搏斗的悲壮的颂歌。康拉德从事航海职业的时代是在十九世纪晚期，那还是帆船向现代化轮船过渡的时代。他的小说反映的是这个时代帆船航海生活的缩影。船，人，海是贯串全书的中心，在三者中又侧重船与人，我们知道在帆船时代，航海的风险比现代大得多，也艰苦得多，机器与气象知识都不足以使人完全掌握自己的命运。在康拉德的笔下，船成

---

① 查塔姆群岛(Chatham Islands)是新西兰所属领土，由40千米范围内的约10个大小岛屿组成。这些位于新西兰东南方800多千米远的岛屿，于1982年正式归属新西兰管辖。

为一种有灵魂的东西,是人跟大自然的搏斗中人的最忠诚勇敢的朋友和助手,没有船,人要征服海洋是根本不可能的。

然而,到了伍尔夫和其他一些现代主义作家,海洋小说的斗海主题已远去,亲海成为被反复书写的主角。《到灯塔去》中拉姆齐夫人倚窗而立,窗外是花草树木,远处是海浪和灯塔。她凝视着海上忽明忽暗的灯塔,陷入冥想中。她的意识不时对灯塔闪烁不停的灯光作出反应,对远处闪烁不停的灯塔赞叹不已,也从灯塔上看到了生活的光明与目标,同时也获得了一种同宇宙精神之间的联系。在她眼里,灯塔的光芒代表着生活的胜利,象征着平静、安宁和永恒。在曼斯菲尔德短篇小说中,大海和海湾是最引人注目的场景和意象。这看似平常的意象却常常出现在情节发展和人物心理的关键时刻,生动感人,含蓄蕴藉,意味隽永。在《在海湾》和《小扣子被拐记》等小说中,美丽而浪漫的海洋成为曼斯菲尔德展示其超前的生态主义思想的最好舞台。曼斯菲尔德小说中那美丽的大海和海湾让人联想起美丽而飘渺的世外桃源,它们同时也是热爱生活的人们那充满着活力的心灵的象征。同样,《小扣子被拐记》中的大海象征着自由和大自然,代表着毛利安人无拘无束、快乐的生活。二十世纪以来由于战争的迅速进化,远距离武器的广泛使用及巨大杀伤性武器的强烈摧毁性,使得作家们没有办法再找到一种和谐平静的解决方案。于是,《蝇王》中他们逃避到海洋和荒岛上,深思人类的劣根性与罪恶。然而他们找不出出路,只好让海洋和荒岛成为埋葬一切的总根源。

20世纪初期随着西方近代工业文明的发展,封建社会文化对人类精神的束缚逐渐松动,妇女要求在家庭中具有同男子相等地位的呼声越来越高,女权运动也进入了一个飞速发展的时期。因此,这个世纪也是女性作家成熟的时期,她们在起步不久就经历了飞跃,与男作家一起投入了现代主义的创作。康拉德和毛姆依旧活跃在英国海洋小说的文学园地,另外,这个时期两位女性作家的出现也为英国海洋小说增添了炫目的光彩,推动了这一文学园地的扩大和延伸,她们就是伍尔夫和曼斯菲尔德。她们立足于独特的女性视角,并运用由此产生的新颖形式,将个人的情感体验、潜隐的心灵事件、对生命的敏锐感悟和平凡生活的细枝末节娓娓道来。伍尔夫的《到灯塔去》和《海浪》以海洋为背景,充溢诗的节奏和意蕴,是 20 世纪西方现代主义小说的稀世明珠。海洋意象反复出现在曼斯菲尔德的《在海湾》、《小扣子被拐记》、《蜜月》、《起风了》和《六年之后》等短篇小说中。这看似平常的意象却常常出现在情节发展和人物心理的关键时刻,生动感人,含蓄蕴藉,意味隽永。与以往以男性为中心人物的海洋小说不同,伍尔夫和曼斯菲尔德的海洋小说将女性作为主角。这两位女性作家凭借女性的聪颖,围绕女性生活和女性问题写作,注重从女性的内心世界去表现女人,去揭示女性的复杂性格、生活处境和人生命运的本来面目,关注女性的生存状况,审视女性的心理情感和表达女性的生命体验。

20 世纪以描写拿破仑时代以及一战和二战时海战和海军生活为主要内容的海洋战争小说和航海历史小说格外耀眼,这些作品表达出英国人对于民族的海洋历史传统、海洋民族秉性和海洋民族精神的认同、归属和忠诚。海洋在英吉利民族的集体意识中占有非常神圣和崇高的地位,因为海洋是英国荣誉和地位的象征,海洋是民族尊严和的具体符号。C. S. 佛瑞斯特、达德利·蒲柏、帕特里克·奥布莱恩、薛尔·斯戴尔斯、朱利安·斯托克温、赫伯特·欧内斯特·贝茨和哈蒙德·英尼斯的小说中刻画塑造了很多海洋英雄形象,宣扬了海洋英雄主义行为,弘扬了海洋英雄主义精神。他们的小说颂扬了英国海军船长杰克·奥布雷、霍雷肖·霍恩布洛尔船长、拉梅奇和见习军官塞普蒂默斯·奎因等海军军官和水手的不畏艰难险阻、英勇作战、勇于牺牲的光辉形象,在建构英国民族精神的同时,讴歌了英吉利民族的海洋英雄气概。对于当今处于衰败中的英国而言,这些海洋小说家的小说成为英国民族主义的展示平台,海洋民族主义和英雄主义成为英吉利民族认同和民族凝聚力的纽带和支柱。

第二,力求摆脱传统的叙述方式的倾向十分强烈,叙述形态呈多元化趋势;对人的内心世界的探索、对人精神和心理世界的展示和对人性善恶的关注成为作家的首要任务;实验意识、变革精神格外强烈,小说的创作技巧异彩纷呈。

20世纪的英国海洋小说体现了当时文化领域的新思想和小说创作上的新手法。例如,曼斯菲尔德和伍尔夫等的小说受到柏格森和弗洛伊德思想的影响,深入人的内在意识深处,用心理逻辑展开叙述,表现人的意识活动,由此打破了传统小说的叙事模式和结构。她们对人物异化而焦虑的心理世界的关注、对人物的艺术或象征功能的体现、对内心独白、自由联想和象征等手法的运用、对情节淡化特征的追求、对印象主义和象征手法的探索无不体现出他们作为现代主义作家的创新精神。她们通过撷取生活碎片、捕捉瞬间印象、透视意识深层、触发人生感悟,来再现生活的内在精神、揭示生命的存在意义、寻求人类的精神慰藉,从而弥补了传统现实主义小说的人物和技巧所无法诠释的内心世界的真实。总之,她们在语言和文体方面都有很大的创新。

曼斯菲尔德写的与其说是故事,不如说是意境。"在曼斯菲尔德的作品中,我们得到的是情感的印象,而不是知道更多的故事"。[1] 她善于以轻灵飘逸的笔触捕捉人物感情瞬息间的变化,抒情气氛浓重,

---

[1] H. E. Bates. *The Modern Short Story*: *A Critical Survey*. London: Michael Joseph Ltd. , 1972: 131.

回荡着散文诗的旋律,正如徐晗所说:"她的小说更像是生活画面,其小说的情节不过是为了表现人物精神世界的依托。情节淡化使她的作品具有散文诗的随意性、诗歌的空灵感和寓言的哲理性。"①

曼斯菲尔德的以新西兰为背景的海洋小说诗意最浓,具有强烈的抒情气氛。她以抒情散文的笔法展开了一副充满诗意的新西兰海湾的美丽图景。"她要求自己的作品要具有既不同于诗又不完全是散文的风格。我们在读《在海湾》以及其他一些作品时,确实可以享受到这种散文诗的文体之美。无怪人们说凯塞琳·曼斯菲尔德的最大成就就是创造了一种新的小说体裁。甚至有人说她的小说可作为诗来欣赏"。②

《在海湾》充满了对自然景物的抒情描写,淡化情节和人物,简直就是一篇散文诗:

> 清晨,太阳还未升起,整个月牙湾笼罩在白茫茫的海雾之中。海湾后面那些树木丛生的高大山丘周围雾霭弥漫。望不出哪里是山脚的尽头,哪里是一片片围场和平房的起点。沙滩一过就是围场和平房了,此外并没有那些长着红色野草的白沙丘,所以找不到什么标记可以分清何处是岸,何处是海。降下了浓雾,草色碧蓝。③

> 潮水已退,海滩上空无一人;温暖的海水懒洋洋地在荡漾着。日光火热地照射在细沙上面,炙烤着那些灰色的、蓝色的、

---

① 徐晗:《凯瑟琳·曼斯菲尔德短篇小说现代主义特征研究》。昆明:云南大学出版社,2007年,第98页。

② 曼斯菲尔德:《曼斯菲尔德短篇小说集》,唐宝心,王嘉玲等译。天津:天津人民出版社,1982年,("译者的话")第5页。

③ Katherine Mansfield. *The Collected Stories of Katherine Mansfield*. Hertfordshire: Wordsworth Editions Limited, 2006: 166.

黑色的和带白纹的卵石。阳光把贝壳凹窝里的小水珠吸掉,并使在沙丘内盘来盘去的粉色牵牛花看上去浅如白色。万物静止,唯有小沙蚤除外,噼——噼——噼!它们跳个不停。①

　　一小片浮云,从容不迫地飘过来把月亮遮住。在这漆黑一片的时刻,大海的涛声深邃而恼人。浮云飘逝,海水在低声细语,宛如刚从幽梦中醒来。万籁寂静。②

　　曼斯菲尔德运用拟人、比喻和象征等诗意的语言和修辞方式使她的字里行间处处闪耀着诗的光芒,正如与曼斯菲尔德有过交往的奥顿在他那部以同曼斯菲尔德的交往为素材的自传体小说《最后的浪漫》中指出的:"所有她写得文字都有诗意,都是诗"。③ H. E. 贝慈认为,曼斯菲尔德将伊丽莎白时代抒情诗的想象力、优美细致、外形轮廓和彩色奇想融入短篇小说,使之获得新的生机,新的结构,最重要的是一种透明的特质。④

　　曼斯菲尔德从缤纷的记忆中发掘出新西兰海边生活的精彩片段和奇妙瞬间,运用传统和现代相结合的手法,以剪不断的思乡情愫为纽带,将一幅幅传神灵动的新西兰海洋画卷,呈现在读者面前,使人为之动容。海洋,成为小说中营造氛围的工具。在《在海湾》的第七部分,曼斯菲尔德用她细腻的笔触描写了正午时分阳光炙烤的海洋和海湾的景象。不同于小说开头的宁静而朦胧的晨雾中的海湾,此

① Katherine Mansfield. *The Collected Stories of Katherine Mansfield*. Hertfordshire: Wordsworth Editions Limited,2006:180.
② Katherine Mansfield. *The Collected Stories of Katherine Mansfield*. Hertfordshire: Wordsworth Editions Limited,2006:196.
③ 转引自徐晗:《凯瑟琳·曼斯菲尔德短篇小说现代主义特征研究》。昆明:云南大学出版社,2007 年,第 173 页。
④ H. E. Bates. *The Modern Short Story:A Critical Survey*. London:Michael Joseph Ltd. ,1972:124.

时"潮水已退,海滩上空无一人;温暖的海水懒洋洋地荡漾着。日光下射,火热地照射在细沙上面,炙烤着那些灰色的、蓝色的、黑色的和带白纹的卵石"①。强烈地日光把贝壳里的小水珠"吸食干净",使粉色的牵牛花"浅如白色";海边树林的颜色也有原来的粉色变成了"冷夜月光的银蓝色";一只名叫斯努克的狗"一只蓝色的眼睛向上翻着,腿脚直挺挺地伸出来,偶尔发出一声绝望的喘息"②。倦懒的大海和炙热的阳光下毫无生气的动植物为接下来凯奇亚的外婆对已故儿子的回忆和思念做好了铺垫。她的儿子,也就是凯奇亚的舅舅在澳大利亚的矿上干活因中暑而死去,老太太"两眼盯住一个地方回忆过往的岁月",发出阵阵叹息③。炙热的外部世界与外婆寒冷的内心的形成了鲜明的对比。她沉浸于一种岁月逝去而又无法挽回的深切哀痛和伤感惆怅中。倦怠的午后、慵懒的海洋意象烘托出外婆对于人生,抑或生死的无奈接心情:"那是早已逝去的岁月,还要用女人的眼光回顾它们。这让她难过吗? 不,人生原来就是如此的。"④

在短篇小说《六年之后》中也有一位深受丧子之痛折磨的母亲,而海洋意象对这篇小说的氛围里也起到了重要的烘托和营造作用。这篇小说中以曼斯菲尔德的母亲和父亲在他们的儿子,即曼斯菲尔德的弟弟于法国战死六年后的一次海上旅行为蓝本,深情地描写了一位在大海上触景生情,对儿子的思念令自己痛不欲生的母亲形象。这里的海洋不再是美丽而温柔的了,海风让人有种"寒冷刺痛"(cold

---

① Katherine Mansfield. *The Collected Stories of Katherine Mansfield*. Hertfordshire: Wordsworth Editions Limited,2006:180.

② Katherine Mansfield. *The Collected Stories of Katherine Mansfield*. Hertfordshire: Wordsworth Editions Limited,2006:180.

③ Katherine Mansfield. *The Collected Stories of Katherine Mansfield*. Hertfordshire: Wordsworth Editions Limited,2006:181.

④ Katherine Mansfield. *The Collected Stories of Katherine Mansfield*. Hertfordshire: Wordsworth Editions Limited,2006:181.

and raw)之感，因此，不同于父亲和那些男士，这位母亲厌恶到甲板上去，她只想呆在温暖的船舱中。海水是灰色的，并且"被笼罩在斜雨之中"①。而在这凄风冷雨中飞翔的海鸥看上去更是可怜，它们"看上去寒冷而孤独"②。看到海鸥，这位母亲心中的悲凉之情油然而生："当我们的经过这里的时候它们多么孤独啊！……除了海浪、这些鸟，还有下着的雨这里什么都没有"③。她试图强迫自己不去看这些令她悲伤的东西，因为它们"太令人沮丧了"，然而，她又禁不住去看："她好像看到在那遥远的天空和海面的中间似乎出现了一个身影；这个人孤单单地，充满渴望地注视着他们经过此地，并且好似大喊一声想使他们停下来——而是对她一个人喊了一声"，而这位母亲听到的呼唤声就是"妈妈！"④紧接下来母亲与儿子或者生者与死者的对话也许只是她"臆想的产物"，或者是她梦中的情形，但这些都证明了六年来她对儿子牵挂和思念⑤。时隔六年，丧子之痛依旧，任何人读到这里都会唏嘘不已。这篇小说中风雨飘摇的海洋无疑增添和渲染了这位母亲内心的惆怅和哀思，对小说悲怆的氛围起到了很好的营造作用。

伍尔夫的《到灯塔去》是她独特的抒情风格的典范。多·斯·富尔写道：

---

① Katherine Mansfield. *The Collected Stories of Katherine Mansfield*. Hertfordshire：Wordsworth Editions Limited，2006：380.
② Katherine Mansfield. *The Collected Stories of Katherine Mansfield*. Hertfordshire：Wordsworth Editions Limited，2006：380.
③ Katherine Mansfield. *The Collected Stories of Katherine Mansfield*. Hertfordshire：Wordsworth Editions Limited，2006：380.
④ Katherine Mansfield. *The Collected Stories of Katherine Mansfield*. Hertfordshire：Wordsworth Editions Limited，2006：380.
⑤ 蒋虹：《凯瑟琳·曼斯菲尔德作品中的矛盾身份》，北京：中国社会科学出版社，2004年，第156页。

她那印象主义的细腻笔触,惊人洗炼的描写,在《到灯塔去》这部热情洋溢的小说中,达到了臻于完善的地步。海洋与黑夜浑然一体,时间围绕着一个中心流逝。晶莹的海水,以其涛声和波浪,赋予日常生活、岩石结构、不满水洼、流沙和海风的世界以节奏。创造了友善、微妙而又敏感的气氛。表现了永恒的情趣。①

《海浪》是一部高度诗意化、抽象化和程式化的实验作品。它的组织和表现的方式新颖、独特,它没有严格意义上的故事,也没有严格意义上性格饱满的人物,它融合了诗和小说两种不同的文体,通过诗歌的空间叙事结构和意境使小说很富有意境、充满抒情和哲理意味,使作品的诗意空间得到进一步拓展,彰显出伍尔夫对艺术的探索和传统的无意识影响,增强了小说的审美功能。阅读伍尔夫的海洋小说时,读者感觉好像是作者在低声细语,不知不觉间被她领入了人物的内心世界,随着他们的思绪起伏和飞扬。的确,"伍尔夫优美抒情的文体和意识流技巧是珠联璧合、浑然一体"。②

四十年代以后的英国海洋小说的现代主义艺术实验已经不如二、三十年代那么强烈,很多作家又回到到现实主义风格,而 B. S. 约翰逊是例外。他是"六七十年代英国文坛上坚决抵制艺术陈规,极力主张小说改革的最彻底的文学斗士之一,同时也是迄今为止在后现代主义文学道路上走得最远的小说家"③。约翰逊小说形式上的极端革新是与当时的社会和思想氛围相联系的,也是与当时青年的反叛

---

① 多米尼克·斯皮埃斯·富尔:《弗吉尼亚·伍尔夫》,法国拉罗斯大百科全书,1976 年。
② [英]弗吉尼亚·伍尔夫:《到灯塔去》,瞿世镜译,上海译文出版社,2008 年,(序)第 14 页。
③ 李维屏:《英国小说艺术史》,上海:上海外语教育出版社,2003 年,第 354 页。

和探新精神相一致的。在六十年代,传统的观念和五十年代令人窒息的自得自信气氛受到了挑战,年青人以狂热奔放的活力和放荡不羁的精神向上一辈人的思想、风俗发起冲击。约翰逊认为,"生活混乱不堪,流动不已;瞬息万变,留下无数未经整理、凌乱无序的线索……小说家没有理由、也难以成功地运用已经用尽用绝的形式来表现当今的现实"①。他责问为什么众多的作家竟然无视乔伊斯的革命而依然泥守讲故事的传统伎俩。约翰逊拒绝严格控制的情节线索,无所不知的叙述技巧,周到全面的人物描写。对于约翰逊来说,现实并不仅仅是生活中的一些实际了解,而是高度个人化的经验。正如李维屏所言:"他在现实主义烟笼雾锁的战后英国文坛上骄傲地承认并顽强地显示,乔伊斯的创新精神并未在战后绝迹。"②

另外,与以往以男性为中心人物的海洋小说不同,伍尔夫和曼斯菲尔德等作家的众多海洋小说将女性作为主角。女性作家凭借女性的聪颖,围绕女性生活和女性问题写作,注重从女性的内心世界去表现女人,去揭示女性的复杂性格、生活处境和人生命运的本来面目,关注女性的生存状况,审视女性的心理情感和表达女性的生命体验。伍尔夫的《到灯塔去》中的主角拉姆齐夫人温柔善良、宽容大度,善于持家和社交,喜欢为亲友排难解忧,促使他们和睦共处,还经常访贫问苦,助人为乐。与"缺乏生命力"的丈夫相比,拉姆齐夫人"看上去生气勃勃、充满活力,好像她体内蕴藏的全部能量正在被融化为力量,它在燃烧,在发光"③。拉姆齐夫人用她"欢乐的笑声,泰然自若的

① B. S. Johnson. *Are You Rather Young to be Writing Your Memoirs*? London: Hutchinson, 1973: 11.
② 李维屏:《B. S. 约翰逊与战后英国小说的极端创新》,《外国文学》,1998 年第 1 期,第 66 页。
③ Virginia Woolf. *To The Lighthouse*. Ware, Hertfordshire: Wordsworth Editions Limited, 1994: 27.

神态、充沛的精力"安慰精神受挫的丈夫。① 宽容温暖的胸怀,善良真诚的品德,坚韧不拔的力量和美好广博的爱心这些优秀的品质都体现在拉姆齐夫人身上。拉姆齐夫人的形象充分展示了女性精神的内涵:和平、关爱、持续、珍惜、母性。

在伍尔夫的《海浪》中,小说三位女主角的情感、意识和思想伴随着海浪的升起与沉落而起伏、张弛和生灭,形成了完美和谐的对应。她们的性格各具特色:苏珊始终讨厌学校的一切,厌弃都市,向往自然,像个贤妻良母;珍妮憧憬社交生活,整日盼望跳舞和约会,具有敏锐的肉体感受力;罗达羞怯而神秘,在孤独中幻想,她试图遗忘自己的存在,而凝视彼岸的世界。她们一生中的个性是变化的、不确定的,这种个性的变化随着她们的自我认知的改变而发生,经过不断的探寻和抉择,她们最终完成了自我建构。她们的形象共同显示着作为现代女性,她们开始追求独立的人格和彰显个性的人生。伍尔夫对女性人物内心世界的独特感受与把握,也是她女性意识、自我意识的流露和表现。

在曼斯菲尔德的海洋小说中,女性人物占了很大比例,是她作品中名副其实的主角。这些人物中有天真无邪的小女孩、涉世未深的少女、养尊处优但缺乏安全感和快乐感的妻子、深受丧子之痛折磨的母亲和孤独寂寞的老妇人等。《在海湾》中的琳达是一位三个孩子的母亲,也是一位有闲阶层的太太。她无须为每日的生计奔波操劳,甚至连照看孩子的责任也由其母亲代劳,尽管如此,她还总觉得身体疲乏,还伴有头痛。她的这种病态是由婚后对生育的恐惧和生育的劳累造成的:"她已因生育儿女而心力衰竭,勇气丧失。倍加难以容忍

---

① Virginia Woolf. *To The Lighthouse*. Ware, Hertfordshire: Wordsworth Editions Limited,1994:28.

的是,她并不喜欢自己的孩子"①。在这样的生活中,琳达感觉不到自己生命的价值和意义,因此,她渴望自由,幻想自己弃家而去:"她仿佛看见自己坐着一辆轻便马车离开了大家,连招呼都不打就离开了大家"②。琳达也许不是传统意义的贤妻良母,但是她的形象真实地反映出她是一位感情丰富、精神需求极强的现代女性,同时,也显示出曼斯菲尔德对女性内心体验的透彻了解以及她的女性主义思想的深入发展。

在伍尔夫和曼斯菲尔德等女作家的海洋小说中,女性角色已不是男性角色的"影子",她们的情感、诉求和智慧在小说中得到全面的释放和迸发,她们象男性一样,在个体的意义上追求生命中各种欲望的满足,女性精神得到高度展现。伍尔夫和曼斯菲尔德在对女性人物的塑造和描写中"裹挟着关于生命、时间、痛苦、希望、死亡等人生问题的思考",表现出对人类的命运和未来的关注。③ 英国海洋小说中女性形象从缺失与隐形到配角与失语,再到主角与女性精神的彰显这一演变过程生动、真实地反映和展示了英国社会历史文化生活的变化与发展。

---

① Katherine Mansfield. *The Collected Stories of Katherine Mansfield*. Hertfordshire: Wordsworth Editions Limited,2006:179.
② Katherine Mansfield. *The Collected Stories of Katherine Mansfield*. Hertfordshire: Wordsworth Editions Limited,2006:16.
③ [英]伍尔夫:《海浪》,曹元勇译,上海:上海译文出版社,2012年,第8页。

下　篇

第五章 景观呈现：海洋——英吉利民族的文化记忆场

> 我相信，世上最可爱的莫过于大海了。是大海本身可爱呢——还是青春才最可爱？谁又能说得清楚呢？但是你们诸位——你们一生中都曾有所收获：金钱，爱情——在陆地上能获得的任何东西——可是，请告诉我，一生中最美好的时刻，不就是我们青春年少时在海上度过的那些岁月吗？
>
> ——（康拉德《青春》）①

文化自觉与文化自信培育要通过民族群体深层的历史记忆和精神积累。海洋与英国人的生活息息相关，英国海洋小说中以海洋、海岛、商船和军舰等为活动舞台展开的故事使其具有集体文本的性质，是英吉利民族存储集体记忆的载体，具有集体记忆"循环媒介"的功能。一个国家或民族所处的地理环境对其历史文化的发展和国民性的形成会产生深刻的影响。英国的四周都是大海，特殊的岛国地理和环境注定了英国人整天要和海洋打交道。对于不列颠人而言，海洋是他们生活中非常重要的一个因素，形成了他们自傲而排外的民族性格，造就了强烈的岛国情节；对于不列颠来说，海洋对它发展海洋事业、加强海军力量、进行海外扩张和建立强大的帝国均提供了极

---

① ［英］康拉德：《康拉德海洋小说》，薛诗绮编，上海：上海文艺出版社，2012年，第52页。

为有利的条件。① 小说家们把在人物海上生活的经历转化成对英帝国的礼赞,主人公的海外冒险暗示着英国的帝国梦想,张扬着其文化自信,表征着情感认同、利益认同和价值认同。

第一节　海洋：民族认同的场域

法国社会心理学家莫里斯·哈布瓦赫(Maurice Halbwachs)强调,"集体记忆"是真实存在,集体通过决定其成员的记忆方式来获得并保有其记忆;个体只有在他所属的集体中通过与其他成员的交往,才有可能获得属于自己的记忆并保有其记忆。同时,记忆还能根据不同阶段不同社会框架对过去进行重构。扬·阿斯曼(Jan Assmann)也将"文化记忆"进行阐释,认为文化记忆的内容与神话及历史事件有关,而记忆是为了通过论证集体的现状而达到巩固集体主体同一性。② 文化自觉与文化自信培育要通过民族群体深层的历史记忆和精神积累。海洋与英国人的生活息息相关,英国海洋小说中以海洋、海岛、商船和军舰等为活动舞台展开的故事使其具有集体文本的性质,是英吉利民族存储集体记忆的载体,具有集体记忆"循环媒介"的功能。人们赖以生存的自然环境对于一个民族文化模式的形成、发展及嬗变都起着深渊的影响,正如康拉德在他的小说《青春》里写的第一句:"只有在英国,人和海洋才可以说是达到了水乳交融的地步——大海进入了大多数人的日常生活。"③"记忆场"是集体

---

① 蔡永良等:《英吉利文明》,上海:上海三联书店出版社,2014年,第108页。
② 汪民安:《文化研究关键词》,南京:江苏人民出版社,2011年,第351—353页。
③ 康拉德:《康拉德海洋小说》,薛诗绮编,上海:上海文艺出版社,2012年,第1页。

记忆的媒介和"结晶点","记忆场"从广义上来讲包括地理场所、建筑、历史人物或事件、哲学著作和艺术品等客体化媒介,拥有物质性、功能性和象征性等特点,可以帮助一个群体唤醒对于过去的共同记忆。① 海洋是英吉利民族的记忆场,作为空间,它充当的是"时间的储存器",它在回忆者内心唤起的是一种熟悉感。②

　　安德森将民族定义为"一个想象的政治共同体——并且被想象为具有内在有限性和享有主权的共同体"。③ 这里的有限性是指空间的有限性和边界性。显然,安德森的民族是指现代民族国家,其民族意识很大程度上就是国家意识。由于英格兰民族是一个外来民族,学者们多从历史演变而非国家意识角度讨论英格兰民族意识。英格兰民族意识的形成经历了较漫长的过程,到 16 和 17 世纪达到一个新的高度,民族意识和国家意识逐步交织重叠,民族认同中的英国性得到凸显。英国学者艾维克指出,莎士比亚时期英格兰民族意识出现了井喷状态,宗教改革、伊丽莎白女王 1558 年成功登基、1558 年击败西班牙无敌舰队、通往新世界航线的开通、再次征服爱尔兰、地图和印刷文化的盛行、1603 年苏格兰国王问鼎英格兰王位等文化和历史事件,在构建英格兰民族意识的进程中扮演了至关重要的角色。英格兰民族国家的形成与早期现代地理探险和大发现相吻合。如果说英格兰民族意识通过特定的历史事件得以彰显,那么,文学作品中的英国性更多地是通过地理叙事(特别是海洋叙事)而得以显示。英国作家主要通过群岛叙事来构建英国性。④

---

① Nora, P. *Les Lieux de Memoire*. Paris: Gallimard, 1986: 16.
② 冯亚琳:《文学与文化记忆的交会》,《外国语文》,2017 年第 2 期,第 53 页。
③ [美]本尼迪克特·安德森:《想象的共同体》,吴叡人译,上海:上海人民出版社,2019 年,第 6 页。
④ 刘立辉:《英国 16、17 世纪文学中的海洋叙事与民族国家想象》,《西南大学学报》(社会科学版),2018 年第 3 期,第 118—131、191 页。

除了血缘人种、语言文字,地缘地理也是民族认同的关键因素。从地理学角度看,英国性就是群岛性(A separate island has made its people feel very, very insular①),具有英国性的居民就是海上民族,海上活动和对海的情感构成了这个民族最重要的民族行为和民族情感。这在英国文学中有着鲜明的体现。无论是盎格鲁—撒克逊时期《贝奥武甫》和《航海者》,18世纪的《鲁滨逊漂流记》《格列夫游记》和《蓝登传》,还是康拉德、曼斯菲尔德和伍尔夫的海洋小说都呈现了海洋与民族命运之间内在甚至是必然的关系。无处不在的大海显示了作者们对大海有着深刻的理解,怀有丰富的情感和文化记忆。从这些作品中我们看到了作者对于海洋文化的记忆连接了过去和现在,并且建构着未来。小说家们根据各个阶段不同的社会框架来对过去和现在进行重构,已重新阐释过去的方式来达到巩固英国民族统一性的目的。无论是希腊传统还是希伯来——基督教传统,大海几乎都是一个布满神力的异己环境,是一个充满危险和变数的地方,常常给人类带来灾难。但是,这种情况在欧洲人的地理大探险和海外扩张时期却发生了深刻的变化,"早期现代时期,随着海员绕过非洲和南美洲的海角,以及跨越大西洋和太平洋水域,海上通道被开拓出来,海洋便成为欧洲扩张的快速通道……早期现代欧洲文化的跨海洋转向重塑了海洋的文化意义,结果是海洋不再仅仅是充满敌意或者神圣的地方,而且是一个为人类活动、冒险和机遇而准备的空间"。②

英国海洋小说中的海洋既是现实的、可感知的地理空间,又是具

---

① 赵晓囡,戴卫平:《不列颠多元文化研究》,广州:世界图书出版广东有限公司,2015年,第46页。
② 刘立辉:《英国16、17世纪文学中的海洋叙事与民族国家想象》,《西南大学学报》(社会科学版),2018年第3期,第121页。

有抽象性和象征性的地理学概念，因此，大海成为英格兰民族性的隐喻。康拉德在《大海如镜》中写道，船上每天的生活似乎是在海天交接的地平线的辽阔范围之内画一个圈，它从大海崇高的单调性方面借来某种同样的尊严。① 康拉德在《黑暗的心》的开头对于泰晤士河入海口的描写令人印象深刻：

> 泰晤士河的入海口在我们的面前铺开，俨然是一条茫茫海途的开端。远处水面上，大海和青天融成一体，连个接缝也没有，在这片亮闪闪的开阔空间里，随潮漂来的一只只大游船上黑褐色的风帆，衬托在一串串尖尖矗立的红帆中间，船上油漆过的斜杠发出微光。一层烟雾笼罩着低低的海岸，海岸一片平坦地向大海伸去，逐渐消失在水中。格雷夫森德上空的天色是黯淡的，靠里更显得黯淡，似乎浓缩成一层悲怆的朦胧，一动不动地低覆在这座世界上最庞大、也最伟大的城市上空。
>
> ······
>
> 的确，对于一个怀着敬仰和深情像常言说"依海为生"的人来说，最容易触发起关于泰晤士河下游一带昔日伟大精神的思古幽情。浪潮涌来，又流去，终年操劳不息，其中满都是对于人和船的记忆，是它，把这些人和船或是载向大海去战斗，或是载回家去安憩。②

泰晤士河的入海口和这片海洋曾目睹了无数英吉利民族引以为豪的海外冒险家、船长们、殖民英雄和海军将领们的启航。这里蕴含着

---

① 约瑟夫·康拉德：《大海如镜》，倪庆饩译，天津：百花文艺出版社，2000年，第5页。
② ［英］康拉德：《黑暗的心》，薛诗绮、智量译，武汉：长江文艺出版社、湖北人民出版社，2006年，第1—3页。

"人们的梦想,共和国的种子,帝国的萌芽",①见证了海外冒险投资的共同体和殖民扩张的帝国经济共同体。康拉德将格雷夫森德这个港口城市称之为"世界上最庞大、也最伟大的城市"这正是这个原因。

在《水孩子》中,金斯莱告诉读者:"下海去,下海去!"②他说:"神圣而富饶的海水,像一些智者一样,是万物的母亲。"③海水让水孩子"变得强壮、轻快、精神百倍,好像脉管里流的全是香槟一样","他连纵带跳,连他自己也不理解,一个筋斗就跃出水面有两三米高,那钟派头就像鲑鱼第一次碰见名贵富饶的咸水时一样"。④ 关于英国和英国人的优越感,金斯莱这样告诉读者:"不管是否仍旧找不到梵谷(地名),你都会找到这样一个地方,一个民族,他们让你为自己是一个英国男孩而自豪。"⑤小说中,人物在征服海洋的同时,小说的作者借助海洋对青少年读者展开道德训示,海上或海中生活的细节是被作者融入人物学习和成长的场景之中(如《勇敢的船长》等)。人物的精神成长之旅与人物对海中生物及海底世界的认识纠结在一起(如《水孩子》等)。小说家们把在人物海上生活的经历转化成对英帝国的礼赞,主人公的海外冒险暗示着英国的帝国梦想,张扬着其文化自信,表征着情感认同、利益认同和价值认同。

---

① [英]康拉德:《黑暗的心》,薛诗绮、智量译,武汉:长江文艺出版社、湖北人民出版社,2006 年,第 3 页。
② [英]查尔斯·金斯利:《水孩子》,吴倩卓译,北京:旅游教育出版社,2012 年,第 69 页。
③ Kingsley, Charles. *The Water-Babies: A Fairy-Tale for a Land-Baby*. Boston & New York: Burnman, 1864: 49.
④ [英]查尔斯·金斯利:《水孩子》,吴倩卓译,北京:旅游教育出版社,2012 年,第 82 页。
⑤ Kingsley, Charles. *The Water-Babies: A Fairy-Tale for a Land-Baby*. Boston & New York: Burnman, 1864: 45.

第二节　出海探险与帝国梦想

对财富的贪欲是英国人海外冒险的一个重要动因。由于马可·波罗的游记中，关于中国的财富有着无穷的神话，在当时的欧洲广为流传，激起了欧洲人的无限遐想。1492 年哥伦布发现美洲大陆后，西班牙展开了对美洲的征服和殖民运动，在极短的时间内消灭了印第安人所建立的各个帝国，建立起极其广大的殖民地。1494 年经教皇仲裁，葡萄牙在西经 50 度以东的美洲大陆也获得了面积极为庞大的殖民地。由于西班牙征服地区盛产金银，大量贵金属经西班牙流入欧洲，刺激了欧洲其他地区的物价变革和工商业发展。16 世纪末至 17 世纪初，英国和法国从西班牙人手中夺取了加勒比海诸岛，荷兰从葡萄牙手中夺取了巴西东北沿海的纳塔尔地区。

海洋文明与大河文明、草原文明主要不同点，在于所处地域狭小，所有具备海洋文明和海洋文化特征的国家，均有很强的向海洋扩张精神和生存危机意识。正是这种精神和生存意识造就了海洋文明和海洋文化。欧洲的海洋文化，本质就是征服、扩张、占领，表面上是贸易，实际是在掠夺财富，同时输出西方的文化和价值观，当然也会带去他们的物质技术及某些文明的成果，除古希腊较文明的海洋开拓外，其它都是殖民主义和帝国主义的性质，而且一个比一个有过之而无不及。也就是说欧洲海洋文化，即征服和扩张文化，恰恰与古希腊、郑和航海所传播的海洋文明意识相反。英国自新航路开辟，资本主义萌芽后，便走向了一条大力发展资本主义，向外扩张的殖民道路。英国是一个名副其实的小国，国土面积仅有 24.4 万平方公里，相当于我国面积的 2.5%。然而，就是这样一个小国，却成为近代最大的殖民国家。通过侵略扩张,英国建立了强大的帝国,号称"日不落帝国"(the empire on which the sun never sets),其殖民地遍及全世界。① 英国的海外扩张之路自都铎王朝开始,之后的英国统治者们都对海洋表现出了极大的热情,他们不仅大力发展海外贸易、掠夺海权,还以国家的力量支持和鼓励各种殖民扩张和海洋冒险行为,将拓展海外贸易、争夺海上霸权与开发殖民地三者紧密结合,互为作用,共同铸就了英帝国的空前繁荣与强大。

英国海洋小说中主人公的海外冒险大都暗示着英国的殖民和帝国梦想。鲁滨逊作为一个荒岛的征服者,是大英帝国海外殖民扩张男性文化群体在文学作品中的先驱。正如有评论指出,该小说的力量在于"一个英国男人千方百计应对困境,不仅生存了下来,还成为了统治者",操控当地土著居民,"19 世纪小说作家毫无疑问地承袭了这一模式,将亚洲异域色彩浪漫化;……非洲在康拉德的《黑暗的心》中被称为黑色大陆"②。从这个意义上说,19 世纪小说中出现的殖民地区男性征服者是鲁滨逊形象在文学中的扩展和延续。

段汉武认为,康拉德生活和写作的年代正是英帝国发展的鼎盛时期。他的小说体现了帝国主义世界观,从中我们看到了康拉德是如何再生产出那个时代的帝国意识形态。③ 受大英帝国的主流意识形态影响,他把在海上生活的经历转化成对英国帝国意识的礼赞,代表作如《"水仙号"上的黑家伙》(The Nigger of the 'Narcissus', 1897)、《青春》(Youth 1902)和《阴暗线》(The Shadow Line 1917)等。在康拉德小说中,东方人和西方人构成了鲜明的对比,他的人物

---

① 蔡永良等:《英吉利文明》,上海:上海三联书店出版社,2014 年,第 114 页。
② W. H. New. Colonial literatures, Ed. Bruce King. *New National and Post-Colonial Literatures: An Introduction*. Oxford: Clarendon Press, 1998: 108 - 109.
③ 段汉武,魏祯:《康拉德海洋小说中的帝国意识——以〈青春〉和〈阴影线〉为例》,《宁波大学学报》(人文科学版),2013 年第 2 期,第 1 页。

描写显示出帝国主义话语已经渗透进西方人集体意识中，白人优越论在小说中充分彰显。小说《台风》的开头，康拉德从外观上对中国苦力进行了描述，他们穿的"净是些暗黑的衣裳"，"苍黄的脸"，"猪尾巴似的发辫"，"光赤的肩膀"。① 这些在海外靠出卖苦力谋生的晚清庶民正准备带着他们宝贵如生命般的银元回故乡。台风前，中国苦力"横七竖八地躺伏在甲板上面"，"没有血色的，皱瘪的黄脸，好似患了肝病"；他们中间有两个伸手展足地仰躺在那里，"他们刚闭上眼，就同死尸差不离"。② 在康拉德的笔下，这些中国苦力视财如命，相互厮打，就是一群疯狂、变态、丧失理智、歇斯底里的人形动物。然而，在他的小说中康拉德对英国船员身上所具备的、所体现的"好的品质"(the right stuff)多次赞扬，并认为："那是一种内在的品质，一种天生的、难以捉摸的、不可磨灭的品质，我不敢肯定地说，法国或德国商船上的船员一定不会这样做，但我怀疑他们是否也能干的如此出色。这里包含着一种完美的素质，它坚实得像天性，熟练得像本能——它是某种内在秘密的宣露——它是那种造成民族差异、决定国家命运的善良或邪恶的天赋素质。"③

英国临大西洋控北海，自古具有海上探险的传统。优越的地理位置赋予了这个海洋民族自信勇敢、坚忍不拔和粗犷不羁的特质。正是这种特质激发了英格兰人积极探索海外世界的探索和对海上事业的热忱。英国运用它的海上优势和海上霸权，加大殖民的力度，成为人类近代史上最具权势的世界帝国。它一度占有世界四分之一的地区和人口。英国经济学家史丹莱·杰温斯（William Stanley

---

① ［英］康拉德：《康拉德海洋小说》，薛诗绮编，上海：上海文艺出版社，2012年，第57页。
② ［英］康拉德：《康拉德海洋小说》，薛诗绮编，上海：上海文艺出版社，2012年，第74页。
③ ［英］康拉德：《康拉德海洋小说》，薛诗绮编，上海：上海文艺出版社，2012年，第34—35页。

Jevons 1835—1882)对 19 世纪中期以前处于巅峰时期的大英帝国进行了精辟的描述：

> 在实质上，世界的五分之一是我们的资源的进贡者；北美大平原和俄国是我们的谷物种植园；芝加哥和敖德萨是我们的粮仓；加拿大和波罗的海诸国是我们的森林；我们的牛羊在美洲；秘鲁把它的白银提供给我们；加利福尼亚和澳洲以自己的黄金提供给我们；中国人为我们种茶，而印度则把我们的咖啡、茶叶和香料运到我们的海岸。法国和西班牙是我们的葡萄园；地中海沿岸是我们的果园；我们从北美合众国以及其他国家获得棉花。①

海洋是帝国扩张的象征。政治家沃尔特罗利爵士认为："谁控制了海洋，即控制了贸易，谁控制了世界贸易，即控制了世界财富。"②可以说，英帝国是英吉利民族冒险精神的产物。英国海上霸主地位的确立和经济上的不断发展，不但提高了英格兰民族的自信心，而且促进了帝国意识的萌芽，为英国海外殖民贸易帝国的建立和发展准备了有利条件。英国通过海洋进行对外贸易和殖民扩张，逐渐发展成日不落帝国。可以说，英国海洋文明的崛起与帝国意识息息相关。因此，对于帝国意识，我们应该有清醒而辩证的认识。一方面，英帝国建设者们在创业过程中培养起来的敢于冒险、积极进取的品质和精神对我国实现民族复兴，建设不称霸的海洋强国提供了参考和借鉴；另一方面，在多元文化并存的今天，我国与其它国家应该彼此尊

---

① 周一良：《世界通史资料（近代部分）》（上册），北京：商务印书馆，第 294 页。
② 丁朝弼：《世界近代海战史》，北京：海洋出版社，1994 年，第 22 页。

重,提倡一种交流对话和多元共生文化的话语权力观。

第三节 海洋-风景-文化表征

在文学作品中,总有一个或多个景象会被作者反复提及、刻画、赋予特殊意义。在英国海洋小说中,作家们就以海洋等为景象寄托自己的情思。这种可以重复和描述的景象不仅与作品的主题交相呼应,不断提醒读者反思这些景象所代表的意义和功能,而且在反复的再现中深化了主题。较 18 和 19 世纪的英国海洋小说中以海洋等景象对海上航行、探险本身的描写和帝国意识的探究,20 世纪的英国海洋小说更加倾向于通过大海、航行、海湾、海浪和灯塔等这一景象来揭示呈现人物的复杂心绪、建构英国的民族精神和传达帝国意识等。

在曼斯菲尔德短篇小说中,海洋反复出现在《在海湾》(*At the Bay*)、《小扣子被拐记》(*How Pearl Button was Kidnapped*)、《蜜月》(*Honeymoon*)、《起风了》(*The Wind Blows*)和《六年之后》(*Six Years After*)等短篇小说中。曼斯菲尔德短篇小说《在海湾》中那美丽的大海和海湾让人联想起美丽而飘渺的世外桃源,它们同时也是"热爱生活的人们那充满着活力的心灵的象征"[①]。《在海湾》的第一部分有几大段的文字勾画出了晨雾中海湾的宁静和朦胧。在这里,曼斯菲尔德吸取了电影的拍摄技巧和剪辑手法,利用视距的伸缩、视角的转换以及感官的体验,对景物进行全方位的写真。正如曼斯菲

---

① 徐晗:《凯瑟琳·曼斯菲尔德短篇小说现代主义特征研究》。昆明:云南大学出版社,2007:第 187 页。

尔德曾说："我是一架照相机——一架自行选景的照相机，而我的选择取决于我对人生的态度。"①她打破以往小说的叙述与评论的传统，以含蓄典雅的语言，沉静的语调呈现人和事。如果说在第一段曼斯菲尔德诉诸视觉感官描绘晨雾中海湾的静态美，那么从第二段开始则由静转动，以动衬静。作者仿佛变成了一只耳朵，敏锐地捕捉到海水、溪水和细枝折断等各种声音，使读者从听觉上充分感受海湾的柔美。与此同时，声音传递的动感又为第三段人和动物的出现做好了铺垫，预告新的一天就要开始了。

到了《在海湾》的第二部分，男主人公斯坦利一大早起来到海边晨浴，恰巧遇到他不喜欢的人——乔纳森。摇篮般的海洋并不能使两个人生观和世界观截然相反的人共享这良辰美景。在事业成功的斯坦利看来，乔纳森是一个"不务正业的白痴"②。他无法忍受乔纳森爱闲聊的习惯，觉得对于他这个大忙人来说，那就是浪费时间。然而，斯坦利的妻子琳达有着与他不同的观点，她认为乔纳森"何其迷人"："说来奇怪，他只不过是个普通职员，斯坦利正挣的钱比他多一倍。乔纳森怎么回事？他没有胸怀大志；她猜是这样。可是你又觉得他这个人有才华，不同寻常。他没命地喜好音乐；省下来的每一分钱都用来买书。他永远是满脑子的新见解，新设想，新计划"③。乔纳森较斯坦利这样被物所异化的人而言，也许可以称之为"自然人"，他无忧无虑，无拘无束，与世无争，异化的现代文明令他无法忍受，他认为，每天去上班这件事"既愚蠢又该死"，用人生最宝贵的时光从九点

---

① [英]曼斯菲尔德：《园会》，文洁若等译。北京：人民文学出版社，2006 年，(前言)第 7页。

② Katherine Mansfield. *The Collected Stories of Katherine Mansfield*. Hertfordshire：Wordsworth Editions Limited，2006：168.

③ Katherine Mansfield. *The Collected Stories of Katherine Mansfield*. Hertfordshire：Wordsworth Editions Limited，2006：190.

到五点坐在办公室凳子上给别人写帐是"用古怪的办法消耗一个人的唯一的生命"①。在他看来，这样的生活跟普通犯人没什么两样，而在大海里游泳才是人生最为美妙的时刻："这时候一个大浪把乔纳森高高托起，又漫过他的身子，击岸成华，发出愉快的声音。多么美呀！又一个波浪过来了。这才是人生之道——无忧无虑，无拘无束，享受时光"②。曼斯菲尔德借乔纳森之口，表达了对文明的发展意义所采取的怀疑和否定态度，而这也正体现了她对文化和现代文明的批判精神。以商品价值为核心的现代西方社会使人把目光都投向了物质财富，而忽略了物的关系所掩盖的人的本质和人自身丰富的内容。黑格尔认为，异化是人类历史无法逃避的宿命，人在改造世界的同时忽略了主观世界乃至自我的创造，必然被自己的造物所异化、奴役。从古到今，人类试图通过自己的努力改造环境，但当他们热衷与重建文明和秩序之时也不知不觉地被现有的环境与自身的做法所改变。人与自己的生存环境产生了严重对立，人被物质世界所制约从而走向异化。曼斯菲尔德同其他现代主义作家一样在其创作中表现了物质财富的创造对人类所起的进步作用的怀疑，认为物质财富的创造者——人类，反倒成了物质财富的奴隶，人主宰不了物，而是物控制了人、主宰了人、制约了人。在这篇小说中，美丽而浪漫的海洋成为曼斯菲尔德展示主题的最好舞台。

　　同样，《小扣子被拐记》中的大海象征着自由和大自然，代表着毛利安人无拘无束、快乐的生活。在这篇小说中，两位毛利安女人很轻易地将一个中产阶级的小孩——小扣子拐了出来，但小扣子却觉得

① Katherine Mansfield. *The Collected Stories of Katherine Mansfield*. Hertfordshire： Wordsworth Editions Limited，2006：190.

② Katherine Mansfield. *The Collected Stories of Katherine Mansfield*. Hertfordshire： Wordsworth Editions Limited，2006：168.

和她们在一起极为开心。这次拐骗实际上也可理解为毛利安人把小扣子从呆板的生活中解救了出来。无拘无束的毛利安人自由而快乐地生活在美丽的海边，生活在大自然的怀抱。他们带着小扣子在海边的沙滩上挖贝壳，自由自在的玩耍。海洋、大自然是他们的精神世界中重要的组成部分，他们的生活空间是整个美丽的自然界，这种生活是小扣子以前无法想象的。她在遇到毛利安人之前会"在一幢方盒子似的房子前"，"站在花园的小门上荡来荡去。……她一个人，孤单单的，在小门上荡来荡去，嘴里还唱着小曲"①。怪不得她会问毛利安人："你们没有方盒子似的房子吗？你们不住在一排排的房子里面吗？你们的男人们上班吗？没什么讨厌的事吗？"②小扣子意识到这群人的生活与自己父母的生活是完全不一样的，因为他们的生活是如此自由，如此快乐，笑声那么多。的确，这群人的生活与居住在"方盒子似的房子"里的人的生活是不一样的。这些自由的"自然之子"对于中产阶级那处处受到约束的生活是畏惧的："这两个女人紧挨着树篱走上前，害怕地望着方盒子似的房子"③。

　　与毛利安人"靠近海边的小房子"(little houses down close to the sea)形成鲜明对比的是小扣子和他父母所居住的"方盒子似的房子"(the House of Boxes)。这里，"方盒子似的房子"正是拘束而呆板的中产阶级生活的象征，也暗示了小扣子压抑的童年和单调的人生。孩子的童年应该和自然亲近，而小扣子的童年却在"方盒子似的房子"里度过。在谈及人生存与居住的问题，海德格尔认为人类的生

---

① Katherine Mansfield. *The Collected Stories of Katherine Mansfield*. Hertfordshire: Wordsworth Editions Limited, 2006: 438.

② Katherine Mansfield. *The Collected Stories of Katherine Mansfield*. Hertfordshire: Wordsworth Editions Limited, 2006: 440.

③ Katherine Mansfield. *The Collected Stories of Katherine Mansfield*. Hertfordshire: Wordsworth Editions Limited, 2006: 438.

存活动离不开"筑"与"居"，但现代人却割裂了"筑"与"居"两者的统一，往往在"筑"的过程中忘却了"居"的意义，追逐于"筑"的物质化的东西，在钢筋水泥的"石屎"森林中丧失了与自然的亲近，在对奢华的居所的无止境的追求中陷入了被物质化的处境中，呼吸不到新鲜清新的空气，无心欣赏天空繁星的美丽，人生在追逐物质的同时丧失了精神的追求①。自然界是人类的故乡，是生命的萌芽繁衍地，但是当人类拥有自我意识、理性和想象力的时候，就不可避免地成为"宇宙的反常物"，破坏了人类与自然的和谐关系，从而从自然中分离出来。而人类一旦与自然分离，就踏上了一条不归路，永远地丧失了与自然的一体性，再也无法回到与自然相和谐的状态，再也无法体味自然生命之美。

伍尔夫的三部小说——《远航》(*The Voyage Out*)、《到灯塔去》(*To the Lighthouse*)和《海浪》(*The Waves*)都使用了与海洋相关的景象来命名。在她的笔下，海洋成为展示主人公成长与成熟的场景和舞台，性格迥异、各具特色的人物依次登场：《远航》中女主人公的自我意识开始复苏，《到灯塔去》里女主人公已形成了无私、乐观的性格，并以独特的魅力引导着周围的人；《海浪》中主人公们充分发展了各自的人生道路，在大海的浪声里划出不同的生命轨迹。

谈到伍尔夫笔下的海洋景象，首先还是要了解她对现代小说所反映内容的论述，因为这直接关系到作者对海洋在小说中的定位。伍尔夫当然不会像同时代的那些物质主义者②把海洋视作以资源和航道服务人类的工具，不过她的文论并没有系统明确地解释过海洋这一景象，但是我们知道她对于小说该如何反应现代生活有精辟的

① 叶启绩、林滨、程金生等：《西方人生哲学》。北京：人民出版社，2006年，第144页。
② 伍尔夫将20世纪初的大文豪贝内特、威尔斯和高尔斯华绥等称为"物质主义者"，并对他们保守、刻板和过时的小说艺术提出了猛烈地挑战。

看法。她指出生活在当代的人们一天之中"心灵接纳了成千上万个印象——琐屑的、奇异的、倏忽即逝的或者用锋利的钢刀深深地铭刻在心头的印象。它们来自四面八方,不计其数的原子在不停地簇射;当这些原子坠落下来,构成了星期一或星期二的生活,其侧重点就和以往有所不同……"。① 伍尔夫要求作家依据自己的个人感受,将生活中琐碎、飘忽不定的印象和瞬间记录下来,即使它们表面上不连贯,但在深层却能"揭示内心火焰的闪光……接近于内心活动的本质"。② 黄敏认为:"这种以碎片化、不确定的、飘忽的瞬间真实为内容的小说,当处理传统的海洋题材时,必定不会拘泥于某个中心概念或象征,海洋的形象将会被伍尔夫处理得更富于变化,更有容纳的空间,能够包罗万象,只有这样,海洋才能比较充分地体现几部作品里人物生活、心灵的渐次丰富。"③

在《远航》中,伍尔夫用海洋这一景象表达人生的延展和丰富,同时将人物置于被海洋包围的状态,这正切合她提出的"生活像一圈明亮的光环……包围着我们"。年轻的女主人公雷切尔通过一次航行,走出了封闭的自我,接触到了各式各样的人物,得以告别过去的天真,迎来全新的精神成长。伍尔夫使用大海的景象,恰如其分地烘托出雷切尔的成长。当看到"大海天衣无缝地填满了海岸的所有岬角",雷切尔感到自己也像海水一样在自由的延伸。当订婚时,雷切尔不断思考和矛盾着,怀疑婚姻的意义、婚姻与走向广阔空间的矛盾。独处时,雷切尔觉得"她希望得到的确实比一个男人的爱要多得多——海,天空。她再次转回身去看那远处的蓝色,在水天相接的地

---

① [英]伍尔夫:《论小说与小说家》,瞿世镜译,上海译文出版社,2000年,第8—9页。
② [英]伍尔夫:《论小说与小说家》,瞿世镜译,上海译文出版社,2000年,第8—9页。
③ 黄敏:《成长的复调——弗吉尼亚·伍尔夫作品中的海洋景象》,出自段汉武、范谊等编:《海洋文学研究文集》,北京:海洋出版社,2009年,第86—93页。

方是那样的平滑、宁静；她怎么能只简单地要一个人呢"①。海洋的广阔和包容使雷切尔意识到自己生命的无限可能，她清醒地认为她"是独立于任何事物的……她从未感到过这样独立，这样平静，并且这样自信"②。《远航》的标题具有象征意味，是伍尔夫走向海洋的开始，她以海洋为背景详尽地展示了女主人公雷切尔的成人仪式。

值得注意的是，在这部小说中，伍尔夫通过"海"的景象反衬异域空间，体现出英帝国的优越感，显示出她"帝国叙事者"的身份，成为其帝国意识的表征。"《远航》中的异域空间不仅是英格兰人肆意评判和窥视的他者，而且往往成为身处异乡的英格兰人抒发思乡之情和表达文化优越感的衬景。"③例如，雷切尔和黑韦特在海边峭壁上谈情说爱的一幕：

> 往另一个方向看去，广袤葱郁的陆地显现一种无论怎样延伸也和英格兰迥然不同的景象；在那里，村庄和山丘都有名字，山峦的最远处和地平线相接的地方，经常不是融入淡淡的雾霭就是现出蓝蓝的一条，那其实都是大海；而这里的陆地无论你怎么远眺，也还是无穷无尽的陆地，突兀成峰的陆地，聚石成险的陆地，辽阔的延伸再延伸的陆地，就像广阔无边的海底。它被白天和黑夜分成黑白相间的条块，又被边界分割成不同的地区，四海文明的城市在此建立起来，那里的人也由浑身黢黑的野人变成了文明的白人，然后又变成了黢黑的野人。或许，正是由于他

---

① ［英］弗吉尼亚·伍尔夫：《远航》，黄宜思译，北京：人民文学出版社，2003年，第344页。
② ［英］弗吉尼亚·伍尔夫：《远航》，黄宜思译，北京：人民文学出版社，2003年，第358页。
③ 綦亮：《伍尔夫小说民族叙事研究》，南京：南京大学出版社，2019年，第102页。

二人的英国血统使他们对这种前景感到事不关己或充满敌意，因此他们直往这边看了一眼就转过去看大海了；而且从此以后，他们一直都看着海。大海，尽管看上去像一个薄薄的波光粼粼的平面，似乎永远不会有愤怒的波涛，最终还是缩小了自己，那美丽无暇的颜色也终究成为淡灰色，打着漩通过了狭窄的海峡，并在冲撞巨大的花岗岩石的时候发抖、破碎。这片海水正是要流经泰晤士河口的海水；而泰晤士的河水清洗着伦敦城的根基。①

我们可以看出，风景是一种主观的构成，一个意识形态的概念，它提供一种方法，是某些阶层的人通过想象与自然的关系表示自己所处世界，并强调和传达自己与他人相对外部自然的社会角色。② 在帝国叙事中，风景映象不强调真实的再现，而着力于满足殖民者的审美视野和心理期待。"在此，风景成为一种记载了人类过去、表达希望与理想的符号。而'帝国主义'意味着风景还体现了国际性、跨文化，它与压制、开发、暴力、征服、冲突相关联。"③风景是一种"神圣的无声语言"，正如本尼迪克特·安德森（Benedict Anderson）指出，帝国往往依赖"神圣的沉默的语言"以想象"全球的共同体"。正如米切尔（W. J. T. Mitchell）在《风景与权力》（*Landscape and Power*）的导论中所说，风景不仅仅表示或者象征权利关系；它是文化权利的工具，

---

① ［英］弗吉尼亚·伍尔夫：《远航》，黄宜思译，北京：人民文学出版社，2003 年，第 235 页。
② ［美］W. J. T. 米切尔：《风景与权力》，杨丽、万信琼译，南京：译林出版社，2014 年，第 70 页。
③ 余婉卉：《"圣洁的沉默语言"——论康拉德帝国叙事中的风景》，《长江学术》，2011 年第 2 期，第 64 页。

也许甚至是权利的手段，不受人的意愿所支配。① 的确，风景是人类欲望和情感的作品，风景创造出民族和国家的认同感，所以，风景唤起国家意识是风景重要的文化功能。"风景不是纯粹的自然之物，权利在这里的确在发挥着作用，其发挥作用的方式是通过对空间的限制和塑造来实现的。"②

　　在伍尔夫的第二部海洋小说《到灯塔去》中，灯塔、海风、海浪、船、海洋和海湾等景象几乎渗透于小说的每一幅画面之中。我国著名学者李维屏在他的著作《英国小说艺术史》中写到："《到灯塔去》有意回避了传统小说中司空见惯的社会主题，而是从抽象的角度揭示了两种十分重要的关系，即人与人之间的关系以及精神世界与客观世界的关系。"③在整部小说中，伍尔夫通过利用与海洋相关的景象深入探索了如何处理这两种关系，以及辽阔无边的大海对人精神提升和心灵净化所起到的微妙作用。小说中反复出现的波平如镜，"像丝绸一般光滑"④的大海，安详、宁静的海湾反映了人们渴望平静、安宁与祥和的心态。伍尔夫利用海的辽阔以及运动中包含稳定的特性象征同质的生活。她似乎通过海洋宽广的怀抱和不倦的慰藉向人们暗示：人类只有放弃自私与冷漠，真诚地关怀他人的需要，才能告别恐惧、焦虑和孤独。因此，这次航行，如雷切尔的航行一样，成了启迪智慧的象征，帮助人们抛弃狭隘、固执与偏见，找到生命中真正有价值的因素：爱和关怀。正如李维屏所言："到灯塔去不只是一次物理意义上的航行，而且还是一次发现自我、探索真理、超越现实和步入新

---

① ［美］W. J. T. 米切尔：《风景与权力》，杨丽、万信琼译，南京：译林出版社，2014 年，第 2 页。

② 闫爱华：《风景研究的文化转向——兼评米切尔的〈风景与权力〉》，《广西社会科学》，2016 年第 6 期，第 194 页。

③ 李维屏：《英国小说艺术史》，上海：上海外语教育出版社，2003 年，第 303 页。

④ ［英］弗吉尼亚·伍尔夫：《到灯塔去》，瞿世镜译，上海译文出版社，2008 年，第 231 页。

的精神境界的心理的旅行。"①而"海洋"在这些心理旅行中所起到的重大作用是显而易见的。

伍尔夫借助大海的景象,在心灵与大海的碰撞中构建了一幅幅真实的海洋画卷,海风、海水、海浪、船帆和灯塔,这一系列富有色彩、动感和声音的组合,展现了人物不同阶段的精神实质,生动地描绘出了人生的历练、沧桑和最后的感悟。在她的第三部海洋小说《海浪》中,伍尔夫完全把大海至于中心的位置,以海浪的升起与沉落,伴随着海潮的节奏,来建构诗意化的情节,来展示人物关于人生的瞬间感受,完美和谐地对应了人物的情感、意识和思想。李维屏认为,这部小说中,最重要、最耐人寻味的形象无疑是汹涌澎湃的海浪。② 在小说中,大海的形象在人物的心里产生了强烈的反应,无时不在地冲击着他们的心理世界,展现着他们的想象和梦幻。珍妮一头扎入浮华的物质世界和社交生活,追求感官刺激和当下的狂欢,生活对于她是"激荡"她的"胸膛的蓬勃的浪涛","一切都在波动,一切都在跳荡;一切都显得短暂匆忙,狂欢得意"。③ 而对于厌弃都市生活的苏珊来说,海浪的声音是家园的呼唤,她在家乡"湿润的田野"和绵延不绝的海浪声中渐渐老去,而她的孩子将会延续她的生命,"他们会长牙、啼哭、上学和回家","就像大海"在她"体内波荡一样","没有一天会没有海浪的翻腾"。④ 罗达羞怯、神秘、厌世,时常凝视彼岸的世界,感觉自己如一朵无力的浪花,随时可能迸碎,卷入灰暗的波涛,把她"在海

---

① 李维屏:《英国小说艺术史》,上海:上海外语教育出版社,2003 年,第 303 页。
② 李维屏:《英国小说艺术史》,上海:上海外语教育出版社,2003 年,第 313 页。
③ [英]弗吉尼亚·伍尔夫:《海浪》,曹元勇译,上海:上海译文出版社,2012 年,第 37 页。
④ [英]弗吉尼亚·伍尔夫:《海浪》,曹元勇译,上海:上海译文出版社,2012 年,第 115 页。

浪上翻个身"，然后把她"挤沉"，"淹没在里面"。① 伯纳德像个作家，喜欢用各种各样的辞藻来描述世界；他清楚地认识到人生活在彼此的联系中，渴望融入他人的生活。当生活如海上的浪潮一般奔涌而去，他和他的朋友们"伴随着一个海浪拍岸，进碎，消失"②。奈维尔崇尚理性，又兼有诗人的气质，因此，能同时把握人生的平庸与精彩。对于他自己来说，他是"无边无际的"，"是一扇每根神经都不可觉察地扎入世界深处的大网"，这张大网"捕起了鲸鱼——巨大的海中怪兽"。③ 路易斯性格自卑、敏感，但受传统思想的影响，具有极强的进取心。他"渴望感受到平常人呵护的波涛将自己淹没"④。由此可见，小说中六个人物对于生活和人生的不同想象与困惑都与海浪、海洋等景象紧密相连，而这种差异性又犹如各种姿态的潮水汇成奇异多变的大海。正如唐燕琼所说，在伍尔夫的小说中，"海洋景象和小说人物的内心感受浑然一体，晶莹的海水，涛声和波浪，赋予日常生活以节奏，创造了友善、微妙而又敏感的气氛，表现了永恒的情趣"。⑤

綦亮认为，《海浪》以个体的主体身份建构隐喻英国的帝国身份认同，暗示英国在印度的殖民统治危机。⑥ 的确，"大英帝国想象是英国文学的一个'常数'，也是弗吉尼亚·伍尔夫小说思想探索中一项极为重要的内容。"⑦《雅各布之屋》中的雅各把伦敦看成文明的发祥

① ［英］弗吉尼亚·伍尔夫：《海浪》，曹元勇译，上海：上海译文出版社，2012 年，第 185—186 页。
② ［英］弗吉尼亚·伍尔夫：《海浪》，曹元勇译，上海：上海译文出版社，2012 年，第 252 页。
③ ［英］弗吉尼亚·伍尔夫：《海浪》，曹元勇译，上海：上海译文出版社，2012 年，第 193 页。
④ ［英］弗吉尼亚·伍尔夫：《海浪》，曹元勇译，上海：上海译文出版社，2012 年，第 81 页。
⑤ 参见 http://www.chinawriter.com.cn/bk/2012-06-01/62454.html。
⑥ 綦亮：《伍尔夫小说民族叙事研究》，南京：南京大学出版社，2019 年，第 8 页。
⑦ 谢江南：《弗吉尼亚·伍尔夫小说中的大英帝国形象》，《外国文学研究》，2008 年第 2 期，第 77 页。

地,称赞大英博物馆为文明的中枢神经和大脑。在伦敦的大街上散步,雅各仰望天空,感到"世界真是壮观,早升的月亮挂在尖顶上等你来赞美,海鸥高高飞翔,纳尔逊(雕像)耸立在圆柱上眺望着地平线,而世界是我们的航船"。[①] 从大英帝国的文化建构过程看,殖民地的存在是不可或缺的。正是通过殖民地他者的对照,宗主国才确立了自我的"光辉"形象。[②] 回到大海意味着脱离殖民地凝滞、抑郁的空间,海天给人带来的开阔心境直接导向光亮整洁的文明社会。[③] 而这个"光亮整洁的文明社会"的代表就是大英帝国所表征的秩序、效率和先进。威廉姆·瓦特森(William Watson,1858—1935)的诗歌《英国和她的殖民地》,写于1890年,这首诗歌里种子传播的比喻表达了殖民扩张是自然进程的概念,殖民主义是一种慈善的、积极的进程和事业,它将殖民地置于一位文明的、有教养的母亲的保护之下:

> 她是一棵站立了一千个冬天的树,
>
> 数不清的早晨如滚珠串落;
>
> 她宽广的根盘结在海底,
>
> 她的枝叶覆盖了世界;
>
> 她的种子,被不经意的风儿携带,
>
> 遮蔽了最遥远的海湾
>
> 在她传播开的森林,
>
> 新的民族正在那荫护下培养,

---

① 弗吉尼亚·伍尔夫:《达洛维夫人　到灯塔去　雅各布之屋》,王家湘译,南京:译林出版社,2001年:第439页。

② 谢江南:《弗吉尼亚·伍尔夫小说中的大英帝国形象》,《外国文学研究》,2008年第2期,第80页。

③ 余婉卉:《"圣洁的沉默语言"——论康拉德帝国叙事中的风景》,《长江学术》,2011年第2期,第67页。

连起了一片又一片的大地。

啊，你被漫游的暴风雨播散
在每一颗陌生的星星下，
不要忘记微风从哪里吹送
它远远地将你飘散！
因为你仍然是她古老的种子
飘落在年轻的土壤上——
英国岛国养育的孩子们，
这位母亲在需要中对他们
偶然某一天会呼唤。①

---

① 石坚、王欣：《似是故人来——新历史主义视角下的 20 世纪英美文学》，重庆：重庆大学出版社，2008 年，第 71—72 页。

第六章　民族形象建构——英格兰民族身份表征

　　那是一种内在的品质，一种天生的、难以捉摸的、不可磨灭的品质，我不敢肯定地说，法国或德国商船上的船员一定不会这样做，但我怀疑他们是否也能干的如此出色。这里包含着一种完美的素质，它坚实得像天性，熟练得像本能——它是某种内在秘密的宣露——它是那种造成民族差异、决定国家命运的善良或邪恶的天赋素质。

　　　　　　　　　　　　　　　　　　　　　　　（康拉德《青春》）[1]

　　鲁滨逊、辛格顿船长和海盗船长克利夫兰等形象承载着民族文化的特殊记忆。他们在海外奋斗并最终获取财富的传奇般经历，具有极强烈的示范作用。在英国，"水手"、"海盗"和商船等是影响久远的文化符号、记忆形象，具有典型的象征意义和明确的价值指向性。这些记忆形象体现着英吉利民族海外冒险和进取精神的崇尚，承载着整个民族的记忆，从而具有身份认同的意义。随着一战和二战后英帝国的衰落，许多和英国民族身份相联系的特征或是消失，或是经历了剧烈的转型。面临着多元文化以及美国化的挑战，英雄故事的

<hr/>

① ［英］康拉德：《康拉德海洋小说》，薛诗绮编，上海：上海文艺出版社，2012年，第34—35页。

重塑与再造的主要目标就是为了树立民族形象,彰显民族个性,扩大民族认同。

第一节　海盗书写

在西方社会,特别是在英国和北欧等地,"海盗"是一个影响久远的文化符号,具有幽深的历史和文化内涵。英国海洋小说塑造的一系列鲜活的海盗形象,其海盗书写经历了英雄化和浪漫化书写到妖魔化书写,再到人性化书写,甚至是浪漫化的书写的回归过程。这种演变同英国的历史、政治、经济和文化息息相关,在很大程度上也是作家认知和反思民族身份的重要途径。与绅士风度等一样,海盗精神和海盗文化是英国文化的核心内容,为英国民族性格的形成奠定了重要基础。

在 18 世纪和 19 世纪初的英国海洋小说中,海盗的形象时常出现,并给人留下深刻的印象,例如丹尼尔·笛福的《辛格顿船长》/《海盗船长》(*Captain Singleton*,1720)和沃尔特·司各特(Walter Scott,1771——1832)的《海盗》(*The Pirate*,1822)等。在笛福和司各特的笔下,海盗被塑造为"难忘而令人畏惧的英雄雕像"("imposing and terrifying heroic statuary")[1]。赛尼尔也指出,海盗这一概念的浪漫化在 18 世纪达到成熟。[2]

《辛格顿船长》以第一人称讲述了同名主人公幼年被绑架,当了

---

[1] Joel H. Baer. "'The Completed Plot of Piracy': Aspects of English Criminal Law and the Image of the Pirate in Defoe". *The Eighteenth Century* 23.1(1982): 4.

[2] Clive M. Senior. *A nation of pirates: English piracy in its heyday*. Newton Abbot: David and Charles, 1976: 152.

海盗,在非洲和东方冒险致富的故事,反映了英国殖民时期的生活、道德和理想,发表后立即成为家喻户晓的流行读物。第一人称的叙述方式更易得到读者对辛格顿——这个海盗的同情,这也许正是笛福的用意所在。《辛格顿船长》同笛福的其它海洋小说一样充满着英国人的自信,洋溢着英国人对海洋的向往和征服世界的强烈欲望。辛格尔顿船长劫掠财货,还以商人的身份用这些货物和中国人做贸易,也在印度的果阿和苏拉特运销货物,因此集聚了大量财富。辛格顿在小说中以得意洋洋的口吻告诉读者:"我是个天生的窃贼,甚至本性的爱好就是做个海盗,现在我可如鱼得水了,生平所干的任何事情,从来没有比现在这个更为心满意足的了。"①在辛格顿的看来,他们这些海盗都是"勇敢而坚强的人"②,而且他声称自己要做一个"杰出的海盗"③。成了巨富后,他潜行回国,隐姓埋名以免遭刑戮。在小说结尾,他对这些不义之财感到忏悔,愿以积资救济贫穷。他认识到:"至于我那笔无限巨大的资产,就像我脚下的尘土,我并不把它视为珍宝,有了它心里不见得宁静,没有它心里也不至于怏怏不乐。"④他隐居在伦敦的郊外,与好友威廉及他的妹妹一起过着幸福的生活。

司各特的《海盗》中的海盗船长克利夫兰相貌英俊,举止中表现出"航海者具有的真挚、坦诚、机敏、恰当的幽默、自信,以及冒险精

---

① Daniel Defoe. *The life*, *Adventures*, *and Piracies*, *of the famous Captain Singleton*. Ed. S. K. Kumar. London: Oxford University Press, 1969: 140.

② Daniel Defoe. *The life*, *Adventures*, *and Piracies*, *of the famous Captain Singleton*. Ed. S. K. Kumar. London: Oxford University Press, 1969: 143.

③ Daniel Defoe. *The life*, *Adventures*, *and Piracies*, *of the famous Captain Singleton*. Ed. S. K. Kumar. London: Oxford University Press, 1969: 148.

④ Daniel Defoe. *The life*, *Adventures*, *and Piracies*, *of the famous Captain Singleton*. Ed. S. K. Kumar. London: Oxford University Press, 1969: 265.

神",这些都"能博得女人的欢心"①。他"历尽艰险但能谈笑自如","像英雄人物一样才华横溢"②,这自然使他赢得了贵族小姐明娜的爱慕和倾心。在司格特笔下,克利夫兰身世曲折,在十五岁那年由于家里的庄园遭到西班牙人的洗劫,生活困难而被迫和父亲当上了海盗,但不久与父亲失去了联系,这一切都让读者心生怜悯之情。虽然是一名海盗,克利夫兰非常善良并且具有正义感,曾拯救过西班牙省长的两位千金,"不顾生命危险去保卫"她们,使她们免受"同伙的兽性凌辱"③。这也成为他作为海盗被抓获后被赦免的原因。在小说的结尾,克利夫兰因为自己得到赦免而决定为国效劳,他和两三个罪行较轻的同伙一起服役,在战斗中身先士卒,并最终光荣献身。克利夫兰由一名海盗成为英雄,这就是浪漫主义小说家司格特书写的完美结局。

以上作品中对海盗的英雄化和浪漫化的描写背后有着悠久的历史渊源。海盗的历史演变成传奇,衍生出许多约定俗成的元素。骷髅图案的海盗旗、木腿、钩子、黑眼罩、鹦鹉和宝藏成为西方人熟悉的海盗符号。欧美文化中,海盗从一开始就具有男性意志和英雄主义色彩。狂欢节上,到处都是爸爸跟儿子化装成的独眼海盗——这些男孩子们从三四岁开始读的就是海盗故事。丹麦最大的海上救生设备厂,名字就是"维京"——曾经横行一时的北欧海盗。北欧的许多旅行社都有专门的海盗之旅、海盗餐。挪威还以地下出土的海盗船为核心开辟了专门的海盗博物馆。在英国,海盗传统和精神不仅为

① Scott, Walter. *The Pirate* (Vol. I). Edinburgh: pr. for Archibald Constable & Company, 1822: 309.
② Scott, Walter. *The Pirate* (Vol. I). Edinburgh: pr. for Archibald Constable & Company, 1822: 313.
③ Scott, Walter. *The Pirate* (Vol. III). Edinburgh: pr. for Archibald Constable & Company, 1822: 310.

文学家们褒扬传颂,而且被皇家贵族赞许称道。苏珊·罗纳德指出:"常常被英格兰的盟友和敌人们称为'女王的绅士和商业探险家'的其实就是海盗,他们并不是一般的商人。"①的确,开拓新的疆界需要的正是这样的人,他们渴求知识、妄自尊大、渴望发财、具有商业头脑,同时也极其聪明和狡猾。许多人都宣称热爱祖国,所有人都誓死效忠于女王。英国历史上有不少关于海盗和皇家贵族勾结的记载,最为典型的莫过于伊丽莎白一世时期,伊丽莎白一世也因此被称为"海盗女王"。她在位的时期(1558 年 11 月 17 日—1603 年 3 月 24日在位)被称为英国海盗的黄金时期,伊丽莎白不仅称赞和支持海盗,与他们频繁交往,而且给他们加官进爵,委以重任。这个时期涌现了许多著名的海盗,弗朗西斯·德雷克(Sir Francis Drake,1540—1596)、沃尔特·罗利(Sir Walter Raleigh,1552—1618)、马丁·弗罗比希尔(Sir Martin Frobisher,1535/1539—1594)、汉弗莱·吉尔伯特(Sir Humphrey Gilbert,1539—1583)、理查德·格伦威尔(Sir Richard Grenville)、约翰·霍金斯(Sir John Hawkins,1532—1595)及其儿子理查德·霍金斯(Sir Richard Hawkins)等人就是其中的杰出代表。他们作为伊丽莎白宫廷的中流砥柱,为当时的英国作出了巨大贡献。海盗德雷克,不仅被英国人称为"民族英雄",英王伊丽莎白甚至亲临其舰船,为其授予骑士称号。

英国女王伊丽莎白时代正是英国早期资本原始积累时期,像德雷克这样的海盗在客观上适应了英国资本原始积累的需要。所以海盗活动一开始就得到了英国政府的默许与支持,甚至女王本人还直接参与、精心策划。英国和西班牙之间的不睦由来已久。伊丽莎白一世借助各种手段打击西班牙,海盗活动就是其中最重要的手段之

---

① 苏珊·罗纳德《海盗女王》,张万伟,张文亭译,北京:中信出版社,2009 年,第 14 页。

一。她积极鼓励英国海盗向其劲敌西班牙进攻,专门在大西洋和加勒比海劫掠西班牙运输船队,抢劫西班牙在美洲装满财宝的商船。海盗们持有女王颁发的"私掠许可证"(Privateering Commission),即一国政府授予本国私人船只在战争期间攻击和劫掠敌国商船的权利,这一合法地位一直持续到 1856 年。① 蔡永良认为:"正如他们的整个民族那样,都铎王朝以及斯图亚特王朝为了达到致富的目的,对海盗们所掠夺的西班牙财富并不抱有歧视态度。"②在海上的抢掠活动中,贵族们成为主导,他们公开资助海盗,"新教主义、爱国主义和抢劫实际上是同义词"③。伊丽莎白时期的私掠船和商船从根本上没有区别,一艘船往往是一年从事贸易,而另一年进行私掠和海盗活动,具有两者合一的身份。安德鲁斯认为,这种贸易和劫掠的混合方式获利最大。④

实际上《辛格顿船长》的主人公波勃·辛格顿的原型是亨利·艾弗里(Henry Every,也被称为 John Avery)⑤,一个成功海盗的典型例子。在他那个时代,他夺取过最富有的船只,设法逃避当局的追

---

① 执行私掠的船只通常被称为私掠船或武装民船(privateer),船长通常被称为私掠船长。严格来说,只有在战时,私掠行为才是被允许的。从历史来说,私掠船和海盗船(pirate)并无明显的区别。苏珊·罗纳德认为,18 世纪以前,privateer 这个词还没有出现,所以她在她的《海盗女王》中,只用 pirate,极力反对使用 privateer。参见苏珊·罗纳德《海盗女王》,张万伟、张文亭译,北京:中信出版社,2009 年,前言,第 XI 页。在 16 至 19 世纪间,武装民船通常被认为是属于国家海上武力力量的一部分。当然,许可证并不完全给私掠者提供安全保障。当私掠者与他的武装民船被敌对国家俘获时,往往他们会被作为海盗,迅速处死。私掠许可证的使用在 1856 年终止。当时许多国家在巴黎签订了声明。美国以及若干另外的国家较迟签订该国际条约。美国那时候十分依靠私掠者来壮大他们的海上力量,因为他们缺少强大的海军。

② 蔡永良等:《英吉利文明》,上海:上海三联书店出版社,2014 年,第 117 页。

③ Kenneth Raymond Andrews. *Elizabethan Privateering*:*English privateering during the Spanish war*,*1585 –1603*. Cambridge:Cambridge University Press,1964:16.

④ Kenneth Raymond Andrews. *Elizabethan Privateering*:*English privateering during the Spanish war*,*1585 –1603*. Cambridge:Cambridge University Press,1964:100.

⑤ 亨利·艾弗里在 1659 年 8 月 23 日接受的洗礼,1696 年以后死亡,具体出生和死亡日期不详。

捕,在大量财富的陪伴下安度晚年。关于艾弗里的早年情况说法不一。在 1693 年,他在一艘名叫查理二世的私掠船上担任大副,西班牙特许该船攻击法国在西印度群岛殖民地马提尼克岛的各种船只。一天,他率众哗变,夺取了该船的控制权,多数水手支持他。这条私掠船速度很快,并装有 46 门大炮,非常适合做海盗船,它被重新命名为凡西。1695 年,他联合其他海盗,攻击了一支装备精良的印度运宝船队,并设法夺下了其中的两艘船。这些船只属于莫卧儿大帝,上面装满了各种奇珍异宝。在向巴哈马群岛地方长官行贿以寻求庇护之后,艾弗里支付了水手们的所有薪水,这些人作鸟兽散。其中有些人在英格兰被捕,但艾弗里驾船到了爱尔兰,在那里他消失得无影无踪,据推断他是躲起来继续享用他的财富。1694 年,西奥菲勒斯·路易斯发表了《诗的副本,由亨利·艾弗里船长所作》,并指出艾弗里是一位具有人性的英国公民。在诗中,艾弗里声称自己是英国忠诚的公民,完全为英国的利益而服务。这首诗歌发表于艾弗里兵变的几周之后,成为帮助艾弗里最终被确立为民间英雄的重要因素之一。①

英吉利文明是具有海盗传统的文明。如果追述其源头,我们不难发现,英国人的海盗传统和精神来自于他们的祖先之一,盎格鲁-撒克逊人的谋生方式。盎格鲁-撒克逊男子在北海从事渔猎,长年累月跟暴风海浪搏斗,磨练得顽强粗犷。他们时常成群结伙以海盗的面目远航劫掠,具有很强的组织纪律性。因此,他们是渔夫兼海盗。贝尔指出,海盗"拥有某种激发自尊和别人敬佩之情的东西"②,而这

---

① Sarah Barringer. "Enemies of Mankind: The Image of Pirates in 18th-Century England". *Primary Source: The Indiana University Undergraduate Journal of History. Volume V: Issue I, Fall* (2014): 2.

② Joel H. Baer. "'The Completed Plot of Piracy': Aspects of English Criminal Law and the Image of the Pirate in Defoe". *The Eighteenth Century* 23.1(1982): 18.

种东西也许就是他们的勇敢探索精神。直到 17 世纪,英国人都普遍同情海盗。沿海居民从上到下都购买海盗的赃物,并卖给他们食物等生活物资。到了 18 世纪,海盗与社会格格不入和没有人性的负面形象开始出现,然而,对他们经济困境的同情和英勇成就的赞美仍然存在,法律界以外对他们的书写还是持支持态度的。①

正是基于这样的文化传统和历史氛围,笛福和司各特等英国海洋小说家在其作品中大都把海盗英雄化和浪漫化。海盗通过攻击、扩张和侵略,很短时间内积聚大量的财富与资源,迅速地发展和壮大势力,这正符合英国宣扬扩张与冒险的时代特征,也是像笛福这样的新兴资产阶级所崇尚和追求的。赛尼尔感叹道:英国海盗是一支非常具有活力的力量,在 17 世纪,英国海盗的旗帜高高飘扬在海上,而不是英国海军的,是一种极大的讽刺(Senior 80—87)。② 的确,像辛格顿船长这样的海盗首领"被传奇的氛围笼罩着,使得他成为大家崇拜的英雄"③。在某种意义上,海盗文化与海盗精神已经内化为英国文化的核心内容,是英国性的重要组成部分。④

进入维多利亚时代,特别是 19 世纪中后期,人们对海盗在态度上产生了巨大变化,由仰慕变为鄙视,由赞美变为谴责。如果说弗雷德里克·马里亚特上校(Captain Frederick Marryat,1792—1848)的《海盗》(*The Pirate*,1836)中的海盗船长还具有向善和向恶的双重

---

① Sarah Barringer. "Enemies of Mankind: The Image of Pirates in 18th-Century England". *Primary Source*: *The Indiana University Undergraduate Journal of History*. Volume V: Issue I, Fall (2014): 2.

② Clive M. Senior. *A nation of pirates*: *English piracy in its heyday*. Newton Abbot: David and Charles, 1976: 80 – 87.

③ Joel H. Baer. "'The Completed Plot of Piracy': Aspects of English Criminal Law and the Image of the Pirate in Defoe". *The Eighteenth Century* 23. 1(1982): 26.

④ 王松林,王哲妮:《海盗精神与绅士风度:史蒂文森笔下人物形象的双重性探析》,《宁波大学学报》(人文社科版),2020 年第 5 期,第 41 页。

性的话,后来的罗伯特·路易斯·史蒂文森(Robert Louis Stevenson,1850—1894)的《金银岛》(又译《宝岛》)(*Treasure Island*,1883)和詹姆斯·马修·巴利(James Matthew Barrie,1860—1937)的《彼得·潘》又名《不会长大的男孩》(*Peter Pan*:*The Boy Who Wouldn't Grow Up*,1904)中海盗形象的妖魔化书写就反映出此时期人们对海盗态度上的巨大变化。

超越了之前的小说家,史蒂文森在他的《金银岛》中塑造了终极版的海盗形象,这是任何人一想到海盗就会想起来的形象:独眼,木腿,钩子手,目露凶光且衣衫不整……据说,海盗史上的传奇人物"黑胡子"爱德华·蒂奇(Edward Teach,1680—1718)就是留着杂乱的胡子,独眼独腿,一年四季穿着鹿皮靴,肩上站一只鹦鹉。这一形象影响了后来无数小说和电影中关于海盗角色的描绘。① 这部小说没有像以往18世纪的作家一样对海盗进行美化,相反的,在这本书中,海盗们身上集中了残忍、阴森、狡猾、自私自利、背信弃义等种种特征,让人不寒而栗。他们杀人越货,残忍血腥,背信弃义,阴险狡诈,唯利是图,邪恶堕落。康斯塔姆认为,根据《金银岛》首次以系列形式出现在儿童杂志《年轻人》(1881—1882)上的题目"海厨,或金银岛"判断,在史蒂文森的心目中,男主角是大个子厨子约翰·西尔弗,而不是吉姆·霍金斯。② 被称之为"独腿海上漂"的海盗西尔弗不是浪漫的角色,他凶残暴戾,心狠手辣,且奸诈狡猾。当西尔弗、伊斯莱尔和迪克几个人在苹果桶旁边密谋叛乱,设想该怎样处置船上的几个人时,西尔弗说:"……我发表我的意见——处死。……要等待时机,

---

① 提姆·特拉弗斯:《海盗史》,李晖译,海口:海南出版社,2010年,第214—221页。
② 格斯·康斯塔姆:《世界海盗史》,杨宇杰等译,北京:解放军出版社,2010年,第295页。

这是我说的;但是一旦时机成熟,就来它个斩尽杀绝!"①刚上船时,西尔弗一边巴结讨好吉姆,一边又对船上尚未入伙的水手进行鼓动策反,目的是希望吉姆将来能够帮助自己,以为自己留下一条后路。但当他感到快要找到埋藏财宝的地方时,西尔弗对吉姆的态度立即发生 180 度的转变。吉姆抱怨道:"他还狠狠地拽着绳子,扯着我走,时不时还用恶狠狠的目光瞪着我。"(Stevenson 273)②吉姆清楚地意识到,西尔弗"已没有耐心掩饰自己了",他最初的打算已暴露出来,那就是"把每个好人都杀死在岛上,满载邪恶和金银扬帆而去"。③

詹姆斯·马修·巴利是苏格兰小说家及剧作家,他写《彼得·潘》时先是把它当做小说写,后来改编成舞台剧。二者皆讲述了彼得·潘,一个会飞的拒绝长大的顽皮男孩在永无岛(Neverland)与女孩温迪以及她的弟弟们的所遭遇到的各种历险故事。《彼得·潘》1904 年 12 月 27 日在伦敦首演,这个拒绝长大的男孩的故事很快获得成功;铁钩船长(也有译为胡克船长)也很快成为一个海盗恶棍的代名词。康斯塔姆认为:"舞台版的《彼得·潘》给我们的深刻印象是,海盗不仅有钩子,还戴着画有骷髅和交叉人骨头的帽子,走在跳板上"。④ 北欧海盗蒙住受害者的双眼,强迫他们沿着悬在船舷外边的跳板前行,最后落水而亡,这种残忍的谋财害命的方式,创造了"走跳板"(walk the plank)这样一个英语新短语。这实际上是对史蒂文森小说中的海盗恶魔形象的进一步补充。铁钩船长作为永无岛上的

---

① Robert Louis Stevenson. *Treasure Island*. London：Cassell & Company Limited,1884：91.
② Robert Louis Stevenson. *Treasure Island*. London：Cassell & Company Limited,1884：273.
③ Robert Louis Stevenson. *Treasure Island*. London：Cassell & Company Limited,1884：273.
④ 格斯·康斯塔姆:《世界海盗史》,杨宇杰等译,北京：解放军出版社,2010 年,第 296 页。

海盗头,是以面目可憎、残酷无情的形象出现在孩子们面前的。他总是千方百计地和彼得·潘及孩子们作对,对待孩子们心狠手辣。胡克船长在彼得睡着的时候向他的药杯里下毒来杀死他;将孩子们捉到船上,并打算让他们走跳板,在此之前还要用鞭子抽他们。给彼得下完毒后,铁钩船长"裹紧他的斗篷,似乎想在黑暗中将自己隐藏起来,而他本人就是黑夜中最黑暗的部分"①。巴利贴切地用"最黑暗的"(the Blackest)描述了出铁钩船长的恶魔本质:残忍、狠毒。他对于孩子们的所做作为可见其心之"黑暗"。

    史蒂文森和巴利小说中对海盗的妖魔化书写与 18 世纪和 19 世纪初笛福和司各特等小说中的英雄化形象形成了鲜明对比,与其背后的历史形成映射。英国和西班牙战争期间,尽管伊丽莎白女王大力支持私掠船和海盗船对西班牙船只的攻击和抢掠,但是海盗们在地中海地区更倾向于瞄准中立国家船只上的货物和财富,这让她非常难堪。詹姆士一世即位后,英国与西班牙停战,在 1604 年签署伦敦条约之前的 1603 年 6 月开始,英国就宣称所有形式的私掠行为都被视为非法。② 英西战争的结束伴随着大量水手失业,他们在社会上惹事生非,无所事事,游手好闲,战争早已使他们失去了踏踏实实生活的耐心,他们期盼的是快速发财的手段,这也是驱使他们成为海盗的重要原因。长年的战争也使这些水手成为了富有经验的战士,即使和平时期到来后,他们也不会轻易忘掉这些已经练就的技能。1603 年后,英国海盗的人数大增,除了这些急于发财的水手(占据四分之三)的加入外,还有一部分是海军的逃兵,因为当时海军待遇极

---

① James Matthew Barrie. *Peter Pan*, *or the boy who would not grow up*. London: Hodder & Stoughton, 1928: 118.
② Clive M. Senior. *A nation of pirates*: *English piracy in its heyday*. Newton Abbot: David and Charles, 1976: 80 – 87.

差,而且体罚残酷。[1] 17世纪的英国海盗比以往更加独立,武器更加先进,更有组织性。他们以爱尔兰和北非为基地,驰骋万里,越来越倾向于从新世界(美洲)海域获得好处。到了1608年,外国船主和大使的怨声不断增加,使詹姆士一世不得不亲自干预。由议会成立委员会开始调查从1603年开始频繁发生的海盗活动,到1610年西南沿海居民参与海盗活动的行为也开始受到调查。[2] 大约到1615年前后,英国海盗的势头开始衰落。1616年后英国海军开始在海上巡逻,以大力打击海盗,而缴获海盗船只以及上面的财宝是海军积极行动的诱因。1700年英国起草,并于1701年颁布生效了"更加有效打击海盗行为法令"("Act for the More Effectual Suppression of Piracy")。在接下来的两百年里,成千上万的海盗在这个法令下受到审判。[3] 1700年以前,在英国殖民地抓住的海盗都要送回英国受审,但是1700年以后,当地政府获得委托可以就地审判和惩罚海盗,这就大大加速了西印度群岛海盗的灭亡。[4] 巴林杰认为,1714年西班牙王位继承战结束后,海盗更加无约束地袭击英国船只,此时,人们对海盗的同情开始减少,尽管还没有完全消失;公共领域的主导思想在18世纪英国的咖啡馆中轻易而有效地形成,人们最终达成一致的观点就是:海盗是恶棍。[5]

---

[1] Clive M. Senior. *A nation of pirates*: *English piracy in its heyday*. Newton Abbot: David and Charles, 1976: 13-17.

[2] Clive M. Senior. *A nation of pirates*· *English piracy in its heyday*. Newton Abbot: David and Charles, 1976: 134.

[3] David Marley. *Daily life of pirates*. Westport, Conn.: Greenwood, 2012: 196-205.

[4] Joel H. Baer. "'The Completed Plot of Piracy': Aspects of English Criminal Law and the Image of the Pirate in Defoe". *The Eighteenth Century* 23.1(1982): 6.

[5] Sarah Barringer. "Enemies of Mankind: The Image of Pirates in 18th-Century England". *Primary Source*: *The Indiana University Undergraduate Journal of History*. Volume V: Issue I, Fall (2014): 6-9.

随着各国海军对海盗活动的打击,海盗越来越远离文明社会,与一般人的生活越来越远。海盗逐渐由单纯的贼、野蛮人,最后成为了"全人类的敌人"(hostis humani generis),他们成了所有国家的敌人,贝尔认为,在这种孤独而危险的境地中,成为一名海盗,用当代的一个短语来形容就是——"向全世界宣战",这是一种"自己招致的孤立",代表了绝望和"自我憎恨",是"精神自杀"(spiritual suicide)。①他们拒绝那些将人和野兽区分开来的社会情感,他们没有基本的人性,不遵守信仰、承诺和誓言等。残忍与嗜血成性逐渐成为人们脑海中海盗的标志特征。在法律文献中,海盗常被称之为残忍的野兽,他们不仅抢掠财物,烧船,甚至把杀人当做娱乐。海盗所犯的罪行往往不仅仅是抢劫,很多时候会与更加严重的罪行交织在一起,如叛国、谋杀和暗杀等,因此,对于他们的处罚也更为严厉,不仅处以绞刑和没收所有的财产,还会将他们的尸体悬挂在港口区域以示其罪行的丑恶。

在英国皇家海军强大之前,英国海盗助推了英帝国的建立,成为英国强盛的一个重要的原因,正如里奇指出:"海盗和私掠伴随着欧洲帝国的兴起"②。但是,依靠海盗发家,毕竟不是一段光荣的历史,大英帝国的统治者也急于翻过这不光彩的一页,以扭转人们对他们这个"海盗之国"的看法。一旦帝国利益受到海盗势力威胁时,英国政府则立即调转矛头,开始对海盗进行打击,于是,海盗便变成了人们所不齿的罪人。在维多利亚人的心目中,最伟大的海上英雄当属

① Joel H. Baer. "'The Completed Plot of Piracy': Aspects of English Criminal Law and the Image of the Pirate in Defoe". *The Eighteenth Century* 23.1(1982): 9-10.

② Robert C. Ritche. "Government Measures against Piracy and Privateering in the Atlantic Area, 1750-1850", in David J. Starkey ect., eds., *Pirates and Privateers: New Perspectives on the War on Trade in the Eighteenth and Nineteenth Centuries*, Exeter: University of Exeter Press, 1997:10.

1815 年打败拿破仑的威尔逊将军,他足以成为所有父母教育孩子的最好榜样,而海盗随着英国皇家海军的逐步壮大,逐渐退出了历史舞台,遁入维多利亚人的记忆。此时期海洋小说中海盗的妖魔化形象体现了维多利亚时代人们对英国绅士形象的追求,显示了英国社会对文明和秩序的追求,也反映了英国现代化进程中社会现实的变化与进步。而如何在帝国文本之中制造一块遮羞布掩盖这段并不光彩的发家史,成为史蒂文森和巴利等文人们的潜意识追求。他们在英国绅士理论道德与帝国意识形态的冲突中寻求一种妥协,他们"企图以人物的海盗精神为大英帝国殖民扩张提供精神上的支撑,又希冀以绅士的道德形象来遮蔽大英帝国的海盗掠夺和扩张行为,从而为自身求得良知的心理慰藉,达到一种帝国主义与伦理道德之间的心理平衡"[1]。

当人类世界进入现代,人们对于海盗的记忆更加遥远和陌生,而正是这种遥远感和陌生感使海盗这个词汇产生了神秘感。人性化,甚至是浪漫化的书写开始回归,理查德·休斯(Richard Hughes,1900—1976)的《牙买加飓风》(*The Innocent Voyage or A High Wind in Jamaica*,1929)就是其中一例。《牙买加飓风》讲述了一个发生在孩子与海盗之间的故事,被誉为"描写儿童心理动荡的经典之作",堪与诺贝尔作家威廉·戈尔丁的《蝇王》媲美。但是,除了孩子们,小说中海盗的形象也同样给读者留下了深刻的而难忘的印象。19 世纪上半叶,牙买加岛上一阵飓风过后,九死一生的桑顿夫妇决定让他们的五个小孩和邻居费尔南家的一对姊妹随商船回到他们的故乡英格兰。在途中,孩子们遇到海盗,并被带到了海盗的船上。海

---

① 王松林,王哲妮:《海盗精神与绅士风度:史蒂文森笔下人物形象的双重性探析》,《宁波大学学报》(人文社科版),2020 年第 5 期,第 45 页。

盗,往往给人的印象是粗鲁、充满暴力倾向、喜怒易变的,然而,这群海盗是"温柔的",他们把孩子们当成客人一样款待,并与孩子们建立了亲密的关系。其中,桑顿家的大女儿艾米莉甚至和船长约翰逊产生了某种纯净但又暧昧的情愫;而费尔南家的女儿玛格丽特则成了大副奥托的情人。孩子们都认为:"他们不可能是海盗",因为"海盗都很坏",而"他们极为正派"①。然而,当船长费尽周折把孩子们送上了另一艘去英国的商船时,他却不知道自己这群只越货不杀人的"文明"海盗也即将进入英国海军的虎口。对于艾米莉来说,在船上和海盗们的温情以及与玛格丽特的同舟之谊一走上陆地就好像荡然无存。她不仅将海盗船的行踪告诉了军方,而且将她弟弟的意外死亡和自己失手杀死遭劫的荷兰籍船长的责任都有意无意地推卸给海盗们和玛格丽特。故事的结局是"罪恶"的海盗受到了应有的惩罚,"无辜"的孩子们除了失忆玛格丽特又恢复了正常的生活。

在这部小说中,读者会感到邪恶和善良不是那么泾渭分明,单纯与世故不是那么截然对立,真实与虚伪是那么模棱两可,理智与癫狂是那么唇齿相依。海盗并不邪恶,他们也具有温柔的情感,孩子并不单纯,他们也有不可告人的秘密。这也许才是更加真实的人性,也许人性就像牙买加飓风中的所有的一切一样,并不是固定的,而是可以被移动的,只不过有的飘移的没有踪影,有的或许还有残骸。休斯在《牙买加飓风》中对海盗丰富复杂的性格所进行的客观而中立的展现代表了现当代文学中人物形象性格复杂化的人性化书写潮流。

在以保守著称的维多利亚时期,作家深受传统的伦理教化思想的影响,因此他们笔下的人物形象个性一般不会太张扬,复杂的人性也无法彰显,其人物形象便难免打上了脸谱化、类型化的烙印。19

① Richard Hughes. *A High Wind in Jamaica*. London:Vintage Books,2002:90 - 91.

世纪末期,大英帝国与维多利亚价值观都逐渐走向衰落。在海外英国虽然还是最大的殖民者,有着不可敌胜的经济、军事实力,但它的领袖地位已经开始面临正在崛起的德国的挑战,与美国的竞争也伤害了英国的经贸垄断地位。对一代知识分子来说,第一次世界大战的爆发使 1914 年成为通往非理性世界的入口,所有价值观再次遭到怀疑与重估。20 世纪西方文坛受到非理性主义思潮的影响,很多作家的关注点从社会生活转向人物复杂的内心世界,休斯也不例外。基于现代意识的要求,他的人物书写突显深度,特别是越来越注意人性的开掘,明显区别于以往小说中所塑造的扁平人物。

经历了千百年的起起伏伏,英国的海盗精神和海盗文化成为形成英国民族性格的重要元素。这种海盗精神曾经为大英帝国的殖民扩张提供了精神上的支持,维护和强化着英国人崇尚探险和征服的光荣传统,并持续激活着人性中的英雄主义梦想。正如亨利·詹姆斯对史蒂文森小说创作的评价:"他要说的是,不同寻常的事物是生活中最有价值的部分,即使不是,我们也应该这么相信;这是因为,最美妙的情感——猜疑、勇气、果断、冲动、好奇、豪爽、雄辩——都包含在不寻常的事物中,所以这是极其重要的,不应该让这些珍贵的东西从此消失。"①

第二节　殖民英雄崇拜

跨文化传播(交际)学的奠基人爱德华·霍尔认为,文化学存在于两个层次中,即公开的文化和隐蔽的文化,前者可以看见并且可以

① 蒋承勇:《英国小说发展史》,杭州:浙江大学出版社,2006 年,第 234 页。

描述,而后者看不见,甚至连受过专门训练的观察者都难以察觉。① 英国文化所彰显的开放性、先进性和进取性容易被看到,其隐藏的、深层次的内容更需要我们的挖掘和解读。在英国的历史上,自16世纪开始到20世纪初,英国从未停止过对外的殖民扩张,因此成为世界最大的殖民帝国,而正是海洋为英国开辟了殖民和扩张之路。

与都铎时代不同,在早期的斯图亚特时期人口的增长速度超过了粮食增长的速度,造成了某些地方的粮食短缺。人口增长还使17世纪初英格兰的失业现象极为普遍。同时,此时期海外冒险开始发展到有组织的海外定居和拓殖活动,之前在伊丽莎白时代就已经零星出现。斯图亚特时代的海外扩张主要是个人和私人团体的行为,政府几乎不作干预。这类活动同时向三个方向发展:地中海流域和东印度的商业贸易开发、纽芬兰湾的渔业开发和北美殖民地的农业拓殖。② 斯图亚特王朝早期英格兰人和苏格兰人在北爱尔兰也进行了拓殖活动。移民的定居需要在土地上垦殖开发,移民点的建立需要付出及其艰辛的劳动,如果没有早期移民们的坚忍不拔和吃苦耐劳,英国的移民殖民地就不可能存活下来。英国人在殖民时代表现出的顽强进取精神,是北美殖民地得以发展繁荣的重要原因。③

著名帝国史学家 P. J. 马歇尔认为:"不列颠是一个躁动不安的社会,(充满雄心的)英国人离开不列颠岛,在全世界寻求商业利益,并宣传他们的价值观。"④英吉利民族有一种与生俱来的跨越海洋向

---

① [美]爱德华·霍尔:《无声的语言》,何道宽译,上海:上海人民出版社,1991年,第65页。

② 钱乘旦、许洁明:《英国通史》,上海:上海社会科学院出版社,2018年,第153页。

③ 张本英:《英吉利民族与英帝国》,《安徽大学学报》(哲学社会科学版),2005年第1期,第22页。

④ P. J. Marshall. *The Cambridge Illustrated History of the British Empire.* Cambridge: Cambridge University Press, 1996: 34.

外部世界扩展的追求,殖民地的建立和帝国的存在,为他们的冒险和进取精神提供了最好的用武之地。几百年的英帝国史上,充满各种各样英国人在海外奋斗并最终获取财富的传奇经历,这些不同时代英国人的成功实例具有极强烈的示范效用,它们像泉水一样源源不断地提供着精神滋养,激励着英国人奔赴海外去定居、经商、传教、探险、淘金、服役、任职等。英帝国的扩张史上,英国人从来就不缺乏离开故土去往未知世界的勇气与心胸,当然,他们也不缺乏获取和掠夺财富的渴望与贪婪。① 从事各种海外贸易或投机活动在英国长期成为一种时尚,被看作是迅速致富的最佳方式。英国海洋小说《水孩子》的作者金斯莱用他的诗句描绘了英国人企求到海外建功立业的雄心:"勇敢的年轻的英格兰,渴望飞跃它离开岛屿束缚的道路,去发现,去开拓,去殖民,去传播文明。"②

　　英帝国得以建立的原初动力,毫无疑问是贸易、掠夺和获取财富,海外的殖民扩张,也主要是少数从王室手中获得特许状的私人或大贸易公司的行为。但随着帝国版图的不断扩大,随着殖民地的发展,特别是进入 19 世纪以后,英国社会各个阶层与帝国的联系越来越广泛,移民、传教士、商人、冒险家、帝国官员、殖民地官吏和驻军官兵,所有这些身份不同、形形色色英国人的命运,与帝国的命运连在了一起。帝国已经渗透到英国社会生活的方方面面,它就像一个巨大的正在运转的机器,改变着英国人的生活方式,也改变着英国人的观念。③ 美国历史学家戴维·罗伯茨对英帝国本身给英国人的生活及思想观念带来的影响,做了细致入微的分析描述:

---

① 张本英:《英吉利民族与英帝国》,《安徽大学学报》(哲学社会科学版),2005 年第 1 期,第 22 页。
② Dorothy Thompson. *The British People 1760—1902*. London:HEB, 1981:171.
③ 张本英:《英吉利民族与英帝国》,《安徽大学学报》(哲学社会科学版),2005 年第 1 期,第 25 页。

帝国的存在已成为深入人心的事实,这使英国人自视为世界上最优越的人种。数以百万计的英国人背乡出国,移居到各自治领,统治印度,与中国通商,在非洲传布福音,在南美经营实业。移民回国探亲或写书函报告,帝国官员述职度假,使英国人一代一代对帝国各部分的风土人情、景物财富,都有了深切了解,这类风情又衍化成宣表英国人业绩的书报小说。贸易和投资给母国带回了无数财富。英国人搭船周游世界,在开罗、亚丁和孟买停泊,住进英国的旅馆,处处领略帝国的存在。特别是统治阶级,他们在国外担任军事和行政职位,享受荣誉和薪金,面子非常光彩。"①

这里描述的英国人在海外殖民地的情景反复出现在毛姆和伍尔夫等作家的海洋小说中,而殖民地,这个异域空间成为英国人"表达文化优越感的衬景"②。罗伯茨的话也充分证明了萨义德在《文化与帝国主义》中的判断:"那远方的世界一向都被看作只是附属的、被统治的。英国在那里是被看作起管理和规范作用的。"③

拓殖和移民大大促进了英帝国的发展、繁荣和影响,英国政府也大力支持开拓殖民地和移民潮。人们普遍认为向海外拓殖和移民是"上帝的安排",能够将大英帝国的名声、法律和影响力传遍整个世界,并服务于"盎格鲁-萨克逊种族在地球上繁衍壮大的使命"。④ 在

---

① [美]戴维·罗伯茨:《英国史:1688年至今》,鲁光桓译,广州:中山大学出版社,1990年,第320—321页。
② 綦亮:《伍尔夫小说民族叙事研究》,南京:南京大学出版社,2019年,第102页。
③ 萨义德:《文化与帝国主义》,李琨译,北京:三联书店,2003年,第103页。
④ Ronald Hyam. *Britain's Imperial Century: A Study of Empire and Expansion.* London: Macmillan Publishers Limited, 1993: 42.

英国海洋小说中人们可以清楚地看到叙述者对殖民英雄、船长和水手等以及他们身上的冒险进取精神的肯定、崇拜，甚至是颂扬。

丹尼尔·笛福的《鲁滨逊漂流记》中的主人公鲁滨逊对航海和海外冒险的痴迷反映了当时英国社会的海洋探险和拓殖的普遍心态。漂流到一座荒岛之上，刚开始鲁滨逊就已经表现出作为一个殖民者应有坚忍不拔、顽强拼搏的精神，并从事各种各样的劳动，开始从事一无所有的荒岛建设工作，表现出一种勤劳而顽强，为生存而努力拼搏。这一切显示了鲁滨逊作为一个殖民者对环境适应能力之强，也是对英吉利民族顽强进取精神和文明的完美继承。正是这种继承加上鲁滨逊本能的求而生能力推动着他对岛上的一切资源懂得加以利用。他成功地利用了近代社会提供给他的各种便利——先进的知识储备、制作工艺技术和发明的才能，创造着荒岛之上属于自己的殖民王国。这部海洋小说反映了那个时代资产阶级上升时期的那种敢于拼搏、敢于冒险的精神风貌，强烈表现出资产阶级的积极向上的主观意识和对未知世界勇于开拓进取的精神追求。

笛福用精彩绚烂的文笔，并通过跌宕起伏的故事情节将主人公遇到困难不怕艰险、保持乐观和积极应对的态度刻画得惟妙惟肖。主人公鲁滨逊敢于冒险的精神和殖民主义的意识理念，通过个人奋斗实现人生目的的价值观念被塑造和刻画得淋漓尽致，可以说该小说彰显了十八世纪英国资产阶级敢于冒险、奋斗和拼搏的积极进取的理念。当然，我们应认识到鲁滨逊彰显了英国的殖民和帝国梦想，是英国早期资本主义殖民者的典型，特别是在与"星期五"的主仆关系中，鲁滨逊的殖民者行为一次次地表现着英国文明的至高无上的文化自尊和对其他"野蛮"地区的文化侵蚀和瓦解，并通过潜移默化的思想教育方式迫使所谓的"野人"认同并信仰英国文明的礼仪形式，将与生俱来的盎格鲁-萨克逊人的强烈优越感凌驾于"野蛮人"文化之上。从某种意义上来说,笛福的这部小说可以看作英国的第一部殖民小说,它"建构了最初的欧洲殖民话语,明确地表达了资产阶级征服非西方世界的思想"。① 鲁滨逊远航的第一站是前往非洲,在其过程中不仅获得了丰富的收益,而且也积累了出海远航的航海经验,于是在这一次远航过程中,鲁滨逊的身份和角色逐渐发展了重大的转变,商人的社会属性逐渐浓厚和凸显。因此在小说的开头,笛福便赋予了鲁滨逊以一个对外扩张的殖民者、外出经商的商人和对外资本的投机者三种社会属性。

伍尔夫曾撰写《论笛福》一文来纪念《鲁滨逊漂流记》出版两百周年,她认为这部小说的光芒早已盖过了笛福:"这本书好像是整个民族的无名产品之一,而不是个人智力的结晶;说起这本书的两百周年纪念,我们立即会想到,我们是在纪念英国的史前遗迹威尔特郡索尔兹伯里平原的巨大石柱本身。"②《鲁滨逊漂流记》是一首对十八世纪处于上升趋势的英国资产阶级进行海外开拓的赞歌,讴歌了英国海外殖民者勇于拼搏、对未知世界的积极探索和冒险进取的精神。同时,小说对鲁滨逊的远航动机进行着细致的描述,充斥着希望通过远航获得丰厚的财富的殖民动机。

在康拉德《黑暗的心》的开头,叙述者马洛站在泰晤士河的入海口向读者描绘了"昔日伟大精神的思古幽情"③,而这里的"伟大精神"指的正是英吉利民族的冒险进取精神。泰晤士河的河水奔腾入海,

---

① 蹇昌槐:《西方小说与文化帝国》,武汉:武汉大学出版社,2004 年,第 97 页。

② 弗吉尼亚・伍尔夫:《论小说与小说家》,瞿世镜译,上海:译文出版社,2000 年,第 174 页。

③ [英]康拉德:《黑暗的心》,薛诗绮、智量译,武汉:长江文艺出版社、湖北人民出版社,2006 年,第 3 页。

"其中满都是对于人和船的记忆"，它"把这些人和船载向大海去战斗"。① 这里的"人"都是英国历史上著名的探险家，是英国人崇拜的殖民英雄：

> 所有那些这个民族引为骄傲的人士，从弗朗西斯·德雷克爵士到约翰·富兰克林爵士，它都熟悉，都曾为他们服务过。他们都是骑士，无论是否享有过骑士的称号——都是海洋上伟大的游侠骑士。它曾载浮过所有那些名字如同宝石一般在时代的暗夜里熠熠发光的船只，从"金鹿号"②开始——它圆滚滚的两侧船舱中装满金银财宝归来时，女王陛下曾亲临拜访，那显赫一时的故事，从此名垂史册——直到"幽冥号"和"恐怖号"③前往别处征讨，却一去不复返。它熟悉所有这些船和人。这些船和人从德特福特、从格林尼治、从艾利斯出海，满载着冒险家和垦殖者；那里面有国王的船，也有生意人的船；有船长们，有海军将领们，有东方贸易的走私犯，还有受命上任的东印度舰队的海军大将。

---

① 〔英〕康拉德：《黑暗的心》，薛诗绮、智量译，武汉：长江文艺出版社、湖北人民出版社，2006 年，第 3 页。

② 1577 年英国船长弗朗西斯·德雷克奉女王之命，乘这艘出航探险。德雷克指挥船过大西洋，沿巴西海岸需南下，穿过麦哲伦海峡，沿南美海岸北上，到加拿大沿岸后改向西航，横渡太平洋经菲律宾、爪哇，穿过印度洋，绕过好望角回到大西洋. 沿途大肆劫掠西班牙商船。1579 年 9 月，此船满载抢来的金银珠宝抵达英国的普利茅斯，完成了世界航海史上最负盛名的一次环球海盗航行。英国女王伊丽莎白亲自登船慰问，并赐予德雷克爵士头衔。为纪念这艘通过麦哲伦海峡剩下的最后一艘船，德瑞克将之改名为金鹿号（Golden Hind），因为此船赞助人海顿爵士的徽章盾牌上是一只金鹿。

③ 1845 年 5 月，英国探险家约翰·富兰克林爵士率领 128 名探险队员，带上三年补给，分别登上英国皇家海军战舰"恐怖号"和支援舰"幽冥号"从英国肯特郡出发，目的是寻找西北航道，以及穿过加拿大北部的冰封海域，开辟一条从大西洋到太平洋的海上新航线。然而，他们一去无返。由于船舰冲不破厚冰，而且缺乏密封令食物受到铅的污染，他们的任务失败了。"恐怖号"和"幽冥号"也从此消失，成为航海史上的一大谜团。2016 年 9 月 12 日，"恐怖号"在威廉国王岛西南岸恐怖湾处 24 米深的水下被发现，距离 2014 年被发现的"幽冥号"弃置处约 50 公里远。

> 黄金的猎手,名利的追逐者,无不沿着这条水流驰去,他们手持利剑,常常还高举着火炬,他们是内陆强权的使者,手握神圣之火的火种。①

这些海外殖民英雄是令英吉利民族骄傲的帝国之花,他们为大英帝国的建立立下汗马功劳,并经过海洋将大英帝国的秩序和文明带到世界各地。正如康拉德所说:"许多世纪以来,没有哪一天升起的太阳没有看见分散在海洋上的一群又一群的英国人。"②在当时许多英国人的眼中,殖民统治者带给土著人的是一种理想的秩序、效率和文明。在《黑暗的心》这部小说中,库尔兹对马洛来说就是这种秩序、效率和文明的象征。库尔兹通过暴力将他的权威加注于土著人的身上,而他们却不想他离开。他像"一位真正的白人首领"那样统治当地,而且看起来既镇压了土人还赢得了他们恭恭敬敬的降服。"③

伍尔夫在她的海洋小说中也塑造了很多殖民开拓者的形象。《海浪》中的商人路易在他的办公室里挂着一张世界地图,上面标记着他在全世界的商业布局。他踌躇满志,要用贸易传播文明,征服世界:"我喜欢给请到伯查德先生的私人办公室去,汇报我们跟中国的商业往来。我希望能继承一张大靠背椅和一条土耳其地毯。我们正在为事业的进行出力;我排除面前的疑难,把商业远远扩张到世界各地发生麻烦的地方。……我们凭着共同的努力把一艘艘船只派往地

---

① Joseph Conrad. *Heart of Darkness, and other Stories*. Ware: Wordsworth Editions Limited, 1995: 32.
② 康拉德:《干得漂亮》,收入康拉德:《黑暗的心》,梁遇春、宋龙艺译,北京:北京理工大学出版社,2018年,第160页。
③ 石坚、王欣:《似是故人来——新历史主义视角下的20世纪英美文学》,重庆:重庆大学出版社,2008年,第71页。

球上最遥远的地方……我们肩负着世事的重担。"①《海浪》中的波西弗也是伍尔夫精心塑造的一个帝国英雄,他是令同伴和朋友都感到骄傲的帝国之花,肩负着在印度启迪蒙昧,把印度人从水深火热的苦难中拯救出来的使命。② 伯纳德曾想象过一幅波西弗在印度施展其卓越统治才能的画面:一对阉牛拉着低矮的牛车走在烈日烤晒的大路上,不幸陷进泥里,印度人乱哄哄却毫无办法,这时波西弗来了,他"靠贯彻西方的行为准则,运用了他惯用的粗暴语言,不到五分钟牛车就被扶起来。东方的难题终于被解决了。……人们紧围着他,把他看成是……一位神。"③

　　总之,很多经典英国海洋小说将对帝国的颂扬和崇拜汇集成"一种风格,一种夸示;一种集中了英雄崇拜、展示癖、自我颂扬的仪式"。④ 而当代的英国海洋战争和海洋历史小说也代表了英吉利民族冒险和进取精神的延续。例如佛瑞斯特的霍雷肖·霍恩布洛尔船长(Horatio Hornblower)的系列小说,奥布莱恩以描写拿破仑时代海战和海军生活的《怒海争锋》(The Aubrey‐Maturin series)系列小说,还有斯戴尔斯以拿破仑战争为时代背景的海军冒险小说,如关于见习军官塞普蒂默斯·奎因系列小说(Midshipman Septimus Quinn)和中尉迈克尔·菲顿系列集(Lieutenant Michael Fitton Adventures)等。可以说,包括船长和水手等在内的殖民英雄是英国殖民时代的代表团,在康拉德看来他们"是一群忠诚而无名的继承

---

① [英]弗吉尼亚·伍尔夫:《海浪》,吴钧燮译。北京:外国文学出版社,1993 年,第 129—130 页。
② 谢江南:《弗吉尼亚·伍尔夫小说中的大英帝国形象》,《外国文学研究》,2008 年第 2 期,第 81 页。
③ [英]弗吉尼亚·伍尔夫:《海浪》,吴钧燮译。北京:外国文学出版社,1993 年,第 103 页。
④ [英]艾勒克·博埃默:《殖民与后殖民文学》,盛宁、韩敏中译。沈阳:辽宁教育出版社,1998 年,第 35 页。

者,他们承担起了艰苦生活和单纯的责任的谦虚又崇高的遗产,这些责任是如此的纯粹,没有什么能够动摇诞生于服务的物质条件的传统态度。……远距离的朦胧和生命的模糊让他们远离了这个国家赞赏的目光。……(他们)是无家无子的一代代人,以荣耀的群体分散在整个海洋上,给予他们的船只忠诚的爱护并服务这个国家,而这个国家因为他们是水手也回馈给他们最高的赞美'干得漂亮'。"①

第三节　他者想象

　　"'民族'是一个关系词;一个民族的存在在于它不同于其他的民族。……民族没有本质的或内在的特征;每个民族都是一种话语构成,它的身份在于它与他者的不同。"②英格兰人长期来一直有远亲近邻做伴,他们与这些人作比较,以其为参照突出自己的独特性。不同时代的不同群体作为陪衬,创造了一系列引人注目的英格兰人的自我形象,所表现的始终是英格兰人的优势。③ 萨义德指出:"每一种文化的发展与维护都需与其相异质并且与其相竞争的另一个自我的存在。自我身份的建构……牵涉到与自己相反的'他者'身份的建构,而且总是牵涉到对'我们'不同的特质的不断阐释和再阐释。每个时代和社会都重新创造自己的'他者'。"④判断和树立假想敌并与之进行对抗是英格兰民族身份建构的重要前提,所以,在某种意义上,"英

① 康拉德:《干得漂亮》,收入康拉德:《黑暗的心》,梁遇春、宋龙艺译,北京:北京理工大学出版社,2018 年,第 160—161 页。
② 王逢振:《民族—国家》,《外国文学》,2020 年第 1 期,第 117 页。
③ Krishan Kumar. *The Making of English National Identity*. Cambridge: Cambridge University Press, 2003: 62.
④ 萨义德:《东方学》,王宇根译,北京:三联书店,2007 年,第 426 页。

格兰性"与其说是对英格兰的阐释,不如说是对"非英格兰性"的界定,英格兰自我在很大程度上是在与非英格兰的他者的对照中形成的。① 因此,纵观英国海洋小说中英国作家的异域书写,以及对异族形象的建构,有一点清晰可见,那就是他们真正关注的是想象和书写英国的民族身份,异域(如中国)和异族(如中国人)成为展示和反衬"英格兰性"的舞台和他者。

从 17 世纪末到 18 世纪中期,英国社会普遍流行着一股"中国热"。这股热潮的掀起一方面源于当时英国与中国已建立了贸易关系,茶叶、瓷器、丝绸等中国商品被直接运抵英国海岸;另一方面是受近邻法国的影响。法国社会先期流行的"中国热"波及了英国。随着对中国物质文化实际接触频率的增加以及法国入传教士汉学在英国的传播,英国人对中国的好奇心和仰慕之情变得越来越强烈。中国文化和商品在英国受到了众人的追捧,"中国热"在英国逐渐流行。英国王公贵族以拥有中国货为荣;文人学者以谈论中国、赞美中国为主调;平民百姓则挖空心思收集或仿制中国商品。这种风尚至 18 世纪中期达到了高潮,中国形象被定位成完美富庶的"乌托邦"。中国传统文化在明末通过西方耶稣会士,通过东学西渐,传播到了欧洲一些国家。中国文化先后传到西方后,对于促进西方发展,起到了重要作用。中国传统文化对法国的影响最大,法国成为当时欧洲"中国文化热"的中心。从 17 世纪开始,中国的一些儒家经典如《论语》、《大学》等,就通过法国传到了欧洲其他国家。法国 18 世纪的启蒙思想家很少有不受中国文化影响的。如笛卡儿、卢梭、伏尔泰、孟德斯鸠、狄德罗、霍尔巴赫,他们对中国文化的推崇程度,让我们现在都感到震惊。伏尔泰就在礼拜堂里供奉着孔子的画像,把孔子奉为人类道

---

① 綦亮:《伍尔夫小说民族叙事研究》,南京:南京大学出版社,第 41 页。

德的楷模。德国哲学家莱布尼兹、康德、费希特、谢林、黑格尔直到费尔巴哈以及大文豪歌德等人都研究过中国哲学,在不同程度上受到过中国文化的影响。莱布尼茨就认为,正是中国的发现,才使欧洲人从宗教的迷惘中觉醒过来。这种影响或直接或间接地影响了法国的启蒙运动,影响了德国的辩证法思想。

然而,在笛福、毛姆、康拉德等作家的英国海洋小说中,中国是一个衰败的民族,中国人以愚昧、堕落、狡诈和虚伪的形象呈现在读者的面前。中国人和南美土著人、西南非洲土著人以及美洲印第安人一样,都是下等人,愚蠢而野蛮。在笛福1720年出版的《鲁滨逊漂流续记》(*The Further Adventures of Robinson Crusoe*)中对中国文明和中国人进行了尖刻的讽刺与攻击,是当时欧洲对中国一片赞扬声里最刺耳的声音。在小说中,他借鲁滨逊之口告诉读者:"伦敦的贸易量超过大半个中国的,一艘英国的,或是丹麦、法国的装有80门大炮的军舰就可以打败中国所有的船只。"①他将中国称为"异教徒的野蛮之国"(a barbarous nation of pagans),并认为中国与欧洲相比,中国的航运、商业和农业都很落后,关于科学技术的知识也很少,对天体运行知识一窍不通。他对耶稣会士塑造的美好的中国形象进行了批判:"我得承认,回国内后,听人们说起中国人在这些方面光辉灿烂、强大昌盛以及贸易什么的,我总感到有些奇怪;因为就我所见,他们似乎是一批无知又肮脏的人,而且又组织的不好;要不是同莫斯科的距离远的难以想象,要不是俄罗斯的帝国同样落后、不中用和管理不善,那么俄罗斯帝国的沙皇可能轻而易举地把他们全都赶出他们

---

① Daniel Defoe, *The Farther Adventures of Robinson Crusoe*(*1719*). Cambridge, 1996, 10 (Chadwyck-Healey, Eighteenth-Century Fiction Full-Text Database):276.

的国家,一举就征服他们……"①

笛福笔下的中国人骄傲自大、愚昧无知:"百姓们极其骄傲,能够超过这种骄傲的只有他们的贫穷而已,这在有些方面更增加了他们的不幸(这是我的说法);我不由得想到,比起他们中一些更穷的人来,倒是那些美洲没有开化的土著日子过得要幸福的多,因为他们一无所有,也就一无所求了;然而前者总的说来,大部分只是些穷叫花子和做苦力的人,却自高自大,目中无人,那种装富摆阔之情真是无法形容;只要有可能,他们还喜欢畜养大量的奴婢,这既可笑透顶,又遭到全世界人们的鄙视——除了他们自己。"②

笛福在他的小说中对满清官员的腐败和奢侈也进行了生动地描述:"准备出发时,正好当地一位官员也要去北京,允许我们与他一道走。这就很方便了。这位官员的随行队伍很排场,侍从很多。一路所经之地,都得供应他的大队人马吃住,简直把老百姓吃穷了。当然,看着大官的面子,我们也受到很好的照顾。看起来我们似乎沾了这位大官的光,可实际上他们和我们的一切吃住都是公家掏钱的,他们自己分文不花;而我们还得给这位大官交钱,他的管账先生每到一处都要如数收钱,分文不少。"③小说中的中国乡绅穿着打扮肮脏而滑稽,骑马的样子"就像唐·吉诃德一样,又神气又穷酸","活像个小丑",而且吃饭时还要仆人"站在旁边一勺一勺地喂他"。④

① Daniel Defoe, *The Farther Adventures of Robinson Crusoe* (1719). Cambridge, 1996, 10 (Chadwyck-Healey, Eighteenth-Century Fiction Full-Text Database):277.

② Daniel Defoe. *The Further Adventures of Robinson Crusoe*. The Pennsylvania State University Electronic Classic Series Pubilication,2000:183.〈http://www2. hn. psu. edu/faculty/jmanis/jimspdf. htm〉.

③ [英]笛福:《鲁滨逊漂流续记》,艾丽,秦彬译,兰州:甘肃人民出版社,1983 年,第184—5 页.

④ [英]笛福:《鲁滨逊漂流续记》,艾丽,秦彬译,兰州:甘肃人民出版社,1983 年,第 186 页。

　　素有"海洋小说大师"之称的英国作家约瑟夫·康拉德创作了一部以台风为背景展现人与海洋相搏斗的题材的小说《台风》。小说主要通过麦克维尔船长在南中国海上面临一场突如其来的台风时,如何镇定地和他的船员们与风浪搏斗,最终按时到达福州港口的故事,向读者展现了在台风中各种不同人物迥异的表现,并从中进行了康拉德一贯的人性探寻。在这各式人物当中,二百多个中国苦力的群像特别惹眼,虽然篇幅很少,因为他们在风浪最猛烈的时候即生命面临死亡时,为了散落一地的银元,不顾生命相互厮打。小说的开头,即刚上船时,康拉德从外观上对这群中国苦力进行了描述,他们穿的"净是些暗黑的衣裳","苍黄的脸","猪尾巴似的发辫","光赤的肩膀"。① 这些在海外靠出卖苦力谋生的晚清庶民正准备带着他们宝贵如生命般的银元回故乡。台风前,中国苦力"横七竖八地躺伏在甲板上面","没有血色的,皱瘪的黄脸,好似患了肝病";他们中间有两个伸手展足地仰躺在那里,"他们刚闭上眼,就同死尸差不离";还有三个在争吵不休;还有一个坐在甲板上,"脑袋歪倒,姿态很带点女孩气,正在编绞他的发辫"。② 慵懒病态的形象一目了然。台风中,中国苦力在舱内漂滚,"窒息尖利的叫声,形成一片异常狂野的混乱","乱七八糟纠缠不清的许多脑袋和肩膀,向上乱踢的光脚和高擎的拳头,滚转的背,腿,发辫,脸"。③ 当箱子爆裂,银元到处滚落时,他们"横颠竖倒地追抢——拼命地你拉我咬"。④ "狠毒的叫嚷从喉头深处发作,洪亮地激荡着他们的耳朵,还有一种喘息声,是那些紧张的胸部一致

① 〔英〕康拉德:《康拉德海洋小说》,薛诗绮编,上海:上海文艺出版社,2012 年,第 57 页。
② 〔英〕康拉德:《康拉德海洋小说》,薛诗绮编,上海:上海文艺出版社,2012 年,第 74 页。
③ 〔英〕康拉德:《康拉德海洋小说》,薛诗绮编,上海:上海文艺出版社,2012 年,第 115—7 页。
④ 〔英〕康拉德:《康拉德海洋小说》,薛诗绮编,上海:上海文艺出版社,2012 年,第 121 页。

鼓气的结果。"①他们的眼睛"在阴沉的灯光里发出狂野的闪光",由于
互相间的打斗,"脸上流着血,剃光的脑袋上满是些剥了皮的鲜肉,抓
碎的,打破的,撕裂的伤痕"。② 他们说起话来,"活像个吠叫的猎犬",
"嘴张成个黑洞洞的窟窿,发出不可理解的叫嚷着的喉音,似乎说的
是不属于人类的语言","仿佛那是一个野兽想要高谈阔论呢"。③ 在
康拉德的笔下,这些中国苦力视财如命,相互厮打,就是一群疯狂、变
态、丧失理智、歇斯底里的人形动物。

　　另一方面,康拉德在他的小说中对英国船员身上所具备的、所体
现的"好的品质"(the right stuff)多次赞扬,并认为:"那是一种内在
的品质,一种天生的、难以捉摸的、不可磨灭的品质,我不敢肯定地
说,法国或德国商船上的船员一定不会这样做,但我怀疑他们是否也
能干的如此出色。这里包含着一种完美的素质,它坚实得像天性,熟
练得像本能——它是某种内在秘密的宣露——它是那种造成民族差
异、决定国家命运的善良或邪恶的天赋素质。"④

　　毛姆海洋小说中的华人有的开洗衣店,有的做厨师,还有做旅馆
侍者的,大多从事社会底层的工作,喜欢佩戴粗大的金链子。然而在
以岛国新加坡为故事发生地点的短篇小说《信》中出现了一位叫黄志
成的华人职员的形象。他衣着整洁,做事谨慎而果断,常常是"一副

① ［英］康拉德:《康拉德海洋小说》,薛诗绮编,上海:上海文艺出版社,2012 年,第 122
页。
② ［英］康拉德:《康拉德海洋小说》,薛诗绮编,上海:上海文艺出版社,2012 年,第 140—1
页。
③ ［英］康拉德:《康拉德海洋小说》,薛诗绮编,上海:上海文艺出版社,2012 年,第 143 页。
④ ［英］康拉德:《康拉德海洋小说》,薛诗绮编,上海:上海文艺出版社,2012 年,第 34—35
页。

礼貌、冷静而恭顺的样子","望着地面,毕恭毕敬地站着"。① 可是他的阴险狡猾,诡计多端却让他的英国上司无可奈何:"乔伊斯先生了解他的手下。志成,这家伙真是聪明,他心想,我不知道他会从中捞到多少油水。"②在毛姆眼里,中国人和华人极不诚实,礼貌只是出于虚伪,微笑都是鬼脸怪相。笛福、康拉德和毛姆等作家在英格兰人与异质文化环境的碰撞中定义和建构"英格兰性",在看似"离心"地走出英格兰的航行和旅行背后,是"表现出强大向心力的对英格兰民族的认同感"③。

　　同样,伍尔夫在她的小说中对大英帝国想象也是由于殖民他者形象的存在才变得完整。在《海浪》中,伯纳德想象印度到处是"被践踏得满街泥泞的弯曲小巷,在许多东倒西歪的宝塔之间穿来穿去;我看见一些有雉堞的金光闪闪的房屋,看起来像在东方博览会上匆匆搭起来的临时建筑物那样,有一种摇摇欲倒的样子。"④他把从地铁口涌出的印度人称为微贱的。罗达这样想象印度:"号角和鼓声响了起来。树叶分开了;牡鹿在丛林深处吼叫。传来跳舞和擂鼓的声音,就好像一些手持标枪、全身赤裸的土人在跳舞擂鼓似的。"⑤在珍妮眼中,伦敦大街上行进的队列是"凯旋的行列","得胜的军队","他们确比那些只围着一块腰布的土人优越,比那些头发汗湿、松垂的乳房上吊着吃奶孩子的女人优越。"⑥正如博埃默所说:"从传统上讲,英国的

① 〔英〕毛姆:《木麻黄树》,黄福海译,上海译文出版社,2012 年,第 97 页。
② 〔英〕毛姆:《木麻黄树》,黄福海译,上海译文出版社,2012 年,第 97 页。
③ 綦亮:《伍尔夫小说民族叙事研究》,南京:南京大学出版社,2019 年,第 90 页。
④ 〔英〕弗吉尼亚·吴尔夫:《海浪》,吴钧燮译。北京:外国文学出版社,1993 年,第 103 页。
⑤ 〔英〕弗吉尼亚·吴尔夫:《海浪》,吴钧燮译。北京:外国文学出版社,1993 年,第 107 页。
⑥ 〔英〕弗吉尼亚·吴尔夫:《海浪》,吴钧燮译。北京:外国文学出版社,1993 年,第 103 页。

民族自我向来是以一个海外他者作为对立面才得以形成的。如果说1688年时的他者是天主教的欧洲,那么随着帝国的发展,这个自我就逐渐变得需要靠殖民地所代表的相对弱小的国家作为陪衬方可得到界定了。"①

巴柔教授指出:"一切形象都源于对自我与他者,本土与异域关系的自觉意识之中,即使这种意识是十分微弱的。因此,形象即为对两种类型文化现实间的差距所作的文学的或非文学的,且能说明符指关系的表述。"②作家个人创作的异国异族形象大都凝聚着作家所处社会的集体情感和心态。他们按照本社会的模式,顺从在本国占统治地位的文化模式、价值观等来表现或描述异国异族形象。笛福没有到过中国,《台风》的故事是康拉德在东方听到的,并没有亲身经历,他们多多少少自觉不自觉地都会在英国当时的社会环境中来解读中国。他们海洋小说中的中国人和华人形象与他们所处的历史、社会、文化语境有着密切的联系,是"社会集体想象物","与一切社会、文化组织都无法分开,因为一个社会正是通过它来反视自我、书写自我、反思和想象的"。③ 在英国,殖民主义代表着文明的使命,这是白人带给野蛮土人的礼物。特别是在维多利亚时代的英国,进化论的观念慢慢地培养出对土人的兴趣,一方面殖民地的土人被当作欧洲人原始时期的样子,另一方面非洲成为一处英国代表们实现与文明的原始起源面对面幻想的想象之地。④

---

① [英]艾勒克·博埃默:《殖民与后殖民文学》,盛宁、韩敏中译。沈阳:辽宁教育出版社,1998年,第35页。
② 孟华:《比较文学形象学》,北京:北京大学出版社,2001年,第4页。
③ [法]达尼埃尔-亨利·巴柔:《从文化形象到集体想象物》,收入孟华主编:《比较文学形象学》,北京:北京大学出版社,2001年,第124页。
④ 石坚、王欣:《似是故人来——新历史主义视角下的20世纪英美文学》,重庆:重庆大学出版社,2008年,第71页。

地理大发现后,首先向海外发展实行殖民扩张的是西班牙和葡萄牙两国。但是到16世纪末和17世纪初,荷兰、法国及英国也走上殖民扩张的舞台,它们不但取代了西、葡两国的地位,而且互相争夺海上霸权,最后取得胜利的是英国。英国在17世纪初开始殖民活动,在北美大西洋沿岸开始建立殖民地,到1733年已经建立了13个殖民地。同时,英国也侵入印度,到1688年为止,英国在印度已经占领了3个重要据点:加尔各答、圣·乔治要塞(在马德拉斯)及西海岸的孟买。在西印度,英国占有牙买加、巴巴多斯及巴哈马,在非洲占有冈比亚及黄金海岸。同时,英国的商人也积极参加了海上贸易活动。英国先后打败荷兰和法国,一跃而成为世界上最大的殖民强国。

在清代前期,已经开始了被称之为"卖猪仔"的活动。成书于鸦片战争前的《粤游小志》中说:"广东省……有诱愚民而贩卖出洋者,谓之卖猪仔。"①这是西方殖民主义者使用欺诈和暴力手段在中国沿海掠卖华工的罪行。英国人1785年夺占庇能(槟榔屿),通过东印度公司在广州偷贩华工。这些被偷运的华工在海外从事采矿或开辟山林等各种繁重劳动,过着牛马不如的奴隶生活。这些人正是康拉德的小说的中国苦力的原型。因此,欧洲列强海外殖民扩张的过程也是殖民主义者疯狂地掠夺、榨取殖民地人民的过程,他们通过掠夺和榨取养肥了西欧的资本主义,从而加速了工业革命的到来。与此同时,以中国为首的东方诸国实行闭关自守,满足于现状不求进取。因此,西方先进、东方落后的局面正是在这个时期确定下来。在这个时期,世界各地区之间联系的加强,为19世纪末世界形成一个整体,打下了基础。

18世纪后期开始的英国工业革命,是一场生产技术的革命,大

---

① 卢苇:《中外关系史》,兰州:兰州大学出版社,2006年,第373页。

大推动了资本主义发展。大机器生产开始取代工场手工业,生产力得到突飞猛进的发展。英国资产阶级表现出极强的进取精神,积极利用新技术、新发明。从生产技术方面来说,工业革命使机器工厂代替了手工工场,创造巨大生产力,人类进入蒸汽时代。对人类社会的演进产生了空前深刻、巨大的影响。它为新生的资本主义制度奠定了坚实的物质基础,促使欧美诸国先后实现工业化,由农业国变成工业国。资本主义在它不到 100 年的时间里创造的生产力远远超过了以前几个世纪的总和等。对世界格局来说,它造成先进的西方和落后的东方,使东方从属于西方,加快亚、非、拉落后地区的半殖民地化的进程。它对中国的影响是:1.英国发动两次鸦片战争,中国开始沦为半殖民半封建社会;2.中国成为列强的商品倾销市场和原料掠夺地,被迫卷入世界资本主义市场;3.出现了先进的中国人开眼看世界,向西方学习的新思潮的萌发。对英国而言,生产力和科学技术的阔步前进使英国的国力大大增强,为英国提供了历史机遇,利用工业化先发优势,英国成为世界上第一个工业化国家,处于"世界工厂"的垄断地位,很快成为世界霸主。很自然,英国人也逐渐取代了葡萄牙人、西班牙人和法国人而成为向西欧输送中国信息的主要力量。

英国在走出中世纪的谦卑后,获得了前所未有的自信,而这种自信最终甚至发展为自负。笛福、康拉德和毛姆等英国作家把中国以及其他非西欧国家想象为停滞、专制、野蛮、落后的代名词则是这种自信和自负的体现。他们的海洋小说中丑陋的中国人形象印证了巴柔"形象,象征的语言"的观点:"'我'注视他者,而他者形象同时也传递了'我'这个注视者、言说者、书写着的某种形象。"[1]我国学者姜智

---

① [法]达尼埃尔-亨利·巴柔:《形象》,收入孟华主编:《比较文学形象学》,北京:北京大学出版社,2001 年,第 157 页。

芹认为:"19 和 20 世纪强大的英国倾向于用丑化的中国形象来彰显自我,凸显霸气,维护与整合英国自身的秩序……"①在大工业时代,进步的大英帝国确信自己是文明的持有者,不能容忍其他民族有同样的全球抱负。为了捍卫自己的身份,英国作家于是贬低、摧毁中国文明、中国人。通过在中国的所见所闻,马尔葛尼使团向自己的同胞传达了这样一个信息:到达北京时,他们觉得他们比其他欧洲人强,而从中国回来时,他们发现他们比中国人强。现代思想和文明的核心是进步与自由,而清朝时期的中国却扮演了其对立面:停滞与专制。而恰恰是这种形象让工业革命时期蒸蒸日上的英国和她的人民感到了自信和民族优越感。正如姜智芹所说:"现代思想的核心是进步与自由,中国形象就扮演了其对立面:停滞与专制,这种中国形象让扩张时代的英国人感到自尊、自信和种族优越。"②

长久以来,白人种族主义者自视种族优越,对黑人与一切有色人种实行种族歧视,在他们眼里,黑人与一切有色人种都是天生劣等民族,在体制上、智力上都比欧洲白人低下,道德堕落,野蛮、无知、懒惰……西方文明、先进、西方人优越、理智、正常、清醒、强壮;而东方则野蛮、落后,东方人人劣等、非理性、不正常、糊涂、软弱。鸦片战争后,中国人在西方人的眼里印象比以前更糟:小眼睛、塌鼻梁,男子留辫子,女人裹小脚,衣衫肮脏,神情呆板、麻木,说话怪腔怪调,举止诡异可笑。19 世纪末,这种中国形象已经作为一种定型化形象,固定在了西方人的意识中。康拉德和毛姆等对中国人的描述没有超越几个世纪以来西方人对中国人性格的总结,特别是他内心深处不自

---

① 姜智芹:《镜像后的文化冲突与文化认同——英美文学中的中国形象》,北京:中华书局,2008 年,第 2 页。
② 姜智芹:《镜像后的文化冲突与文化认同——英美文学中的中国形象》,北京:中华书局,2008 年,第 23 页。

觉地流露出来的东方主义视野。李勇认为,在与中国的对比中,西欧才显得更加文明、进步、繁荣。因此,塑造出一个衰败的中国形象,既是西欧现代性建立之后所形成的那种自信的折射,也是为了西欧人现代性自我认同的心理需要,而这种自我肯定在特殊的条件下可能演变成一种意识形态。① 而正是这种意识形态坚强地支撑了大英帝国的殖民扩张。停滞、落后的"衰败"中国和中国人需要大英帝国的帮助和改变。可以说,笛福、康拉德和毛姆等的英国海洋小说中的中国人形象是掺杂着本土想象的西方的中国人形象的再创造和再生产形式。他们的中国人形象是"自我东方化"或"自我西方化"想象的参照。"它是在西欧现代性的建设过程中被塑造出来的,透过这个类型我们可以看到西欧文化现代性建立时所呈现的自信和自我肯定,也可以看到与自我肯定相对的对于中国的傲慢和偏见。"②

殖民主义在英国民族身份的形成中发挥了重要作用。海外扩张和殖民征服是英格兰作为一个岛国生存和发展的重要保障,英格兰曾经创建了世界上最为庞大的殖民帝国,其民族意识的萌芽、确立和发展都与殖民主义密切相关。因此,作为英格兰民族身份的集中表述和高度概括,"英格兰性"渗透着英格兰的殖民主义和霸权主义意识。

同时,作为中国人,通过英国海洋小说中的他者叙事,我们了解自己在西方人眼中的形象有助于我们反思历史,并完善我们的民族认知。英国人早在伊丽莎白女王时代就想与中国建立贸易关系。在1583 和 1596 年,女王在两次委托英国商人致中国皇帝的信件中都表达了这样的愿望,但由于葡萄牙人和西班牙人的海上拦截而未能实

---

① 李勇:《西欧的中国形象》,北京:人民出版社,2010 年,第 231—235 页。
② 李勇:《西欧的中国形象》,北京:人民出版社,2010 年,第 246—7 页。

现。18 世纪中后期开始的英国工业革命,大大推动了资本主义的发展,英国资产阶级急需扩大海外市场。为了打破清朝廷 1757 年颁行的闭关政策,为了扩大英商在华的贸易权,1787 年,英政府派卡斯卡特勋爵来华(但中途死掉),后又派马尔葛尼(George Macartney,1737—1806)使华。"1792 年 9 月 5 日,马尔葛尼率领了七百余人的使团,并携带天文、地理仪器及钟表、图册等价值一万三千余磅的物品,以为乾隆帝祝寿名义乘海船来华"。① 马尔葛尼使团的庞大和严整,一方面说明英国非常重视这次访华活动,另一方面英国想借此机会向中国展示自己的强大和在人类文明史上所达到的成就。但当时的中国却顽冥地坚持着封建制度和民族的优越感,对外来的一切都采取不加分辩的排斥态度,对商业、利润、国际贸易之类的东西同样也产生了极大的蔑视。清政府拒绝了英国的所有通商和外交要求,马戛尔尼使团失望羞辱地回到了英国。为扩大在华市场的问题,1816 年,英政府再派阿美士德勋爵出使来华。因为清政府坚持闭关政策,阿美士德也像马尔葛尼一样,没有完成使命。

清政府的闭关政策比起从汉代以来积极主动的对外开放和交往,实属一种倒退行为,愚昧至极。唐代开放与兴盛对今人最重要的启示是,只有全面而持久的开放,才是国家繁荣和民族发展的正确道路。清政府实行闭关锁国政策政策的矛头是针对西方资本主义殖民者,是出于国家安全的考虑,起了一定的自卫作用。然而清政府闭目塞听,对世界经济形势及其发展趋向所知甚微,不知道从西方来的人有海盗与商人两类人或同一个人的双重身份,不知道新时期中西关系的两重性质(侵略和被侵略,先进和落后),不善于在新的国际环境下处理新的对外事务,没有将反对侵略、加强防卫与开展对外经济交

---

① 卢苇:《中外关系史》,兰州:兰州大学出版社,2006 年,第 386 页。

往既予以区分,又结合起来,它只是采取了一种消极的自我封闭的政策。这种政策阻碍了中国经济、科技、文化的发展。中国从开放转向封闭的这一时期,正是西欧从封建主义向资本主义、从手工业生产到大机器生产、从传统社会到近代社会的转变时期。在这个时期之初,中国是世界上先进的、强盛的国家。在这个时期之末,中国比欧美的主要国家落后了一个社会发展阶段。封闭使中国丧失了一次与西方国家并驾齐驱的机会。在当今日趋国际化的世界中,我们尤其需要借别人的眼光来加深对自我的了解和认识。正如姜智芹所说:"我们应当正确对待西方对中国形象的负面塑造,弃其糟粕,取其精华,以宽阔的胸怀和气度,以良好的学术心智审视我们民族的劣根性,克服那种'家丑不可外扬'的狭隘民族心理。"①在全世界追求和谐共存的今天,我们更应倡导东、西两种文明取长补短,超越东、西对抗的思维定势,构建一种彼此平等、互相尊重、对话和共生的和谐局面。

---

① 姜智芹:《镜像后的文化冲突与文化认同——英美文学中的中国形象》,北京:中华书局,2008 年,(导言)第 19 页。

第七章 海洋和海船上的国民教育

······ and then, whether you have found Vendale or not, you will have found such a country, and such a people, as though to make you proud of being a British boy.

——(Charles Kingsley：*The Water-Babies*)①

　　从历史上看,英国人从来就具有十分强烈的盎格鲁-撒克逊人的自信与种族优越感,因此,在英国海洋小说的冒险故事中,小说作者们没有忘记对读者进行文化传承和品德熏陶,同其他文学门类一样,英国海洋小说在国民教育方面一直发挥着重要作用。《新大西岛》道出了英国人科学复兴的志向;鲁滨逊将中国文明视为缺乏科学理性的他者,而他则代表了具有理性、勤劳和务实等资产阶级特征的大英帝国;《格列佛游记》中,斯威夫特赋予慧骃国的慧马高度理性,在理性支配下的慧骃具有许多优点,而人形动物"野胡"不具备理性,因此邪恶、低劣。特别是 18 世纪以来英国小说的快速发展推动了儿童图书市场的繁荣,始于 18 世纪 60 年代的工业革命导致童工现象日益严重,由此,维多利亚时期英国海洋小说中对儿童和青少年成长和教

---

① Kingsley, Charles. *The Water-Babies：A Fairy-Tale for a Land-Baby*. Boston & New York：Burnman, 1864：49.

育的关注开始显现。海洋与英国人的生活息息相关,正如康拉德在他的小说《青春》里写的第一句:"只有在英国,人和海洋才可以说是达到了水乳交融的地步——大海进入了大多数人的日常生活。"①英国作家选取大海作为人物成长的舞台是再合适不过了。在《金银岛》《勇敢的船长们》和《水孩子》等小说中,海上生活的细节被作者们自然地融入人物学习的场景之中,小主人公诚信友善、坚韧克己和合作担当等优秀品质的培养以对海洋、荒岛和海洋生物等自然世界和海船生活的认识为途径。儿童及青少年在大海上接受的种种考验是他们成长的必经仪式。

第一节　海洋和荒岛上的精神成长之旅

英国海洋小说承载着对儿童和青少年强烈的道德关怀,而作品的道德关怀是决定作品能量场的关键因素,它与作家所处的时代背景紧密相关。英国社会针对青少年的教育理念与各个时期的时代传统息息相关,发生着微妙的演进和变化。在浪漫主义时期之前,英国社会对儿童的态度带有极为浓厚的宗教色彩。人们普遍认为,孩子在接受洗礼之前一直处于有罪状态,即便在受洗礼之后亦必须修心养性、谨言慎行,方可保持其已获得的德行。到了浪漫主义时期的英国,人们对儿童的看法发生了本质的变化,儿童从"罪孽深重"变为"纯真无邪",而促使这一社会观念发生根本转变的直接动因便是浪漫主义文学。在英国,歌颂童真,深刻阐述儿童与成人关系的主要代表便是华兹华斯。华兹华斯关于儿童的诸多理念,如人的灵魂前存

---

① 康拉德:《康拉德海洋小说》,薛诗绮编,上海:上海文艺出版社,2012年,第1页。

在、儿童乃成人之父等是其诗歌创作思想的重要组成部分,亦曾受到当时英国社会的广泛认同,从而改变了儿童在受洗礼前"罪孽深重"的传统观念,最终导致了英国儿童保护法的诞生。

华兹华斯诗作中大量存在的描写儿童心理、揭示儿童与成人关系的诗篇。他提倡,宣传童心主义、童心崇拜的创作主张,要求从童心出发,表现纯洁、善良、美好的童心,并追求至纯至美的艺术效果,视儿童为神圣、化儿童为至美。童心崇拜主要是作为拒绝人性异化的寻找净土和精神皈依的意义而被礼赞。浪漫主义诗人对纯美童心的一片细腻描绘和浅唱低吟甚至高歌欢呼,成了童心获得解放之后受到的第一个热情的礼遇。华兹华斯的诗歌使童心之纯美得到了空前的凸现,成为浪漫主义时期一道鲜活、圣洁的风景。他将童心当作反污浊人世的避风港,对童心之美顶礼膜拜,而美是人的主体力量的本质显现。华兹华斯著名的诗句:"儿童是成人之父/我希望以赤子之心/贯穿颗颗生命之珠。"[①]将诗意层层推进,从而引出"儿童乃成人之父"这一理念。这一理念告示人们:成人应尽力保持儿童那份纯真的心灵和对自然界富有想象力的感知,因为成人已被这纷繁复杂的大千世界打上了种种无可磨灭的烙印,他已在很大程度上失去了儿童那份纯真而变得老于世故;而我们这个世界恰恰应该多一分纯真和圣洁。从这个意义上来说,儿童赋予成人的启示比成人对儿童的说教多得多,也重要得多。显然,华兹华斯这一富有创见性的理念是对传统的父子关系、儿童与成人关系的挑战,表达了他对一个纯洁美好的世界的向往。

以华兹华斯为代表的浪漫诗人在他们的诗歌中将儿童与自然并行歌唱,是因为唯有纯洁的童心尚未被日益发达和霸道的资本主义

---

① 王佐良:《英国诗选》。上海:上海译文出版社,1993 年,第 330 页。

工业文明所异化,童心与自然一样是一块灵魂栖息净土。工业革命
在引发社会巨变的同时,导致了人们生活方式的彻底改变。这些变
化对作家敏感的内心世界的冲击是极为强烈的。当农村经济转变为
工业经济,当传统的手工作坊变成工厂的规模生产,当一种长期稳定
的、田园牧歌式的生活方式在工业化和城市化的浪潮中一去不复返
时,人们便产生了普遍的怀旧与伤感的情绪。外国儿童文学专家舒
伟和于素萍认为,在特定意义上,正是这种复杂深切、惘然若失的心
态促使这一时期的英国一流作家关注儿童和书写儿童;英国浪漫主
义诗人对于想象和儿童的重视与崇拜培育了张扬幻想精神的文化土
壤;浪漫主义诗人往往把对童年的回忆和讴歌上升为对自由的崇拜
和对人性本真的追寻,表达了寻回失落的自我和逝去的精神家园的
渴望。① 他们把天真无邪的童心当作精神火炬,当作拯救濒临崩溃的
世界的最后希望,以纯洁的童心来诅咒黑暗的人世,来寻求内心的
"诺亚方舟",寻求远离罪恶与苦难的一方精神家园。这是一种性灵、
诗意精神的崇拜,是一种生命活力的崇拜。将"童心"视之为性灵所
在而大加膜拜,以之来对抗工业社会的丑陋与鄙俗。从这一片童心
颂中,我们可以从"源头"十分清晰地看到浪漫主义诗人对于"人"本
身的追求,他们以童心为手段来净化自己,寄寓着他们的人格理想。

　　在这里,对童心的珍惜、眷恋、缅怀已部分地带上了哲理意味的
人生感慨,也许触及了人类成长过程中的某种必然的"伤痛"。但是
有一点是肯定的:19 世纪前半期的浪漫主义决定了之后维多利亚时
期的海洋小说家们对儿童和青少年优秀品质的发现和肯定。在工业
革命所引发的怀旧思潮中,儿童和少年把维多利亚人的渴望、期待和

---

① 舒伟,于素萍:《维多利亚时期英国童话小说崛起的时代语境》,《外国文学评论》,2009
　年第 4 期,第 216—226 页。

张力汇聚起来而具有象征意义,而处于海外殖民扩张的大背景下,海洋和海船成为英国青少年优秀品质塑造和形成的家园,构成了他们接受社会教育的大课堂。

维多利亚时期英国海洋小说的主人公们海上和水中的经历激发了英国人,特别是青少年强烈的好奇心和执着的探索精神,培养了他们民主平等的观念,教会了他们对其他生物的尊重并坦然接受人类在自然界中的位置,培育了他们对生活的乐观精神。

查理·金斯莱的《水孩子》(The Water-Babies,1863)中,海上生活的细节被作者们自然地融入人物学习的场景之中,人物的精神成长之旅与人物对海中生物及海底世界的认识纠结在一起,以对海洋、荒岛和海洋生物等自然世界和海船生活的认识为途径。《水孩子》中的大海,与冷漠的陆上世界相对,是个温暖的理想世界,小主人公汤姆在那里完成了他的成长之旅。一个扫烟囱的穷苦男孩汤姆,一直过着被师傅虐待的生活。一次,因受人们的误会,他在逃避追捕时,沉睡到水中成了水孩子。他在水里结识了许多动物朋友,可他在交往中仍表现出人类自私自利的本性,但是水中的仙女们依然用爱来教育他。汤姆渐渐有了改变。最后,他在游向大海的历程中,终于学会了怎样以爱来对待别人,同时自己也成长为一个热爱真理、正直、勇敢的人。

在作品中,金斯莱继承了 19 世纪前 30 年浪漫主义对大自然的钟情,并透过写实与幻想结合,创造了一个丰富的艺术世界。作品寄托了作者对自己的孩子和所有孩子的希望:爱清洁,行善事,勇敢正直,健康成长,成为博闻广识、心胸开阔的人。汤姆听到的声音是:"下海去! 下海去!"①他得到的教导是:世界是如此的精彩,如果他

---

① 查尔斯·金斯利:《水孩子》,肖遥译。北京:中国妇女出版社,2009 年,第 60 页。

想成为一个男子汉的话,就必须到外面的世界闯一闯。他必须像每一个降生到这个世界上的人一样,完全靠自己在外面闯。

　　汤姆的精神成长之旅与他对水、海中生物及水、海底世界的认识纠结在一起。刚变成水孩子时,汤姆调皮捣蛋,经常欺负和捉弄水里的生物和小动物,于是他没有朋友跟他一起玩。例如,他把一只石茧的房门弄碎,影响石茧长出翅膀和产卵,结果招致其他石茧的愤怒,对他大骂一顿,汤姆自然也感到很羞愧;在后来与蜻蜓的接触过程中,他亲眼见到它由丑变美的蜕变过程,蜻蜓给他讲了树上和草地上的各种见闻使他明白了一些道理,从此他很长时间没有欺负小动物。达尔文 1859 年出版的《物种起源》中的自然选择和人类只是众多生物中的一员的思想在小说中得以体现和宣扬。在水中,汤姆还遇到了水獭、鲑鱼、鳗鱼和鳟鱼等,对水底的世界有了更多的认识。通过水獭的讲述,汤姆了解到人类对水中生物做出的残忍行为,它对大海的描述还使他产生了对大海的向往。

　　在汤姆游到大海后,他会时不时的跟一些动物捣乱:"他吓唬螃蟹,吓得它们躲到沙里去,紧张地伸出两个小圆珠似的眼睛看着他;他搔石珊瑚的痒,痒得它们赶紧把嘴闭上;他把石子放进海葵的嘴里,海葵以为开饭了,结果空欢喜一场"[1]。这样的恶作剧使汤姆遭到报应仙女的惩罚,认识到了自己的错误。在小说中,金斯莱通过汤姆的成长历程赞颂了真理、正义、善良、慷慨、无私、真诚、勤劳、勇敢、懂事等美好品质,谴责了虚伪、邪恶、凶残、贪婪、自私、狡猾、懒惰、怯懦等丑陋品质,至今具有不朽的意义。

　　在英国海洋小说中,由于海洋和荒岛远离人类社会的固有框架等因素,人物之间的关系具有复杂和瞬息万变的特征。在《金银岛》

---

① 查尔斯·金斯利:《水孩子》,肖遥译。北京:中国妇女出版社,2009 年,第 89—90 页。

(*Treasure Island*，1883)中小主人公吉姆经历重重复杂的考验而最终成长起来。

《金银岛》中少年吉姆一行与凶恶狡诈的海盗展开了一场惊心动魄的搏斗。故事情节惊险曲折,人物形象鲜明生动,这就是《金银岛》历经百余年后,魅力经久不衰的原因。至今,它仍以其独特的风姿,吸引着世界各国的少年儿童。以阴森诡谲的西尔弗为首的一批觊觎财宝的海盗装扮成水手也随船前往金银岛,围绕海盗船长弗林特埋在金银岛上价值 70 万镑的藏宝,寻宝者与海盗之间展开了一场生死搏斗。由于斯摩列特船长指挥有方,医生冷静果断地与海盗周旋,吉姆的机智勇敢多次挫败了海盗的阴谋,平息了叛乱最终寻得宝藏平安返航。书中人物刻画也相当成功,对于水手的生活、海盗的行踪,尽皆栩栩如生,活灵活现。而其中独脚厨师西尔弗的角色塑造,尤其使人印象深刻。他有时凶残,有时温和;有时充满暴戾之气,有时又颇具绅士风度;有时沉稳冷静,有时又贪生怕死,最后甚至抛弃属下人。人性的邪恶与贪婪,在他身上显露无遗。

当西尔弗、伊斯莱尔和迪克几个人在苹果桶旁边密谋叛乱,设想该怎样处置船上的几个人时,西尔弗说:"……我发表我的意见——处死。……要等待时机,这是我说的;但是一旦时机成熟,就来它个斩尽杀绝!"①刚上船时,西尔弗一边巴结讨好吉姆,一边又对船上尚未入伙的水手进行鼓动策反,目的是希望吉姆将来能够帮助自己,以为自己留下一条后路。但当他感到快要找到埋藏财宝的地方时,西尔弗对吉姆的态度立即发生 180 度的转变。吉姆抱怨道:"他还狠狠

---

① Robert Louis Stevenson. *Treasure Island*. London: Cassell & Company Limited, 1884: 91.

地拽着绳子,扯着我走,时不时还用恶狠狠的目光瞪着我"。① 吉姆清楚地意识到,西尔弗"已没有耐心掩饰自己了",他最初的打算已暴露出来,那就是"把每个好人都杀死在岛上,满载邪恶和金银扬帆而去"②。年轻的吉姆也许第一次认识到人性的复杂,也只有经历欺骗和考验后,人也许才会真正懂得"人不可貌相"。吉姆勇敢、机智,富有冒险精神,他性格的形成很大程度上得益于此次海上生活的历练,他经过了重重考验而最终成长起来。在主人公吉姆的身上体现出了一种精明、进取、理性的精神。这也体现了史蒂文森对于重返资本主义正统精神的渴望,这种渴望和18世纪在欧洲兴起的理性主义一脉相承。

　　海洋变幻莫测,有时温和,有时凶险,它在很大程度上决定了人物的命运,给人物的成长和发展提供了广阔的舞台。康拉德的短篇小说《青春》("Youth",1898)讲述了充满青春激情的小伙子马洛的首次东方之旅。马洛在破旧的"圣地"号货船上任二副,他和同伴经历了水与火的洗礼,勇往直前。虽然"圣地"号后来遭到灭顶之灾,但全体水手分乘救生艇继续前进。马洛指挥最小的救生艇率先抵达陌生的海岸,赢得了胜利。在整个航程中,支撑着马洛的心理,让他一直保持乐观精神的,除了青春的干劲儿外,还有青春的幻想。然而,青春并不仅仅意味着豪言壮语和浪漫幻想,它还预示着要勇敢地面对"人生的考验",真正地承受"人生的磨练"。在康拉德的笔下,马洛不同于其他船员,当风暴或险境来临时,他没有紧张、胆怯、灰心丧气,而是把这些艰难困苦当做人生的机遇,当做快乐,当做荣耀。他

---

① Robert Louis Stevenson. *Treasure Island*. London：Cassell & Company Limited, 1884：273.
② Robert Louis Stevenson. *Treasure Island*. London：Cassell & Company Limited, 1884：273.

在与其搏斗中尽情享受青春带来的生命的愉悦:"我怎么也不愿意失去这次体验生活的机会。有时候我甚至欣喜若狂。"①在这里,康拉德倡导和鼓励青年面对困难和挑战应具备乐观精神和积极态度。

在小说中,马洛和其他船员们一丝不苟地工作,险境面前齐心协力,奋力拼搏,表现出朴素而高贵的品质。康拉德认为这些好的品质来自于大海:"他们的好品质是大海赋予他们的——那包围着他们愚钝灵魂的单调寂寞的茫茫大海培养了那种品质。"②海上航行自始至终充满了坎坷与波折,正是凶险的大海和艰苦的船上生存环境培养了马洛这样年轻的水手应具备的忠诚、团结、秩序和信任等优秀品质。

第二节　海船:优秀品质的训练场

米歇尔·福柯说,船是一个漂浮的空间,一个没有位置的空间,它独立存在,它被它自己包围着,同时将自己交付于无边无际的大海……自16世纪到现在,船对于我们的文明来说,不仅是经济发展的重要工具,也同时是想象力的储存库。③海船上的生活艰苦、危险、充满挑战,英国海洋小说的作者借助船上的生活对青少年读者展开道德训示。正如康拉德所说:"唤醒水手责任感,对他的男人力量施于无形的控制,掌控着他不总是无声但是总是不屈的忠诚的,不是海洋的精神而是他眼中的实体,有特征、有吸引力和几乎有一个灵魂的

---

① 康拉德:《康拉德海洋小说》,薛诗绮编。上海:上海文艺出版社,2012年:第13页。
② 康拉德:《康拉德海洋小说》,薛诗绮编。上海:上海文艺出版社,2012年:第30页。
③ 罗伯特·塔利:《作为航海图的海洋叙事:论海洋空间的文学绘图》(英文),《外国文学研究》,2020年第2期,第22页。

东西——就是他的船。……这些英国人的物质和道德存在受到彼此之间的忠诚和对一艘船的忠诚热爱的调控。"①

鲁德亚德·吉卜林的《勇敢的船长》(*Captains Courageous*,1897)描写了一个美国富家纨绔少年哈维·切尼在乘游轮赴欧洲时落水,被美国捕鱼船"陪伴"号救起,此后在渔船上开始了三个月的艰苦工作,终于成长为一个坚韧、勤劳的男子汉。正如我国学者陈兵所说:"与当时英国盛行的教育理念不同的是,《勇敢的船长们》中哈维的教育不是通过公学中的体育运动,而是通过他在渔船上的工作进行的。"②小说中,哈维落水的情节似乎象征着他的新生,因为在西方基督教文化里,在水中浸泡、甚至淹死都常常与基督教的洗礼相联系,象征着旧生命的结束和新生命的开始。原来的他"嘴角斜叼着半截烟卷","外貌中既有游移不定、虚张声势的成分,又混有那种一文不值的小聪明",竟会不知天高地厚地说大轮船撞翻一条小渔船多好玩。③ 在他落水后刚被救起时,他还没有改变纨绔习气,嫌弃渔船肮脏狭窄,还在渔民面前颐指气使,要花钱送他回家。渔船船长迪斯科·屈劳帕不理他这一套。哈维傲慢地贬低渔民的工作,还诬陷屈劳帕他们偷了他的钱,并拒绝在船上干活,认为那是"仆人"干的,最终他的言行激怒了屈劳帕,被毫不客气的一拳打倒。屈劳帕船长精明强悍、明辨是非、嫉恶如仇、助人为乐,并且非常自信,这种自信来自他的航海经验、知识和观察。每到一个海域,他对海水的深度、海底的土质、甚至土质的气味了如指掌。他可以说是哈维成长路上的一位重要导师。尽管刚开始有些不情愿,但是哈维很快知道在海上

① 康拉德:《干得漂亮》,收入康拉德:《黑暗的心》,梁遇春、宋龙艺译,北京:北京理工大学出版社,2018 年:第 160 页。
② 陈兵:《论吉卜林〈勇敢的船长〉中的教育理念》,《外国文学评论》,2009 年第 4 期,第 74 页。
③ 吉卜林:《勇敢的船长》,徐朴、汪成章译,武汉:湖北教育出版社,2009 年,第 6 页。

的第一条生活准则就是纪律和服从,这也是屈劳帕给他的一拳教会他的。

在渔船上,哈维跟着其他船员认识了各种绳索的名称,学习了各种航海知识,如划桨、收帆、落帆、使用象限仪等,这些使他感受到了劳动的自豪,例如在与其他船员一起收拾捕获的鱼时,哈维"有生以来头一次觉得他是这伙干活的人中的一员,脑子里为此感到自豪"①。当然,在这些学习过程中,哈维也没少受苦和挨打。在收拾鱼时,他累得腰酸背痛;在学习划桨时,桨柄重重地打在他的下巴上;晚上值班时,由于发困想睡觉,负责监督他的男孩丹用鞭子抽他;在学习认识船上的绳索时,由于倦怠,他也挨了鞭子。但是,这一切哈维都忍受了下来,没有抱怨,也没有愤怒。这时的他与原来那个任性而倔强的公子哥已判若两人。正如吉卜林在小说中写道:"哈维的每一根毛孔在吸收新的知识和新的事物,身体也因呼吸新鲜空气而越来越结实,……"②在这里,吉卜林告诉读者勤勉的重要性:它是一种高度的自律和个人努力,不同寻常的刻苦。逐渐地,哈维爱上了海上的生活,甚至产生了一种自豪感。他"被公认为'陪伴'号的一员,参与'陪伴'号的一切事物,饭桌上有他的位置,舵房里有他的铺位"③。海船上艰苦的生活和高强度的工作让哈维学会了坚韧、克己的精神,也培养了他的责任感和荣誉感。正如康拉德在写赞美水手的文章时写道:"水手和责任总是分不开的伴侣。我想到这种责任不会是爱国意识或宗教意识,或者甚至水手中的社会意识。我不知道。对我来说,水手的责任或许是这三者的无意识的混合物,比这三者任一个都小,

① 吉卜林:《勇敢的船长》,徐朴,汪成章译。武汉:湖北教育出版社,2009 年,第 34 页。
② 吉卜林:《勇敢的船长》,徐朴,汪成章译。武汉:湖北教育出版社,2009 年,第 91 页。
③ Rudyard Kipling. *Captains Courageous*. New York: The New American Library, Inc., 1964: 70.

但是对于简单的心灵来说是更加坚定的并且更适合水手这种默默无闻的工作。"①

　　水手作为一个整体的特殊性格的秘密就蕴藏在船里:"船,这艘船、我们的船、我们服务的船是我们生活得到的象征。一艘船必须要被尊重,真正地并理想地被尊重;她的德行、她的无辜是神圣的事。在人类的所有创造中,她是人类辛劳和勇气的最亲密的伙伴。"②然而,在康拉德的《阴影线》(The Shadow Line,1917)这部小说中,船自始至终被死亡的气氛所笼罩。叙述者"我""摆脱了在陆地上实物的致人死命的羁绊"后,又一次回到了他熟悉的大海。③然而,他没有想到他的船早已瘟疫蔓延,船上大多数水手都患上了霍乱,而用于治病的奎宁已被前船长暗中变卖。年轻的"我"从船上身患重病的水手和厨子兰塞姆那里汲取了行动的力量。"我"克服了年轻人的懦弱,直面死亡的威胁,经历了死神的考验。正如我国学者王松林所说,"我"是在战胜本能的恐惧和自我的道德弱点过程中成长起来的。④值得注意的是,身体健康的"我"战胜怯懦的勇气却来自那些患病并且身体虚弱的船员。在这里,康拉德要告诉我们,身体的疾病不算什么,重要的是人的精神、意志和道德品格。

　　"一直是为了各种事物在为这个国家服务的船只是水手原始美德的操练平台。"⑤的确,在《阴影线》中,康拉德通过"我"之口表达了

① 康拉德:《干得漂亮》,收入康拉德:《黑暗的心》,梁遇春、宋龙艺译,北京:北京理工大学出版社,2018年:第159页。
② 康拉德:《干得漂亮》,收入康拉德:《黑暗的心》,梁遇春、宋龙艺译,北京:北京理工大学出版社,2018年:第157页。
③ 康拉德:《康拉德小说选》,赵启光编。上海:上海译文出版社,1985年,第657页。
④ 王松林:《海洋:一面映照自我的镜子——论康拉德的小说〈阴影线〉的自我意识》,出自《蓝色的诗与思——海洋文学研究新视阈》,段汉武、吴晓都、张陟主编,北京:海洋出版社,2010年,第37页。
⑤ 康拉德:《干得漂亮》,出自康拉德:《黑暗的心》,梁遇春、宋龙艺译,北京:北京理工大学出版社,2018年:第160页。

大海、船和航行对人的品格意志的考验:"我的身体属于海洋,完全属于海和船;海是真正的世界,船则检测着人的男子气概、脾气、勇气、忠诚和爱。"①同《青春》一样,康拉德在这篇小说中也展示了人类内心深处的道德力量,并对责任、忠诚、团结和意志等水手身上朴素而高贵的品质进行了赞扬。法国评论家莫洛亚说,康拉德不仅是一个歌颂海洋的诗人,他还歌颂"由海洋而生的做人的美德"②。"我"作为一名在死亡航行中成长的年轻船长,逐渐认识自我、战胜怯懦走向成熟。在航行中,我具备了一名水手应有的品质,懂得了生命的价值,领悟了在生存危机的极致状态下人的高贵。

主人公们在海船上所遭遇的种种危险和生存绝境使他们的身体和心智得到了历练,正如英国作家、文学评论家和诗人塞缪尔·约翰逊所说:"没有当过兵或当过水手的人会瞧不起自己。……士兵和水手的职业有着与危险相伴的庄严感,恐惧是普遍的弱点,人类崇敬那些能克服它的人。"③在与大海和荒岛等恶劣环境的激烈对抗中,具备勇敢、正直、勤劳等优秀品质和学会理性的思考起到了重要作用。

在英国海洋小说惊险刺激的故事中,小说作者们没有忘记对儿童和青少年读者进行品德熏陶。海洋和荒岛把小说中的人物与陆地上的人类文明隔离开来,给人物提供了一片自由而又孤独的天地。年少的主人公们在这里所遭遇的种种危险和生存绝境使他们的身体和心智得到了历练。在与大海和荒岛等恶劣环境的激烈对抗中,人们看到学会理性的思考和具备勇敢勤劳的优秀品质将起到何等的重

---

① 康拉德:《康拉德小说选》,赵启光编,上海:上海译文出版社,1985年,第629页。
② 王松林:《海洋:一面映照自我的镜子——论康拉德的小说〈阴影线〉的自我意识》,出自《蓝色的诗与思——海洋文学研究新视阈》,段汉武、吴晓都、张陟主编,北京:海洋出版社,2010年,第37页。
③ James Boswell. *The Life of Samuel Johnson*, LL.D.. London: J. M. Dent & Sons, 1906: 384.

要作用。海上经历培养了英国青少年民主平等的观念,激发了他们强烈的好奇心和执着的探索精神,教会了他们对其他生物的尊重并坦然接受人类在自然界中的位置,培育了他们对生活的乐观精神。惊险刺激的海上生活和航海经历影响和塑造了英国人的国民性格:国家荣誉至上、勤勉、进取和自我克制等。在一定程度上这些品质推动了英国的社会经济发展,正如张本英所说,除了强烈的自信心和种族优越感,英吉利民族格外崇尚大胆冒险和孜孜进取的精神,这种精神与基督教义紧密结合,为英国海外殖民地的形成、发展和壮大,提供了最强大、最持久的动力。①

---

① 张本英:《英吉利民族与英帝国》,《安徽大学学报》(哲学社会科学版),2005 年第 1 期,第 22 页。

第八章 历史事实与虚构：重商主义 与全球贸易

    "利物浦商人"号一天天地接近南方,在顺风的推进下,船张满了帆,一起一落有规律地行驶在波浪起伏的海面上。地平线有时会短暂地出现一个小点,那是另一条船,好像是在远处镜子上的水汽。但是大多数时间里,它都独自行驶在海上,仿佛它是世界上唯一的商船,而不是它原来的身份——来自欧洲各国野心家们派出去的大商队中的一员。他们从事的是世界上前所未有的最大的商业冒险,其规模之大迄今都难以想象。它将改变历史,带来死亡、堕落和利润。

（昂斯沃斯《神圣的渴望》）[1]

    我国学者殷企平认为,民族性的建构,必然牵涉到共同体的想象,而共同体愿景的描绘,离不开对财富的思考。[2] 海洋探险和海外贸易是英国强国富民的重要策略。因为海岛地理位置的因素,英国一直就有重视海外贸易和商业的传统,13世纪约翰王颁发的《大宪章》就有保护外国商人的条款,爱德华一世发布的《商贸法》允许外国

---

[1] 巴里·昂斯沃斯:《神圣的渴望》,丁玲玲、金兰芬译,北京:清华大学出版社,2014年,第97页。

[2] 殷企平:《经由维多利亚文学的文化观念流变》,《浙江外国语学院学报》,2017年第5期,第83—91页。

商人可自由进出英国。欧洲文艺复兴时期，随着人文主义对世俗幸福的宣扬和地理大发现时代的到来，中世纪的自然经济让位于商业经济，重商主义经济思想出现。重商主义的显著特征是商人和政客之间的亲密共谋，它要求国家对经济进行干预，主张通过海外贸易增加国内黄金和白银作为国家财富和力量的储备，而殖民扩张是获得金银、原材料和广阔市场以增强国内财富的有效途径。伊丽莎白女王提高了商人的政治地位，商人成为构建民族国家的有力经济和政治支柱。[1] 正如张本英所说："保卫和促进英国的商业贸易，几乎成为英国政治家的一种本能。"[2]作为英国新兴资产阶级的代言人，笛福在小说中对鲁滨逊海上贸易的详尽描述体现了他对自由贸易和海外贸易的极力倡导，反映了英国重商主义传统和全球视野。在《鲁滨逊漂流续记》中，鲁滨逊由原来的荒岛创业发展到全球航行，他来到中国，以比较的方法描述在中国的见闻，认为中国的城市、生活、贸易、军队等一切都不如英国和欧洲。英国人离开不列颠岛，在全世界寻求商业利益。伴随着殖民、贸易和商业的繁荣与辉煌，英国人的优越感和民族自信进一步强化。

第一节　贸易书写

丹尼尔·笛福（Daniel Defoe，1661？—1731）在 1719 年出版了《鲁滨逊漂流记》后，其主人公冒险故事的后半部分《鲁滨逊漂流续

---

[1] 刘立辉：《英国 16、17 世纪文学中的海洋叙事与民族国家想象》，《西南大学学报》（社会科学版），2018 年第 3 期，第 129—130 页。

[2] 张本英：《"心不在焉"式的版图扩张——19 世纪英帝国海外扩张形式与动因浅析》，《南京大学学报》（哲学·人文科学·社会科学版），2004 年第 6 期，第 130 页。

记》①(*The Farther Adventures of Robinson Crusoe*)很快也于同年问世。在《续记》中,鲁滨逊由原来的荒岛创业发展到全球航行,他来到中国的南京、北京以及长城以外的蒙古地区,以比较的方法描述在中国的见闻,认为中国的城市、生活、贸易、军队等一切都不如欧洲。在此书中,除了人们所熟知的鲁滨逊和星期五这两个活生生的人物之外,笛福还塑造了许多有血有肉、栩栩如生的人物,例如宽厚仁慈、从容大度的西班牙人领袖,信仰虔诚、忠于职守的法国牧师,以及浪子回头的英国水手威尔·阿金斯等。鲁滨逊的形象在《续记》中更加成熟和丰满。"他不仅倔强无畏,而且更为世情练达,指挥若定;他不仅以一个艰苦卓越的创业者的面目出现,而且还是一个旅行家、冒险家和外贸经纪商。"②总之,在这本小说中,鲁滨逊更加接近原始积累时期资产阶级创业者的真实形象。

到目前为止,国内学界的研究大都侧重于帝国权力形态和话语策略等后殖民视角,然而,笛福浓墨重彩的贸易书写给读者留下了深刻印象,举例来说,仅货物(goods)这个词在整部小说中就出现了42次。为什么鲁滨逊他们要在1693年决定去中国做"私人买卖"?为什么鸦片在当时的中国成为畅销货?他们为什么会用卖鸦片的钱购买茶叶、生丝等带回欧洲去卖?这些问题是需要着力探讨的。结合作者的散文随笔、政论小册子、书信、作者传记以及所生活的历史环境重读《续记》,本书聚焦其中反复出现的鸦片和茶叶等贸易书写,发现小说中的故事、人物与真实历史形成的映射,挖掘小说文本的深层结构和隐喻系统,揭示其隐含的英国与中国贸易关系,使读者充分注意到小说中常遭忽略的、幽深的"政治和经济目的",启发人们从文

---

① 后面书中都简称为《续记》。
② 笛福:《鲁滨逊漂流续记》,艾丽,秦彬译,甘肃人民出版社,1983年,(序)第2页。

化、历史、政治和经济视域阅读文学作品、观察历史和现实，并培育大众对不合理的体制和思想的批判精神和变革意识。

在《续记》的开头，笛福就向读者讲明了鲁滨逊一行此次出海的目的是到东印度和中国去做私人买卖（"as private traders"①）。他们在 1695 年初由爱尔兰出发，一路经纽芬兰、西印度群岛、巴西，穿过大西洋和印度洋，来到孟加拉和暹罗（泰国旧称）等，并在暹罗买了鸦片和椰子酒。他们发现"鸦片，这种货物，拿去卖给中国商人之后真赚了不少钱"②。在这里，笛福借鲁滨逊之口评论到，人们无需羡慕那些由东印度公司派到印度去的经纪人，以及常驻印度的商人，他们发横财是没有什么可奇怪的，"你只要想想那儿有无数的港口，有辽阔的区域，自由贸易盛行，那些国家正在发展，他们有着大量的、经常的各种需求，只要我们把大量货物运到这个海外市场上，就不愁钱财会源源不断地流回英国"。③ 鲁滨逊他们还到菲律宾群岛和马六甲去买了些丁香之类的东西，之后经过台湾岛并沿着中国海岸北上到达南京。在南京附近，他们将鸦片卖掉。小说中笛福详尽地描述了鲁滨逊在中国的商业活动：

　　在南京我买了 90 匹上等花缎和两百匹各色各样的镶着金线的上等云锦。在我的老搭档返回时，我也同时赶回了北京。除了绸缎之外，我又买了一大批生丝和一些其他货物；仅以上货

---

① Daniel Defoe, *The Farther Adventures of Robinson Crusoe* (*1719*). Cambridge, 1996：10 (Chadwyck-Healey, Eighteenth-Century Fiction Full-Text Database). 文中小说引文均由笔者译自该版本，参考了［英］笛福著，艾丽，秦彬译，《鲁滨逊漂流续记》，兰州：甘肃人民出版社，1983 年。
② Daniel Defoe, *The Farther Adventures of Robinson Crusoe* (*1719*). Cambridge, 1996：231 (Chadwyck-Healey, Eighteenth-Century Fiction Full-Text Database).
③ Daniel Defoe, *The Farther Adventures of Robinson Crusoe* (*1719*). Cambridge, 1996：231-2 (Chadwyck-Healey, Eighteenth-Century Fiction Full-Text Database).

物,总价约 3500 磅,另外,还有茶叶、上等棉布和足够三头骆驼
驮运的豆蔻、丁香。除了我们骑得不算,单骆驼就有 18 头,还有
3 匹闲置的马和 2 匹驮东西的马。①

    小说最后,鲁滨逊随一支莫斯科和波兰的大商队走陆路去了莫
斯科。后来又经过一番周折走陆路到了荷兰的海牙,从那里搭船,终
于在 1705 年 1 月 10 日抵达伦敦。途中他认为他的货物在汉堡市场
上比伦敦市场的售价会更好,于是在那里卖掉了从中国带的货物和
西伯利亚的貂皮,"一共得了 3475 磅 17 先令 3 便士"②。总之,鲁滨
逊这次出行穿越大西洋和印度洋,横跨欧亚大陆,共计十年零九个月
的时间。在小说中笛福将鲁滨逊塑造成一位外贸经纪商,对于他们
一行的航海贸易进行了详尽的记录和描写。
    那么,为什么鲁滨逊他们要在 1693 年决定去中国做"私人买
卖"? 笔者认为在这个问题的背后隐藏着这部小说的政治和经济内
涵。作为对 20 世纪 60 年代以来西方马克思主义文论力图使文学批
评具有现实维度主张的回应和具体实践,新历史主义认为,文学也可
以作为历史文本,帮助读者重回历史现场。同时,我国学者石坚和王
欣认为,文学是某特定历史时刻具有活力和创造力的一部分,历史也
不再被认为是僵硬的事实或文学产生的背景,两者作为社会权力结
构中的话语,互相交流和对话。③ 的确,文本就像其他话语形式一样,

---

① Daniel Defoe, *The Farther Adventures of Robinson Crusoe* (*1719*). Cambridge, 1996:
  287 (Chadwyck-Healey, Eighteenth-Century Fiction Full-Text Database).
② Daniel Defoe, *The Farther Adventures of Robinson Crusoe* (*1719*). Cambridge, 1996:
  347 (Chadwyck-Healey, Eighteenth-Century Fiction Full-Text Database).
③ 石坚,王欣:《似是故人来:新历史主义视角下的 20 世纪英美文学》,重庆大学出版社,
  2008 年,第 5 页。

有助于形成社会力量，同时被各种力量塑造。①

16 世纪开始，由于地理大发现、贸易扩张、封建制度的变革、民族国家的兴起，英国形成了以经济思想和政策体系为基础的重商主义思想。与古代中国视商业为贱业的思想不同，在英国人们认为商业是高贵的职业，进行对外贸易的商人是国家财产的管理者。他们可以以钱谋权谋地位，毫无障碍地加入贵族行列。这也正是笛福在1726 年出版的《英国商人全书》(*The Complete English Tradesman*)所表达和倡导的政治思想。在书中的第 22 章，笛福认为，较其他国家而言，在英国商业是高贵的，贸易是英国经济的顶梁柱，他还借用英国国王查理二世的话——"商人是英国唯一的贵族"来表明商人在英国的社会地位。②

英国重商主义政策产生阶段性的演进取决于当时英国的国家权力和市场力量的博弈。在重商主义初级阶段，即都铎王朝时期，国家干预范围广，干预力度强，商人和企业家主动与政府合作，这是由当时的历史环境所决定的。一，当时英国资产阶级正在形成和发展，英国商人势单力薄，迫切需要国家出面帮助他们与强国西班牙和葡萄牙谈判，缔结互惠互利的商业条约，争夺海外市场；二，为解决海上交通问题，德雷克等人对西班牙殖民贸易实施海盗式劫掠，并以数十人的轻微代价，打败了无敌舰队，取得了制海权。对此，伊丽莎白女王积极支持，为英国在大西洋沿岸的贸易奠定了基础；三，对于部分前期投入较大的新兴工业和产业，仅凭商人的自觉组合意识和经济实力难以承受，需要国家的支持，开辟财富来源；四，商人希望国家出面

---

① ［美］查尔斯·E·布莱斯勒著，赵勇，李莎，常培杰等译，《文学批评：理论与实践导读》（第五版），中国人民大学出版社，2017 年，第 239 页。
② Daniel Defoe, *The Complete English Tradesman*. E-Book. Edinburgh：W. and R. Chambers，1839：72 - 75.

整顿社会和经济秩序,提高行业门槛,以垄断的方式保障利润的获取。总之,商人们乐意与政府协商,向政府建议如何才能最大限度地增加贸易额以充实君主的国库和商人的钱袋。为了促进本国商业的发展,英国在政府强有力的支持下积极推进海外探险和殖民活动,建立特许贸易公司,开拓世界市场,垄断对外贸易。

到了斯图亚特王朝,英国的综合国力与日俱增,逐渐成为世界贸易中心。英国资产阶级特别是新兴贵族力量的逐渐壮大导致重商主义政策开始发生转变。他们反对国家干预经济活动,自由贸易成为国家政策重心。1688 年光荣革命后,英国确立了君主立宪制,国王通过出售特许权牟利的行为遭到禁止,英国统治权利及机构演变为具有公共性质的权力机构。英国的重商政策改变过去的直接干预,而转变为通过关税等间接手段来实施。重商主义思想发展到此时,"自由贸易"成为实施过程中的一个关键词。很多英国政治家、哲学家、经济家们为自由贸易奠定了政治、思想和实践基础,如威廉·配第(William Petty 1623—1687)、约翰·洛克(John Locke 1632—1704)和亚当·斯密(Adam Smith 1723—1790)等。亚当·斯密的《国民财富的性质和原因研究》(*An Inquiry into the Nature and Causes of the Wealth of Nations* 1776)被称为"重商主义的圣经"。在国民财富增加的过程中,为了实现个人利益,促进公共利益,他一再强调尊重个人的自由意志,主张政府对于经济活动应听凭"一支看不见的手"来自动调节经济运行。他的自由放任理论是古典经济学中最重要的思想基础,也是重商主义从初期政府操控向中期自由贸易发展的重要理论基石。

对于新历史主义者来说,解读文本时应将作者的阶级地位以及其是否主观地操纵历史等因素予以重视。① 笛福作为典型的英国新兴资产阶级的代言人，他在他的小说、随笔和政论小册子中大力倡导私人买卖和自由贸易。笛福出身资产阶级中下层，经营过袜子批发，烟酒进口，航海保险等，还开办过砖瓦厂。他认为："贸易是社会进化、国家富强的根本原因。"②他的口号是："贸易就是一切。"③笛福指出，贸易与制造业、航海业是母女关系，英国应走以商业，尤其是海外贸易为中心，带动工业、航海业和农业发展的富强之道；他还提出，既然贸易可以使国家富强，那么与落后地区的民族进行贸易可以解决商品的市场问题。④ 笛福一生的活动是多方面的，他的文字工作就包括了政治、经济和文学等方面。然而，他的基本思想和主张却不复杂，那就是"一切为资本主义发展，为资产阶级利益"⑤，因此，他是典型的新型资产阶级的代言人。他认为贸易是社会进化、国家富强的根本原因。1711 年，笛福发表《论南海贸易》（"An Essay on the South-Sea Trade"）⑥，支持英国在西印度的殖民和贸易扩张，同年英国成立了"南海股份公司"（South Sea Company），开展南美及西印度的特许贸易。而最初向英王威廉三世提议成立公司的正是笛福的朋友威廉·佩特森。⑦ 笛福的贸易思想和殖民主张充分体现在《鲁滨逊漂流记》和《鲁滨逊漂流续记》等小说中。作为一名商人，在资本主义的拜金浪潮中，笛福"把商海情结变成虚构文学的灵感源头和基本内

---

① 王岳川：《后殖民主义与新历史主义文论》，山东教育出版社，1999 年，第 177 页。
② 徐式谷：《笛福文选》，商务印书馆，1984 年，（序）第 8 页。
③ 徐式谷：《笛福文选》，商务印书馆，1984 年，（序）第 8 页。
④ 徐式谷：《笛福文选》，商务印书馆，1984 年，（序）第 9—10 页。
⑤ 笛福：《笛福文选》，徐世谷译，北京：商务印书馆，1984 年，第 7 页。
⑥ 这里的"南海"是指中、南美洲及其周边海域。
⑦ 王冬青：《想象"礁头"：英帝国的身体政治》，《外国文学评论》，2015 年第 1 期。

容"①。即使是在历经死亡的恐惧之后,主人公鲁滨逊依然保持着对海外贸易的痴迷,并毅然决然地多次登上征途,这正反映了当时整个英国社会对海外殖民扩张的热衷,证实了资本主义原始积累时期新兴资产阶级对海外财富的渴望和对陆上权利的神往。笛福在《续记》这部小说中通过详尽的贸易书写清楚地表达了他的以上观点,强调英国要富强,就必须与印度、东南亚和中国等进行贸易。通过讲述鲁滨逊成功的航海贸易,笛福向读者传达了这个"发财致富的秘诀",并语重心长地告诉读者:"如果我年轻上二十岁的话,我一定会留下来以此为业,不再去东奔西闯了。"②像鲁滨逊这种不辞艰险在全世界经商、不择手段谋取利益,并以殖民手段进行掠夺的远洋商人正是笛福推崇和颂扬的楷模。

鲁滨逊在与中国商人的买卖中发现,鸦片,这种货物在中国是"缺门货",卖鸦片很赚钱。③ 而且,给他们领航的葡萄牙老头儿建议他们去澳门,因为"那里可以做鸦片生意,赚许多钱"④。那么,为什么鸦片在当时的中国成为"缺门货"、畅销货?为什么此时的中国人那么迷恋鸦片?在《续记》中,历史与文本的交融和互动得以充分体现。新历史主义在文学研究中引入对"文本的历史性"(historicity of texts)和"历史的文本性"(textuality of history)的双向关注。费泽(H. Aram Veeser)在其著作中写到,所有的书写文本都具有特定的

---

① 曹波:《人性的推求:18世纪英国小说研究》,北京:光明日报出版社,2009年,第48页。

② Daniel Defoe, *The Farther Adventures of Robinson Crusoe*(*1719*). Cambridge,1996:232(Chadwyck-Healey, Eighteenth-Century Fiction Full-Text Database).

③ Daniel Defoe, *The Farther Adventures of Robinson Crusoe*(*1719*). Cambridge,1996:231(Chadwyck-Healey, Eighteenth-Century Fiction Full-Text Database).

④ Daniel Defoe, *The Farther Adventures of Robinson Crusoe*(*1719*). Cambridge,1996:255(Chadwyck-Healey, Eighteenth-Century Fiction Full-Text Database).

文化具体性，镶嵌着社会的物质的内容。① 《续记》中提到当时中国鸦片的流行与畅销正是当时历史和文化的产物。此处，历史和情节相互作用，完美地交融在一起。

众多周知，鸦片是罂粟属植物果实的制成品。因为罂粟花艳丽无比，所以早在 5000 多年以前中东的苏美尔人就开始种植观赏并把它称之为"快乐植物"。在中世纪，作为东西方贸易重要桥梁的阿拉伯商人将鸦片种植及其功用的知识带到了世界各地。直到 19 世纪初，人们还没有将鸦片视作毒品。在当时的世界（包括英国），鸦片贸易和今天的香烟买卖一样，是合法正常的，只不过吸食鸦片的人在西方，比如英国并不多。这一时期的浪漫主义作家如柯林律治、华兹华斯、司各特、雪莱、拜伦、德·昆西等，在他们的诗歌和小说创作中都会或多或少提及鸦片，或者其创作跟鸦片有关，他们之中的某些人还患上了鸦片瘾。德·昆西（1785—1859）在 1821 年出版了自传体小说《一个吸鸦片者的自白》（Confessions of an Opium Eater），他在小说中用大量篇幅描写自己吸食鸦片后的奇妙感受，例如，他认为鸦片可以使大脑变得活跃，对于音乐的创作有极大的帮助②：

> 哦！公平的强大的鸦片啊！对于穷人和富人你一视同仁，你为那些永远医治不好的创伤和"那诱使精神反叛"的苦闷带来了减轻痛苦的香脂——雄辩的鸦片啊！……你在黑暗的中心，运用头脑幻想的心像建造了城市和庙宇……③

① H. Aram Veeser, *The New Historicism*, Routledge，1989：20.

② Thomas De Quincey, *Confessions of an English Opium-Eater*. Cambridge：ProQuest LLC，2008：105‐7 (Literature Online Prose).

③ Thomas De Quincey, *Confessions of an English Opium-Eater*. Cambridge：ProQuest LLC，2008：115.

据史料记载,阿拉伯商人在唐代将鸦片带入中国。因为其罕见和稀少,所以它当时的价格与黄金接近,成为皇帝和皇后等夫人宫中御用品,以及亲王和高级官僚等上层社会的消费品。吸食鸦片也逐渐成为一种流行于上流社会的时尚。在女子的服侍下吞云吐雾更是男性魅力和风流倜傥的标志。但是谁也无法料到,皇宫和上层社会的消费时尚逐渐就被中下阶层的人们所追逐和模仿,扩散到了整个中国社会。当追逐利润的国际鸦片贩子得知鸦片在中国市场的巨大需求量时,他们开始大规模地向中国贩卖鸦片,从而使得鸦片的价格不断降低,就连下层社会的人们都可以买得起,并沉浸其中,吸食上瘾不能自拔。这不禁使人联想到伯纳德·曼德维尔(Bernard Mandeville,1670—1733)及其著作《蜜蜂的寓言》(*The Fable of the Bees*)。曼德维尔的“私人恶德即公众利益”(Private vices,public benefits.)成了人类经济活动和经济实践中无法摆脱的噩梦。众多英国商人参与的鸦片贸易恰恰印证了他的这一悖论。众所周知,英国是功利主义的发源地,而这一思想的萌芽在英国社会早已有之。笛福曾写到:“每一个行动是否道德将取决于它的目的”[①],而这里的“目的”就是功利性。

由此看来,鸦片在当时的中国成为“缺门货”、“畅销货”是从皇宫、统治者自上而下开始的。18世纪的欧洲,启蒙运动风行,启迪着人们的心智,改良着当时的社会。开始于18世纪中后期的工业革命给英国带来了前所未有的经济腾飞。欧洲列强,特别是英国凭借自己强大的经济和军事力量,力图按自己的意志重新改造世界和征服世界。而在地球的另一端,此时中国的王公贵族安于享乐,整个社会没有进取的念头,没有奋发的愿望,具有历史上罕见的全面颓废崩溃

---

① 徐式谷:《笛福文选》,商务印书馆,1984年,(序)第74页。

之势,故当 1793 年英使马戛尔尼(George Macartney 1737—1806)来到中国时,他就察觉到了当时社会的腐朽和败落,将之视为"一艘破烂不堪的头等战舰"①。在如此颓废的社会中,人们精神倦怠,萎靡不振,吸食鸦片就成为一种主要的度日方式。鸦片自 17 世纪中叶传入中国后,吸食人数呈几何速度增长。到鸦片战争前,中国每年吸食鸦片的人数大约为二百五十多万。②

根据历史记载,在欧洲向中国的商务输出和贸易扩张过程中,葡萄牙人最先将鸦片作为商品输入中国境内,而不是英国人,尽管英国人后来居上,成为将鸦片大规模倾销到中国的罪魁祸首。当时的葡萄牙人选择澳门作为基地,向距离较近的广州运入产于印度麻洼的鸦片。这也就是为什么《续记》中的葡萄牙老头建议鲁滨逊他们去澳门做鸦片生意的原因。史实与文本在此交会,凸现历史与文学之间的张力。

格林布拉特认为,"文学"与"历史"始终处于互动中,文本成了"活动中的文化",是信念、行为、习俗相互交锋的战场。③ 在《续记》中,笛福告诉读者,鲁滨逊他们去南京的目的是把他们带的货物(鸦片等)卖掉,并且"采买些中国货,例如棉布、生丝、茶叶、丝绸等东西"。④ 他在小说中多次提到购置"中国货"(China wares/China goods)回欧洲后贩卖的打算,由此可见丝绸和茶叶等这样的中国货

---

① P. J. Marshall,"Britain and China in the Late Eighteenth Century", ed. Robert A. Bickers *Ritual ＆ diplomacy：the Macartney mission to China 1792 - 1794*, London：The British Association for Chinese Studies ＆ theWellsweep Press, 1993：23.

② 龙缨晏:《1840 年前输入中国的鸦片数量》,《浙江大学学报》(人文社会科学版),1999 年第 4 期,第 35—36 页。

③ 查尔斯·E. 布莱斯勒著,赵勇、李莎、常培杰等译,《文学批评：理论与实践导读》(第五版),中国人民大学出版社,2017 年,第 241 页。

④ Daniel Defoe, *The Farther Adventures of Robinson Crusoe（1719）*. Cambridge, 1996：255 (Chadwyck-Healey, Eighteenth-Century Fiction Full-Text Database).

在西方的畅销程度,以及在中英贸易中的重要地位。然而,"中国货"与鸦片交易给中国和英国两个国家分别带来了不同的命运。

自 1637 年英国的第一艘船到达中国海域与中国进行贸易开始,英国与中国的贸易之路实在是开辟得不易。[①] 早在 17 世纪初,英国就想借助长期垄断对华贸易的葡萄牙人打入中国市场,然而,葡萄牙人有着自己的打算。东印度公司在 1650 到 1660 年间开始派遣船只到广州开展贸易,但都由于清政府的闭关政策和葡萄牙的阻挠而进展缓慢。可以看出,英国人通过贸易富国的理想在闭关锁国的清政府这里遭受碰壁,受到阻碍。这样看来,坚信"贸易就是一切"的笛福在他的小说中对中国、中国人,特别是中国官员的批评和诋毁也就是顺理成章、符合逻辑了。在 17 和 18 世纪,中国文化在欧洲,当然也包括英国颇为流行,对中华文明和文化的赞扬和崇尚也是当时的主流。然而,笛福在这部小说中将中国人描述为"既头脑简单,无知无识,又傲慢无礼,专横跋扈""穷叫花子式的骄傲的人们"。[②] 笛福并没有到过中国,他关于中国的知识得自于耶稣教士和旅行者的报道。他根据这些报道和自己的想象虚构了中国人形象。他阅读了法国传教士李明(Louis le Comte/Louis-Daniel Lecomte,1655—1728)的著作,但是他并没有接受李明对于中国文化、政治和经济的正面描述和对于西方堕落的批判,这应该跟他作为英国新兴资产阶级的英国商人以及对外贸易鼓吹者的身份有关。他认为英国的贸易系统是优越的。[③]他

---

① Evan Luard, *Britain and China*. London: Chatto & Windus Ltd. 1962: 19 - 29.
② Daniel Defoe, *The Farther Adventures of Robinson Crusoe* (*1719*). Cambridge, 1996: 280 - 281 (Chadwyck-Healey, Eighteenth-Century Fiction Full-Text Database).
③ Daniel Defoe, *The Complete English Tradesman*. E-Book. Edinburgh: W. and R. Chambers, 1839: 5 - 6.

还说："我们不仅是贸易之国，而且是世界上最伟大的贸易之国。"①也正是由于这一身份，笛福能够以敏锐的商业头脑在这些报道中获知中国人对于鸦片的兴趣。笛福对于中国和中国人的严厉批评和讽刺证明了笛福的商人身份和自由贸易主张与中国明末清初开始的闭关锁国政策所产生的巨大冲突。当然，他借鲁滨逊之口对中国文明和中国人的贬低也渗透着当时日益浓厚的英国人的民族主义情绪。正如新历史主义者指出，我们没有人能完全逃离公共和私人文化的影响。② 我们每个人在文化强力的作用下都难免带有偏见，无法做到完全客观。

　　历史上，欧洲人，特别是英国人对于中国的丝绸、瓷器以及后来的茶叶都具有浓厚的兴趣。自 17 世纪 60 年代开始，茶出现在伦敦的咖啡馆，英国人饮茶风靡。③ 茶叶贸易不但对英国东印度公司的存在生死攸关，几乎是其所有商业利润所在，而且对英国财政也至关重要，提供了英国国库全部收入的 10％。④ 茶叶为西方，特别是英国贸易商带来了巨大的利润和财富。尽管西方人对中国的丝绸和瓷器，特别是茶叶需求旺盛，中国人对于西方的商品，如英国的毛呢等却兴趣不大。这种现象的后果就是中西贸易中大量白银流入中国，欧洲大陆国家难以维继贸易平衡，纷纷退出对华贸易行列。18 世纪 60 年代以后，英国对华进出口贸易迅速扩大，贸易逆差也日趋严重，此时，英国从中国输入的商品超出对华出口商品值的 200％，不足部分用白

---

① Daniel Defoe, *The Complete English Tradesman*. E-Book. Edinburgh：W. and R. Chambers，1839：72.

② 查尔斯·E·布莱斯勒著，赵勇，李莎，常培杰等译，《文学批评：理论与实践导读》（第五版），中国人民大学出版社，2017 年，第 234 页。

③ John E. Wills, *China and Maritime Europe*, 1500 - 1800：*trade*, *settlement*, *diplomacy and missions*. Cambridge：Cambridge University Press，2011：207.

④ Michael Menahem Greenberg, *British Trade and the Opening of China*, 1800 - 42. Cambridge：Cambridge University Press，1951：3.

银支付。①

随着市场力量的增强,英国人逐渐形成了站在全局和理论高度分析经济规律的"贸易科学"(science of trade),贸易平衡的观念被一再提及并强调。米赛尔(Edward Misselden 1608—1654)在《商业循环或贸易平衡》(*The Circle of Commerce, or the Balance of Trade, in Defense of Free Trade, Opposed to Malymes* 1623)一书中对贸易平衡的含义作了解释,指出出口商品在价值上超过进口商品,是一个国家致富的原则。② 英国人开始思考如何扭转巨额的贸易逆差,当他们发现中国人对鸦片很感兴趣时,就在孟加拉和印度其它地区大面积种植鸦片,并垄断其生产过程。我国学者庄国土认为,在18世纪最后十年中,每年从印度销往中国的鸦片约为2000箱;1800年以后,每年输入中国约4000箱;1822年以后,英人加速对华鸦片输出,当年输华鸦片7773箱;1832年达21605箱,到1838年更高达到40000箱。③ 也有学者认为,前面的统计数字有些高,在鸦片战争前的18年中,平均每年有1万多箱鸦片输入和1000多万两白银被掠夺。④ 就这样,中国的白银逐渐倒流入英国,英国也开始了贸易顺差,在贸易中处于有利地位。

尽管英国政府对鸦片贸易一直持有一种默许和暗中支持的态度,有良知的英国人一直在呼吁停止这种罪恶的贸易。在1839年英

---

① P. J. Marshall, "Britain and China in the Late Eighteenth Century", ed. Robert A. Bickers *Ritual & diplomacy: the Macartney mission to China 1792-1794*, 1993: 17.

② Eli Filip Heckscher, *Mercantilism* (Vol. 2). New York: Carland Publishing, Inc, 1983: 116-117.

③ 庄国土:《茶叶、白银和鸦片:1750—1840年中西贸易结构》,《中国经济史研究》,1995年第3期,第74页。

④ 吴义雄:《鸦片战争前的鸦片贸易再研究》,《近代史研究》,2002年第2期,第50页。

国的一家报纸上就有文章将鸦片贸易斥责为"可憎的、不道德的贸易"。① 英国人蒙哥马利·马丁（Montgomery Martin 1801—1883）这样写道："'奴隶贸易'比起'鸦片贸易'来，都要算是仁慈的。我们没有毁灭非洲人的肉体，因为我们的直接利益要求保持他们的生命；我们没有败坏他们的品格、腐蚀他们的思想，也没有毁灭他们的灵魂。可是鸦片贩子在腐蚀、败坏和毁灭了不幸的罪人的精神存在以后，还杀害他们的肉体……"② 然而，鸦片贸易带来的巨大的利润让贪婪的英国商人舍不得放弃这罪恶的贸易。清政府一直采取禁烟政策，但始终未能遏制这种加速中国走向衰败的鸦片贸易。

依靠对中国的鸦片输出，英国商人在中英贸易中获利巨大，他们在追逐利益的过程中早已背离了商业伦理。雷蒙·威廉斯认为："英国总体生活标准的提高主要依靠对千百万人——他们只被视作落后民族或土著——的剥削。"③ 鸦片贸易带来的巨大利润使英国的综合国力以及军事力量节节攀升。当中国统治阶级最终意识到鸦片贸易给国家带来的严重后果并开始厉行禁烟时，英国人就立即依靠其强大而先进的军事力量迫使中国屈服于他们的意志，中国随之陷于丧权辱国的苦难深渊。茶叶等"中国货"成就了英国的繁荣与昌盛，正如一位英国学者所说："如果没有茶叶，大英帝国和英国工业化就不会出现。如果没有茶叶常规供应，英国企业将会倒闭。"④ 然而，鸦片

① "British opium trade with China" from *the Leeds Mercury*. September 7th, 1839. E-Book. Birmingham：B. Hudson，printer，1840：6.
② 马克思：《鸦片贸易史》，见《马克思恩格斯选集》第 2 版第 1 卷，人民出版社，1995 年，第715 页。
③ 雷蒙·威廉斯：《乡村与城市》，韩子满等译，北京：商务印书馆，2013 年，第 386 页。
④ 仲伟民：《茶叶、鸦片贸易对 19 世纪中国经济的影响》，《南京大学学报》（人文社会科学版），2008 年第 2 期，第 113 页。

对于中国的影响却是毁灭性的。鸦片在摧毁中国人身体健康的同时,也近乎摧毁了这个国家。在一定程度上可以说,以"茶叶"和"鸦片"为主角的中英贸易改变了中、英两国的命运。

通过《续记》,我们知道笛福在 18 世纪初就有了把鸦片卖给中国人,然后用赚来的钱买茶叶等"中国货"的贸易思路,堪称英国的"商业奇才"。《续记》中没有所谓的大人物和宏观叙事,鲁滨逊也并非传统意义上的英雄人物,他只是一个想做买卖和发财的普通的英国商人。因此,这部小说中,大历史化为小历史,创造了历史和文学的双向互动。文学与历史的深刻内在关联充分体现在《续记》中,16—18世纪英国的海外扩张和贸易为新历史主义在历史与文学之间的对话提供了重要来源。作为英国新兴资产阶级的代言人,笛福以小说的虚构文本丰富了新历史主义的探索形式,从鲁滨逊的个人故事和小写历史入手,拓展了历史反思的维度。笛福在《续记》中对鲁滨逊海上贸易的详尽描述体现了他对自由贸易和海外贸易的极力倡导,反映了当时英国社会的政治和经济发展方向。英国的自由贸易的开展伴随着残酷的战争,它的自由贸易是建立在掠夺的基础上的,中英贸易,大西洋奴隶贸易和非洲象牙贸易等都足以证明这一点。也许 18世纪的启蒙思想和理性主义使英国商人和政客顾忌到"人性"和"理性"而未对不愿意与其开展贸易的中国付诸武力,然而,到了 19 世纪,工业和经济更加发达的英国人就彻底撕去了柔情的面纱,带着帝国统治者的傲慢用大炮让后者屈服于自己的安排。直至 19 世纪 30年代,很多英国人都认为,除了武力之外,没有什么可以改变中国人的"嫉妒和排外主义"。① 同时,清朝"康乾盛世"的结束和中英鸦片贸

---

① James L. Hevia, "The Macartney Embassy in the History of Sino-Western Relations", ed. Robert A. Bickers *Ritual & diplomacy: the Macartney mission to China 1792 - 1794*, 1993, 59 - 60.

易带给中国的衰败从事实上告诉人们：自大无知和闭关锁国会使一
个国家和民族丧失与世界一起腾飞的发展良机。正如新历史主义者
所说，也许历史和文学之间根本没有明确的界限，在文学中能够看到
历史，而历史中也有很多文学呈现。对《续记》中中英贸易问题以及
文本历史性和历史文本性的研究可以为我国当前倡导的"21 世纪海
上丝绸之路"发展战略提供依据和实践参考，能使人们深刻地认识文
学的教育功能，唤醒人们的历史意识，以史为鉴，使人们看到海洋及
航海贸易对大国和文明兴衰的深刻影响，意识到其与国家兴衰荣辱
相伴的经验教训。

第二节　"神圣的"渴望

16、17 世纪的英国社会从上到下已经形成了一个海外冒险投资
的共同体，最终演化为对外进行殖民扩张和奴役的帝国经济共同体。
英国海洋小说作家笔端的海洋叙事担当了历史赋予的时代角色，他
们从政治、经济、全球化等角度思考和审视海洋与民族国家之间的诸
多可能关系。地理大发现生发的全球化和海洋文化转向，滋生了海
洋文化的逻各斯中心主义，英国中心主义给殖民地和半殖民地人民
带来无尽的痛苦。①

巴里·昂斯沃斯（Barry Unsworth，1930—2012）是当代英国文
坛大师级作家，卓越的英国当代历史小说家，他的小说《神圣的渴望》
（*Sacred Hunger*，1992）一出版就引起了广泛关注，并与加拿大作家

---

① 刘立辉：《英国 16、17 世纪文学中的海洋叙事与民族国家想象》，《西南大学学报》（社会
科学版），2018 年第 3 期，第 130 页。

迈克尔·翁达杰的《英国病人》共同获得了 1992 年的布克奖。《神圣的渴望》以令人振奋的航海大冒险,性格鲜明的人物群像将读者带入 18 世纪英国邪恶贪婪的奴隶贸易历史中。《神圣的渴望》中,对于肯普以及像他一样的英国奴隶贸易商人来说,"利润"是"神圣的渴望"(sacred hunger),"它能证明所有一切都是正当的,使所有的目的神圣化。"①在他们看来,丰厚的利润能使所有罪恶的意图合理、合法,正如他们所从事的奴隶贸易。然而,敬畏和赞美上帝的欧洲人,在从事惨无人道的贩奴活动时竟是如此的平静和从容,并认为他们所做的是"神圣的",这难道不有悖于基督教义吗? 当置身于欧洲海外扩张、海外殖民的那个疯狂年代,这种被称之为"神圣的"渴望也许更容易被理解。正如叙述者在小说中所讲:"这个时代,追求个人财富被认为是天生的美德,因为这会增加整个社会的财富和福利"。② 聂珍钊教授指出:"……一个学说的建立之前,往往已经有思想的萌芽,而英国是功利主义思想的发源地。"③笛福曾写到:"每一个行动是否道德将取决于它的目的"④,而这里的"目的"指的就是功利性。通过小说,昂斯沃斯向读者描述了一种难以为现代人所接受的罪恶渴望。同时,这部小说彰显出作者对于 18 世纪英国商人对于金钱的非人性追求的强烈讽刺和批判,以及对于奴隶贸易残酷性的直白揭露和痛斥。

欧洲殖民者在长期贩卖黑人的过程中,逐渐形成一套一本万利的奴隶贸易制度。据统计,一次三角航程所需的时间平均下来是 18

① Barry Unsworth. *Sacred Hunger*. London:Penguin,2008:618.
② 巴里·昂斯沃斯:《神圣的渴望》,丁玲玲,金兰芬译,北京:清华大学出版社,2014 年,第 117 页.
③ 聂珍钊等:《英国文学的伦理学批评》,武汉:华中师范大学出版社,2007 年,第 284 页.
④ 笛福:《笛福文选》,徐世谷译,北京:商务印书馆,1984 年,第 74 页。

个月，奴隶贩子最高可获得 80％以上的利润。① 尽管西方的历史学家们对于贩奴的平均利润率一直争论不休，有的认为是 30％—40％，而有的则认为只有 7％左右②，但是获利丰厚是肯定的，否则横跨三大洲的奴隶贸易也不会繁荣一时。英国的奴隶贸易不但供养着西印度群岛的英国奴隶主，还在数个世纪里为英国本土的投资者、制造商，商人和工人带来了可观的收入。玛丽安·格温在其文章中写道："传统观点认为英国的奴隶贸易促进了商业精英阶层的崛起，但最近的研究更强调指出，奴隶贸易的利润被地主们又投入了实业和庄园的建设，英国各地的平民团体如纺织工、矿工、冶金工人和食品生产者也从中受益。"③雷蒙·威廉斯在他的名著《乡村与城市》中也提到：殖民过程创造出的财富在英格兰被转化成"乡村宅邸以及乡村宅邸式的生活方式"，隐藏其后的是"刻骨铭心的痛苦经历：蔗糖种植园的经历和奴隶贸易的经历"。④ 奴隶贸易使英国人获得了巨大利润，积累了资本，推动了英国产业革命的实现，正如马克思所说："没有奴隶制，就没有棉花，没有棉花，就没有现代工业。奴隶制使殖民地具有了价值，殖民地造成了世界贸易，而世界贸易则是大机器工业的必不可少的条件。"⑤

奴隶贸易使欧洲奴隶贩子却从中赚了大量钱财，促进了欧洲的

---

① David Richardson. "Profits in the Liverpool Slave Trade: the Accounts of William Davernport, 1757 - 1784". *Liverpool, the African slave trade, and abolition: essays to illustrate current knowledge and research*. Eds. Roger Thomas Anstey & P. E. H. Hair. Liverpool: Historic Society of Lancashire and Cheshire, 1989: 76 - 77.
② Kenneth Morgan. *Slavery, Atlantic Trade and the British Economy, 1660 - 1800*. Cambridge: Cambridge University Press, 2000: 36 - 48.
③ 玛丽安·格温：《追思与创伤——英国和奴隶贸易》，《国际博物馆》，译林出版社，2011年第 2 期。
④ 雷蒙·威廉斯：《乡村与城市》，韩子满等译，北京：商务印书馆，2013 年，第 389 页。
⑤ 马克思：《马克思致帕·瓦·安年科夫》，出自《马克思恩格斯选集》（第四卷），北京：人民出版社，1995 年，第 538 页。

繁荣,使美洲获得迅速的发展,然而给非洲带来的灾难则是空前绝后的。奴隶贸易是非洲历史上一段最黑暗的时期。首先是由于奴隶贸易所引起的战乱,加速了非洲文明古国诸如贝宁、刚果等国家的瓦解,阻碍了一些新的民族国家的形成;其次,奴隶贸易决定了非洲经济畸形发展的趋势,因为在大型奴隶买卖转运地区,人们抛弃了传统的手工业与农业,积极投入奴隶贸易,非洲农业、手工业发展受到阻碍;再次,奴隶贸易夺走了无数非洲人的生命,其中包括在奴隶贸易战争、奴隶商队及"中段航程"等各时期死亡的人数。[1] 人口流失也使非洲大部分地方一片荒凉。因此,西方一些学者将奴隶贸易称之为"非洲大屠杀"(the African holocaust)[2]。

奴隶贸易时期的英国商人在追逐利益的过程中早已背离了商业伦理,整个社会唯利是图、钻营投机的行为风行一时,崩塌的商业伦理已经极度地扭曲了人性。威廉斯认为:"英国总体生活标准的提高主要依靠对千百万人——他们只被视作落后民族或土著——的剥削。"[3]虽然18世纪的笛福还在为贩奴活动呐喊助威,但是19世纪末的康拉德已开始谴责白人在非洲的掠夺和屠杀,当代作家昂斯沃斯更是勇敢地正视这段历史并大胆地揭露和批判它。

在《神圣的渴望》中,小说与历史水乳交融的关系得以充分展现,正如我国学者王艳萍所说,英国当代历史小说家们在创作中所表现出来的历史与文学的交融关系与新历史主义者的思想不谋而

---

① 高照明:《奴隶贸易对非洲和欧美的影响》,《山西师大学报》(社会科学版),1995 年第 4 期。

② Elizabeth Kowaleski Wallace. *The British Slave Trade & Public Memory*. New York: Columbia University Press,2006:27.

③ 雷蒙·威廉斯:《乡村与城市》,韩子满等译,北京:商务印书馆,2013 年,第 386 页。

合。① 小说以序言中老奴隶卢瑟为线索引出了小说所叙述的奴隶贸易这段历史："他总是在述说：讲述一艘利物浦的船，在船上当医生、永远活在他心中的白人父亲；在阳光普照的地方度过的美好童年；丛林丘岗，从洪水漫过的热带草原上飞起的大批白鹭；白人和黑人和谐生活（white and black lived together in perfect accord）的村落。"②他所指的船就是"利物浦商人"号，一艘"注定要从事大西洋贸易"③，也就是奴隶贸易的船。这艘船体现出当时利物浦船只的特别之处——船尾造得很高，有利于"后甲板上的回转机枪能更轻易地"、"能更便捷地置于他们的腰间以镇压奴隶反抗"，同时，"船身很宽、船舱很深、横杆加厚，使得奴隶跳船自杀的难度加大"④。小说对当时很多人都参与的大西洋奴隶贸易进行了较为细致的解释：

> 除了帕里斯之外，在场的都是利物浦人，几乎没有人不知道所谓的三角贸易——将便宜的贸易物资运至非洲换取黑人，再将黑人运去美洲或西印度群岛贩卖，所得收入用来购买朗姆酒、烟草和糖，然后运回英国甩卖。在某种程度上，他们中的大部分人，不管是生产商、经纪人还是批发商，都参与过这种贸易。⑤

---

① 王艳萍：《用故事建构历史——格雷厄姆·斯威夫特〈洼地〉的新历史主义解读》，《国外文学》，2017 年第 3 期，第 103 页。
② 巴里·昂斯沃斯：《神圣的渴望》，丁玲玲，金兰芬译，北京：清华大学出版社，2014 年，第 1 页。
③ 巴里·昂斯沃斯：《神圣的渴望》，丁玲玲，金兰芬译，北京：清华大学出版社，2014 年，第 9 页。
④ 巴里·昂斯沃斯：《神圣的渴望》，丁玲玲，金兰芬译，北京：清华大学出版社，2014 年，第 9 页。
⑤ 巴里·昂斯沃斯：《神圣的渴望》，丁玲玲，金兰芬译，北京：清华大学出版社，2014 年，第 14 页。

  这里的"三角贸易"指的就是大西洋奴隶贸易,因为它牵扯到三个区域或港口。其贸易路线起源于现在的欧洲,欧洲殖民者用船载着兰姆酒、武器和棉布等来到西非(这段航程称之为出程),用这些货物交换大批奴隶,然后将奴隶运往美洲卖掉(这段航程称之为中程),最后购买美洲殖民地的银、砂糖和棉花等带回欧洲(这段航程称之为归程)。大西洋奴隶贸易是造成黑人除了分布在非洲同时也分布在其它大洲的主要原因,给他们带来了奴役和苦难,并导致了非洲的落后与贫穷。正如小说的叙述者告诉读者的那样:奴隶贸易是"世界上前所未有的最大的商业冒险,其规模之大迄今都难以想象",它将会"改变历史,带来死亡、堕落和利润"。①

  英国的奴隶贸易与海外扩张紧密相连。英国的海外扩张之路自都铎王朝统治时期就已开启,其后的英国统治者们将拓展海外贸易、争夺海上霸权与开发殖民地三者紧密结合,互为作用,铸就了英帝国的繁荣与强大。而这其中的海外贸易就包括了奴隶贸易,即以奴隶作为商品的贸易。英国自1660年到1821年先后成立了四家经营非洲奴隶贸易的特许公司,最初公司对奴隶贸易拥有垄断权,但是到了1698年,其垄断权被取消,所有商人都可以进行奴隶贸易,但要缴纳货物值10%的税金。1712年,英国政府废除了收税金的办法,从此,英国所有臣民均可自由参与贩奴,使英国的贩奴活动达到了高潮。② 商人们纷纷投资,普通老百姓也纷纷集资从事这项冒险而又暴力的贸易。在小说中的第一部分,英国商人肯普信心满满地告诉聚会上的宾客们,非洲贸易有利可图,1752年可能成为最佳、最兴盛的

---

① 巴里·昂斯沃斯:《神圣的渴望》,丁玲玲,金兰芬译,北京:清华大学出版社,2014年,第97页。

② 详见杨瑛:《英国奴隶贸易的兴衰》,《河北大学学报》(哲学社会科学版),1985年第1期,第125—129页。

时期："既然战争已经结束，既然皇家非洲公司已经丧失特权及其垄断经营权，既然我们可以去非洲从事贸易而无须向伦敦那些该死的无赖支付税金……"①肯普的话反映出当时英国人，特别是英国商人对于非洲奴隶贸易的热情。这也是为什么肯普愿意花大价钱自己造船来从事奴隶贸易的原因。这不禁使人联想到伯纳德·曼德维尔（Bernard Mandeville，1670—1733）及其著作《蜜蜂的寓言》（*The Fable of the Bees*）。曼德维尔的"私人恶德即公众利益"（Private vices，public benefits）成了人类经济活动和经济实践中无法摆脱的噩梦。此时，众多英国人参与的奴隶贸易恰恰印证了他的这一悖论。

可以说，奴隶贸易是英国历史的重要部分。对奴隶的捕捉和贩卖似乎成为了人们普遍参与和发财的行动，这一点从英国的经典海洋小说中就可窥一斑。例如，鲁滨逊早已以原始积累时期资产阶级创业者的真实形象深入人心，而人们对他的评价褒贬不一，但是有一点是肯定的，那就是这个人物印证了英国积极参与贩奴活动，而贩奴是它资本原始积累的重要来源这一事实。在《鲁滨逊漂流记》第一章，想发财的鲁滨逊以六十西班牙银币的价格卖掉了他的黑奴，并与他熟识的商人和种植园主们兴致勃勃地谈论贩卖黑奴的事情，并计划装备一条前往非洲海岸——几内亚的船，因为几内亚海岸可以买到或换到大量黑奴："在巴西，当时正需要大量的黑奴劳动力。我谈到这些情况时，他们总注意听着，他们尤其注意的，是有关购买黑奴的情况，因为在当时，干黑奴这一行当的人还不多，而且干的人必须得到西班牙、葡萄牙国王的特许状，带有国家垄断的性质，所以被贩

---

① 巴里·昂斯沃斯：《神圣的渴望》，丁玲玲，金兰芬译，北京：清华大学出版社，2014 年，第 12 页。

卖到巴西来的黑奴数目不大而价格高昂。"①在笛福的另外一部海洋小说《辛格顿船长》中，主人公有一次看到一条船在海上漂泊，好像无人驾驶，航行过去登船一查究竟，原来是一船黑奴，因为受不了白人的虐待，全体起义，战胜了白人，但不懂驾驶方法，只能随风漂泊。辛格顿船长取得了这一船黑奴，便航行到南美，卖得个好价钱，发了一大笔横财。

《神圣的渴望》打破了事实和故事、真实和虚构之间存在的界限，使前者和后者你中有我、我中有你。小说中，肯普造的船被命名为"利物浦商人"号，这与当时的历史形成映射，具有深刻的文化历史内涵。历史上，英国有许多港口参与了奴隶贸易，最重要的有三个，伦敦（1660—1720），布里斯托（1720—1740）和利物浦（1740—1807）。而且，在1799年之后只有从这三个港口出入的船只才能进行奴隶贸易。直到16世纪中叶，利物浦还只是一个人口只有500人的小镇，到1650年英国内战后，利物浦贸易和居民人数才开始缓慢增长。1698年英国取消特许状，1699年利物浦商人的第一艘奴隶船驶向非洲，从此，从利物浦开出的贩奴船多如牛毛，利物浦港和奴隶商人获得了丰厚的利润。有人形容，利物浦的主要街道是用非洲奴隶的锁链开辟出来的，楼房的墙壁是用非洲奴隶的鲜血粉刷的。到18世纪末，利物浦控制了欧洲41%，英国80%的奴隶贸易；从1748至1784年，平均每年有60条船从利物浦出发去非洲贩奴。② 正是由于与奴隶贸易相关的海上贸易的兴旺，18世纪利物浦的人口增长最为迅

---

① Daniel Defoe. *The Life and Adventures of Robinson Crusoe*. London: Penguin, 1965: 59.

② David Richardson. "Profits in the Liverpool Slave Trade: the Accounts of William Davernport, 1757-1784". *Liverpool, the African slave trade, and abolition: essays to illustrate current knowledge and research*. Eds. Roger Thomas Anstey & P. E. H. Hair. Liverpool: Historic Society of Lancashire and Cheshire, 1989: 60-90.

速,80％为外来人口的移入,20％为自然增长,1708 年它的居民为
7000 人,到了 1773 年人口超过 34000 人,到 1801 年达到 77000
人。① 正像小说中所说:"利物浦的未来取决于非洲贸易"②,如果没
有奴隶贸易,利物浦就不会从一个小乡镇变成大城市。肯尼斯·摩
根说:"18 世纪英国商业历史最著名的特征之一就是利物浦作为奴
隶贸易港口的声望。"③

　　昂斯沃斯尤其擅长对历史的还原,他以冷静的眼光观察和描述
了英国人参与的这段世界历史。《神圣的渴望》体现出他丰富的历史
学、人类学和经济学等方面的知识。小说的历史性在于它关注 18 世
纪的奴隶贸易历史,客观真实地展现了这一时期英国及非洲等的社
会特征和生活原貌。小说的叙述者告诉读者,黑人是"贵重的商
品"④(valuable merchandise),因此,船长瑟索要确保每个买到的奴
隶在交货时的身体状况是最佳的。奴隶贸易早在古代奴隶社会中各
个奴隶主之间即有发生,然而在现代的奴隶贸易中,为什么非洲人
(黑人)成为"贵重商品"遭受奴役并被贩运到美洲,而不是其他种族
的人?

　　当美洲的殖民地需要大量劳动力时,欧洲殖民者也曾想过将大
量白人输送到美洲做契约工,但是由于诸多原因而未能实现。首先,
在黑死病之后,欧洲人口增长缓慢。其次,14、15 世纪,欧洲商品经

---

① M. J Power. "The Growth of Liverpool". *Popular Politics*, *Riot and Labour*: *essays in Liverpool history*, *1790 - 1940*. Ed. John Belchem. Liverpool: Liverpool University Press, 1992: 21 - 37.

② 巴里·昂斯沃斯:《神圣的渴望》,丁玲玲,金兰芬译,北京:清华大学出版社,2014 年,第 13 页。

③ Kenneth Morgan. "Liverpool's Dominance in the British Slave Trade, 1740 - 1807". *Liverpool and Transatlantic Slavery*. Eds. David Richardson et al. Liverpool: Liverpool University Press, 2007: 14.

④ 巴里·昂斯沃斯:《神圣的渴望》,丁玲玲,金兰芬译,北京:清华大学出版社,2014 年,第 158 页。

济的发展促使资本主义萌芽出现,而资本主义工商业的发展提供了很多经济机会,因此欧洲人不需要去海外谋生。第三,战争使欧洲的军队需要招募大量人员从军,如欧洲的八十年战争(1568—1648)、三十年战争(1618—1648)和英国资产阶级革命(1640—1688)等都招募了大量男性平民,而战争的后果是人的死亡和人口锐减。最后,去美洲的路费昂贵,海上航行的安全性也令人担忧,而且白种人到了美洲也很难适应那里炎热的气候。美洲本土的印第安人也曾是欧洲殖民者考虑的劳动力,但是,印第安人对欧洲人带来的传染病几乎没有抵御力,例如对于欧洲传染过来的天花,当地人毫无免疫力,造成人口大量减少,加之他们对故土的依恋使西班牙和葡萄牙人放弃了对他们的奴役。非洲黑人本身居住在热带地区,因此比较适合美洲的炎热气候,而且亲戚和血缘关系也似乎不那么强烈,还有非洲社会本身的一些因素使欧洲人最终选择大量贩运非洲人到美洲。[1]

昂斯沃斯的《神圣的渴望》就如一部详实而形象的历史书,真实地呈现了 18 世纪奴隶贸易过程中的各种历史元素。小说告诉我们奴隶的来源:"一些是战争的俘虏,其他人是家庭奴隶,现在被他们的主人卖掉来偿还债务或是作为结婚嫁妆的一部分",但是"还有一些是被当地的奴隶商人抓住的"。[2] 非洲当时由很多部落组成,各部落之间经常发生战争,战败的一方有很多俘虏都沦为了战胜方的奴隶。所以欧洲人可以很容易的买到大量奴隶,另外,欧洲人带着自己生产的工业品如武器和棉布等去非洲购买奴隶,而他们带来的经济利益使非洲人之间产生战争,也有的部落为了通过卖出奴隶获利而故意

---

[1] Herbert S Klein. *The Atlantic Slave Trade*. Cambridge: Cambridge University Press, 1999: 15 - 18.

[2] 巴里·昂斯沃斯:《神圣的渴望》,丁玲玲,金兰芬译,北京:清华大学出版社,2014 年,第 209—210 页。

挑起战争，因此，白人对奴隶的需求直接或间接地造成了战俘的产生，这些战俘作为奴隶被卖掉。然而，当战俘也无法满足对奴隶的需求时，袭击和掠走手无寸铁的农民就成为了一种常规。① 这也使得非洲大量可耕种的良田成为荒地。

　　然而，作为"贵重商品"的奴隶在贩奴船上并没有得到精心的对待。跨大西洋的奴隶贸易从 16 世纪延续至 19 世纪，为时约 350 年。据统计，在 16 世纪末和 17 世纪贩奴船上奴隶的死亡率平均是 20％，到了 18 世纪末期才降到了 10％以下。② 在奴隶贸易中，英国一直占据着重要的位置，它虽然不是最早贩卖非洲黑奴的国家，但是它后来却成为最主要的奴隶贸易国家。据估计，从 1662 年到 1807 年，英国商人贩运了大约 310 万非洲奴隶到英属殖民地以及北美、南美和加勒比海地区，最终 270 万抵达目的地，也就是说其中有 40 万人在贩运过程中就饿死、病死或由于其他原因死亡了。贩奴船只拼命超载，因为装载的奴隶越多，贩运者的利润越大。昂斯沃斯在小说中描述到："现在奴隶的数量迅猛增加，在甲板下的加固期间，他们的居住区域恶臭无比。"③贩奴船上的饮水、伙食和卫生条件极差，奴隶们忍饥挨饿，口干舌燥，疾病流行，并遭受船长和船员的虐待，女奴还会遭到船员强奸。在船上缺的是粮食，多的是疾病，卫生设施形同虚设，洗漱、排泄物容器全挤在居住区：

　　　　黑人因食物匮乏身体衰弱了许多，很多人还染上了痢疾，他

---

① Herbert S Klein. *The Atlantic Slave Trade*. Cambridge：Cambridge University Press，1999：71.
② Herbert S Klein. *The Atlantic Slave Trade*. Cambridge：Cambridge University Press，1999：136.
③ 巴里·昂斯沃斯：《神圣的渴望》，丁玲玲，金兰芬译，北京：清华大学出版社，2014 年，第 218 页。

们所承受的苦难是骇人听闻的。不久,他们的房间就变得闷热难耐。由于缺乏氧气,禁闭的空间令人窒息,再加上这么多人紧密的挤在一块儿,他们不停地呼吸、流汗、排泄,整个房间臭气熏天。他们的住所净高不过两英尺,栖身的木板并未刨平,当他们在闷热窒息的黑暗处无助翻滚时,粗糙的板面从他们的背上或是体侧撕下一层皮。每逢狂风过后,帕里斯都能听到他们的呼救声和发狂的哭喊声,有时还能看见窗栅上冒着热气。

……在帕里斯看来,这个地方就像是地狱般的屠宰场。房间的地板布满了血迹和黏液——这是痢疾造成的——地板打滑,每走一步都充满危险。[①]

贩奴船的确就是"漂浮的地狱"。1796 年,一艘利物浦的奴隶船因为风暴的导致航行在海上拖延太久,这个过程中有 128 名奴隶饿死,6 个月的航行结束时只有 40 人存活下来,船主也因此获得了保险赔偿。[②] 奴隶在流行病发生时出现一些症状,或是食物或水不够时,往往会被扔进大海以获得保险赔偿金。1781 年,一艘"桑格"号(Zong)奴隶船由于航线错误造成缺水,船长和船员将 113 名奴隶活着扔入大海。遭遇同样的情形,《神圣的渴望》中贩奴船船长瑟索的做法也是如出一辙,因为他知道"因所谓自然原因而在船上挣扎的货物一文不值,而因充分良好的理由被抛入大海的货物则属于合法投弃物,可以从保险公司索赔百分之三十的市价"[③]。

---

① 巴里·昂斯沃斯:《神圣的渴望》,丁玲玲,金兰芬译,北京:清华大学出版社,2014 年,第 283 页。

② James Walvin. *Black Ivory*: *Slavery in the British Empire* (2ⁿᵈ ed). Oxford: Blackwell Publishers, 2001: 19.

③ 巴里·昂斯沃斯:《神圣的渴望》,丁玲玲,金兰芬译,北京:清华大学出版社,2014 年,第 284 页。

当"利物浦商人"号的船长瑟索残忍地将患病的奴隶扔入大海时，船上的医生帕里斯和水手奋起反抗他的暴行，并带着奴隶们逃往人迹罕见的荒岛，并在那里建立了自己的"乌托邦"，生活了十二年："海岸后方某处有个村落，白人和黑人共同生活，他们没有首领"①。昂斯沃斯在小说中对于这个"白人和黑人和谐生活的村落"的想象和构建体现出文学文本根植于社会和政治话语之中——这一新历史主义观点。帕里斯和水手的行为在奴隶贸易时期被认为是一种"叛变"②，白人和黑人共同生活的情景也不可想象。然而，在倡导各种族平等的今天，作者昂斯沃斯通过对这个"和谐村落"的描述反映了当代社会的关切，并构成了文本本身的必要元素和精彩篇章。历史与文本都是具有想象因素的存在，都是叙事的产物，如海登·怀特所说："历史的语言虚构形式同文学上的语言虚构有许多相同的地方。"③我国学者石坚和王欣认为，文学是某特定历史时刻具有活力和创造力的一部分，历史也不再被认为是僵硬的事实或文学产生的背景，两者作为社会权力结构中的话语，互相交流和对话。④

小说中，当"利物浦商人"号进入非洲的时候，读者的视界就与康拉德《黑暗的心》形成了超时空的链接。康拉德的《黑暗的心》描述了英国人在非洲所从事的象牙贸易，伴随这种贸易的仍然是对于非洲人的剥削和奴役。虽然这个时期奴隶贸易已被废除，但是非洲黑人仍然像奴隶般和动物般地对待："六个黑人排成一排，吃力地沿着那

---

① 巴里·昂斯沃斯：《神圣的渴望》，丁玲玲，金兰分译，北京：清华大学出版社，2014 年，第 318 页。

② 巴里·昂斯沃斯：《神圣的渴望》，丁玲玲，金兰芬译，北京：清华大学出版社，2014 年，第 320 页。

③ 海登·怀特：《作为文学虚构的历史文本》，出自《新历史主义与文学批评》. 张京媛主编，北京大学出版社，1993 年，第 161 页。

④ 石坚、王欣：《似是故人来——新历史主义视角下的 20 世纪英美文学》，重庆：重庆大学出版社，2008 年，第 5 页。

条小道往上爬去。他们都直着身子慢慢走着，头上顶着装满泥土的小筐。……每个人的脖子上都套着个脖圈，把他们全拴在一起的铁链在他面前之间晃动着，有节奏地地发出哐啷声"。① 这些人正在修建铁路，"所有那些人干瘪的胸脯一起随着气息起伏，使劲张开的鼻孔翕动着，无神的眼睛全都望着山上"。② 他们不是罪犯，而是"让人完全合法地从海岸深处各个角落里弄出来"，若生病了，失去工作能力，"才能获得允许"，爬到树荫下慢慢死去。③ 康拉德在小说里呈现的似乎是地狱里的场景，给人一种他本人也深深体会的"强烈的'噩梦般的感觉'"④。而英国殖民者前往非洲，所做的这一切包括对于黑人的奴役都源于一个目的："为了赚钱"⑤。这种强烈欲望，即所谓"神圣的"渴望，使他们变成暴力及贪婪的魔鬼。在他们的掠夺奴役下，非洲丛林里村舍凋蔽，饿殍遍野，一片阴森恐怖。

《神圣的渴望》中奴隶们在被送上船只运走之前会被关在贸易站的地牢里。送上船后，他们被戴上镣铐，关在甲板下的底舱。小说中对"利物浦商人"号在装满奴隶后起航时的描写令人难忘：

> 当船接触到深海区滚滚海浪时，船移动的节奏发生了变化，在散发恶臭的黑暗狭窄的底舱，奴隶们知道他们失去了回家的全部希望，因而忧伤绝望地大声呼喊。呼喊声经由水传到停泊区的其他船只，那些船上被关在底舱的奴隶听到了呼喊声，便用狂野的呼喊和尖叫回应。所以，对于沿岸村庄里醒着躺在床上

① Joseph Conrad. *Heart of darkness*. London：Penguin，2007：18.
② Joseph Conrad. *Heart of darkness*. London：Penguin，2007：18.
③ Joseph Conrad. *Heart of darkness*. London：Penguin，2007：20.
④ Owen Knowles. Introduction. *Heart of darkness*. Joseph Conrad. London：Penguin，2007：XV.
⑤ Joseph Conrad. *Heart of darkness*. London：Penguin，2007：24.

的人们和孤独的渔夫来说，黎明前有一段时间，黑夜里回荡着恸
哭声。①

很多黑奴上船后尽管挨鞭打也拒绝进食，希望饿死，因为"他们
认为死后就可以回到自己的国家"②。生病和饿死的黑人被扔出船
外，抛入大海。从《神圣的渴望》中读者明白了英国贩奴商人所享受
的锦衣玉食的生活是如何用悲惨而痛苦的奴隶的生命换来的，正如
小说主人公帕里斯绞尽脑汁地思考着"俘获奴隶和他表弟伊拉斯
谟·肯普购买一条新领带或者他姨夫举办晚宴之间复杂的交易链
条"③。而对于这位表弟来说，"美德仅仅意味着裁剪精致的服饰、令
人骄傲的仪表，以及银行里的金钱"④。通过昂斯沃斯的小说，读者深
深地意识到贩卖奴隶的英国商船上充满了黑奴的血泪，而奴隶贩子
所谓"神圣的"渴望，事实上是邪恶而无耻的，因为它是以非洲黑人的
奴役和苦难为代价的。

文学与历史、现实与虚构、事实与故事是交织杂糅在一起的。小
说和历史一样，"都是一种叙事，都具有文本性和人为建构性"，两者
的区别在于，小说的叙述"更注重个人主体对历史的理解和重新阐
释"。⑤ 昂斯沃斯对《神圣的渴望》的创作可谓独出心裁，他自由地穿
梭在小说与历史之间，以所处时代的眼光完成了对文本再现历史的

① 巴里·昂斯沃斯：《神圣的渴望》，丁玲玲，金兰芬译，北京：清华大学出版社，2014 年，
第 222 页。
② 巴里·昂斯沃斯：《神圣的渴望》，丁玲玲，金兰芬译，北京：清华大学出版社，2014 年，
第 210 页。
③ 巴里·昂斯沃斯：《神圣的渴望》，丁玲玲，金兰芬译，北京：清华大学出版社，2014 年，
第 196 页。
④ Barry Unsworth. *Sacred Hunger*. London：Penguin，2008：618.
⑤ 王艳萍：《用故事建构历史——格雷厄姆·斯威夫特〈洼地〉的新历史主义解读》，《国外
文学》，2017 年第 3 期，第 110 页。

想象、反讽与批判，以虚构文本丰富了新历史主义的探索形式。文学与历史的深刻关联充分体现在这部小说中，他在小说中对于"白人和黑人和谐生活"的美好描绘和想象，以及从个人故事和小说历史入手的书写拓展了历史反思的维度。本书提醒读者要充分注意英国的海外贸易，特别是奴隶贸易的开展伴随着残酷的压迫和剥削，是建立在掠夺基础上的。通过对《神圣的渴望》中奴隶贸易书写以及文本历史性和历史文本性的研究，本书希望有助于唤醒人们的历史意识，实现文学与历史的互动，启发人们从政治和经济视域阅读文学作品、观察历史和现实，并培育大众对不合理的体制和思想的批判精神和变革意识。

结　语

　　在很大程度上,民族和国家是文学研究中我们无法回避,必须涉及的视域,因为"文学具有敏锐的时代洞察力,常常能快速捕捉到世情变化的蛛丝马迹,感受到隐匿于社会内部的深层危机,是解读时代风云变换的晴雨表"。① 丰富而悠远的英国海洋小说传统承载着英吉利民族在不同历史进程中的精神和理想,映射出这个海洋民族对未来生活的想象和向往。英国海洋小说弘扬了英国的海洋文化和传统,强调了英国的海洋属性。英国的发展同大海具有密切的联系和深厚的渊源,这个国家可以说是因海而生,凭海而立,依海而兴。英吉利的民族性格天生就是海洋性的,大英帝国的发展一直就充满着海洋之梦。所谓海洋性格或属性,"主要是针对较平和的、倾向团结统一的大陆性格而言的,具有海洋属性的民族倾向于形成自由独行、对外扩张、崇尚冒险与竞争等攻击性格"。② 英国海洋小说中着力刻画了具有海洋秉性的人物群像,强调了英国独特的海洋特性和海洋形态。通过阅读这些作品,读者可以了解英国的海洋特性和传统,熟识英国的海洋秉性。

　　英国海洋小说反映了世界各国海上争霸的局面,英国的海上霸

---

① 孙红卫:《民族》,北京:外语教学与研究出版社,2019 年,第 176 页。
② 段波:《库柏小说中的海洋民族主义思想探析》,《外国文学研究》,2011 年第 5 期,第100—101 页。

主地位虽然已辉煌不再,但依然表现出强烈的海权意识。英国海洋小说成为英国民族主义的展示平台,海洋民族主义和英雄主义成为英吉利民族认同和民族凝聚力的纽带和支柱。从15世纪地理大发现和资本主义关系开始萌芽以来,海洋一直就与欧洲,特别是英国的历史和现在紧密相连。从17世纪开始,英国就通过海洋展开大规模海外殖民的热潮,到19世纪维多利亚女王时代它已成为不可一世的"日不落帝国"。社会生活的日益发展丝毫没有使英国人对海外奇闻、对荒岛探险减少兴趣。第一次世界大战彻底改变了人们对世界、对社会、对人类的看法,海洋和岛屿成为海洋小说家表现人性的舞台。到了当代,英国社会已经发生了根本的变化,不少以海军和海上战争为题材的海洋小说受到读者的欢迎。英国海洋小说的长期持续繁荣是由其国家的社会政治背景所决定的,带有明显的社会功利性,在很大程度上反映了社会的变迁、盛衰及人们思想观念的演变,因而具有差异性和阶段性。

英国海洋小说所取得的巨大成功,无疑是其他任何一个国家都望尘莫及的。虽然以往的西班牙、葡萄牙航海也比较盛行,但是出于地域文化的局限性,他们的文学并没有得到多大的发展。综观英国文学发展史,航海热潮的疯狂盛行导致了海洋文学的空前繁荣,而涌现出来的大量的关于航海探险和部分作家亲身经历的游记叙述,又大大刺激了航海的盛行,这种航海与文学相互刺激并共同发展的局面,在世界文学史上是独一无二的。用勃兰兑斯的话说,英国作家一直是海洋景色"最佳的描绘者和解释者"①。

通过对英国海洋小说及其发展历史的研究,我们发现,在内容上

---

① 高艳丽:《大海边的缪斯》,出自左金梅:《女性主义视域下的英国浪漫主义诗人》,济南:山东友谊出版社,2009年,第36页。

18 和 19 世纪的英国海洋小说不仅真实而生动地呈现了英国的海洋探险和海外殖民,还在作品中大力地宣扬了优秀水手的品质,如勇气责任、合作精神、自主能力、平等意识和自由精神等;从 19 世纪末期开始至今,英国海洋小说开始表现人类对大海等自然环境的友善、关注和认同的和谐共存理念,传达了超前的海洋生态意识。人们征服大自然、改造大自然的行为在小说家的笔下有所淡化,海洋小说中深沉的反思和忧患意识的增强,传达着与过去不同的情感和更加美好的意蕴。在人物塑造方面,英国海洋小说,特别是 18 和 19 世纪的作品充满了"优秀"、能干的殖民者的形象,而异族则是低劣和丑陋的,是需要被殖民的、被教化的。另外,早期作品中很少有女性角色或者根本没有女性的影子,这也正是殖民主义文学的特点之一:以男性为中心,少有女性的位置,因为当时的英国人普遍认为,殖民地的拓展、帝国的建设是男人的事业。英国海洋小说中女性形象从缺失与隐形到配角与失语,再到主角与女性精神的彰显这一演变过程生动、真实地反映和展示了英国乃至世界社会历史文化生活的进步与发展。在艺术手法上,18 和 19 世纪的英国海洋小说家借助于海洋和航行等意象着重海上冒险的描写、帝国意识的探究和和英国民族精神的建构,而到了 20 世纪,他们开始使用这些意象展示人物的精神世界。

从英国海洋小说中我们还可以看出人们的海洋意识经历了一个由惧海、渴望征服海洋向亲海和希望与海洋和谐相处的变化历程。在海洋生态资源遭到严重破坏的今天,从文学作品中汲取生态精神是挽救人类与地球的途径之一,因为"文学家似乎比政治家、经济学家和普通百姓更早更清醒地意识到人类一味向大海索取和无限地开发大海可能带来的危险"①。

英国海洋小说家眼中的大海不仅是创作灵感的源泉,更是反映民族性格和民族文化的一面镜子。像英国这样的海洋国家的人们"有更多的机会见到语言、风俗都不同的他族人民","习惯于变化,对新奇的事物并不惧怕,而且为了货物得以销售,他们必须对所造的货物不断创新"。② 正如我国著名学者冯友兰所说:"西方的工业革命首先发生在英国这样一个靠贸易维持繁荣的海洋国家,不是偶然的。"③英国,在人类历史上作为一个小国,远离文明的中心,却领先走进了一种新文明,这其中有其必然性,而其中的缘由,如制度文明、民族特性等,有待一代代的学者们去探求。了解和学习英国海洋小说会使我们对英国,乃至其他的海洋国家历史、文化、民风和民俗具有更深入的体会和认识。不同于军事征战,文化的作用总是有着一种"随风潜入夜,润物细无声"的特色。④ 虽然历史上的英国时代已经过去了,但英国开创的文明却仍在继续;人们对英国的兴趣也许会淡薄,但对它开创的文明,却挥之不去。⑤ 实际上,研习外国文学,当然包括英国文学在内,是一次次精神上的往返之旅。我们在本土文化与外族文化之间穿梭,不知不觉完成了一次次的旅程。英国海洋小说作家从不同侧面书写其民族性,共同体的价值观和文化自信,为我国的民族和国家认同研究提供借鉴和启示。

海上活动和对于海洋的深厚情感构成了英吉利民族最重要的民族行为和情感。英国海洋小说中以海洋、海岛、商船和军舰等为活动

---

① 王松林,芮渝萍主编:《英美海洋文学作品选读》,上海:上海交通大学出版社,2011年,(序)第 6 页。
② 冯友兰:《中国哲学简史》,赵复三译,北京:世界图书出版公司,2011年,第 22 页。
③ 冯友兰:《中国哲学简史》,赵复三译,北京:世界图书出版公司,2011年,第 22 页。
④ 钱乘旦、许洁明:《英国通史》,上海:上海社会科学院出版社,2018年,第 21 页。
⑤ 钱乘旦、许洁明:《英国通史》,上海:上海社会科学院出版社,2018年,第 357 页。

舞台展开的故事使其具有集体文本的性质,是英吉利民族存储集体记忆的载体,具有集体记忆"循环媒介"的功能。海洋是英吉利民族的记忆场,作为空间,它充当的是"时间的储存器",它在回忆者内心唤起的是一种熟悉感和认同感。大海成为英格兰民族性的隐喻的代表特征。英国海洋小说中对于惊险刺激的海上生活和航海经历的描写对英吉利民族价值观的形成和文化自信发挥作用,参与了文化记忆(集体记忆)的建构。英国海洋小说中主人公的海外冒险暗示着英国的帝国梦想,张扬着其文化自信,表征着情感认同、利益认同和价值认同。英帝国建设者们在创业过程中培养起来的敢于冒险、积极进取的品质和精神对我国实现民族复兴,建设不称霸的海洋强国提供参考和借鉴;但是在多元文化并存的当今世界,我们更应强调国与国之间的彼此尊重,提倡一种交流对话和多元共生的文化话语和权力观。

　　民族形象,特别是民族英雄形象的建构和示范作用对于国家认同和文化自信的树立起着重要作用。英国海洋小说中的典型形象,如鲁滨逊、辛格顿船长和海盗船长克利夫兰等承载着民族文化的特殊记忆。他们彰显了英国的殖民和帝国梦想,是英国早期资本主义殖民者的典型。他们在海外奋斗并最终获取财富的传奇般经历,激发了英国人的想象和崇拜。在英国,"水手"、"海盗"和商船等是影响久远的文化符号、记忆形象,具有典型的象征意义和明确的价值指向性。这些记忆形象体现着英吉利民族海外冒险和进取精神的崇尚,承载着整个民族的记忆,是历史的缩影,从而具有身份认同的意义。同样,海军、水兵和军舰等同样是英国重要的文化符号,他们代表了海洋民族主义和爱国主义精神。现当代海洋小说中的水手和船长等正直、勇敢、聪明、富有冒险精神并时刻反思人生,他们在英国海军历练和成长的故事成为粘合民族共同体的凝聚力。随着一战和二战后英帝国的衰落,许多和英国民族身份相联系的特征或是消失,或是经历了剧烈的转型。面临着多元文化以及美国化的挑战,英雄故事的重塑与再造的主要目标就是为了树立民族形象,彰显民族个性,扩大民族认同。与此同时,我们作为读者,对于英国海洋小说中对于殖民英雄的崇拜情结和异域书写,即对异族形象的贬低和丑化以反衬"英格兰性"的叙事应保持清醒的认识。像鲁滨逊等这些早期的殖民者身上大胆冒险和孜孜进取的精神,他们遇到困难不怕艰险、保持乐观和积极应对的态度值得我们学习,但是他们的"白人至上论"和"西方中心主义"等文化优越感和文化偏见应受到批判。

国家认同和文化自信应生活情境所需历经长期培养;作为记忆文化中最具英国特色的基本概念,"理性思维"、"科学精神"、"进取精神"和"社会责任"等所包括的内涵与英国现代国家形成的复杂过程以及英吉利民族认同和文化自信有着密切联系。英国海洋小说的主人公们海上和水中的经历激发了英国青少年强烈的好奇心和执着的探索精神,培养了他们民主平等的观念,教会了他们对其他生物的尊重并坦然接受人类在自然界中的位置,培育了他们对生活的乐观精神。英国作家选取大海作为人物成长的舞台是再合适不过了。在英国海洋小说中,海上生活的细节被作者们自然地融入人物学习的场景之中,小主人公诚信友善、坚韧克己和合作担当等优秀品质的培养以对海洋、荒岛和海洋生物等自然世界和海船生活的认识为途径。儿童及青少年在大海上接受的种种考验是他们成长的必经仪式。英国海洋小说中融入和彰显着作家所处时代的教育理念,如达尔文的《物种起源》所倡导的自然选择和人类只是众多生物中的一员等的思想,以及维多利亚时代社会所崇尚的严肃、勤勉和克己等精神,而这些思想和理念对我们当代人仍具有警醒或启发作用。

重商主义、海外探险和海外贸易是英国富国强民的重要思想和策略。海外冒险和获取财富成为了英吉利民族文化认同和文化自信的重要组成部分。早在伊丽莎白女王时代王室、贵族、乡绅和商人都对海洋探险和海外贸易表现出极大的兴趣。英国社会各个阶层可能会有不同的信仰和政治立场，但对于海洋和国运之间的内在关系却有相同的认知，成为各社会阶层关注海洋、从事海洋事务的内在动因，是海洋事务将英格兰演变成一个经济共同体。[①] 市场力量与国家权力合谋和博弈推动了英国重商主义政策的不断演进。海外贸易规模的扩大，制造业和航运业效率的提高为工业革命的开始奠定了坚实的基础。作为英国新兴资产阶级的代言人，笛福在他的海洋小说中对海上贸易的详尽描述体现了他对自由贸易和海外贸易的极力倡导，反映了英国重商主义传统和全球视野。而值得注意的是在凝聚英国人国家认同和文化自信的自由贸易中，鸦片贸易和奴隶贸易的罪恶不能被忽视。英国人离开不列颠岛，在全世界寻求商业利益，伴随着殖民、贸易和商业的繁荣与辉煌，不可否认，英国人的优越感和文化自信进一步强化，但是鸦片贸易和奴隶贸易给他国人民和其他民族带来的痛苦和灾难应被永远牢记。

　　当今世界虽然全球化进程日益加深，但民族国家的界限和壁垒不会消亡，因地缘政治而起的对抗、冲突，甚至是杀戮依然刺激着人们的神经。[②] 纵观英国和世界的历史，一个国家的兴衰往往和能不能控制海洋霸权有直接地关系，当然，我国建设海洋强国的目的绝对不是称霸海洋，绝对不同于老牌帝国主义者的扩张和殖民掠夺，而是利用海洋获得国家利益，从而实现民族复兴。通过审视英国小说家笔下的海洋和海洋帝国，研究他们兴衰演变的经验教训，为我们中国实

---

① 刘立辉：《英国16、17世纪文学中的海洋叙事与民族国家想象》，《西南大学学报》（社会科学版），2018年第3期，第128页。
② 綦亮：《伍尔夫小说民族叙事研究》，南京：南京大学出版社，2019年，第324页。

现民族复兴,建设不称霸的海洋强国提供参考和借鉴。

纪伯伦曾说:"你和你居住的世界,只不过是无边海洋的无边沙岸上的一粒沙子。"①纪伯伦不愧为东方哲人,他的诗句道出了人类、大地和海洋的相对关系。21 世纪是"海洋世纪",所谓"海洋世纪",至少有这么几层意思:一是海洋经济的世纪;二是海洋高科技的世纪;三是建立国际海洋权新秩序的世纪;四是海洋资源和海洋环境可供可持续发展的世纪;五是全球的整体海洋意识和海洋观念普遍强化的世纪。② 现在,全世界都在不断强化"蓝色国土"的意识,强化海洋意识,纷纷实行"蓝色战略"。世界主要沿海国家均把维护国家海洋权益、发展海洋经济、保护海洋环境列为本国的的重大发展战略。我们国家也提出了《中国海洋 21 世纪议程》。应该说,这方面战略的实施,对于加快我国的发展起到了重要的指导和推动作用。新的时代潮流要求大国走向海洋,融入世界经济体系需要走向海洋,海洋安全形势多元化需要走向海洋。

在中国的历史上,明清两个朝代实行的海禁政策让中国人遗恨千年,使中国牺牲了近 600 年海洋发展的大好时机,这也是中国人海洋意识淡薄的根本原因。200 多年前,德国哲学家黑格尔就断言:"虽然中国有过发达的航海,却没有分享到海洋赋予的恩惠,海洋没有影响到他们的文明。"③也许黑格尔的断言有些偏颇,但是他却提醒我们中国人不能再错失机会,要增强海洋意识,学会开放和交流,与世界其他国家一起去"分享到海洋赋予的恩惠"。

党的十八大报告提出,"全面实施素质教育,深化教育领域综合

① "You and the world you live in/are but a grain of sand upon the infinite/shore of an infinite sea",见卡里·纪伯伦:《沙与沫》,廖欣译,哈尔滨出版社,2004 年,第 4 页。
② http://www.univs.cn/newweb/univs/ouc/1970-01-01/119150.html
③ 转引自李明春,徐志良著:《海洋龙脉:中国海洋文化纵览》,北京:海洋出版社,2007 年:第 146 页。

改革，着力提高教育质量，培养学生创新精神"，并提出，"提高海洋资源开发能力，发展海洋经济，保护海洋环境，坚决维护国家海洋权利，建设海洋强国"。而要实现十八大提出的提高素质教育，实现"文化强国"、"海洋强国"的战略目标，就必须加强海洋教育，提高公众，特别是青少年一代的海洋意识。要在中小学课本中增加海洋文学和科学知识，并加强高等学校海洋和航运教育，实施海洋知识的终身教育。

　　通过加强海洋文学和文化的学习和研究，既面向世界，又面向未来，这对于我国在"海洋世纪"制定正确的发展战略，拓展新的发展空间，都具有重要意义。人类要像荷尔德林（Friedrich HÊlderlim，1770—1851）所倡导的，在地球上"诗意地安居"①，毫无疑问，离不开"生命之水与诗歌之魂——海洋"②。大海对于生命和文学都起着不可或缺的重要作用，我们要走近海洋，牵挂海洋，阅读海洋。

---

① 被海德格尔称为"还乡"诗人的荷尔德林在诗中写道："人充满劳绩，但还／诗意地安居于大地之上"。见海德格尔：《人，诗意地安居：海德格尔语要》，郜元宝译，广西师范大学出版社，2000 年，第 73 页。

② 钟燕：《蓝色批评：生态批评的新视野》，《国外文学》，2005 年第 3 期，第 19 页。

参考文献

Alpers, Antony. *The Life of Katherine Mansfield*. London: Jonathan Cape, 1980.

Amigoni, David. *The English Novel and Prose Narrative*. Shanghai: Shanghai Foreign Language Education Press, 2009.

Andrews, Kenneth Raymond. *Elizabethan Privateering: English privateering during the Spanish war*, 1585 - 1603. Cambridge: Cambridge University Press, 1964.

Austin, Jane. *Persuation*. Ware, Hertfordshire: Wordsworth Editions Ltd, 1993.

Baer, Joel H. "'The Completed Plot of Piracy': Aspects of English Criminal Law and the Image of the Pirate in Defoe". *The Eighteenth Century* 23. 1 (1982): 3 - 26.

Barrie, James Matthew. *Peter Pan, or the boy who would not grow up*. London: Hodder & Stoughton, 1928.

Barringer, Sarah. "Enemies of Mankind: The Image of Pirates in 18th-Century England". *Primary Source: The Indiana University Undergraduate Journal of History*. Volume V: Issue I, Fall (2014): 1 - 11.

Bates, H. E. *The Modern Short Story: A Critical Survey*. London: Micheal Joseph Ltd. , 1972.

Bender, Bert. *Sea Brothers: The Tradition of American Sea Fiction from Moby-Dick to the Present*. Philadelphia: University of Pennsylvania Press, 1988.

Bennett, Andrew. *Katherine Mansfield*, Devon: Northcote House Publishers Ltd, 2004.

Beowulf, trans. Burton Raffel. New York: New American Library, a division of Penguin Group (USA) Inc. , 2008.

Ballantyne, R. M. *The Coral Island*. Ware, Hertfordshire: Wordsworth, 1993.

Banville, John. *The Sea*. London: Picador, 2005.

Bates, Herbert Ernest. *The Cruise of the Breadwinner*. Pollinger in Print, 2003.

Boswell, James. *The Life of Samuel Johnson*, *LL. D.*. London: J. M. Dent & Sons, 1906.

"British opium trade with China" from *the Leeds Mercury*. September 7th, 1839. E-Book. Birmingham: B. Hudson, printer, 1840.

Brondsted, Johannes. *The Vikings*. Lomndon: Penguin Books Ltd, 1960.

Carter, Ronald and John Mcrae. *The Routledge History of Literature in English*: *Britain and Ireland* (2nd ed.). London and New York: Routledge, 2001.

Chaucer, Geoffrey. *The Canterbury Tales*, New York: Signet Classics, 2005.

Cohen, Margaret. *The Novel and the Sea*. Princeton: Princeton University Press, 2010.

Conrad, Joseph. *Heart of darkness*. London: Penguin, 2007.

——. *Heart of Darkness*, *and other Stories*. Ware: Wordsworth Editions Limited, 1995.

——. *Lord Jim*. New York: Signet Classics, 2009.

——. *Youth*. London: Penguin Classics, 2011.

Defoe, Daniel. *The Complete English Tradesman*. E-Book. Edinburgh: W. and R. Chambers, 1839.

——. *The Farther Adventures of Robinson Crusoe* (1719). Cambridge, 1996, 10 (Chadwyck-Healey, Eighteenth-Century Fiction Full-Text Database).

——. *The Further Adventures of Robinson Crusoe*. The Pennsylvania State University Electronic Classic Series Pubilication, 2000, 〈http: //www2. hn. psu. edu/faculty/jmanis/jimspdf. htm〉.

——. *The Life and Adventures of Robinson Crusoe*. London: Penguin, 1965.

——. *The Life*, *Adventures*, *and Piracies*, *of the famous Captain Singleton*. Ed. S. K. Kumar. London: Oxford University Press, 1969.

—— *Robinson Crusoe* (unabridged),北京：中国对外翻译出版公司,2010 年。

Docherty, Thomas. "Modernism, Modernity and the Sea",《海洋文学研究文集》,段汉武等编,北京：海洋出版社,2009 年。

Dunbar, Parmela. *Radical Mansfield*: *Double Discourse in Katherine Mansfield's Short Stories*. London: Macmillan Press, 1997.

Forester, C. S. *Mr Midshipman Hornblower*. Michael Joseph, 2011.

——. *Hornblower and the Crisis*. Michael Joseph, 2011.

Freeborn, Dennis. *From Old English to Standard English*. 上海：上海外语教育出版社，2009 年。

Freedman, Ariela. *Death，Men and Modernism：Trauma and Narrative in British Fiction from Hardy to Woolf*. New York：Routledge，2003.

Fullbrook, Kate. *Katherine Mansfield*. Brighton：The Harvester Press，1986.

Gamache, Lawrence B. & Ian S. MacNiven, *The Modernists*，London and Toronto：Associated University Presses，1987.

Gordon, Ian A. *Katherine Mansfield*. London：Longman Group Ltd，1971.

Greenberg, Michael Menahem. *British Trade and the Opening of China*，1800 – 42. Cambridge：Cambridge University Press，1951.

Hobsbawm, Eric . *The Age of Extremes：A History of the World*，1914 — 1991. New York：Vintage，1996.

Hankin, Cherry. *Katherine Mansfield and Her Confessional Stories*，New York：St. Martin's Press，1983.

Hanson, Clare & Andrew Gurr. *Katherine Mansfield*. London and Basingstoke：the Macmillian Press Ltd：1981.

Heckscher, Eli Filip. *Mercantilism* （Vol. 2）. New York：Carland Publishing, Inc，1983.

Hevia, James L. "The Macartney Embassy in the History of Sino-Western Relations". *Ritual & diplomacy：the Macartney mission to China* 1792 – 1794. Ed. Robert A. Bickers. London：The British Association for Chinese Studies & *the* Well sweep Press，1993：54 – 67.

Hillel, Margot. "Befriending Sea Creatures and Journeying through Life：Images of the Ocean in Australian Children's Literature"，《海洋文学研究文集》，段汉武等编，北京：海洋出版社，2009 年。

Hughes, Richard. *A High Wind in Jamaica*. London：Vintage Books，2002.
——. *A High Wind in Jamaica* ［Kindle］. NYRB Classics，2010.

Hyam, Ronald. *Britain's Imperial Century：A Study of Empire and Expansion*. London：Macmillan Publishers Limited，1993.

Innes, Hammond. *The Wreck of the Mary Deare*. London：Vintage Classics，2013.

Johnson. B. S. *Are You Rather Young to be Writing Your Memoirs?* London：Hutchinson，1973.

Knowles, Owen. "Introduction". Joseph Conrad. *Heart of Darkness*，London：Penguin，2007：vii-xvi.

Kumar, Krishan. *The Making of English National Identity*. Cambridge：Cambridge University Press，2003.

Kingsley, Charles. *The Water-Babies：A Fairy-Tale for a Land-Baby*. Boston

& New York: Burnman, 1864;

Kingsley, Charles. *The Water Babies*, Ware, Hertfordshire: Wordsworth Edition Limited, 1994.

Kipling, Rudyard. *Captains Courageous*. New York: The New American Library, Inc. , 1964.

Klein, Bernhard (ed). *Fictions of the Sea: Critical Perspectives on the Ocean in British Literature and Culture*. Farnham: Ashgate, 2002.

Klein, Herbert S. *The Atlantic Slave Trade*. Cambridge: Cambridge University Press, 1999.

Kumar, Krishan. *The Making of English National Identity*. Cambridge: Cambridge University Press, 2003.

Luard, Evan. *Britain and China*. London: Chatto&Windus Ltd. 1962.

Mackenzie, John. *Imperialism and Popular Culture*. Manchester: Manchester UP, 1986.

Mansfield, Katherine. *The Collected Stories of Katherine Mansfield*. Hertfordshire: Wordsworth Editions Limited, 2006.

Marley, David. *Daily life of pirates*. Westport, Conn. : Greenwood, 2012.

Marshall, P. J. "Britain and China in the Late Eighteenth Century". *Ritual &diplomacy: the Macartney mission to China* 1792 – 1794. Ed. Robert A. Bickers. London: The British Association for Chinese Studies & the Wellsweep Press, 1993: 1–24.

Marryat, Frederick. *Mr. Midshipman Easy*. Charleston: Nabu Press, 2010.

Marshall, P. J. *The Cambridge Illustrated History of the British Empire*. Cambridge: Cambridge University Press, 1996.

Mathieson, Charlotte (ed). *Sea Narratives: Cultural Responses to the Sea, 1600-Present*. London: Palgrave Macmillan, 2016.

Mattisson, Jane. "Sea Literature and World War One: a Positive Story",《海洋文学研究文集》,段汉武等编,北京：海洋出版社,2009 年。

Meisel, Perry. "Psychology". Eds. David Bradshow & Kevin J. H. Dettmar. *A Companion to Modernist Literature and Culture*. Malden: Blackwell Publishing Ltd. , 2006.

Mentz, Steve and Martha Rojas (ed). *The Sea and Nineteenth-century Anglophone Literary Culture*. New York: Routledge, Taylor & Francis Group, 2017.

Monsarrat, Nicholas. *The Cruel Sea*. Burford Books, 2000.

Morgan, Kenneth. *Slavery, Atlantic Trade and the British Economy*, 1660 – 1800. Cambridge: Cambridge University Press, 2000.

New, W. H. "Colonial literatures" / / Bruce King. *New National and Post-*

Colonial Literatures：*An Introduction*. Oxford：Clarendon Press，1999：102 – 119.

O'Brian，Patrick. *Master and Commander*. New York：WW Norton & Co，2004.

O'Neill，Richard *Patrick O'Brian's Navy*：*The Illustrated Companion to Jack Aubrey's World*. Philadelphia：Running Press，2003.

Peck，John. *Maritime Fiction*：*Sailors and the Sea in British and American novels*，1719 – 1917. New York：Palgrave Macmillan，2001.

Peters，John G. *Conrad and Impressionism*. Cambridge：Cambridge University Press，2001.

Philbrick，Thomas. James Fenimore Cooper and the Development of American Sea Fiction. Cambridge：Harvard UP，1961.

Power，M. J. "The Growth of Liverpool"，Ed. John Belchem. *Popular Politics*，*Riot and Labour*：*essays in Liverpool history*，1790 – 1940. Liverpool：Liverpool University Press，1992：21 – 37.

Quincey，Thomas De. *Confessions of an English Opium-Eater*. Cambridge：ProQuest LLC，2008，Literature Online Prose.

Reeman，Douglas Edward. *A Prayer for the Ship*. London：Hutchinson，1998.

Richardson，David. "Profits in the Liverpool Slave Trade：the Accounts of William Davernport，1757 – 1784". Ed. Roger Thomas Anstey & P. E. H. Hair. *Liverpool*，*the African slave trade*，*and abolition*：*essays to illustrate current knowledge and research*. Liverpool：Historic Society of Lancashire and Cheshire，1989：60 – 90.

Ritche，Robert C. "Government Measures against Piracy and Privateering in the Atlantic Area，1750 – 1850"，in David J. Starkey ect.，eds.，*Pirates and Privateers*：*New Perspectives on the War on Trade in the Eighteenth and Nineteenth Centuries*，Exeter：University of Exeter Press，1997，pp. 10 – 28.

Sanders，Andrew. *The Short Oxford History of English literature* (2ⁿᵈ edition). Oxford：Oxford University Press，2000.

Scammell，G. V. *The World Encompassed*：*The First European Maritime Empires*，*c*. 800 – 1650. Berkeley-Los Angeles：University of California Press，1981.

Scott，Bonnie Kime. Ed. *The Gender of Modernism*：*a Critical Anthology*. Bloomington and Indianapolis：Indiana University Press，1990.

Scott，Franklin. D . *Sweden*：*The Nation's History*，Southern Illinois University Press，1988.

Senior，Clive M. *A nation of pirates：English piracy in its heyday*. Newton Abbot：David and Charles，1976.

Scott，Walter. *The Pirate*(Vol. I). Edinburgh：pr. for Archibald Constable & Company，1822.

——. *The Pirate* (Vol. III). Edinburgh：pr. for Archibald Constable & Company，1822.

Smollett，Tobias George. *The Adventures of Roderick Random*，Gale Ecco，Print Editions，2010.

——. *The Adventures of Peregrine Pickle*，Gale Ecco，Print Editions，2010.

Stevenson，Randall. *Modernist Fiction*，revised edition，Prentice Hall，1998.

——. *Modernist Fiction*，Harvester Wheatsheaf，1992.

Stevenson，Robert Louis. *Treasure Island*. London：Cassell & Company Limited，1884.

——. *Treasure Island*，上海：上海世界图书出版社，2008.

Thompson，Dorothy. *The British People* 1760—1902. London：HEB，1981.

Tonkin，Peter. *Volcano Roads*. Surrey：Seven House Publishers Ltd. ；2009.

——. *River of Ghosts*. Surrey：Seven House Publishers Ltd. ；2009.

Unsworth，Barry. *Sacred Hunger*. London：Penguin，2008.

Veeser，H. Aram. *The New Historicism*，New York：Routledge，1989.

Walvin，James. *Black Ivory：Slavery in the British Empire*. Oxford：Blackwell Publishers，2001.

Wills，John E. *China and Maritime Europe*，1500‑1800：*trade，settlement，diplomacy and missions*. Cambridge：Cambridge University Press，2011.

Woolf，Virginia. *The Waves*. Ware：Wordsworth Editions Limited，2000.

——. *To The Lighthouse*. Ware：Wordsworth Editions Limited，2002.

［英］巴里·昂斯沃斯：《神圣的渴望》，丁玲玲、金兰芬译，北京：清华大学出版社，2014 年。

［英］R. M. 巴兰坦：《珊瑚岛》(英汉对照)，沈忆文、沈忆辉译，北京：中国对外翻译出版公司，2009 年。

［美］本尼迪克特·安德森：《想象的共同体》，吴叡人译，上海：上海人民出版社，2019 年。

［法］达尼埃尔-亨利·巴柔：《从文化形象到集体想象物》，收入孟华主编：《比较文学形象学》，北京：北京大学出版社，2001 年。

——.《从文化形象到集体想象物》，收入孟华主编：《比较文学形象学》，北京：北京大学出版社，2001 年。

［美］肯尼迪·保罗：《大国的兴衰》，梁于华译，北京：世界知识出版社，1990 年。

《贝奥武甫降妖记：丹麦传奇故事》史维存编译，长春：吉林文史出版社，

2003 年。

［英］艾勒克·博埃默：《殖民与后殖民文学》，盛宁、韩敏中译，沈阳：辽宁教育出版社，1998 年。

［美］查尔斯·E·布莱斯勒：《文学批评：理论与实践导读》（第五版），赵勇、李莎、常培杰等译，北京：中国人民大学出版社，2017 年。

［法］马克·布洛赫：《封建社会》（上），北京：商务印书馆，2004 年。

蔡永良等：《英吉利文明》，上海：上海三联书店，2014 年。

曹波：《人性的推求：18 世纪英国小说研究》，北京：光明日报出版社，2009 年。

陈兵：《论吉卜林〈勇敢的船长〉中的教育理念》，《外国文学评论》，2009 年第 4 期，第 70‐80 页。

陈嘉：《英国文学史》（第四册）。北京：商务印书馆，1986。

陈旭：《鲁滨逊·克鲁索的男性气质建构》，《解放军外国语学院学报》，2012 年第 3 期，第 106‐110 页。

崔毅编著：《一本书读懂英国史》，北京：金城出版社，2010 年。

［英］笛福：《笛福文选》，徐式谷译，北京：商务印书馆，1984 年。

——.《海盗船长》，张培钧、陈明锦译，南宁：广西人民出版社，1980 年。

——.《鲁滨逊漂流记》，黄杲炘译，上海：上海译文出版社，2011 年。

——.《鲁滨逊漂流续记》，艾丽、秦彬译，兰州：甘肃人民出版社，1983 年。

丁朝弼：《世界近代海战史》，北京：海洋出版社，1994 年。

丁锐，高东军：《探析荒岛文学中女性的缺失》，《安徽文学》，2009 年第 11 期，第 55＋61 页。

丁玉柱，牛玉芬编著：《海洋文学》，广州：中山大学出版社，2012 年。

段波：《库柏小说中的海洋民族主义思想探析》，《外国文学研究》，2011 年第 5 期，第 99‐106 页。

——.《库柏的海洋文学作品与国家建构》，《外国文学评论》，2011 年第 1 期，第 90‐98 页。

——.《库柏海洋小说中的海权思想》，《外国文学》，2011 年第 5 期，第 96‐103＋159 页。

段汉武，陈慧婷：《〈曼斯菲尔德庄园〉中的海洋元素研究》，《宁波大学学报》（人文科学版），2019 年第 4 期，第 47‐53 页。

段汉武、范谊等编：《海洋文学研究文集》，北京：海洋出版社，2009 年。

——.《蓝色的诗与思——海洋文学研究新视阈》，北京：海洋出版社，2010 年。

段汉武：《论〈鲁滨逊漂流记〉和〈蝇王〉中的女性缺席》，《宁波大学学报》（人文科学版），2006 年第 2 期，第 34‐37＋107 页。

段汉武，米莉：《英美海洋小说中的人类生存困境》，收入段汉武等编：《蓝色的诗与思——海洋文学研究新视阈》（论文集），北京：海洋出版社，2010 年，第 10‐15 页。

段汉武,魏祯:《康拉德海洋小说中的帝国意识——以〈青春〉和〈阴影线〉为例》,《宁波大学学报》(人文科学版),2013 年第 2 期,第 1-4 页。

多米尼克·斯皮埃斯·富尔:《弗吉尼亚·伍尔夫》,法国拉罗斯大百科全书,1976 年。

方平:"笔端蕴秀,如见其人——谈曼斯菲尔德的写作艺术",收入凯瑟琳·曼斯菲尔著:《曼斯菲尔德短篇小说选》,陈良延、郑启吟等译,上海:上海译文出版社,1998 年,第 331-357 页。

冯友兰:《中国哲学简史》,赵复三译,北京:世界图书出版公司,2011 年。

高奋:《小说:记录生命的艺术形式——论弗吉尼亚·伍尔夫的小说理论》,《当代外国文学》,2008 年第 2 期,第 53-63 页。

高艳丽:《大海边的缪斯》,收入左金梅:《女性主义视域下的英国浪漫主义诗人》,济南:山东友谊出版社,2009 年。

——.《英国海洋文学中的殖民地想象》,《怀化学院学报》,2010 年第 4 期,第 81-83 页。

[英]玛丽安·格温:《追思与创伤——英国和奴隶贸易》,《国际博物馆》(全球中文版),2011 年第 2 期,第 69-78 页。

[英]威廉·戈尔丁:《蝇王》,龚志成译,上海:上海译文出版社,2006。

葛桂录:《中英文学关系编年史》,上海:上海三联书店,2004 年。

郭海霞:《论英国海洋小说中女性形象的嬗变》,《外语教学》,2013 年第 2 期,第 85-88 页。

——.《曼斯菲尔德短篇小说中的海洋意象及其艺术功能》,《外国语文》,2012 年第 6 期,第 41-44 页。

——.《英国海洋小说中的海盗书写与重构》,《外国语文》,2018 年第 5 期:第 81-86 页。

——.《英国海洋小说的起源与发展》,《外国语文》,2012 年第 S1 期:第 44-45+84 页。

[美]伊迪丝·汉密尔顿:《神话》,刘一南译,北京:华夏出版社,2010 年。

郝雁南:《斯堪的纳维亚语对英语的影响》,《读书》,2007 年第 12 期,第 141-146 页。

何卫青:《死亡之河的现实倒影、自我调节与文化重构——解读金斯莱小说〈水孩子〉》,《中国海洋大学学报》,2007 年第 5 期,第 67-71 页。

何亚惠:"凯瑟琳·曼斯菲尔德的现代性——《理想家庭》读后",《上海大学学报》(社会科学版),1999 年第 2 期,第 41-45 页。

——."曼斯菲尔德的女权主义思想",《徐州师范大学学报》(哲社版),1998 年第 4 期,第 115-118 页。

侯伟瑞:《B.S.约翰逊与战后英国小说的极端创新》,《外国文学》,1998 年第 1 期,第 60-66 页。

——.《现代英国小说史》,上海:上海外语教育出版社,1985 年。

胡经之,王岳川,李衍柱编:《西方文艺理论名著教程》(下卷),北京:北京大学
　　出版社,2003。

[美]海登·怀特:《作为文学虚构的历史文本》,出自张京媛:《新历史主义与文
　　学批评》,北京大学出版社,1993 年。

[美]爱德华·霍尔:《无声的语言》,何道宽译,上海:上海人民出版社,1991 年。

霍立迪:《简明英国史》,南昌:江西人民出版社,1985 年。

[英]吉卜林:《勇敢的船长》,徐朴,汪成章译,武汉:湖北教育出版社,2009 年。

姜智芹:《镜像后的文化冲突与文化认同——英美文学中的中国形象》,北京:
　　中华书局,2008 年。

蒋承勇:《英国小说发展史》,杭州:浙江大学出版社,2006 年。

蒋虹:《凯瑟琳·曼斯菲尔德作品中的矛盾身份》,北京:中国社会科学出版社,
　　2004 年。

焦小婷:《人类学视域下的海洋文学探究》,《河南大学学报》(社会科学版),2010
　　年第 4 期,第 108 - 112 页。

[英]查尔斯·金斯利:《水孩子》,吴倩卓译,北京:旅游教育出版社,2012 年。

　　——.《水孩子》,肖遥译,北京:中国妇女出版社,2009 年。

[英]康拉德:《大海如镜》,倪庆饩译,天津:百花文艺出版社,2000 年。

　　——.《干得漂亮》,收入康拉德:《黑暗的心》,梁遇春、宋龙艺译,北京:北京
　　理工大学出版社,2018 年:第 149 - 161 页。

　　——.《黑暗的心》,梁遇春、宋龙艺译,北京:北京理工大学出版社,2018 年。

　　——.《黑暗的心》,薛诗绮、智量译,武汉:长江文艺出版社、湖北人民出版社,
　　2006 年。

　　——.《黑暗的心·吉姆爷》,黄雨石,熊蕾译,北京:人民文学出版社,
　　2011 年。

　　——.《康拉德海洋小说》,薛诗绮编,上海:上海文艺出版社,2012 年。

[英]安格斯·康斯塔姆:《世界海盗史》,杨宇杰等译,北京:解放军出版社,
　　2010 年。

李赋宁:《古英语史诗〈贝奥武夫〉》,《外国文学》,1998 年第 6 期,第 66 - 70 页。

李宏:《康拉德的白人女性观》,《外语研究》,2007 年第 6 期,第 98 - 101 页。

李靖,吴巳英:《诗性思想与心灵培养——金斯利文化反思的内涵和表现形式》,
　　《解放军外国语学院学报》,2012 年第 4 期,第 107 - 111 页。

李明春,徐志良著:《海洋龙脉:中国海洋文化纵览》,北京:海洋出版社,
　　2007 年。

李维屏:《B. S. 约翰逊与战后英国小说的极端创新》,《外国文学》,1998 年第 1
　　期,第 60 - 66 页。

　　——.《英国小说艺术史》,上海:上海外语教育出版社,2003 年。

　　——.《英国小说人物史》,上海:上海外语教育出版社,2008 年。

李文凤:《英国海洋文化对英语词义的影响》,《玉溪师范学院学报》,2010 年第 9

　　期,第 33－35 页。

李雅书,杨共乐:《古代罗马史》,北京:北京师范大学出版社,1994 年。

李勇:《西欧的中国形象》,北京:人民出版社,2010 年。

李越选注:《中国古代海洋诗歌选》,北京:海洋出版社,2006 年。

廖文玉:《小说〈序曲〉的现代主义叙事策略探析》,《四川外语学院学报》,2007
　　年第 4 期,第 33－36 页。

刘炳善:《英国文学简史》。郑州:河南人民出版社,1993。

刘立辉:《英国 16、17 世纪文学中的海洋叙事与民族国家想象》,《西南大学学
　　报》(社会科学版),2018 年第 3 期,第 118－131 页。

龙缨晏:《1840 年前输入中国的鸦片数量》,《浙江大学学报》(人文社会科学版)
　　1999 年第 4 期,第 29－37 页。

卢苇:《中外关系史》,兰州:兰州大学出版社,2006 年。

吕洪灵:《〈到灯塔去〉:回忆的再现与认识》,《外国文学研究》,2013 年第 4 期,
　　第 57－64 页。

[美]苏珊·罗纳德:《海盗女王》,张万伟、张文亭译,北京:中信出版社,
　　2009 年。

[英]休·洛夫汀:《奇怪的赖医生》,高红梅译。北京:人民文学出版社,
　　2010 年。

[德]马克思:《马克思致帕·瓦·安年科夫》,收入《马克思恩格斯选集》(第四
　　卷),北京:人民出版社,1995 年,第 530－542 页。

　　——.《鸦片贸易史》,收入《马克思恩格斯选集》(第 2 版第 1 卷),北京:人民
　　出版社,1995 年,第 713－720 页。

马平平:《20 世纪前中国和英美小说海洋意象研究述论》,《扬州大学学报》(人
　　文社会科学版),2016 年第 4 期,第 110－115 页。

[英]曼斯菲尔德:《曼斯菲尔德短篇小说集》,唐宝心,王嘉玲等译。天津:天津
　　人民出版社,1982 年。

　　——.《曼斯菲尔德短篇小说选》,陈良延,郑启吟等译,上海:上海译文出版
　　社,1998 年。

　　——.《一个已婚男人的自述》,萧乾,文洁若等译,北京:文化艺术出版社,
　　2003 年。

　　——.《园会》,文洁若等译。北京·人民文学出版社,2006 年。

[英]毛姆:《木麻黄树》,黄福海译,上海:上海译文出版社,2012 年。

　　——.《月亮和六便士》,傅惟慈译,上海:上海译文出版社,2012 年。

孟华主编:《比较文学形象学》,北京:北京大学出版社,2001 年。

[美]W. J. T. 米切尔:《风景与权力》,杨丽、万信琼译,南京:译林出版社,
　　2014 年。

[英]阿·莱·莫尔顿:《人民的英国史》(上册),谢琏造等译,生活·读书·新知
　　三联书店,1976 年。

倪浓水选编：《中国古代海洋小说选》，北京：海洋出版社，2006 年。

[土耳其]奥尔罕·帕慕克：《你为谁写作》，魏丽明译，《渤海大学学报》（哲学社会科学版），2008 年第 5 期

綦亮：《劳伦斯的异域书写与"英格兰性"建构》，《英语研究》，2014 年第 3 期。

——.《伍尔夫小说民族叙事研究》，南京：南京大学出版社，2019 年。

骞昌槐：《西方小说与文化帝国》，武汉：武汉大学出版社，2004 年。

钱乘旦、许洁明：《英国通史》，上海：上海社会科学院出版社，2018 年。

[英]乔叟：《坎特伯雷故事》，方重译，北京：人民文学出版社，2011 年。

曲金良：《海洋文化概论》，青岛：青岛海洋大学出版社，1999 年。

芮渝萍：《美国成长小说研究》，北京：中国社会科学出版社，2004 年。

——.《英美海洋文学中的浪漫情怀与现实体验》，收入段汉武等编：《蓝色的诗与思——海洋文学研究新视阈》，北京：海洋出版社，2010 年。

芮渝萍，范谊主编：《青少年成长的文学探索：青少年文学国际研讨会论文集》，北京：外语教学与研究出版社，2011 年。

[美]爱德华·萨义德：《东方学》，王宇根译，北京：三联书店，2007 年。

——.《文化与帝国主义》，李琨译，北京：三联书店，2003 年。

石坚、王欣：《似是故人来——新历史主义视角下的 20 世纪英美文学》，重庆：重庆大学出版社，2008 年。

沈坚：《维金时代：冲突与交融》，《历史研究》，1989 年第 5 期。

[英]斯蒂文森：《金银岛》，李增彩译，沈阳：春风文艺出版社，2004 年。

[英]瓦尔特·司各特：《海盗》，王帆等译，石家庄：花山文艺出版社，1996 年。

[英]斯威夫特：《格列佛游记》，程庆华，王丽平译，北京：中央编译出版社，2011 年。

孙红卫：《民族》，北京：外语教学与研究出版社，2019 年。

孙颖，黄光耀：《世界当代史》，北京：中国时代经济出版社，2003 年。

[美]罗伯特·塔利：《作为航海图的海洋叙事：论海洋空间的文学绘图》（英文），《外国文学研究》，2020 年第 2 期，第 13 - 25 页。

[加]提姆·特拉弗斯：《海盗史》，李晖译，海口：海南出版社，2010 年。

汪民安：《文化研究关键词》，南京：江苏人民出版社，2011 年。

王冬青：《想象"礁头"：英帝国的身体政治》，《外国文学评论》，2015 年第 1 期，第 116 - 129 页。

王逢振：《民族—国家》，《外国文学》，2020 年第 1 期，第 112 - 118 页。

王福和：《大学比较文学》，杭州：浙江大学出版社，2008 年。

王海玉：《〈到灯塔去〉的后殖民主义解读》，《辽宁工程技术大学学报》（社会科学版），2010 年第 3 期，第 300 - 302 页。

王松林：《海洋：一面映照自我的镜子——论康拉德的小说〈阴影线〉的自我意识》，收入段汉武等编：《蓝色的诗与思——海洋文学研究新视阈》，北京：海洋出版社，2010，第 31 - 38 页。

王松林,李洪琴:《海洋:一面映照自我的镜子——论康拉德的小说〈阴影线〉的自我意识》,《宁波大学学报》(人文科学版),2010 年第 2 期,第 35 - 40 页。

王松林,芮渝萍主编:《英美海洋文学作品选读》,上海:上海交通大学出版社,2011 年。

王松林,王哲妮:《海盗精神与绅士风度:史蒂文森笔下人物形象的双重性探析》,《宁波大学学报》(人文科学版),2020 年第 5 期,第 40 - 46 页。

王艳萍:《用故事建构历史——格雷厄姆·斯威夫特〈洼地〉的新历史主义解读》,《国外文学》,2017 年第 3 期,第 103 - 111 页。

王烨:《曼斯菲尔德作品中的印象主义手法》,《黄冈师范学院学报》,2006 年第 1 期,第 47 - 51 页。

王岳川:《后殖民主义与新历史主义文论》,济南:山东教育出版社,1999 年。

魏祯:《英美海洋小说中的生态观念》,收入段汉武等编:《蓝色的诗与思——海洋文学研究新视阈》,北京:海洋出版社,2010 年,第 168 - 173 页。

吴义雄:《鸦片战争前的鸦片贸易再研究》,《近代史研究》,2002 年第 2 期,第 50 - 73 页。

[英]弗吉尼亚·伍尔夫:《到灯塔去》,瞿世镜译,上海译文出版社,2008 年。

——.《海浪》,曹元勇译,上海:上海译文出版社,2012 年。

——.《海浪》,吴钧燮译。北京:外国文学出版社,1993 年。

——.《论小说与小说家》,瞿世镜译,上海译文出版社,2000 年。

——.《远航》,黄宜思译,北京:人民文学出版社,2003 年。

伍蠡甫:《西方文论选》(下卷)。上海:译文出版社,1988。

[英]J. R. 希尔:《英国海军》,王恒涛、梁志海译,北京:海洋出版社,1987 年。

谢江南:《弗吉尼亚·伍尔夫小说中的大英帝国形象》,《外国文学研究》,2008 年第 2 期,第 77 - 84 页。

徐晗:《凯瑟琳·曼斯菲尔德短篇小说现代主义特征研究》。昆明:云南大学出版社,2007。

徐式谷:《笛福文选》,北京:商务印书馆,1984 年。

徐燕:《英国儿童海洋小说的道德关怀》,《宁波大学学报》(人文社科版),2010 年第 2 期,第 41 - 45 页。

薛玉凤:《〈最危险的游戏〉中的海洋生态意识》,《西安外国语大学学报》,2009 年第 1 期,第 66 - 69 页。

闫爱华:《风景研究的文化转向——兼评米切尔的〈风景与权力〉》,《广西社会科学》,2016 年第 6 期,第 191 - 196 页。

阎照祥:《英国史》,北京:人民出版社,2003 年。

杨国桢:《重新认识西方的"海洋国家论"》,《社会科学战线》,2012 年第 2 期,第 229 - 230 页。

杨金森:《海洋强国兴衰史略》,北京:海洋出版社,2007 年。

杨瑛：《英国奴隶贸易的兴衰》，《河北大学学报》（哲学社会科学版），1985 年第 1 期，第 125 - 129 页。

杨跃编著：《海洋争霸 500 年》，北京：军事科学出版社，2007 年。

叶启绩、林滨、程金生等：《西方人生哲学》，北京：人民出版社，2006。

殷企平：《文化即秩序：康拉德海洋故事的寓意》，《外国文学》，2017 年第 4 期，第 104 - 111 页。

殷企平，高奋，童燕萍：《英国小说批评史》，上海：上海外语教育出版社，2001。

虞建华：《新西兰文学史》，上海：上海外语教育出版社，1994。

余婉卉：《"圣洁的沉默语言"——论康拉德帝国叙事中的风景》，《长江学术》，2011 年第 2 期，第 64 - 70 页。

袁可嘉：《现代派论·英美诗论》，北京：中国社会科学出版社，1985。

曾艳兵：《西方现代主义文学概论》，北京：北京大学出版社，2006。

张本英：《"心不在焉"式的版图扩张？——19 世纪英帝国海外扩张形式与动因浅析》，《南京大学学报》（哲学·人文科学·社会科学版），2004 年第 6 期，第 127 - 133 页。

——.《英吉利民族与英帝国》，《安徽大学学报》（哲学社会科学版），2005 年第 1 期，第 21 - 26 页。

张陟：《从海洋看陆地：斯威夫特与〈格列佛游记〉》，《宁波大学学报》（人文科学版），2011 年第 1 期，第 58 - 62 页。

张金凤："曼斯菲尔德·〈序曲〉·新文体"，《解放军外国语学院学报》，1999 年第 6 期，第 81 - 83 页。

赵乐甡：《西方现代派文学与艺术》，长春：时代文艺出版社，1986 年。

赵佳楹：《中国近代外交史》，北京：世界知识出版社，2008 年，第 9 页。

赵君尧：《天问·惊世：中国古代海洋文学》，北京：海洋出版社，2009 年。

赵晓囡，戴卫平：《不列颠多元文化研究》，广州：世界图书出版广东有限公司，2015 年。

郑克鲁：《外国文学史》。北京：高等教育出版社，1999 年。

钟燕：《蓝色批评：生态批评的新视野》，《国外文学》，2005 年第 3 期，第 18 - 28 页。

《生态批评视野中的〈海风下〉：一个"蓝色批评"个案分析》，《湖南大学学报》（社会科学版），2010 年第 5 期，第 84 - 88 页。

仲伟民：《茶叶、鸦片贸易对 19 世纪中国经济的影响》，《南京大学学报》（人文社会科学版），2008 年第 2 期，第 99 - 113 页。

周宁编著：《2000 年西方看中国》（下），北京：团结出版社，1999 年。

周一良：《世界通史资料（近代部分）》（上册），北京：商务印书馆。

朱望："女权与阶级：论曼斯菲尔德小说中的女人们"，《外国语文》，2009 年第 1 期，第 37 - 40 页。

朱自强：《海洋文学》，青岛：中国海洋大学出版社，2012 年。

庄国土:《茶叶、白银和鸦片:1750—1840 年中西贸易结构》,《中国经济史研究》,1995 年第 3 期,第 64 - 76 页。

邹赞:《文化的显影:英国文化主义研究》,广州:暨南大学出版社,2014 年。

附录一　人名、篇名、术语等英汉对照及索引

附录二 大航海时代大事年表

1298 年　　　威尼斯著名商人和冒险家马可·波罗撰写的《马可·波罗游记》成书。这本书在欧洲的广泛流传,激起了欧洲人对东方文明与财富的倾慕与贪婪,最终引发了新航路和新大陆的发现。

1317 年　　　葡萄牙堂·迪尼斯国王与热那亚航海家佩萨尼亚签订重建海军的协定,开始成为海军强国。

1375 年　　　欧洲当时最完备的航海地图-加塔兰地图完成。

1405—1407 年　中国航海家郑和奉明成祖之命出使"西洋"各国,"耀兵异域,示中国富强",借以促使东南亚国家向明称臣纳贡,向世界宣扬国威。

1407 年于旧港　(印度尼西亚巴邻旁)擒海盗集团之首领陈祖义,斩于南京。

1408—1411 年　郑和第二次下西洋,1409 年于锡兰(斯里兰卡)擒国王亚烈苦奈儿并押往南京,后释放。

1410 年　　　法国主教达里伊著书《世界的面貌》,论述大地为球型,并从理论上断定从西班牙海岸可以越洋去印度。

1412—1415 年　郑和第三次下西洋,于苏门达腊擒前王子苏干剌,斩于北京。1415 年　葡萄牙占领西北非的穆斯林据点休达。

1416—1419 年　郑和第四次下西洋,最远达阿拉伯半岛和非洲东海岸。1420 年　葡萄牙发现马德拉群岛。

1421—1422 年　郑和第五次下西洋。

1424—1425 年　郑和第六次下西洋。

1427 年　葡萄牙发现并占领亚速尔群岛,成为大西洋航行重要的中转站。

1430—1433 年　郑和第七次下西洋。不久,中国又恢复闭关锁国。

1432 年　葡萄牙占领马德拉群岛。

1445 年　葡萄牙发现绿角(佛得角)。

1446 年　葡萄牙人阿方索率船队抵达冈比亚河,马里帝国以及曼宁哥人区域被发现。

1447 年　葡萄牙军队与摩尔人作战,兵败丹吉尔,遂调整航海计划,以主要精力来筹建和经营阿尔金商站。阿尔金模式也成为后来西方各国商贸殖民的基本模式之一。

1450 年　欧洲的活版印刷技术出现,书本的大量印刷,使得知识得到广泛传播,不再是一部分僧侣的专利,由于人们知识水平的提高,对未知世界探索的渴望越来越强烈,为大航海时代的到来提供了思想基础。

1453 年	奥斯曼土耳其帝国攻陷君士坦丁堡,东罗马帝国灭亡。通往东方的陆上和海上商路分别被土耳其人和阿拉伯人控制。
1455 年	罗马教皇尼古拉五世颁布特权令,授予葡萄牙海上霸主的地位。
1460 年	葡萄牙堂·恩里克王子(大航海时代的伟大奠基者,葡萄牙航海事业的总策划和总指挥)去世,航海探险事业几乎中断。
1467 年	A. 俄罗斯特维尔商人尼吉丁经伊朗到达印度,著书《三海巡礼》。 B. 日本应仁之乱(—1477 年),战国时代开始。战乱之中的失败武士沦为浪人,不断骚扰洗劫我国东南沿海。倭寇之患由此开始,并越演越烈。
1471 年	葡萄牙人的船队到达几内亚湾。
1475 年	葡萄牙人的船队到达圣卡塔琳那角。
1482 年	葡萄牙著名船长迪奥戈·卡奥出海,发现刚果河口。
1488 年	葡萄牙人巴瑟罗缪·迪亚士发现非洲好望角。同年,葡萄牙间谍科维良由陆路(亚历山大和亚丁)只身前往印度实地考察,并为国内发回许多重要情报,这也成为葡国日后向东方发展的主要参考资料。

1492 年　　　A. 热那亚人克里斯托弗·哥伦布在西班牙王室
　　　　　　的资助下发现新大陆(8 月 3 日从巴罗斯港出
　　　　　　发;10 用 12 日抵达巴哈马群岛中的圣萨尔瓦
　　　　　　多;10 月 28 日到达古巴;12 月 6 日到达海地并
　　　　　　建立殖民地;1493 年 3 月 15 日返回西班牙),并
　　　　　　将之误认为是印度。后来的 1493、1498、1502
　　　　　　年,哥伦布又几次出海,相继到达牙买加、波多黎
　　　　　　各、多米尼加等岛屿和南美海岸以及洪都拉斯、
　　　　　　巴拿马等地。B. 德国人马丁·倍海谟设计出第
　　　　　　一台地球仪。

1494 年　　　在罗马教皇的仲裁下,西班牙与葡萄牙签订了瓜
　　　　　　分世界的《托尔德西里亚斯条约》,规定在绿角以
　　　　　　西 370 里加处划分界线,即教皇子午线,线以西
　　　　　　属西班牙,以东属葡萄牙。

1497 年　　　威尼斯人卡波特在英国的资助下发现纽芬兰岛,
　　　　　　并发现拉布拉多寒流。

1498 年　　　葡萄牙人瓦斯科·达·伽马到达印度卡利卡特
　　　　　　(中国史书称古里),开辟了印度航路。(1497 年
　　　　　　出发,旗舰圣加布里埃尔号;1497 年 11 月到达
　　　　　　好望角;1498 年 3 月到达莫桑比克;后在马林迪
　　　　　　[中国史书称麻林地]觅得穆斯林航海家伊本·
　　　　　　马德内德领航;1498 年 5 月到达卡利卡特,1498
　　　　　　年 9 月回到里斯本)

1499 年　　　奥斯曼土耳其海军击败威尼斯,开始争夺东地中
　　　　　　海地区的制海权。

1500 年　　　A. 葡萄牙人佩德罗·卡布拉尔率领舰队去征服印度,途中遇风暴而迷航,西行发现巴西,并宣布巴西归葡萄牙所有。后继续东行,绕过好望角后再遇风暴,舰队被风吹散,船长洛伦佐·马克斯发现马达加斯加岛。

　　　　　　　B. 葡萄牙人费尔南德斯发现格陵兰南部。

1501 年　　　A. 佛罗伦萨人亚美利哥·维斯普奇在西班牙政府的资助下对南美洲东北部沿岸作了详细考察,著书《海上游行故事集》,确认这是一块新的大陆,但不是印度,后以他的名字命名这块大陆为"亚美利加"。B. 葡萄牙人加斯巴尔发现纽芬兰岛。

1502 年　　　葡萄牙人达·诺瓦发现阿松森岛和圣赫勒那岛(后来因囚禁拿破轮而出名)。

1505 年　　　A. 葡萄牙发现特里斯坦-达库尼亚群岛。B. 葡萄牙国王曼努埃尔任命德·阿尔梅达为印度总督。攻击并歼灭一切非葡萄牙的商船或军舰,垄断东方所有贸易。

1506 年　　　葡萄牙占领索科特拉岛(亚丁湾)。

1508 年　　　葡萄牙占领忽鲁谟斯岛(波斯湾)。

1510 年　　　葡萄牙的印度总督阿布克尔克占领印度的果阿。

1511 年　　　A. 阿布克尔克攻占马六甲,完全控制了马六甲海峡。B. 西班牙在塞维利亚专设"印度事务所",总管对殖民地的统治事务。

1513 年　　　　A. 西班牙巴尔博亚探险队通过巴拿马地峡看到
　　　　　　　了南海,即太平洋。B. 西班牙人阿拉米诺斯发
　　　　　　　现墨西哥湾流。

1519 年　　　　葡萄牙航海家麦哲伦在西班牙政府的资助下出
　　　　　　　发,力图环绕地球航行以发现通往东方的新
　　　　　　　航路。

1520 年　　　　麦哲伦穿过美洲南段与火地岛之间的海峡,进入
　　　　　　　太平洋。后人将这个海峡命名为"麦哲伦海峡"。

1521 年　　　　A. 麦哲伦到达菲律宾,卷入当地土人的冲突,战
　　　　　　　死。其手下继续航行,发现摩鹿加群岛(就是著
　　　　　　　名的香料群岛),随后越过马六甲海峡,进入印度
　　　　　　　洋。B. 西班牙的埃尔南多. 科尔特斯攻取特诺
　　　　　　　奇蒂特兰城,新大陆墨西哥的阿兹特克帝国灭
　　　　　　　亡。C. 中葡"屯门之战"爆发,葡萄牙船败逃马
　　　　　　　六甲。

1522 年 9 月 6 日　麦哲伦的船队回到圣卢卡港,世界一周航路
　　　　　　　完成。

1529 年　　　　葡西两国签订《萨拉哥萨新条约》,在摩鹿加群岛
　　　　　　　以东 17 度处又划了一条分界线,完成了亚洲地
　　　　　　　区的势力划分。

1532 年　　　　A. 葡萄牙贵族马丁·苏沙从法国人手里夺回巴
　　　　　　　西。B. 西班牙侵占厄瓜多尔。

1533 年　　　　西班牙的弗朗西斯科·皮萨罗灭亡新大陆的印
　　　　　　　加帝国。

1535 年	A. 西班牙人门多萨侵占巴拉圭和乌拉圭。B. 西班牙击败奥斯曼土耳其帝国,夺取突尼斯。
1538 年	A. 西班牙人阿尔马格罗侵占玻利维亚。B. 西班牙人奎沙达侵占哥伦比亚和委内瑞拉,并筑波哥大城。
1541 年	西班牙击败南美阿劳干人,完全征服智利。
1548 年	葡萄牙在日本九州设立商站。
1549 年	西班牙征服阿根廷。
1553 年	A. 葡萄牙骗借去中国澳门。B. 英国人威罗比向北冰洋航行,抵达阿尔汉格尔斯克(俄罗斯)。
1558 年	英国伊丽莎白一世即位(—1603 年),为了扩展英国的海上势力而积极的鼓励海盗活动。
1561 年	倭寇大举侵犯台州,戚继光率领所部九战九胜,取得举世闻名的台州大捷。以后的几年又会同俞大猷所率俞家军进行兴化、平海、等平倭战役,连战连胜。
1665 年	长期为害的倭寇之患,终被荡平。
1566 年	西属尼德兰地区爆发资产阶级革命。
1569 年	墨卡托首创用圆柱投影法编绘世界地图,奠定航海制图基础。
1571 年	雷班托战役爆发,奥斯曼土耳其帝国的海军在该战役中被西班牙和威尼斯的联合舰队打败,失去了对地中海的控制。从此,奥斯曼土耳其帝国开始走下坡路。
1580 年	西班牙吞并葡萄牙。

1581 年	原尼德兰北部地区宣布独立,荷兰诞生。
1584 年	英国在北美建立弗吉尼亚殖民地。
1588 年	A.英国击溃西班牙"无敌舰队"。开辟了印度航路。B.英国成立几内亚公司,从事殖民活动。
1592 年	朝鲜"壬辰卫国战争",丰臣秀吉跨海入侵朝鲜,中国援朝,中朝联军最终击破日军。
1595 年	荷兰人范·林斯霍特编著了最早的航海志,记述了大西洋的风系和海流。
1596 年	荷兰人巴伦支为探寻由北方通向中国和印度的航线,曾在北冰洋地区作了三次航行,并于本年到达新地岛。
1598 年	荷兰人范·尼克远征爪哇、摩鹿加群岛。
17 世纪初	荷兰眼镜商人帕理席发明望远镜。
1600 年	英国东印度公司成立,直至 1858 年被英国政府正式取消。
1602 年	荷兰东印度公司成立,英荷两国矛盾加剧。
1603 年	荷兰在爪哇建立商站。
1604 年	法国东印度公司成立。
1605 年	荷兰在摩鹿加群岛击败葡萄牙舰队。
1608 年	法国在北美圣劳伦斯河下游建立魁北克城。
1609 年	英国在印度苏拉特建立商站。
1610 年	英国人哈得孙航行至今哈得孙湾(加拿大)。
1613 年	英国占领印度苏拉特城。
1619 年	荷兰营建巴达维亚城(雅加达)。

1621 年	荷兰西印度公司成立。
1622 年	荷兰在美洲东岸占领哈德孙河口,命名为"新荷兰",建新阿姆斯特丹城。
1623 年	荷兰从葡萄牙处夺取巴西。
1624 年	荷兰殖民者侵占我国宝岛台湾。
1640 年	里斯本发生起义,葡萄牙恢复独立。
1642 年	荷兰航海家塔斯曼出海,抵达毛里求斯和澳洲南部,并发现塔斯马尼亚岛,命其名为"范迪门地",之后,又发现新西兰南岛。
1643 年	塔斯曼继续航行并发现汤加和斐济群岛。
1644 年	A. 塔斯曼航抵新几内亚西南海岸和澳洲北部。 B. 法国向圭亚那殖民。
1648 年	荷兰人击败葡萄牙夺取好望角。
1652 年—1654 年	第一次英荷战争,先后发生 9 次海战,互有胜负,但总体是荷兰战败。
1661 年	葡萄牙将荷兰人逐出巴西。
1662 年	郑成功收复台湾。
1665 年—1667 年	第二次英荷战争,各有失利,双方最后签订《布里达合约》。
1668 年	西班牙承认葡萄牙独立。
1670 年	英国玻意耳在研究海水中盐度与密度关系基础上发表《海水盐度的观测和实验》,开创海洋化学的研究。

1672 年—1674 年　第三次英荷战争，在此以后荷兰势力有所削弱，英国取得了最后胜利。1675 年　丹麦人罗默首创恒星中天法测时。

1686 年　英国人哈雷系统地研究了主要风系与主要海流的关系，后又阐述了海洋蒸发现象。1687 年英国人牛顿用引力定律对潮汐性质作了精辟解释

1688 年—1697 年　法国与反法的奥格斯堡同盟（由英，荷，奥，西等国组成）之间发生战争。这是英法之间海上争霸战的开始。

1702 年—1713 年　西班牙王位继承战争，英法的第二次交锋，结果英国取得了海上霸权的明显优势。

1730 年　A. 英国人西森发明经纬仪。B. 英国人哥德弗莱和哈德利首创用六分仪在海上进行天文定位测量。

1732 年　俄皇彼得一世派白令考察俄国东端海域，发现"白令海峡"。

1740 年　瑞士伯努利提出平衡潮学说。

1740 年—1748 年　奥地利王位继承战争，英法的第三次交锋，法国还是失利。

1756 年—1763 年　"七年战争"，这是 18 世纪英法争夺海洋和殖民霸权的规模最大的一次战争，战争结束，英国取得了最终胜利，从而确立了其全球的海上霸主的地位，"日不落帝国"建立。

1768 年—1779 年	英国的詹姆斯·库克船长进行了 3 次南太平洋考察,将新西兰和澳大利亚纳入英国版图,并且发现了夏威夷。但库克的功绩在于发现了用橙汁和卷心泡菜来防治坏血病的方法,从而拯救了大量水手的生命。库克是继哥伦布之后在地理学上发现最多的人,南半球的海陆轮廓很大部分都是由他发现的;他还在海上精确地测量经纬度,取得了大量表层水温、海流、大洋测深及珊瑚礁等科学考察资料。
1770 年	美国人富兰克林制作并出版了墨西哥湾流图。
1772 年	法国拉瓦锡首先测定了海水成分,发现水是氢和氧的化合物。
1775 年	A. 法国拉普拉斯创立潮汐动力学理论。B. 库克完成了环南极航行。
1779 年	库克在与夏威夷人的冲突中被杀。
1799 年	德国人洪堡德发现了秘鲁海流。

公元前 2000—1500 年,古印欧人的一支——凯尔特人(罗马人称其
　　为高卢人)西进。

公元前 1200—1000 年,日耳曼人迫使凯尔特人继续西进到了不列颠
　　岛。在他们之前在岛上居住的是皮克特人,皮克特人的首都是斯
　　康宫,被苏格兰人称作历史中心,该宫殿以"斯康石"闻名苏格兰,
　　史称"定命石",因为继承苏格兰王位的每一位王公贵族都要到这
　　里来举行加冕仪式。直至 1296 年,英格兰国王爱德华一世决定把
　　这种仪式改在伦敦威斯敏斯特大教堂内举行。直到诺曼征服后,
　　苏格兰仍有皮克特王国。

史前英国(凯尔特英国,史前—43 年)

罗马人占领时期,公元前 55 年—公元 410 年

公元前 55 年与 54 年:朱利叶斯·凯撒首次率军入侵不列颠。公元
　　43 年,罗马皇帝克劳迪厄斯率军征服不列颠。〔罗马人在不列颠
　　岛设置了行省,不列颠岛被分为军事区(西北部山区)与行政区(东
　　南部平原区)两部分。罗马人实际上只控制了行政区,北部的苏格
　　兰与西部的威尔士仍在凯尔特人的手中,罗马人为了防备他们的
　　反抗不得不修建了"哈德良长城"〕。

中古时期英国

盎格鲁-萨克逊英国与七国时代(约 440 年—850 年)与丹麦律法施行区时期(850 年—1066 年)。

4—5 世纪,罗马帝国日渐衰落,逐渐放弃对不列颠的控制,罗马人从 407 年开始撤兵,至 442 年全部退走,结束对不列颠 400 年的统治。

597 年:圣·奥古斯丁到达不列颠,使当地人皈依基督教

7 世纪,开始形成封建制度,许多小国并成七个王国,争雄达 200 年之久,史称"盎格鲁-撒克逊时代"。

829 年威塞克斯国王爱格伯特统一了英格兰。

832—860 年:肯尼斯·麦克阿尔平统一皮克特人和苏格兰人。

8 世纪末遭丹麦人侵袭,1016 年至 1042 年为丹麦海盗帝国的一部分。其后经英王短期统治。

诺曼(底)王朝:1066—1154

1066 年:诺曼底公爵威廉征服英格兰。

1086 年:发布《末日审判书》。

金雀花王朝:1154—1399

1154 年:亨利二世继承王位,金雀花王朝开始。

1215 年:英王约翰被迫签署由封建贵族提出的《大宪章》。

13 世纪初:牛津大学和剑桥大学创立。

1277—1288:英格兰征服威尔士。

1337—1453:英法"百年战争",英国先胜后败。

1387—1394：乔叟写作《坎特伯累故事集》。

【公元 13 世纪—15 世纪，资本主义萌芽。】

兰卡斯特王朝：1399—1461

1413 年：苏格兰第一所大学圣安德鲁斯大学成立。

1455—1487 年：约克家族与兰卡斯特家族之间的"红白玫瑰战争"。

约克王朝：1461—1485

1477 年：威廉·卡克斯顿出版印刷第一本书。

都铎王朝：1485—1603（近代英国开始）

1485 年：亨利七世即位。

【15 世纪中叶，30 年的玫瑰战争导致都铎王朝建立，获胜方南方大地
　　主和新贵族的代表亨利·都铎加冕为王，是为亨利七世。都铎王
　　朝正值资本主义在英国初升时期，产生了两位有名君主：亨利八
　　世，为子嗣和婚姻问题与罗马教庭宣布决裂，成立英国国教（即圣
　　公会）；伊丽莎白一世（1558—1603）确立了英国的海上霸权，正值
　　文艺复兴时期，出现了莎士比亚。苏格兰国王詹姆斯四世被伊丽
　　莎白指定为继承人，1603 年，詹姆斯登上英格兰国王的宝座，成为
　　詹姆斯一世，开始了斯图亚特王朝的统治，这为 100 年后（1707 年）
　　苏格兰与英格兰正式合并创立了条件。】

1536 年：英格兰与威尔士合并。

1558 年：英国女王伊丽莎白一世即位，统治英国达 45 年之久。

1564 年：莎士比亚诞生。

1588 年：击败西班牙无敌舰队,树立海上霸权。

[英国在 1588 年英西海战中的胜利,是一次以弱胜强的胜利,它再一次显示了在王权统治下的民族国家的力量。长期处在欧洲主流文明之外的岛国,第一次以强国的姿态向欧洲大陆发出了声音,并迅速进入世界海洋霸权和商业霸权的争夺中心。]

斯图亚特王朝 1603—1714

1603 年：80 岁的伊丽莎白一世去世了。苏格兰王詹姆士六世加冕成为英格兰的詹姆士一世,统一了英格兰和苏格兰。

1620 年：对新教徒的镇压激化,一批新教徒乘"五月花号"抵达美洲。

1628 年,《权力请愿书》。

1628 年,解散议会。

1640 年,英国在全球第一个爆发资产阶级革命,成为资产阶级革命的先驱。

1642—1651 年：英国内战爆发。

1649 年：查理一世(詹姆士一世的儿子)被处决(1.30),克伦威尔宣布共和政体(5.19)。1660 年：(查理二世)王朝复辟。[詹姆斯二世(查理二世儿子)继承王位,后被罢黜。]

1676 年：格林尼治天文台设立。

1679 年,人身保护法;托利党成立(1833 年改称现名)。

1685 年：牛顿发现万有引力定律。

1687 年,牛顿出版《自然哲学的数学原理》。

1688—1689 年：光荣革命,确定了君主立宪制。玛丽二世(詹姆斯二世女儿)执政。

1694 年：英格兰银行成立。

1698 年：伦敦股票交易所成立。

1707 年：英格兰、苏格兰合并，形成"大不列颠王国"。

汉诺威王朝：1714—1917

1714 年，王位传给查理一世的外甥家族、德国的汉诺威王室。接着是乔治一世、二世、三世、四世执政。乔治三世在位期间，美国独立，英国击败拿破仑。

1721—1742 年：罗伯特·华尔波尔成为英国第一任首相。

1727 年，牛顿去世。

1760—1830 年：工业革命。

1763 年，结束英法七年战争。

1775—1783 年：美国独立战争。

18 世纪后半叶至 19 世纪上半叶，成为世界上第一个完成工业革命的国家。

19 世纪是大英帝国的全盛时期。

1801 年：合并爱尔兰，"大不列颠及爱尔兰联合王国"成立。

1815 年，英国威灵顿公爵在滑铁卢击败了拿破仑。

1837 年：维多利亚女王即位［1837—1901 年，维多利亚女王执政，英国的黄金时代，当时世界上最先进的工业国，在生产及贸易方面跃居世界首位，到处推行炮舰政策，夺取海上霸权，侵占殖民地，搜刮别国财富。大英帝国称霸世界，在海外统治的地域遍及欧、亚、非、美、澳各洲，号称"日不落帝国"。］

1859 年：达尔文发表《物种起源》。

1900 年，劳工代表委员会成立（1906 年，改工党）。

1901 年：维多利亚女王逝世。

1911 年,议会法由下议院通过。

1914—1918 年:第一次世界大战,开始衰败。

1919 年,乔治五世将汉诺威王朝改为温莎王朝。现在的女王伊丽莎
　　白二世就是温莎王朝的第四代君主。

温莎王朝 1917—

1920 年设立北爱兰郡。

1921 年:爱尔兰独立。

1928 年:弗莱明发现青霉素。

1931 年颁布威斯敏斯特法案,被迫承认其自治领在内政、外交上独
　　立自主,大英帝国殖民体系从此动摇。

1939—1945 年:第二次世界大战,经济实力大为削弱,政治地位
　　下降。

1947 年印度和巴基斯坦的相继独立。

1949 年,议会法。

1952 年,伊丽莎白女王二世加冕。

1988 年 3 月,自由民主党成立。

20 世纪 60 年代,英帝国殖民体系瓦解。

1973 年 1 月加入欧共体。

附录四 英国海洋小说家笔下的海洋

广袤无边的海洋哺育了人类,也成为人类文学艺术中一个悠远而无法割舍的部分。在英国海洋小说家的笔下,海洋不仅是生儿育女的摇篮,是耕耘劳作的田园,也是心灵向往的圣地。海洋在这里获得了各种不同的镜相,成为了解世界、了解自然、了解人类和其他生物的色彩斑斓的多棱镜。

(一) 美丽的海

海上清晨

这是一个明亮、晴朗、美丽的早晨,我们第一次把小船推下水,划到环礁湖平静的海面上。海面上没有一丝风,深蓝色的天空没有一点云彩,大海就像一块玻璃一样闪闪发光,但随着又长又大的海涌慢慢起伏,周围的一切都显示着太平洋的勃勃生机。当我们划过水面时,色彩亮丽的水草和珊瑚在清澈的海底发着光,像是一些珍贵的宝石。

——巴兰坦:《珊瑚岛》①

---

① [英]R. M. 巴兰坦:《珊瑚岛》(英汉对照),沈忆文、沈忆辉译,北京:中国对外翻译出版公司,2009年,第169页。

哈维终生都不会忘记当时的情景。将近一个星期都没有看见的太阳刚刚冒出地平线,低低的红光照在一条条双桅船的停泊帆上,抛锚停泊的双桅船共有三个船队,一队在北边,一对在南边,一队在西边。总数一定有一百条左右,式样各不相同,远处还有一条法国人的横帆船,似乎在向这一百条船一一点头行礼。每条船上都在放下平底小船来,就像是从拥挤的蜂房里放出蜜蜂来一样,喧闹的人声,花车和绳索的嘎嘎声,船桨的击水声,穿过汹涌起伏的海面传到几英里以外去。太阳升起的时候,船帆变换着各种颜色,先是黑的,后来是蓝灰色的,最后是白的。还有更多船在摇摇摆摆穿过浓雾向南驶去。

——吉卜林:《勇敢的船长》①

那天早晨是如此晴朗,只是偶尔有一丝微风,极目远眺,碧海与苍穹连成一片,似乎点点孤帆高悬在空中,或者朵朵白云飘坠于海面。在远处的大海上,一艘轮船吐出一缕浓烟,它在空中翻滚缭绕、久久不散,装饰点缀着这片景色,好像海面上的空气是一层轻纱薄雾,它把万物柔和地笼罩在它的网眼中,让它们轻轻地来回荡漾。有时晴空万里,波平如镜,那悬崖峭壁看上去似乎意识到那些驶过得帆船,那些小船看上去似乎也意识到悬崖峭壁的存在,好像它们彼此之间灵犀相通、信息互传。有时候离海岸很相近的灯塔,在这天早晨的朦胧雾霭中,望上去似乎距离十分遥远。

——伍尔夫:《到灯塔去》②

---

① [英]吉卜林:《勇敢的船长》,徐朴、汪成章译,武汉:湖北教育出版社,2009年,第115页。

② [英]弗吉尼亚·伍尔夫:《到灯塔去》,瞿世镜译,上海译文出版社,2008年,第223—224页。

哈姆林太太一向睡觉时间不长，天一亮，她就习惯性地走上甲板。当最后的星光褪去，日色逐渐占据天空，她那困扰的内心也得到一丝安慰，在那一天中绝早的时辰，镜面般的大海纹丝不动，似乎大地上的一切忧愁都微不足道。光线还很暗淡，空气里弥漫着令人愉悦的颤动。但是第二天凌晨，当她像往常一样走向甲板的尾部时，却发现已经有人先她一步了。那是加拉格尔先生，他正注视着苏门答腊岛低平的海岸线。日出像一个魔术师，在它的召唤下，海岸线从黑暗的深海中浮现出来。

——毛姆：《铁行轮船公司》①

第二天是圣诞节前夕。哈姆林太太夜里睡得不好，当她醒来时，天已经蒙蒙亮了。从舷窗里向外望去，天色晴朗如银；雾气已经在夜间散去，晨光很美。她走上甲板，感觉轻松多了，于是她走到尽可能靠近船头的地方。在天边贴近地平线的地方，一颗晨星正闪着暗淡的光芒。海面上泛起粼粼的一片波光，好像闲散的微风伸出它那调皮的手指，轻轻地抚弄着海面。那光线显得优雅而温和，纤薄得好像春日里刚刚抽芽的树木，而且晶莹剔透，令人想起山间小溪里潺潺的流水。她转过身，望着玫瑰色的旭日从东方冉冉升起，这时，她看见医生向她走来。

——毛姆：《铁行轮船公司》②

太阳尚未升起。海和天浑然一体，只有海面上微波荡漾，像是有一块布在那里摇摆出层层褶皱。随着天际逐渐泛出白色，一道幽深

① ［英］毛姆：《木麻黄树》，黄福海译，上海：上海译文出版社，2012年，第35页。
② ［英］毛姆：《木麻黄树》，黄福海译，上海：上海译文出版社，2012年，第60—61页。

的阴影出现在地平线上,分开了海和天,那块灰色的布面上现出一道
道色彩浓重的条带,它们前后翻滚,在水下,你推我拥,相互追逐,绵
延不绝。

　　当它们抵达岸边时,每道波纹都高高涌起,迸碎,在海滩上撒开
一层薄纱似的白色水花。浪波平息一会儿,接着就重新掀起,发出叹
息般的声响,宛似沉睡的人在不自觉地呼吸。地平线上那道幽暗的
阴影逐渐变得明朗起来,就像一瓶陈年老酒中的沉渣沉淀后,酒瓶泛
出绿茵茵的光泽。

——伍尔夫:《海浪》①

　　太阳正在升起。蓝色的海浪、绿色的海浪呈扇面状快速冲刷着
海滩;它绕过海冬青的花穗,在沙滩上留下一片片浅浅的发亮的水
坑。海浪退潮时在身后留下一道影影绰绰的边缘。那些一度显得朦
胧迷离的礁岩,已经逐渐显示出轮廓,露出一条红色的裂缝。

——伍尔夫:《海浪》②

　　太阳升起来了。黄色绿色的缕缕光线洒落在海边,给饱经风霜
的小船的舷板镀上了金色光辉,而且使海滨刺芹和它那披着铠甲似
的叶片像钢铁一样闪烁着蓝光。当海浪呈扇形迅速涌上海滩时,阳
光几乎映透了那些迅捷的薄薄浪花。那个刚才摇头晃脑并使她所佩
戴的各种珠宝——黄玉、蓝宝石,以及散射着火花般光影的水晶宝
石——全都跳荡不停的女郎,如今露出了她的眉毛;她张大双眼,用
目光在波浪上开辟出一条笔直的道路。海浪原来那种犹如颤动的鱼

---

① ［英］弗吉尼亚·伍尔夫:《海浪》,曹元勇译,上海:上海译文出版社,2012年,第1页。
② ［英］弗吉尼亚·伍尔夫:《海浪》,曹元勇译,上海:上海译文出版社,2012年,第21页。

鳞似地闪耀光影变得暗淡起来;它们麇集在那里,幽绿的波谷显得又深又暗,而且很有可能成群的游鱼正在那里来回游动。每当浪潮迸溅起来又退落下去,它们就在海滩上抛下一层黑乎乎的树枝儿和树皮,还有烂草和木棍,仿佛有一只小船沉默了,船帮碎裂,而驾船的人却已游上陆地,跳上崖岸,撇下他的容易损坏的货物任凭浪潮冲上海滩。

——伍尔夫:《海浪》①

船舱里就够冷的,甲板上简直像冰窖一样。太阳尚未升起,星光却已暗淡下来,天空和海洋都是冰冷的,颜色也一样苍白。岸上飘浮着白雾。现在,黑漱漱的树丛清晰可辨。连伞状蕨类植物,以及那些骷髅般的古怪的银色枯木,都历历在目。……而今她们看见了趸船,同样是苍白的小房子,像镶在匣盖上的贝壳一般密密匝匝挤在一起。

——曼斯菲尔德:《航海》②

海洋暮色

我们把铁木安顿在屋子里。小船被提到甲板上之后,大船就起航了。我们起航的时候太阳就要落山了,一股强风正从岸上吹来。风吹着我们飞快地经过珊瑚礁来到外面的大海。在暮色笼罩之际,海岸很快就变得模糊不清了,我们的船在苍茫中轻快地跃过海浪。山尖在地平线上慢慢下沉,最后变成一个小点。转眼之间太阳和珊

---

① [英]弗吉尼亚·伍尔夫:《海浪》,曹元勇译,上海:上海译文出版社,2012年,第62页。
② [英]曼斯菲尔德:《一个已婚男人的自述》,萧乾、文洁若等译,北京:文化艺术出版社,2003年,第202页。

瑚岛一同消失在太平洋广阔的怀抱里。

——巴兰坦：《珊瑚岛》①

　　船上只剩下我一个人，海水要开始退潮了。太阳也要落山了。西海岸松树的影子越过锚地越移越近，最后斑驳陆离地映在甲板上。晚风吹起，虽然东面有双峰山挡着，但船上的索具抖动起来，发出呜呜的声音，像在柔声地歌唱，帆也跟着来回晃动，吧嗒吧嗒直响。

　　……

　　这时，茫茫的暮色笼罩了整个锚地，我记得夕阳的最后一点余晖透过林间空地映在开满鲜花的破船残骸上，非常灿烂，像宝石一样光彩夺目。我开始感到有些寒意。潮水哗哗地向大海退去，伊斯班尼拉号倾斜得越来越厉害，眼看要翻倒。

　　我赶紧爬到船头查看了一下弦外。水已经很浅了，为安全起见我两手牢牢地抓住割断的锚索，小心谨慎地翻到船外。水刚漫过我的腰部，沙地很坚实，波浪微微起伏。我精神抖擞地趟水上岸，倒向一边的伊斯班尼拉号张着主帆，自己待在了海湾的水面上。现在，太阳已经完全落下去了，寒意逼人的黄昏，一阵阵冷风从摇曳的松树间吹来。

——斯蒂文森：《金银岛》②

　　落日使海水染成一片紫色和粉红的，也将金光洒在一长排隆起的琵琶桶上和桶中影影绰绰似蓝似绿的鲭鱼身上。举目望去，每条双桅船似乎都在用无形的绳索把一些小船牵到它们那儿去，小船中

---

① ［英］R. M. 巴兰坦：《珊瑚岛》（英汉对照），沈忆文、沈忆辉译，北京：中国对外翻译出版公司，2009 年，第 245 页。

② ［英］斯蒂文森：《金银岛》，李增彩译，沈阳：春风文艺出版社，2004 年，第 174—175 页。

一些小小的黑色人影像是一些上了发条的玩具。

——吉卜林：《勇敢的船长》①

夕阳落海时，直径缩小了，只剩了一团没有光芒棕色火焰，仿佛从清晨到现在，已经消磨了几百万世纪，将近它的末日了。浓重的层云出现在北方，带有不祥的深橄榄色，低低铺在海面上空，一动不动，宛似固体的障碍物，挡拦着船的航路。它向那层云辗转挣扎，好像个精疲力竭的动物快被逼死了。暗铜色的黄昏渐渐退隐，头顶黑暗里透出一簇危危欲坠的大星，这些星仿佛被风猛吹，闪烁摇曳得异常厉害，差不多临近地球了。

——康拉德：《台风》②

太阳正在西沉。如同坚硬岩石般的白昼碎裂了，光亮从那些裂片之间涌泻出来。红光和金光犹如一支支用黑暗作翎羽的脱弦之箭，射穿了海浪。一束束光线在变幻不定地闪烁和摇曳，就像那从沉陷的岛屿上发出来的信号，或像那由一些不知羞耻、哈哈大笑的孩子们从月桂树丛中投出来的标枪。但是海浪在抵近海岸时就会变得暗淡无光，并且在持续时间很长的轰隆声中沉落下去，就像一堵墙，一堵用灰色石头垒起来的、没有任何透光裂缝的墙轰然倒塌。

——伍尔夫：《海浪》③

---

① ［英］吉卜林：《勇敢的船长》，徐朴，汪成章译，武汉：湖北教育出版社，2009 年，第 24 页。
② ［英］康拉德：《康拉德海洋小说》，薛诗绮编，上海：上海文艺出版社，2012 年，第 79—80 页。
③ ［英］弗吉尼亚·伍尔夫：《海浪》，曹元勇译，上海：上海译文出版社，2012 年，第 187 页。

太阳已经落下。西方的天空里拥卷着大片大片玫瑰色的云霞。宽大的光束穿过云霞射出去,似乎要照满天际。头上蓝天的颜色渐渐消失而变为暗淡的金黄色,衬出树丛的轮廓好像金属一样闪着幽暗的光。有时天空中露出一缕缕这样的光束,样子可怕。它们使你想到,我们绝对忠实和崇敬的上帝,万能的主耶和华就坐在那里,用两只眼睛盯着你,守望着你,永不厌倦。你记起他的到来将使大地震撼成为毁灭的墓地;冷漠的光明天使会把你到处驱赶,只消几句话就可以解释清楚的事情却不给你时间去解释。……然而今晚琳达却觉得那些银色的光束极为可爱、令人感到无限欢快。此刻大海也寂静无声。它轻柔地呼吸着,似乎要把那温柔欢乐的美景拉入自己的怀抱。

——曼斯菲尔德:《在海湾》①

海洋月夜

月光中桅杆跟索具以及那从不卷起的锚位帆,将前后摇晃的影子投在起伏的甲板上。船尾的鱼堆得像一团流动的银子。在舱底里有踏步和滚动的声音,屈劳帕和泼拉特在盐桶之间走动。

——吉卜林:《勇敢的船长》②

这次我醒来时,星星正从无云的天空向下凝视我。海面依然很平静,我的小怪船随着细浪在身下轻轻摇晃着。瞪着空旷寂寥的夜

---

① 〔英〕曼斯菲尔德:《曼斯菲尔德短篇小说集》,唐宝心、王嘉玲等译,天津:天津人民出版社,1982 年,第 84 页。
② 〔英〕曼斯菲尔德:《曼斯菲尔德短篇小说集》,唐宝心、王嘉玲等译,天津:天津人民出版社,1982 年,第 32 页。

空,我那些勇气都离我而去了,而且感到了前所未有的饥渴,让我的肠胃阵阵作痛。

"你醒了吗?"有个银铃般的声音在我旁边说。

我像针扎似的跳了起来。我仔细一看,栖息在我小筏子的最顶端的,美丽的金色尾巴在星光下隐隐闪耀的,正是米兰达,那只紫色天堂鸟。

……

这时月亮从海边升起来了。我扭头一看,发现我的小筏子正在水里移动,可是轻盈得我一直没有注意到。

"是谁在推我们?"我问。

"是海豚。"米兰达说。

我走到筏子后面向水里一看,就在水面之下,有四只海豚朦胧的身影,正在用鼻子推着筏子,他们光滑的皮肤在月光下闪闪发亮。

——洛夫汀:《奇怪的赖医生》[①]

海滨上有一千种小动物发出窸窸窣窣的声响。各式各样的带甲壳的小东西永远也不停息地到处爬动,另外还有生活在陆地的螃蟹嚓嚓地横爬过去。有的时候,你可以听见咸水湖里鱼儿跳跃的声音,另外的时候,一条棕色鲨鱼把别的鱼儿惊得乱窜,弄得湖里发出一片噼啪的泼溅声。但是压倒这一切嘈杂声响的海水拍打礁石的隆隆声,它像时间一样永远也永不终止。

——毛姆:《月亮与六便士》[②]

[①] 〔英〕休·洛夫汀:《奇怪的赖医生》,高红梅译,北京:人民文学出版社,2010 年,第 252—253 页。

[②] 〔英〕毛姆:《月亮与六便士》,傅惟慈译,上海:上海译文出版社,2012 年,第 243 页。

一小片浮云,从容不迫地飘过来把月亮遮住。在这漆黑一片的时刻,大海的涛声深邃而恼人。浮云飘逝,海水在低声细语,宛如刚从幽梦中醒来。万籁寂静。

——曼斯菲尔德:《在海湾》①

海风和海浪

客厅里、餐厅里或楼梯上,没有一丝动静。只有从那阵海风的躯体上分离出来的一些空气,它们穿过生锈的铰链和吸饱了海水潮气而膨胀的木板(那幢房子毕竟破旧不堪了),偷偷地绕过墙角,闯进了屋里。你几乎可以想象:它们进入客厅,到处徘徊、询问,和悬挂在那儿噼啪扇动的糊墙纸嬉戏,问问它还要在那儿悬挂多久? 什么时候它会剥落下来? 然后,它们平静地拂过墙壁,在经过之时所有所思,好像在询问糊墙纸上那些红色、黄色的玫瑰,它们是否会褪色,并且温文尔雅地询问(它们有的是时间)废纸篓里撕碎的信件、房间里的花卉和书籍(这一切现在都敞开地呈现在它们面前):它们是盟友吗? 它们是敌人吗? 它们还能保存多久?

——伍尔夫:《到灯塔去》②

拂面的微风令人心旷神怡。小船倾斜着划破水面,激起的浪花像绿色的泡沫和大小瀑布,向两侧倾泻。凯姆低首俯瞰浪花的浮沫,注视着大海和它的全部宝藏,小船飞快的速度把她给催眠了,她和詹

---

① [英]曼斯菲尔德:《曼斯菲尔德短篇小说集》,唐宝心、王嘉玲等译,天津:天津人民出版社,1982 年,第 91 页。
② [英]弗吉尼亚·伍尔夫:《到灯塔去》,瞿世镜译,上海译文出版社,2008 年,第 154 页。

姆斯之间的联盟稍微松懈了一点,减弱了一点。她开始想:船开得
好快。我们在往哪儿去啊?

——伍尔夫:《到灯塔去》①

我经常提到的这种巨大咆哮不停的海浪,比我们想象的更大更
壮观。它高出海平面很多很多,离开珊瑚礁很远都能看到,海水慢慢
地平静地涌上来,向前涌动的时候体积和速度大大增加,最后形成一
个清澈的拱形巨浪,一闪一闪地反射着太阳的光芒。当它冲过来的
时候,浪头的边缘轻轻翻转过来,然后落下,发出震耳的呼啸,太平洋
的心脏仿佛在这咆哮声中破碎了,珊瑚礁也仿佛在这巨大的撞击下
颤抖了。

——巴兰坦:《珊瑚岛》②

我们离开企鹅岛的时候,天色已经变暗了。我们打定主意在大
约两英里以外的一个小岛过夜,于是就使劲地朝长着几棵椰子树的
小岛划去。但是意想不到的危险正在等着我们。风,就是那眨眼的
功夫就把我们吹到企鹅岛的强风,在夜幕降临的时候变大了。我们
刚走到半路,风就变成了一场可怕的风暴。虽然风没有正对着我们
吹,使我们偏离预定的航向,但是还是让我们每划一下都很困难。尽
管海岛抵消了一些海水的冲力,海浪还是很快变高,翻滚的浪尖砸向
我们的小船,这样一来小船开始进水了,防止船往下沉真是难啊。后
来狂风卷起巨浪,骇人极了,我们发现要想到达那个海岛是不可能的
了,杰克突然掉转了船头,命令我和彼得金改变帆的角度,打算返回

① [英]弗吉尼亚·伍尔夫:《到灯塔去》,瞿世镜译,上海译文出版社,2008 年,第 202 页。
② [英]R. M. 巴兰坦:《珊瑚岛》(英汉对照),沈忆文、沈忆辉译,北京:中国对外翻译出版
公司,2009 年,第 171、172 页。

企鹅岛。

......

狂风很快就向小船扑来,但是我和彼得金已经放下了船帆,这样风暴才没有把船掀翻。但是当风暴过去之后,船里进了大半船的水。我很快把水排净,彼得金又把帆升起了一点儿。杰克担心的事情终于发生了。我们发现到企鹅岛去是根本不可能了。风暴带着我们飞快地从它旁边驶过,直奔大洋而去。一个可怕的事实摆在我们面前:我们将被带到汪洋大海之中,在小船上慢慢死去。

——巴兰坦:《珊瑚岛》①

我朝海岛的东南岸一直跑去,我决定沿着沙尖嘴靠海的那一边走,免得被锚地里的人察觉。这时早已过了下午,不过太阳还没有下山,天气还很暖和。我刷刷地往前走,四周全是又高又大的树,前方不远处,海浪拍击着海岸,发出不断地轰鸣(今天的海风比平时要大些),海风吹过,树枝、树叶沙沙作响。不久,阵阵凉意袭来,我又走了几步,来到树林边缘的开阔地,蓝色的大海在阳光下伸展到水天相连的地平线,岸边激浪滚滚,泡沫翻腾。

我从来没有看见过藏宝岛周围的海有平静的时候。即使阳光灿烂,空气里一丝风也没有,蔚蓝色的海面波平如镜,但岸边却总是波涛滚滚,日夜奔腾。恐怕岛上很难找到一块地方听不见这种浪花飞溅的响声。

——斯蒂文森:《金银岛》②

---

① 〔英〕R. M. 巴兰坦:《珊瑚岛》(英汉对照),沈忆文、沈忆辉译,北京:中国对外翻译出版公司,2009 年,第 195、197 页。
② 〔英〕斯蒂文森:《金银岛》,李增彩译,沈阳:春风文艺出版社,2004 年,第 143 页。

海面上荡起大片大片的微波。从南而来的海风柔和有力,与海流的方向一致,所以海浪一起一伏,平稳而有节奏。

要不是这样的话,我早就完蛋了,但是即便如此,我这艘弱不禁风的小船能如此轻易地闯过一道道难关,也是个奇迹了。我躺在船底,时不时从船边向上望一眼,常常会看到一个巨大的蓝色浪头耸立在我头顶上空,只见小船像上了弹簧一般,纵身一跃滑向波面,轻巧得像只小鸟。

——斯蒂文森:《金银岛》①

防波堤后边,海面升得很高。他俩摘下帽子。她的头发被吹得掠过嘴边,有股咸津津的味道。海面高得浪花都溅不起来,只是轰然撞在这堵粗糙的石堤上,把那杂草丛生、湿淋淋的石阶也都吞没了。猛地,一面绮丽的水帘冲了过来,掠过海滨大道。他们一下子给水帘罩住了,她嘴里满是湿漉漉、凉冰冰的味道。

——曼斯菲尔德:《起风儿》②

暴风雨、海雾

夜越来越深,天越来越黑,伸手不见五指,我们不得不不时地摸摸对方,来确定我们都还活着,这时候暴风雨变得可怕之极,听到对方的声音都很困难,我们感觉到风起了一点变化,不时有些水滴被吹落到我们的脸上。大海疯狂地翻腾着,冲上那个小小的海湾直抵我

① ［英］斯蒂文森:《金银岛》,李增彩译,沈阳:春风文艺出版社,2004 年,第 152 页。
② Mansfield, Katherine. *The Collected Stories of Katherine Mansfield*. Hertfordshire: Wordsworth Editions Limited, 2006: 84.

们的脚下,威胁着要把船夺走。为了不让这种倒霉的事发生,我们把船又向上拉了拉,把绳子攥在手里。

我们不时借闪电的亮光看清了周围的可怕景象,但是我们还是渴望闪电再次出现,因为紧接在后面的黑暗比闪电更令人害怕。霹雳好像要把天空撕成两半,雷声穿过暴风雨的怒吼传到我们的耳边,仿佛只是一阵夏日的和风。海浪猛烈袭击小岛向风的一侧,我们觉得那边的岩石就要塌掉了,因为害怕,我们紧紧抓住裸露的地面,觉得每时每刻都有可能被冲进黑暗的大海。噢,这真是一个恐怖之夜!没有人能想象的到当我们终于看到曙光冲破四周云层时的那份快乐。

——巴兰坦:《珊瑚岛》①

有好几天他们一直在雾中操作,哈维负责敲钟,后来他渐渐熟悉了这种浓雾,便跟汤姆·泼拉特一起出去,只是心像要跳出嗓子眼似得。雾不会散去,鱼却在咬钩,当然谁也不会提心吊胆什么也不干一等就是6个小时。哈维专心致志地使用着他的鱼线和鱼叉,汤姆·泼拉特把鱼叉又叫做"水兵棍"。他们靠着钟声的引导和汤姆的直觉把平底船划回双桅船。梅纽尔的海螺声也在他们周围隐约可闻。但这是一次古怪的经历,因为一个月里哈维第一次恍恍惚惚感到平底船周围雾气腾腾的水面在移动,鱼线仿佛消失在虚无缥缈之中,他睁大眼睛,目光所及也不到10英尺,而且除了上面的雾气正消散在下面的海面上,什么也看不见。……他们在迷雾中又找了个停泊的地方,可这回哈维下梅纽尔的小船时,连头发都竖起来

---

① 〔英〕R. M. 巴兰坦:《珊瑚岛》(英汉对照),沈忆文、沈忆辉译,北京:中国对外翻译出版公司,2009 年,第 203 页。

了。一个白色的影子在白色的浓雾中移动,它吐出坟墓般的气息,海上一片轰鸣,又是颠簸,又是喷水。这是他头一次看到纽芬兰浅滩夏天可怕的冰山,他吓得躲在船底瑟瑟发抖,让梅纽尔笑了好一阵。

——吉卜林:《勇敢的船长》①

船上的帆全都有气无力地拍打着,在稠密的空气中歪斜下来,这时他们的周围是一片平展展的大海,海水蓝幽幽油光光的。他们想望来一阵风,不料只来了一阵雨,长长的雨脚像又尖又长的鱼竿,敲鼓似的落在水面上,激起了许多水泡,雨的后面还跟来了8月中的雷鸣和闪电。他们赤着脚光着膀子躺在甲板上,争着说自己上岸以后头一道菜要点什么;因为这时陆地已经清楚在望了。

——吉卜林:《勇敢的船长》②

他觉得他冒了莫大的危险孤单单地抱着支柱,待在那儿已经许久许久了。雨水尽向他倾泼,流泻,一股股地冲激。他连连喘气,吞下的水有时新鲜,有时咸涩。大半时间他将眼睛闭得很紧,仿佛在这水与风大动乱之际,生怕他的视力会给毁灭了。他放胆赶忙眨了眨眼,看见右舷的灯光青辉,微弱地照耀着飞舞的雨点和浪花,这才心里添了几分勇气。他明明看见那灯火的光芒,射着一个腾跃的海浪,又转被那海浪扑灭了。他看见浪峰颤巍巍地崩倒了,将冲击力加入

---

① [英]吉卜林:《勇敢的船长》,徐朴、汪成章译,武汉:湖北教育出版社,2009年,第83—84页。
② [英]吉卜林:《勇敢的船长》,徐朴、汪成章译,武汉:湖北教育出版社,2009年,第134页。

他周围正怒吼着的异常洪大的喧声；差不多同时刻，支柱从他搂抱的臂怀里撕走了。背后砰然起了一下猛暴的轰击，他发现他自己忽然随水漂浮而且凫泳直上。他第一个禁不住的念头是，整个的中国海已经爬上望台来了。于是更清醒地，他断定他自己已经滚下海了。自始至终，他在大股大股的水里被拖摔，被抛掷，被摆荡，同时异常惊慌狼狈地暗自重复念道："我的天呀！我的天呀！我的天呀！我的天呀！"

——康拉德：《台风》①

海滩、海底世界

潮水已退，海滩上空无一人；温暖的海水懒洋洋地在荡漾着。日光火热地照射在细沙上面，炙烤着那些灰色的、蓝色的、黑色的和带白纹的卵石。阳光把贝壳凹窝里的小水珠吸掉，并使在沙丘内盘来盘去的粉色牵牛花看上去浅如白色。万物静止，唯有小沙蚤除外，嚓——嚓——嚓！它们跳个不停。

——曼斯菲尔德：《在海湾》②

清晨，太阳还未升起，整个月牙湾笼罩在白茫茫的海雾之中。海湾后面那些树木丛生的高大山丘周围雾霭弥漫。望不出哪里是山脚的尽头，哪里是一片片围场和平房的起点。沙滩一过就是围场和平房了，此外并没有那些长着红色野草的白沙丘，所以找不到什么标记

① ［英］康拉德：《康拉德海洋小说》，薛诗绮编，上海：上海文艺出版社，2012年，第98—99页。
② ［英］曼斯菲尔德：《曼斯菲尔德短篇小说集》，唐宝心、王嘉玲等译。天津：天津人民出版社，1982年，第67页。

可以分清何处是岸,何处是海。降下了浓雾,草色碧蓝。

——曼斯菲尔德:《在海湾》①

　　海岸边长满棕榈。有的树身耸立着,有的树身像阳光偏斜着,绿色的树叶子在空中高达一百英尺。树下是铺满粗壮杂草的斜堤,被乱七八糟的倒下来的树划得东一道西一道的,还四散着腐烂的椰子和棕榈树苗。之后就是那黑压压的森林本体部分和孤岩的空旷地带。拉尔夫站着,一手靠着根灰树干,一面眯起眼睛看着粼波闪烁的海水。从这里往外一英里之遥,雪白的浪花忽隐忽现地拍打着一座珊瑚礁。再外面则是湛蓝的辽阔的大海。在珊瑚礁不规则的弧形圈里,环礁湖平静得像一个水潭——湖水呈现各种细微色差的蓝色、墨绿色和紫色。在长着棕榈树的斜坡和海水之间是狭窄的弓形板似的海滩,看上去像没有尽头,因为在拉尔夫的左面,棕榈、海滩和海水往外伸向无限远的一点;而几乎张眼就能看到的,则是一股热腾腾的热气。

——戈尔丁:《蝇王》②

　　在这儿,海滩被直角基调的地形猛地截断了;一大块粉红色的花岗岩平台不调和地直穿过森林、斜坡、沙滩和环礁湖,形成一个高达四英尺的突出部分。平台顶上覆盖着一层薄薄的泥土,上面长着粗壮的杂草和成荫的小棕榈树。因为没有充足的泥土让小树长个够,所以它们到二十英尺光景就倒下干死。树干横七竖八地交叠在一起,坐起来倒挺方便。依然挺立着的棕榈树形成了一个遮盖着地面

---

① Katherine, Mansfield. *The Collected Stories of Katherine Mansfield*. Hertfordshire: Wordsworth Editions Limited, 2006: 165.
② ［英］威廉·戈尔丁:《蝇王》,龚志成译,上海:上海译文出版社,2006,第 4—5 页。

的绿顶,里面闪耀着从环礁湖反射上来的颤动的散光。拉尔夫硬爬上平台,一下子就注意到这儿凉快的绿荫,他闭上一只眼,心想落在身上的树叶的影子一定是绿色的,有择路走向平台朝海的一边,站在那里俯视海水。水清见底,又因盛长热带海藻和珊瑚而璀璨夺目。一群小小的、闪闪发光的鱼儿东游西窜、忽隐忽现。

——戈尔丁:《蝇王》①

我和杰克潜到不太深的水域,展现在我们面前的是一座美丽的花园,而不是我们想象的那种布满沙子和石头的海底。整个环礁湖的湖底,被形态各异、大小不一和色彩缤纷的珊瑚覆盖着,环礁湖就是我们所说的珊瑚礁里平静的水域。最常见的珊瑚种类是一种呈树枝状的珊瑚,这种珊瑚的某些部分是纯白的。这里还有大量的水草,五彩缤纷的颜色超乎我们的想象,许多水草还有极其优美的外形。很多鱼,蓝的、红的、黄的、还有绿的,在这座水下花园里游来游去,对我们这些不速之客一点也不害怕。

——巴兰坦:《珊瑚岛》②

不知为什么,我原来老以为海底是平的。这次我发现,它其实像陆地表面一样不规则而有变化。我们曾爬上高山,山峰一座叠着一座。我们曾穿过茂密的森林,全是由高大的水生植物组成的。我们曾越过宽广空旷的沙泥带,像沙漠一样浩瀚无比——你走了一整天,前方除了朦胧的地平线,什么也看不见。有时会看见被苔藓覆盖的地表,大片大片碧绿宁静的原野,如同水草丰茂的牧场,于是你几乎

---

① [英]威廉·戈尔丁:《蝇王》,龚志成译,上海:上海译文出版社,2006,第7页。
② [英]R. M. 巴兰坦:《珊瑚岛》(英汉对照),沈忆文、沈忆辉译,北京:中国对外翻译出版公司,2009年,第39、41页。

都要放眼四顾,看有没有绵羊在这水下草地上吃草。有时候,蜗牛会把我们像豆子一样在壳里滚到前面,那是他突然碰到了一处引谷,正沿着它的陡峭的壁向下爬。

在这些浅水层里,我们常常碰到沉船的残骸,天知道是多少年前遇难沉没的。经过他们时,我们都悄声低语,如同孩子看见教堂的纪念碑一样。

在更深更暗的水中,有怪物似的水生物在洞穴里捕食,我们一靠近它们便突然窜出,箭一般地飞速逃进幽暗里。另一些胆大的,有着各种各样怪异的形状和颜色,会游过来透过壁壳看我们。

——洛夫汀:《奇怪的赖医生》①

"'大海!'可怜的克丽帕喃喃地说,眼睛里一副迷茫向往的神情(我这位姐姐克丽帕,她有一双好看的眼睛),'它听起来多像梦——大海!噢,弟弟,你觉得我们还能重回大海去畅游吗?每晚我躺在这恶臭的地牢底下睡不着时,总能听见它亲切的呼唤在我耳中响起。我多么渴望再回到它身边!我只想再重新感受一次,它的美好、广阔、健康和朴素!我真想去跳跃,从大西洋的浪花上一跃而下,在信风的飞沫里欢笑,然后冲进蓝绿色的漩涡中去!在夏日的傍晚,天空红彤彤的,海上粉红一片,我们去追逐小虾!在无风带正午的沉寂中,躺在水面上,在热带阳光下晒暖我们的肚皮!让我们再一次手挽手,漫游在印度洋的巨型海带森林里,去寻找美味的泡泡鱼卵!让我们去西班牙海底珊瑚城,在那光闪闪的珍珠碧玉窗之间捉迷藏!让我们去南海园的低地平原,在清紫淡蓝的海葵甸里野餐!让我们去

---

① [英]休·洛夫汀:《奇怪的赖医生》,高红梅译,北京:人民文学出版社,2010年,第337页。

墨西哥湾,在富有弹性的海绵地上翻跟头;让我们在沉没的船只间寻找搜索,去发现奇迹! ——然后,在冬天的夜晚,当东北风把海水抽打成泡沫时,我们潜到水下去躲避寒冷,潜到暖而黑的深水中,还要向下潜,一直潜到窥见火棘鳅在远处闪光,比我们的朋友堂兄们闲聊聚会的岩穴还要深很多的地方——那些闲聊,弟弟啊,都是关于海洋的新闻和八卦! ……噢——'

——洛夫汀:《奇怪的赖医生》①

海岛、礁岩和洞谷

我们脚下的海岛山丘起伏,长满了各种异常美丽、五颜六色的树和灌木。说真的,除了椰子树,我当时对其他植物的名字一无所知。因为在出发前我就见过许多椰子树的图片了,所以一眼就能认出它。白色的沙滩像一条银链环绕着翠绿的海岸,不时有细碎的海浪冲上来。这种情景很令我吃惊,因为我记得在家乡的时候,暴风雨过后,海的巨浪要持续很久才会平息。但是当我向海里望去的时候,就立刻找到了答案。

在离岸边一英里以外的海里,巨浪像一堵绿色的墙,翻卷着冲向低矮的珊瑚礁,发出惊天动地的轰鸣声。海浪在礁石上撞得粉碎,形成白色的水雾。这些水雾有时飞升得很高,在很多地方能看到绚丽的彩虹。很快我们就发现岛的四周都被珊瑚礁包围着。在海浪到达海岛之前珊瑚礁消弱了它的力量。珊瑚礁以外的大海里,因为暴风雨的关系海浪汹涌澎湃,但是在珊瑚礁里的海水却像池水

---

① ［英］休·洛夫汀:《奇怪的赖医生》,高红梅译,北京:人民文学出版社,2010 年,第 241 页。

一样平静。

——巴兰坦:《珊瑚岛》①

　　我们久久凝视着眼前壮观的景象,惊讶不已,简直是不忍离去。我前面提到过,海浪打在礁石的许多地方,一些海水溅到环礁湖里,但是大多数地方的礁石很宽很高,足以抵挡海水的全部威力。珊瑚礁有许多地方覆盖着植物——在我们看来,这是形成未来岛屿的开端。

　　因此,从这片礁石上,我们开始明白这片海域的大部分小岛是怎样形成的了。在一个地方我们看到海浪冲刷着礁石,无数忙碌的小珊瑚虫在不停地营造着这堵生命之墙。在另外一个地方,岩石的高度刚好让海浪够不到它,珊瑚虫全都死了,由此我们发现珊瑚虫离开水面就无法工作。在其他一些地方,海浪一次又一次地拍打着那些死了的珊瑚,把它们拍成碎片,冲沙似的把它们冲到岸上。海鸟飞来落脚,小海藻和小木块被冲上岸来,风把草木的种子带到这里,已经有几片鲜绿可爱的嫩叶长出来了,当它们消亡的时候,这些明珠般的海岛会变得更大、更富饶。另外一些小岛也生机勃勃,上面长着一两棵椰子树,椰子树长在沙子里,不断受到海浪的冲击。

——巴兰坦:《珊瑚岛》②

　　次日清晨,当我走上甲板时,那个岛的外貌完全变了。虽然风停了,我们的船在夜里还是前进了一大段路,现在正停在低矮的东岸东南方约半英里处。灰色的丛林遮蔽了海岸很大一部分表面。这道均

---

① ［英］R. M. 巴兰坦:《珊瑚岛》(英汉对照),沈忆文、沈忆辉译,北京:中国对外翻译出版公司,2009 年,第 21、23 页。
② ［英］R. M. 巴兰坦:《珊瑚岛》(英汉对照),沈忆文、沈忆辉译,北京:中国对外翻译出版公司,2009 年,第 173 页。

匀的色调却又被低地上黄色沙滩的条纹以及许多松杉科的大树所断
了。这些大树高出了其它树木的顶端——有的是单株的,有的是一丛
丛的,但总的色彩是单调和阴郁的。在树丛之上,清晰地矗立着山峰
光秃秃的绝顶。一切东西的形状都很奇特。而那座高达三四百尺、成
为全岛最高峰的望远镜山,外形也是最奇特的。它高高耸立,差不多
每一面都很险峻,而到了顶峰却突然削平,好像一座放塑像的基座。

——斯蒂文森:《金银岛》①

  第二天早上,离天亮还有很长一段时间,我们大家都早早醒了,等着
看第一眼我们长途造访的这片土地。当旭日刚把东方的天空染成灰白
色时,当然是波里尼西亚第一个喊叫起来,说她看见了棕榈树和山顶。

  随着天光放亮,我们大家也都看清楚了:那是一座中间有高石
山的长岛——而且离我们那么近,你都可以把帽子扔到海滩上去了。

  海豚们最后使劲一推,我们的怪船就轻轻碰在浅滩上了。谢天
谢地,有这样一个伸展麻木双腿的机会,我们一哄而上,全都登上了
这第一块陆地。尽管是块漂流的陆地,也是我们历经六周的艰难困
苦才抵达的。啊,蛛猴岛,那是我在地图上用铅笔触到的小点,终于
被踏在我脚下了! 意识到这一点,我激动得颤栗起来。

——洛夫汀:《奇怪的赖医生》②

  海湾的东面边缘满是岛屿,有几个是孤零零地,其他的是一群、
一群的。高高的海岸线,蓝色背景中,这些岛屿仿佛在一小片、一小

---

① Stevenson, Robert Louis. *Treasure Island*,上海:上海世界图书出版社,2008:68—
69.

② [英]休·洛夫汀:《奇怪的赖医生》,高红梅译,北京:人民文学出版社,2010 年,第 255
页。

片银色的、宁静的水面上漂浮，光秃秃、灰蒙蒙，或是深绿的、圆圆的像一丛丛常绿的灌木。稍大一些的岛屿，足有一两里长，在湿漉漉的斗篷似的黯黑叶子下，露出山岭的轮廓，灰色的岩石。对于商人、旅游者、甚至地理学家来说，这些都是陌生的，岛上的生活是一个没解开的谜。那里准有村庄——至少有一些渔民的定居点——在最大的岛屿上，他们和世界的联系可能是由本地人的小船沟通的。但整个下午，轻风吹拂，我们向这些岛屿驶去，我的望远镜一直对着这些四散的岛屿望着，却看不到一个人或独木舟的踪迹。

——康拉德：《秘密的分享着》①

　　与塔希提构成姊妹岛的莫里阿岛进入你的视野，危岩高耸，绚烂壮丽，突然从茫茫的海水里神秘地一跃而出，像魔棍召唤出的一幅虚无缥缈的彩锦。莫里阿巉岩嶙峋，有如蒙特塞拉特岛被移植到太平洋中。面对这幅景象，你会幻想波利尼西亚的武士在那里进行奇特的宗教仪式，用以阻止世俗凡人了解某些秘密。当距离逐渐缩小，美丽的峰峦形状愈加真切时，莫里阿岛的美丽便完全呈现出来，但是在你的船只从它旁边驶过时，你会发现它仍然重门深锁，把自己闭合为一堆人们无法接近的阴森可怖的巨石，没有人能闯入它那幽森的奥秘中去。谁也不会感到惊奇：只要船只驶到近处，想在珊瑚礁寻觅一个入口，它就会突然从人们的视线里消失，映入你眼帘的仍是太平洋一片茫茫碧波。

——毛姆：《月亮与六便士》②

---

① ［英］康拉德：《康拉德海洋小说》，薛诗绮编，上海：上海文艺出版社，2012年，第220页。
② ［英］毛姆：《月亮与六便士》，傅惟慈译，上海：上海译文出版社，2012年，第203—204页。

　　塔希提却是另外一番景象,它是一个高耸海面的绿葱葱的岛屿,暗绿色的深褶使你猜到那是一条条寂静的峡谷。这些幽深的沟壑有一种神秘气氛,凄冷的溪流在它深处玎玎鸣溅,你会感到,在这些浓荫郁郁的地方,远自太古以来生活就一直按照古老的习俗绵绵不息地延续到现在。塔希提也存在着某些凄凉、可怖的东西。但这种印象并没有长久的留在你的脑中,这只能使你更加敏锐地感觉到当前生活的欢乐。这就像一群兴高采烈的人在听一个小丑打诨,正在捧腹大笑时,会在小丑的眼睛里看到凄凉的眼神一样;小丑的嘴唇在微笑,他的笑话越来越滑稽,因为在他逗人发笑的时候他更加感到自己无法忍受的孤独。因为塔希提正在微笑,它一边微笑一边对你表现出无限的情谊,它像一位美丽的妇人,既娴雅又浪漫地向你展示她的全部美貌和媚力,特别是在船只刚刚进入帕皮提港口的时候,你简直感到心醉神驰。泊在码头边的双桅帆船每一艘都那么整齐、干净,海湾环抱着的这座小城洁白、文雅,而法国火焰式建筑物在蔚蓝的天空下却红得刺目,像激情的呼喊一般,极力炫示自己鲜艳的色彩。它们是肉感的,简直大胆到不顾廉耻的地步,叫你看了目瞪口呆,当轮船靠近码头时,蜂拥到岸边的人群兴高采烈而又彬彬有礼。他们一片笑语喧哗,人人挥舞着手臂。从轮船上望去,这是一个棕色面孔的海洋。你会感到炎炎碧空下,色彩在炫目地旋转移动。不论从船上往下卸行李也好,海关检查也好,做任何事情都伴随着大声喧闹,而每个人都像在向你微笑。天气非常热。绚烂的颜色耀得你睁不开眼睛。

——毛姆:《月亮与六便士》①

---

① 〔英〕毛姆:《月亮与六便士》,傅惟慈译,上海:上海译文出版社,2012 年,第 204 页。

　　海岛有点儿像船：他们所立之处地势隆起，他们身后参差不齐的地形下延到海岸。两边都是各式各样的岩石、峭壁、树梢，山坡很陡；正前方，在船身的范围之内，地形下降的坡度稍稍缓和一些，遍地覆盖着绿树，有的地方露出粉红色的岩石；再过去是岛上平坦而浓绿的丛林，延伸下去，最后以一块粉红的岩石而告终。就在这个岛渐渐消失在海水的地方，有着另外一个岛；几乎是同海岛分开的一块像城堡似的岩石矗立着，隔着绿色的海面与孩子相对，像是一个显著的粉红岩石的城堡。

　　孩子们俯瞰着这所有的一切，随后放眼大海。他们站得高高的；下午已经过去，而景象仍然很清晰，并没有受到雾霭的干扰。

　　"那是礁石呢。一座珊瑚礁。我见过这样的图片。"

　　这礁石从两、三个方向环绕着小岛，它们位于一英里之外的海中，跟现在被孩子们看做是他们的海滩相平行。珊瑚礁在海中乱散着，就好像一个巨人曾弯腰要为海岛的轮廓划一条流动的白粉线，可还没来得及划好就因累而作罢。礁石内侧：海水绚烂、暗礁林立、海藻丛生，就像水族馆里的生态展览一样。礁石外侧是湛蓝的大海。海潮滚滚，礁石那边拖着长长的银白色的浪花泡沫，刹那间他们仿佛感到大船正在稳稳地后退着。

——戈尔丁：《蝇王》[①]

　　倾斜的淡黄色阳光渐渐减弱；阳光擦上矮灌木丛，抹过像蜡似的绿色花蕾，朝树冠上移去，树木下面的夜色更浓了。缤纷的色彩随着光的隐去而一起消失；暑热和急切的心情顿时也冷了下来。蜡烛似的花蕾微微颤动着。绿色的萼片稍稍收缩，乳白色的花尖雅致地向

---

① ［英］威廉·戈尔丁：《蝇王》，龚志成译，上海：上海译文出版社，2006，第27—28页。

上迎接开阔的夜空。

此刻阳光已经高得完全照不到空地,并渐渐地从空中褪去。夜色倾泻开来,淹没了林间的通道,使它们变得向海底那样昏暗而陌生。初升的群星投下清光,星光下,无数蜡烛似的花蕾怒放出一朵朵大白花微微闪烁,幽香弥漫,慢慢地笼罩了整个海岛。

——戈尔丁:《蝇王》①

原来她家堡宅筑在仅靠大海的地方,为了消遣,她常和朋友在岸上散步,看那海中大小船只来往。可是这情景又引起了她的伤痛。她常自语道:"啊,这许多船只难道就没有一只可送我丈夫回来吗?惟有他乘船归来,我心头的伤痛才能治愈。"

另有一次,她坐下沉思,由岸上看下海去,见到岸边峥嵘的黑岩,她心中悸动,不禁吓得站不住脚。她坐在草地上,忧伤地凝视海水,一面悲叹道:

"永生的上帝,你以自然规律掌治万物,人们说,你从不白白创造一件东西。但是,上帝,这些狰狞的黑岩石,看来似乎在你的全美全智的创造物中,竟是一种丑怪的混乱现象;——为什么你会创造出如此不合理的东西来?这类东西并不能产生任何人类或鸟兽,也不能指示东南西北的方向;在我看来,它没有丝毫用处,徒然令人生厌。你看见了吗,上帝,它是毁灭人类的东西呵!岩石上冲死过千千万万的生命,虽然我一时算不出究竟有多少;而这些被害的人们,却是你仿照你自己的形象所造成的完美作品。你对人类应有十足的喜爱;为什么又用这些有损无益的方法去陷害人类呢?我很知道学者们会强辩着说,一切都是出于好意,但我却看不出这个道理。愿创造风云

① 〔英〕威廉·戈尔丁:《蝇王》,龚志成译,上海:上海译文出版社,2006,第61页。

的上帝保佑我的丈夫！这就是我最后的要求；一切诡辩的能事我惟有交给学者们了。我但愿这许多黑岩都沉进地狱中去，为了我的丈夫的生命！这些岩石真够使我吓得心惊肉跳呢。"

——乔叟：《坎特伯雷故事集》①

　　我下一步要干的事就是把这一带查看一下，找个合适的地方住下，这住处既要存放我所有的东西，又要使它们免遭意外，我还不知道自己身在何处，是在大陆呢还是在小岛上；不知道这个地方是否有人居住，是否有危险的野兽。在离我不到一英里的地方，有一座高而陡的小山拔地而起，小山北面峰峦起伏，像是一道山脉，但那些峰峦都没那小山高；我拿好一只鸟枪，又带上一支手枪和装满火药的牛角筒，便一路走到那山上去查看了；我辛辛苦苦好不容易地登上了山顶，四下一看，不禁为自己的命运感到大为懊丧。原来我是在一座孤岛上，四周被大海团团围住；极目望去，不见大片的陆地，只有远处的几处礁石和两个更小的岛屿——那是在西面，在九英里开外的海上。

　　我还发现，我所在的这个岛上土地荒芜，而且也有足够理由相信：这岛上无人居住；有的只是飞禽走兽，但我还没见到走兽，只看到大量的飞禽；至于是什么飞禽，我也不得而知，甚至不知道它们被我打死之后，那种能吃，那种不能吃；我回来时看到有只大鸟栖在林子边的一棵树上，便朝它开了一枪；我相信，自从上帝创造了世界以来，这还是那里响起的第一枪；这枪声一响，就有无数的鸟从那整个大树林子里冲天而起，它们大大小小，各种各样，发出乱哄哄的一片聒噪之声；但是我叫不出任何一种鸟的名称。至于被我射杀的那只大鸟，我觉得从它羽毛的颜色和嘴的形状来看，该属于鹰隼之类的猛

① ［英］乔叟：《坎特伯雷故事》，方重译，北京：人民文学出版社，2011年，第179—180页。

禽,但它的爪子同一般鸟类的却无多大区别;它的肉不能食用,也没有其它用处。

——笛福:《鲁滨逊飘流记》[1]

走到这次远足的尽头处,我面前是片开阔地,地势似乎有点朝西倾斜,而我身侧的小山上,涌出一股清泉,朝正东方向流去;这地方看上去草木繁茂,一片葱茏,真是永葆青翠的春日景象,简直就像是人工种植的大花园。

我怀着暗暗喜悦的感情——但其中也夹杂着一些使我难过的想法——看着这叫人赏心悦目的山间小盆地,不由得往下走了一小段路,之所以感到喜悦,是因为我想到这全都归我所有,我是这里至高无上的君主,对这岛国拥有主权;如果我有后代,我可以毫无问题地把这主权传下去,就像任何一个英国的领主把他的采邑原封不动地传下去一样。在这片地方,我看到许多椰子树、柑橘树、柠檬树和香橼树;但都是野生的,树上几乎都没有结什么果子,至少当时是这样。不过我还是采到了几个绿油油的酸橙,这东西不但滋味好,而且有益于健康;后来我就把它们的汁兑水喝,真是又爽口,又提神,又健身。

——笛福:《鲁滨逊飘流记》[2]

我统治该岛——当然你也可以说,我被囚禁在该岛——的第六个年,在十一月六日的那天,我出发作这次航行了,结果发现这航程比我的预期长得多;因为尽管这岛的本身并不很大,但是当我航行到它的东面时,发现有一道大礁岩伸展在海里,长度超过六英里,有的

---

① [英]笛福:《鲁滨逊漂流记》,黄杲炘译,上海:上海译文出版社,2011 年,第 51—52 页。
② [英]笛福:《鲁滨逊漂流记》,黄杲炘译,上海:上海译文出版社,2011 年,第 100—102 页。

地方冒出海面,有的地方则没露出水面;礁岩以外还有一片沙洲露出水面,长度在一英里半以上,所以要绕过那岬角的话,我得把船驶到离岸很远的海面上。

发现那礁岩之处,我不知道我得往海里去多远才能绕过它,而最叫我担心的是怕出去了回不来,所以很想放弃原先的打算,回去算了;我船上有只锚一样的东西,是大船上捡回来的一只断掉的抓钩做成的,于是就抛下了锚。

我停好了船便拿着枪上岸,登上一座看来能望见那岬角的小山,果然看清了它的全貌,于是决心冒险。

——笛福:《鲁滨逊飘流记》①

钻过这段通道之后,发见洞顶忽然高了起来,差不多有二十英尺高。我向这洞穴的四壁和顶上四面一看,真是灿烂耀目,我从未在这岛上见过。只见那四壁反射着我的烛光,放出霞光万道,至于到底是钻石,是宝石,还是金子,我也弄不清楚。

我现在所来到的地方,实在是一种最美观的洞穴,虽然里面黑洞洞地没有一点光线。地下又干燥又平坦,上面铺着一层细碎的沙石,所以在里面再也看不见什么令人厌憎的或有毒的虫蛇之类,同时,顶上和四壁也一点都不潮湿。

——笛福:《鲁滨逊飘流记》②

我们头上的洞顶看上去大约有十英尺高,但是它向远处延伸时变得高了些,然后就消失在黑暗里了。洞顶看起来是珊瑚构成的,被

---

① 〔英〕笛福:《鲁滨逊漂流记》,黄杲炘译,上海:上海译文出版社,2011 年,第 141 页。
② Daniel Defoe：*Robinson Crusoe*（unabridged）,北京：中国对外翻译出版公司,2010:143.

同样也是由珊瑚构成的大柱子支撑着。洞顶很多地方悬垂着巨大的石笋(在我们看来是这样),石笋是由某种珊瑚构成的,它们像水一样朝笋尖流,在那儿变成了岩石。但是有很多滴落到了下面的岩石上,形成了一个个小石笋,这些石笋挺起身来迎接上面的石笋。其中有些石笋已经连在一起了,由此我们知道了这些柱子是怎么形成的。当我们第一眼看到它们时,还以为他们是被人类建筑师放在这里来支撑洞顶的呢!

我们继续向前走,发现地面是用和柱子一样的材料构成的,地面上有些奇异的波纹,就像微风过后水面上泛起的涟漪。在两边的墙上都有些开口,可能是通向另一些岩洞的。但是这次我们没有进去。我们还发现洞顶的许多地方有些奇怪的标志,就像是一座高雅的教堂。墙壁和洞顶一样,发着光,反射着光线,仿佛表面覆盖着宝石。

——巴兰坦:《珊瑚岛》①

(二) 多变的海

温柔的海

这只不过是潮水,可是汤姆不知道什么是潮水。他只知道周围的淡水突然变咸了。接着他觉得自己的身体起了变化,变得强壮、轻快起来,好像血管里流的全是香槟一样。他兴奋得直想跳出水面,连他自己也不知道为什么。他一个鱼跃就蹦出水面两三英尺高,那种劲头就像鲑鱼第一次接触到咸水时一样。

是海水给了他力量,正如一些哲人所说,大海本来就是一切生物

---

① [英]R. M. 巴兰坦:《珊瑚岛》(英汉对照),沈忆文、沈忆辉译,北京:中国对外翻译出版公司,2009 年,第 145、147 页。

的母亲啊！

……

　　一片片云彩在蓝色的海湾上追逐,谁也追不上谁。海浪欢快地像白色的沙滩涌去,跃过礁石,想看看礁石后面的田野是什么样子。可是它摔了一跤,把自己摔得粉碎,但他一点儿也不在乎,把自己重新收拾起来,又向礁石跃去。

——金斯莱:《水孩子》①

狂暴的海

　　凛冽的北风怒吼着搅动大海,七尺高的大浪排山倒海般向我们压来。我顶着狂风恶浪始终冲在前面,勃雷卡紧随着我。我们在波涛上颠簸了五天五夜,始终没有分离。后来,无情的海涛在一个漆黑的夜晚将我们拆散。我在咆哮的海浪中呼喊着他,但毫无结果。他不知飘向了何处。

……

　　在波涛翻滚,寒冷刺骨的大海中,贝奥武甫奋力向前游着,一会儿沉入波谷,一会儿又被掀上浪峰,又咸又涩的海水呛得他眼泪直流。但他什么也不在乎,只有一个信念:游回祖国去!

——《贝奥武甫》②

　　十三个人跨上曲颈木舟,扬起风帆箭也似地向大海远处驶去。

---

① ［英］查尔斯·金斯利:《水孩子》,肖遥译,北京:中国妇女出版社,2009 年,第 70—71 页。

② 《贝奥武甫降妖记:丹麦传奇故事》史维存编译,长春:吉林文史出版社,2003 年,第 11—12 页。

那罪人用力握着船舵,为航船指引着方向。贝奥武甫和勇士们望着大海的滚滚波涛,脸色严峻,一言不发。他们知道,前面等待着他们的是一场血与火的拼杀,生还的希望十分渺茫。贝奥武甫此时的心情也如大海的波涛,汹涌澎湃。他顶着海风,站在船头,苍白的胡子在脸颊旁漂浮。

——《贝奥武甫》①

在我上船的当天,船就扬帆出航了,它沿着海岸向北驶去,准备在到达北纬十度或十二度之后就横渡大西洋,直驶非洲,这看来是当时大家走得航线。我们一路沿岸北行时,天气晴好,只是感到气温太高;绕过圣奥古斯丁角的顶端时,我们拉开了同海岸的距离,在茫茫的海中已望不见陆地;这时,我们船似乎在朝费尔南多·德诺罗尼亚岛驶去,但实际上,我们的航向东北偏北,所以就在那些岛屿的西面驶了过去,就这样,经过了约摸十二天的航行,我们过了赤道;最后一次观测方位时,我们是在北纬七度二十二分,但这时一场狂暴的飓风突如其来;它先是东南风,然后转为西北风,最后又成了东北风;这次飓风实在厉害,在十二天的时间里,我们束手无策,只能听任它把我们刮得在海上飞驶,反正命运和狂飙要我们去哪儿,我们就只能去哪儿;当然,在这十二天里,我每天都觉得快要葬身大海了——事实上,船上的人个个都觉得死期已到,没有生还的指望了。

……

我们觉得风虽然小了些,船却死死地搁浅在沙洲上,不可能指望它再回海里去了。在此岌岌可危的情况下,我们别无他法,只得尽可

---

① 《贝奥武甫降妖记:丹麦传奇故事》史维存编译,长春:吉林文史出版社,2003年,第88页。

能设法逃生了；在未遇到风暴前，我们的船尾本是拖着一条小船的，但它先是在舵上撞坏了，后来缆绳断了，也不知它是沉了呢，还是飘到哪去了，反正对它已没有指望了；我们的船上还有一条救生艇，只是怎么把它放到海水里却是件颇费踌躇的事，但没有时间讨论了，因为我们觉得这艘船随时都会完蛋，而且有人告诉我们，说是船已经不行了。

在此危急关头，大副在大家的帮助下，吊起了救生艇，把它推到舷外，让我们十一个人都爬了上去，接着便让这救生艇落到波浪汹涌的海面上，以后的事只能听天由命了；因为这时的风暴虽已大为减弱，但是惊涛拍岸的情景依然相当可怕，真可用一句荷兰人的话，称之为"狂暴的海"——这是他们用来称呼风暴中的大海的。

——笛福：《鲁滨逊飘流记》①

我沉入水中时，那种心慌意乱是没法描述的。因为，虽说我水性很好，却难以从那汹涌的海浪中浮出水面，吸一口空气，只是听凭那海浪挟着我，推着我往岸边送去；我这样飘过很长一段距离后，那排浪也成了强弩之末，待它回头又往大海退去时，我已被海水灌了半死，躺在一片可说是比较干的地上。我嘴里还有呼吸，心里也很明白，看到自己竟意外地离那大片陆地颇近，便站起来尽快地朝前冲去，免得下一排大浪打来时再把我卷入海中。但我马上就发现，要免遭人浪的再次袭击，已是完全不可能了。因为我看见一排山头似的怒涛正从后面追来，而我却没有办法没有力气抵御它了；现在我能做得，只是屏住气，尽可能使自己浮在水面上，这样就可以在游泳时作一些呼吸，尽可能地朝陆地游去；由于这排浪头打来时，会带着我朝

① 〔英〕笛福：《鲁滨逊漂流记》，黄杲炘译，上海：上海译文出版社，2011 年，第 38—41 页。

前冲好一段距离,所以这时我最要注意的,就是当这排浪往海里回流时,千万别让它把我也卷回海里去。

这时,那大浪已兜头打来,把我压在二三十英尺的水下;我能够感觉到,有个迅猛的力量推动着我,带着我朝岸边冲去了好长一段距离;但我屏住了气,使出浑身力气仍然朝前游去。正当我屏气屏得快要憋不住的时候,只觉得身子往上一浮,脑袋和双手居然都一下子露出了水面;我尽力想待在水面上,但这情况却只持续了两秒钟。不过这一下已使我受益匪浅,不但使我换过了起来,还给了我新的勇气。接着,我又是好一阵子被卷到水下,但结果还是熬了过来;这时,我感到那浪头已没有了冲力,开始在往回流了,便拼命地往前游,免得被回流的海水带走,总算脚又碰到地了。我站停了一会儿,让自己缓过气来,等身旁的海水退去之后,我凭着剩下的一点力气硬是朝岸上奔逃。但是这并没有使我逃脱肆虐的大海,因为海浪又汹涌而来,一连两次像先前那样把我冲向岸去,而那里的海滩非常平坦。

那两次海浪的冲击中,后一次险些要了我的命;因为海水像先前一样,把我向岸上冲去,但这回让我猛地撞在一块岩石上,撞得我顿时失去了知觉,动弹不得,根本就谈不上逃命的事了;因为这一撞正撞在我半边胸部,使我就像断了气似的;幸好后面没有浪头马上跟来,要不然,我准得在水中窒息而死。事实上,待后面一排浪快要打来时,我已苏醒过来,眼看自己又得被海水淹没,就紧紧攀住一块礁石,尽可能地屏住呼吸,待海水再次回流;这回毕竟离岸更近了,所以浪头已不像刚才那样厉害,我抱定了礁石,等海水退去时,又赶紧朝前奔了一段。这时我离岸已相当近了,所以后面另一个浪头打来时,虽然劈头盖脑地又浇了我一身水,却没能把我淹没和卷走;我随即再往前跑了一段,总算到了那一大片土地,颇感安慰地攀上岸边的峭崖,在一方草地上坐下来;这时,我已经没有危险了,海浪再也打不到我了。

——笛福:《鲁滨逊飘流记》①

　　在赶往东印度岛的途中,我们被一场猛烈地风暴吹到了万迪门兰的西北方。根据一次观测,我们发现自己的位置是南纬三十二度零二分。由于过度劳累以及饮食恶劣,水手中有十二人都丧生了,而剩下的人也都虚弱到了极点。11 月 5 日,那一带正值初夏,天空中雾霭弥漫,水手们在距离船只只有半链的地方发现了礁石;但由于风势过猛,我们的船被刮得直向礁石冲去,船身立刻被礁石撞裂。六名水手,包括我在内,把救生船放到海面上去,想尽一切办法逃离了大船和礁石。据我估算,我们大约划了三海里就再也划不动了,因为我们在大船上时就已经筋疲力尽了。我们只能任由波涛摆布了,大约过了半个小时,突然从北方吹来一阵狂风,把我们的救生船一下子就掀翻了。小船上的同伴,那些逃礁石上的人以及留在大船上的水手们到底命运如何,我无法得知,但是据我推断,他们全部都失踪了。而至于我本人,则只能听天由命地游啊游,被风浪一直向前推着。我不时把脚向下沉,但是却总够不着海底,正当我无力挣扎觉得快要完蛋的时候,突然发现水已经不会淹没我了,而且此时风暴也大大地减弱了。

——斯威夫特:《格列佛游记》②

　　我们趁着西南略偏西的疾风,船正加速前进的时候,汹涌的波

---

① 〔英〕笛福:《鲁滨逊漂流记》,黄杲炘译,上海:上海译文出版社,2011 年,第 42 页。
② 〔英〕斯威夫特:《格列佛游记》,程庆华、王丽平译,北京:中央编译出版社,2011 年,第 2 页。

涛,忽然从东北方对我们浩浩荡荡,席卷而来,后来才知道这是新几内亚东面的大洋在倾泻进来。但是,我说过,我们的船正在乘风扬帆,加速前进呢,猛然间,翱翔在我们头顶的乌云里,火光一闪,应该说是一道闪电,这样的可怕,在我们中间震颤得这样长久,不仅是我,就是全体人员,也都以为船在烧起来了。我们脸上显然感觉到了这道光或火的热度,连几个人的皮肤都起了泡,也许不是直接由于热度而起,是由于含有毒素的微粒而起的,那微粒也就是和燃烧的物质混合在一起的。事情可不就此而已,那云层碎裂所造成的空气震荡这么厉害,连我们的船都震荡得好像一边排炮齐发似地。船的行动也宛如立刻被一股回力阻止住了,这回力比催船前进的力量还来得大;顷刻之间,篷帆全都往回飞,我们地的确可以说,船遭到雷击了。因为从云层里来的闪电离我们这么近,所以闪电之后不过一霎时功夫,接着就是一声最可怕的霹雳,这样的霹雳声,人世间还从没听见过呢。我坚决相信,十万桶火药的爆炸声,听起来也不会比这响声大些,不仅如此,的确我们中间有几个人耳朵震聋,失去了听觉。

——笛福:《海盗船长》①

我们从北海南下,穿过整个英吉利海峡,到达利泽德角西面三百英里左右的地方,直到此时,天气一直很好。接着,刮起西南风来,而且越刮越猛。两天之后,刮起了八级大风。"朱迪号"就像只破旧的蜡烛箱,顶着风在大西洋上颠簸漂流。大风刮了一天又一天;恶狠狠地刮着,没有间断,不留情面,无休无止。整个世界化为一片茫茫无际的滔滔巨浪向我们冲来,天低得可以用手摸到,脏得像煤烟熏黑的天花板。在我们周围狂风呼啸的空间里,飞溅的水珠几乎和空气一

---

① [英]笛福:《海盗船长》,张培钧、陈明锦译,南宁:广西人民出版社,1980年,第223页。

样的密。一天又一天,一夜又一夜,围绕着我们船的除狂风的怒吼、大海的翻腾、冲过甲板的浪涛的撞击声外,就没有别的东西了。船在激烈动荡,我们也没有片刻安宁。它上下颠簸,左右摇晃,一会儿船尾撅起,一会儿船头直竖,翻来滚去,发出嘎吱嘎吱的响声;我们在甲板上必须抓住东西,在舱室里必须扳着床铺,每时每刻都得使出浑身劲儿,每时每刻都在担惊受怕。

……

大海白茫茫的像一片泡沫,像一大锅沸腾的牛奶;密云四布,没有一点缝隙——巴掌大的一块空隙也没有——没有,十秒钟时间的缝隙也没有露过。对于我们来说,天已经不存在了,没有星星,没有太阳,也没有宇宙万物——有的只是翻滚的怒云和狂暴的大海。我们一班又一班的抽水;抽呀抽呀,仿佛抽了几个月、几年,仿佛永远在抽着;我们好像已经离开了这个世界,进入了一个专门为水手们设立的地狱。

——康拉德:《青春》①

从那崩溃的大浪分散出一个飞溅的水花,把他们从脚跟到头顶都包围在整个漩涡里,猛然用盐水灌满了他们的耳,嘴和鼻孔。那水花打软了他们的腿,急扭他们的胳膊,从他们下巴下面沸腾着飞滚过去;他们睁开眼来,只见重重叠叠的大块泡沫冲前赶后,泡沫里混杂着一些断碎的船具似的东西。它②不再抵抗了,仿佛被赶着往水里直钻呢。遇着这骇人的打击,他们跳突的心脏也萎缩了;可是它又猛然向上跳,接着再拼命往下栽,仿佛竭力要从颓壁残垣下面爬将出去的样子。

---

① 〔英〕康拉德:《康拉德海洋小说》,薛诗绮编,上海:上海文艺出版社,2012年,第12—13页。
② 指"南山号"船。

黑暗里浪涛似乎从四面八方赶来,不许它前进,叫它就待在它可以沉没的地方。这捉弄它的手段含有恨意,它所遇的打击含有残暴的野性。它好像是匹活的动物,扔给了一群狂暴的人们:挨他们拼命地推挤、搥打、举起、扔下践踏。马克惠船长和朱可士互相拉紧,给喧声炸聋了,给狂风箍了口;物质的大骚动在他们身体周围加紧活跃,好像激烈的感情一发而不可遏制的样子,给他们的灵魂带来深深地困厄。

——康拉德:《台风》①

变幻莫测的海

风越刮越猛,我从没到过的海上波涛汹涌——但是,同我后来看到的几次相比,甚至同我稍后几天看到的相比,都还算不上什么。然而,对于我这样一个毫无航海知识的年轻生手,这景象足以叫我胆战心惊了。每个浪头打来,我都觉得会把我们的船吞没;每一次船落在波谷,我都以为要直沉海底,再也起不来了;在这种惶惶不安、战战兢兢的心情下,我多次发誓又几回痛下决心,说是只要上帝在这次航行中饶我一命,只要让我的脚踏上陆地,我就马上直奔老家,回到父亲的身边,今生今世再也不上船了;而且,我要听从父亲的劝告,再也不干这类自讨苦吃的事了。到了这时,我才真正认识到我父亲的远见卓识,认识到处世上那种中庸之道的妙处;他这一辈子过得轻松自如、安闲舒适,既没去海上蒙受狂风暴雨之苦,也没有在陆地上遭受艰难困苦的折磨。我决意要做个回头的浪子,一旦上岸,便回到我父

---

① 〔英〕康拉德:《康拉德海洋小说》,薛诗绮编,上海:上海文艺出版社,2012年,第104—
　　105页。

亲的身边。

在狂风大作的当儿，甚至在风停以后的一段时间里，这些冷静清醒的想法总盘旋在我的脑海中；第二天风浪小了些，我也就稍稍习惯了一些。但整整一天里，我打不起精神来，因为我仍然有点晕船；时近黄昏，天开始放晴，风也完全停了，随之而来的是个风光无限的晴朗傍晚；只见轮廓格外分明的太阳落了下去后第二天早晨又原样升起来，照耀在风平浪静的海面上；我觉得，在我见到过的景象中，这是最叫我看的满心欢喜的。

——笛福：《鲁滨逊漂流记》[1]

我在这儿泊了两天，因为这时的风向是东南，正好同那股海流的流向相反；而且由于风力很强，这岬角上惊涛拍岸，浪花四溅；所以我既不能离岸太近，以免受拍岸浪的冲击，又不能离岸太远，以免被那股海流裹挟而去。

第二天夜里风势大减，到了第三天早晨，海面上无风无浪，于是我去闯了；但是对于所知甚少却又轻举妄动的驾船人来说，我又差点成了他们的覆舟之鉴；因为我刚一驶抵那岬角，尽管我的船同岸的距离还不到这独木舟的长度，我却发现那的水极深极深，而水流之急犹如水闸泄水。这股水流猛地冲过来，把我的船一卷而去，我千方百计想让船朝这水流的边沿处驶去，但没法做到，却只见自己已被冲得离我左边的涡流越来越远。这时我没有可以借助的风，唯一可做的只是划动双桨，但无济于事；事到如今，我开始感到自己快没救了，因为我知道那股急流沿岛的两岸流过，再流上一二十里，给岛分成两股的急流又将回合在一起，我到了那里，就将一去不回了，而我又看不出

---

① ［英］笛福：《鲁滨逊漂流记》，黄杲炘译，上海：上海译文出版社，2011 年，第 6 页。

有什么办法，可使我免遭这种命运，因此，我只有死路一条了；倒不是溺死在海水中，因为现在海面上波平浪静，而是活活饿死在海上。

——笛福：《鲁滨逊漂流记》①

"雾给吹跑了。"屈劳帕叫道，整个舱里翻滚着一股新鲜的空气。迷雾已经消失，但紧接着阴沉沉的大海掀起了滚滚的巨浪。"海上号"跟往常一样滑入长长的浪谷，那些浪谷像是凹陷的林荫道和沟渠，要是他们待在那儿不动的话，倒给人一种两旁仿佛是房子可以挡风避雨的感觉，可是他们无时无刻不在无情地变化，一会把双桅船抛到成千座灰色山峰一样的浪尖上，让风刮得索具呼呼直响，一会儿船又弯弯曲曲滑下海浪斜坡去。远处海面上迸溅起一片泡沫，紧接着别处海面上似乎接到了信号也纷纷迸溅起泡沫来。到后来竟成了一幅白色与灰色交织的景象，看得哈维眼花缭乱。四五只小海燕转着圈吱吱直叫，猛冲上来，又被扫出了穿透。一两片暴雨在绝望的茫茫大海上毫无目的地四处漂泊，被狂风压下来，又被狂风压回去，消失得无影无踪。

——吉卜林：《勇敢的船长》②

确实，现在整个天空都开始变得阴沉可怕起来。东边的那道黑线随着逼近变得越来越黑了。一种低沉的隆隆声如耳语般在海上呼啸而起。原本碧蓝澄静的海面，这时也变得灰暗多皱了。黑沉沉的天空上漫过一些云的碎片，像一些破衣烂衫的巫婆在逃离风暴。

我必须承认，我当时吓坏了。你看，到目前为止，我看到的都是

① ［英］笛福：《鲁滨逊漂流记》，黄杲炘译，上海：上海译文出版社，2011年，第141—142页。
② ［英］吉卜林：《勇敢的船长》，徐朴、汪成章译，武汉：湖北教育出版社，2009年，第71—72页。

比较友善的大海；有时安静而慵懒；有时俏皮而鲁莽；而当月光把它的涟漪变成条条银线，天空中如梦般的白云又堆得像座童话宫殿时，它又变得沉思而诗意起来。不过我那时还不知道，或者说甚至想都没想到，大海狂怒时会有这么可怕的威力。

当那风暴终于冲击到我们时，大家全都重重地侧摔在甲板上，好像有看不见的巨人扇了"麻鹬号"一巴掌。

这之后事情发生得杂乱而迅速，与风一起来到将你窒息的，是强劲得让人头晕目眩的海浪，以及震耳欲聋的噪声等等，我记不清我们是怎么沉船的了。

我记得看见了船帆，当时我们正在甲板上准备把它卷起来，风一下就把它像个小气球样从我们手中刮到海里去了——而且差点也把奇奇带走。我还模模糊糊记得，波里尼西亚在某处喊叫我们中的谁，让他去舱里关上舷窗。

尽管我们的桅杆上光光的没了船帆，我们还是以极快的速度向南方飞掠而去。可是时不时地，巨大的海浪会从船下冒出来，像一群噩梦中的怪物一样膨胀着爬上来，然后再轰然砸下，把我们压进海里；这时可怜的"麻鹬号"会停住竖起来，一半船身泡在水中，像只淹得喘不过气来的小猪。

我手脚并用水蛭般黏住栏杆，以防被风吹到海里去。正当我想这样爬到舵轮处去看医生时，一阵巨浪冲开了我的怀抱，灌得我喉咙里全是水，并把我像个软木塞似的在甲板上只扫过去。我的脑袋砰的一声撞在了门上。然后我就晕过了。

——洛夫汀：《奇怪的赖医生》①

---

① ［英］休·洛夫汀：《奇怪的赖医生》，高红梅译。北京：人民文学出版社，2010 年，第 247—248 页。

（三）海中生物

企鹅、海燕和其他海鸟

我们都转过去望着那边的群岛，发现在最大的那个岛上有一群奇怪的东西在移动。

"他们是士兵，事实明摆着！"彼得金边叫边睁圆了眼睛盯着他们。

说真的，我也认为彼得金说得没错，因为从我们这儿望过去，他们真像一支军队，他们穿着绿色的外衣和白色的裤子，一排排、一行行、一个个方针地站着。就在我们看他们的时候，又一阵令人毛骨悚然的叫声越过水面传来。彼得金说他认为这一定是派来杀害土著人的军队。听到这话，杰克大笑着说：

"什么呀，彼得金，他们是企鹅啊！"

"企鹅？"彼得金重复着。

"是的，企鹅。彼得金，是企鹅，那只不过是一种大的水鸟。我打算回去后就手造一条船，到时候我们划船过去看看，你很快就会明白了。"

——巴兰坦：《珊瑚岛》①

当小船接近海岛的时候，我们发现这些怪鸟的动作和样子真可笑。这个岛是一片低矮的礁石，除了些灌木没有别的植物，我们在靠近小岛大约几码的地方收起浆，又惊又喜地盯着这些鸟，它们也好奇

① ［英］R. M. 巴兰坦：《珊瑚岛》（英汉对照），沈忆文、沈忆辉译，北京：中国对外翻译出版公司，2009 年，第 123 页。

地盯着我们。

我们现在才明白它们外表像士兵,是因为它们身子安在短腿上,姿态僵着,用彼得金的话来说是"笔杆条直"。它们长着黑色的脑袋,长长的尖嘴,白色的胸脯,还有深蓝色的后背。它们的翅膀很短,我们很快发现翅膀是用来游水的。翅膀上没有什么真正的羽毛,只有一种鳞状物,它们的身上也厚厚的披着这种东西。它们的腿很短,而且长得很靠后,在陆地上只有直立才能保持平衡,但是在水里它们也像其他水鸟一样漂游着。开始的时候,我们对周围此起彼伏的喧叫声感到非常惊讶,那是企鹅和其他海鸟发出的,我们都不知道朝哪儿看了——因为它们成千上万,岩石都给遮住了。但是接着看的时候,我们发现一些四条腿的动物(我们是这么想的)在企鹅中间漫步。

"划近点儿,"彼得金叫道,"让我们看看它们是什么。它们一定是喜欢和吵吵闹闹的动物搭伴过日子。"

意想不到,它们还是企鹅,只不过是匍匐在地上,用它们的脚和翅膀在灌木丛里行走。在离我们很近的地方有一只体型硕大的老企鹅,它正一声不吭地用惊奇的目光望着我们,突然,它不安起来,向岩石下跑来,然后跌进海里,而不是跑进海里。它潜了一会儿,几秒钟后,在远处露出水面,再一跳,又潜回水里,我们差点以为它是一条活蹦乱跳的鱼。

——巴兰坦:《珊瑚岛》①

这时候,一大群海燕飞了过来,他们是嘉丽妈妈的小鸟。汤姆觉得他们比海乌鸦夫人好看,可能这是事实,因为嘉丽妈妈发明海燕的

---

① ［英］R. M. 巴兰坦:《珊瑚岛》(英汉对照),沈忆文、沈忆辉译,北京:中国对外翻译出版公司,2009 年,第 187、189 页。

时候,比发现海乌鸦晚,那时候她更有经验了。

那些海燕轻巧地掠过波浪,小脚贴在身后,姿势是那么优美。他们互相轻轻地叫着。汤姆立刻爱上了他们,和他们打招呼,向他们打听去光墙的路。

——金斯莱:《水孩子》①

一天,海鸟们开始向岛上聚集了,成千上万的鸟儿把天空都遮住了。天鹅、黑雁、沙鸭、潜水鸟、短嘴小海鸟、海雀、剃刀嘴鸟、贼鸥、燕鸥等等,等等,还有各种叫不出名字,多得数不清的海鸥。这些海鸟游的游,飞的飞,弄得水花四溅。他们在沙滩上梳洗打扮,白花花的羽毛铺满了海岸。

他们七嘴八舌地叫着,咯咯咯、嘎嘎嘎、咕咕咕、啾啾啾、吱吱吱、哇哇哇,什么声音都有。他们和朋友聊天,讲自己夏天去了哪儿,在哪儿生的孩子,说个没玩。大鸟岛上一片嘈杂,10 英里以外都能听见他们的说话声。

——金斯莱:《水孩子》②

不久,我看见极远处有个鸟状小黑影低低掠过海面。等他飞近时,我认出这是海燕。我试图和他交谈,看他能否告诉我一些消息。可不幸的是,我还没学会多少海鸟的语言,我甚至都不能引起他的注意,更别说让他明白我想要什么了。

他在我的小筏子上空懒洋洋地盘旋了两圈,几乎都不怎么扇动翅膀。尽管我身处危难中,也禁不住揣想:他昨晚在哪儿度过

① 〔英〕查尔斯·金斯利:《水孩子》,肖遥译,北京:中国妇女出版社,2009 年,第 124 页。
② 〔英〕查尔斯·金斯利:《水孩子》,肖遥译,北京:中国妇女出版社,2009 年,第 125 页。

的？——他和其他动物是如何抵抗这么猛烈地风暴的？他让我意识到了不同物种间的巨大区别，个头和体力并不能代表全部。像这只海燕，一团羽毛的脆弱小东西，和我相比是弱小多了，但不管大海做什么，他唯一的回应好像就是慵懒傲慢地扇扇翅膀！他才应该被称为"一级全能海员"呢。因为不论是狂怒的波涛汹涌，还是夕阳西下的风平浪静，这水上的洪荒世界都是他的家园。

他在我周围的海上俯冲了一下之后（我猜只是寻找食物），又朝着来时的方向飞走了。我又变成了独自一个。

——洛夫汀：《奇怪的赖医生》①

海狮、海豚和鲨鱼等

其实还有更要命的，我看到许多可怕的、黏糊糊的怪物，像是一群巨大的蜗牛。有的像竖起的桌子一样在陡峭的岩壁上爬行。有的扑通、扑通跳进海里，这群怪物总共有五六十只，他们时不时还发出恐怖的叫声，在悬崖之间激起一阵阵回响。

后来，我才知道它们是海狮，其实一点都不伤人。但它们的样子实在太怪，又加上陡峭的海岸、要吞人的海浪，我更加不敢登岸，宁可在海上饿死，也不愿被活活吓死。

——斯蒂文森：《金银岛》②

后来，一大群海豚翻滚着游了过来。爸爸、妈妈带着孩子，全身

---

① ［英］休·洛夫汀：《奇怪的赖医生》，高红梅译，北京：人民文学出版社，2010年，第250页。

② ［英］斯蒂文森：《金银岛》，李增彩译，沈阳：春风文艺出版社，2004年，第151—152页。

油光发亮,原来是那些仙女们每天早上都要给他们打蜡呢!汤姆听见他们在轻声叹息,就大胆地向前问话。可是他们只回答:"嘘,嘘,嘘。"看来他们只会说一句话。

接着,汤姆又遇到一群晒太阳的鲨鱼,有的有一条船那么长,汤姆见了很害怕。可是这些鲨鱼都是懒鬼,脾气也好,和吃人的大白鲨、蓝鲨、地鲨、锤头鲨完全不同,和可能要死的可怜的老鲸的锯鲛、长尾鲨、冰鲨也不同。

他们游过来,用自己的两肋去擦浮标,把背鳍露出水面晒太阳。他们向汤姆眨眼睛,但汤姆没办法让他们开口,原来他们鲱鱼吃得太多了,变得傻里傻气的。一只运煤的帆船驶过来,把鲨鱼全吓跑了。汤姆很高兴,因为他们身上非常腥臭,他们在这里时,汤姆一直紧紧捂着鼻子。

——金斯莱:《水孩子》①

龙虾、螃蟹和珊瑚等

但最让汤姆惊奇的是,龙虾能把自己发射出去。啪的一下,就蹦出去老远,而且动作十分潇洒。如果他要把自己射进 10 英尺以外的一条小石缝里,你猜他会怎办?如果头先进去,他肯定转不过身来,所以他把尾巴对准石缝,把两根长须放平,两只眼睛扭过去看看后面,扭得几乎从眼窝里掉出来,然后预备,开炮,啪!身体准确地射入石缝,两只眼睛从石缝里往外看看,一边捻着胡须,好像在说:"你行吗?"

① [英]查尔斯·金斯利:《水孩子》,肖遥译,北京:中国妇女出版社,2009 年,第 73 页。

汤姆向他打听水孩子。他说见是见过,但对他们没什么好印象,他们都是些爱管闲事的家伙,小鱼小贝壳之类的东西有难处了,他们常常去帮忙。他说要这些身上连个壳都没有的小软体动物帮忙,羞也羞死了。他也算是一大把年纪了,总是自己照顾自己的。

自以为是的老龙虾对汤姆不大客气,不久你就会听说,他即将被扔到锅里煮的时候,是怎么改变自己的看法的,所以自以为是的人最后的结局都差不多。

——金斯莱:《水孩子》①

汤姆跟着那些水孩子到达布伦登岛后,发现这座岛原来是建在许多圆柱上的。那些石柱有黑色的、红绿相间的、白色的和黄色的。岛下的水里到处是洞穴,洞壁上挂着红的、绿的、紫的、褐的……各种颜色的海藻。地上铺的是洁白的细沙,那些水孩子晚上就在这里睡觉。

螃蟹们负责打扫这些洞穴,他们把地上零星的东西一股脑儿吃掉。石头上还爬满了数不清的海葵、珊瑚和珊瑚虫,他们整天都在清洁海水,使海水保持新鲜。他们虽然是清洁工,但并不像那些扫烟囱的人那样又脏又黑,因为仙女们补偿了他们,给他们穿上了最美丽的衣裳,他们看上去就像一大片美丽的花园。

——金斯莱:《水孩子》②

我们把这个海湾命名为"水中花园",和其他水域相比,这里的珊瑚长得更美,水草类植物比环礁湖里的更可爱,颜色也更亮丽。那里

① ［英］查尔斯·金斯利:《水孩子》,肖遥译,北京:中国妇女出版社,2009 年,第 75 页。
② ［英］查尔斯·金斯利:《水孩子》,肖遥译,北京:中国妇女出版社,2009 年,第 88 页。

的水清澈见底,尽管很深,你也能看见海床上一个很小的东西。除此之外,还有一块巨石在海湾的最深处悬空而出,从那里我们可以轻松地跳进水里潜下去,而且彼得金也可以坐在那儿,他不但能看到我向他描述的全部美景,还能看见我和杰克在长满水草的水底爬行,正如彼得金所描述的那样,我俩"像两只又白又大的海洋动物"。

在海底潜水的时候,我们开始发现了一些海底动物的行为方式和生活习性,还发现了许多我们从前想都没想想到过的美妙东西。在这些东西里,小小的珊瑚虫勤奋的工作引起了我们极大的兴趣。杰克告诉我,太平洋上的许多岛屿可能完全是由珊瑚构成的。的确,我们落脚的小岛就被由珊瑚虫构成的巨大岩礁环绕着,当我们凝视珊瑚礁,看到珊瑚虫以永不停息的方式构筑着它们的家园时,这种说法也就显得更令人信服了。

——巴兰坦:《珊瑚岛》①

这以后的许多天,杰克和彼得金都在忙着用坚果树的天然木板造小船,而我则把大部分时间都花在了岩石的小洞上,我用望远镜的镜片观察那里面不断发生着的奇特的事情。我看到那些粘在岩石上的一堆堆浅红、黄色和绿色的奇怪动物,伸展着许许多多的触手,等待着小鱼或其他小动物,一旦它们碰到它,就立刻被抓住,触手一只只地收回来,小动物就被吃掉了。

这里我也看到那些小小的珊瑚虫,它们不停地工作着,凭着自己的努力,在太平洋群岛周围建起了巨大的岩石和珊瑚礁群。我发现这些动物虽然体积极小,但美丽无比,它们像一圈细丝一样,从洞里

---

① [英]R. M. 巴兰坦:《珊瑚岛》(英汉对照),沈忆文、沈忆辉译,北京:中国对外翻译出版公司,2009 年,第 77 页。

出来。我还见到一种奇怪的小海贝,它们在背部开了一个小口,伸出一只细长的、像羽毛似的触须。我敢肯定,它们一定是用触须抓住食物送入口中。我在这里还见过那种只有一半硬壳的螃蟹,它的硬壳只长在身体的前半部,软软的尾部却没有壳。因此,为了保护自己,它们必须钻进其他贝类的空壳里。当它们长大时,空壳容不下了,就另换一个。但最令人不可思议的是我见过的一种动物,他有一种神奇的力量,它生病的时候,竟然能把整个内脏和牙齿一同排出来抛掉,而在几个月的时间里又长出一套全新的来!上述这一切,都是我用望眼镜,在岩石上的小洞里看见的,我还看到了更多的东西,但不能在这里一一述说了,我们滞留海岛期间发生了许多事,要讲的还多着呢。

——巴兰坦:《珊瑚岛》[①]

鲸鱼、北极熊

海面像油一样亮汪汪的。那些好鲸鱼就安静地躺在海面上。这些巨兽看上去很幸福,像在打瞌睡似的。鲸鱼的种类很多,有脊鳍鲸、剃刀鲸、纺锤鲸,他们都是些脾气温和的老好人。这里还有长着斑点和乳白的长角的独角兽。

但是抹香鲸的脾气很暴躁,喜欢大声吼叫,到处乱撞。如果嘉莉妈妈把他们放进来,和平的鲸鱼湖就再也没有和平了。所以,她把他们单独关在南极的一个巨大湖里。在那里,抹香鲸成天用他们难看的鼻子互相撞来撞去。

① [英]R. M. 巴兰坦:《珊瑚岛》(英汉对照),沈忆文、沈忆辉译,北京:中国对外翻译出版公司,2009年,第127、129页。

鲸鱼湖只有性格温和的动物。那些鲸鱼像黑色的船一样停在那儿,不时喷出白色的水柱,或者张开巨大的嘴巴,像船一样来回巡航,等着海蛾游到他们的嘴里去。他们在这里很安全,很满足,他们唯一要做的事情就是静静地等待着,等嘉莉妈妈把他们变成新动物。

——金斯莱:《水孩子》①

前几周发生的最大事件是经过了一座冰山。太阳照在上面时,它发出上百种光彩,璀璨得就像童话中的宝石宫殿。从望眼镜里我看见有只北极熊妈妈带着小熊坐在上面,正看着我们。医生认出她就是他发现北极时前来交谈的其中一只,便把船开过去,请她和小熊到"麻鹬号"上来玩。可她摇摇头,谢绝了,她说甲板上太热,没有冰在脚底下凉着,小熊会受不了的。那天确实很热,但在冰山附近我们都竖起了领子,冻得直哆嗦。

——洛夫汀:《奇怪的赖医生》②

海龟、海螺和枪乌贼等

我一走到那里的海边,不觉大为惊奇,发现我当初把家安在了岛上最不该安家的地方;因为在这里的海岸上,满眼是数不清的海龟,而在岛的另一边,我一年半的时间里只见到了三只。这里还有无数的飞禽,而且种类繁多,其中有些我已见过,有些还不曾见过,有好些鸟的肉很好吃;但是所有这些鸟中,我只认得企鹅,其它的我都不知

---

① [英]查尔斯·金斯利:《水孩子》,肖遥译,北京:中国妇女出版社,2009年,第130—132页。
② [英]休·洛夫汀:《奇怪的赖医生》,高红梅译,北京:人民文学出版社,2010年,第233页。

道名称。

在这里,我想打多少鸟就可以打多少鸟,但我非常节省弹药,倒是更想打一头母山羊,因为这够我吃上好一阵子的;可尽管这儿的羊比我住的那边多,要是走近它们却也困难的多,因为这一带地势平坦,它们很容易发现我,同我在山上时的情况不一样。

——笛福:《鲁滨逊漂流记》①

白身黑头的燕鸥在汤姆的头上盘旋,看上去就像许多大蜻蜓。海鸥的叫声就像女孩子的嬉笑。红嘴红腿的海鹊,沿海岸来回飞翔,叫声充满活力,十分悦耳。

汤姆听着,听着。如果这时他能看见水孩子,他就不知道会有多快活了。潮水退去的时候,他跳下浮标,在周围游来游去,寻找水孩子,可是一个也没找到。

有时候他以为听到了他们的笑声,可是那只是波浪在笑。有时候他以为看见他们在水底下,原来却是些白色和淡红色的贝壳。有一次,他断定自己找到一个水孩子,因为他看见沙里有两只眼睛向外张望。他立刻钻进水里把沙扒开,喊道:"别再躲了,我很想找一个人一起玩儿!"一条大比目鱼跳了出来,瞪着难看的眼睛,歪着嘴,沿着水底扑通扑通地跑了,还把汤姆绊了一跟头。汤姆坐在海底,失望地留下了眼泪。

汤姆在浮标上坐了许多天,许多星期。他望着海,想着那些水孩子到底什么时候回来。

海里有各种奇怪的东西,汤姆就向他们打听,问他们有没有见过水孩子。有的说见过,有的说从来没见过。他也问过鲈鱼和鳕鱼,但

---

① ［英］笛福:《鲁滨逊漂流记》,黄杲炘译,上海:上海译文出版社,2011年,第111页。

他们忙着追小虾，没工夫理他。

一大群紫色的海螺漂了过来，每一只海螺都骑着一块儿满是泡沫的海绵。

——金斯莱：《水孩子》①

就在这一带哈维遇到了枪乌贼，那是一种捕鳕鱼很好的饵料，只是很难摸到它们的脾气。一个漆黑的夜晚，他们都在铺位上睡觉，被萨尔脱斯"枪乌贼来了！"的叫喊声惊醒。有一个半小时船上人人都拿着专门钓枪乌贼的钓鱼钩钓鱼，那种钓鱼钩是一个红漆的铅块，底部装着一圈向后弯的针，模样像半开半张的伞骨。枪乌贼不知为什么喜欢缠在那东西周围，来不及避开那些针便给钓了起来。但枪乌贼离水以后先喷白水后喷黑水，捕鱼的人往往给它喷得一脸都是。看着那些人的头东躲西闪不让黑水喷着是怪有趣的。一阵忙乱过后，他们都一个个黑得像扫烟囱的人，不过有一大堆枪乌贼堆在甲板上。装蛤肉的钓钩上装上一小块枪乌贼闪闪发光的触手，那些大鳕鱼很容易上钩。第二天，他们捕到许多鱼，碰到了"卡里·匹脱曼号"，大声告诉他们自己的好运气，他们想做个交易，用七条鳕鱼换一条比较大的枪乌贼，屈劳帕不同意，"卡里号"只得闷闷不乐落在后面下风处，并在半英里以外抛了锚，盼望他们自己能碰上好运气。

——吉卜林：《勇敢的船长》②

---

① ［英］查尔斯·金斯利：《水孩子》，肖遥译，北京：中国妇女出版社，2009 年，第 71—72 页。
② ［英］吉卜林：《勇敢的船长》，徐朴、汪成章译，武汉：湖北教育出版社，2009 年，第 103 页。

椰子树、海藻等

我们见到过许多高大的果树只长在山谷里,其中一些甚至只长在靠近河岸的地方,因为那里的土壤最肥沃。但是椰子树无处不在,它不仅长在山崖边,也长在海滩上,甚至向我前面说的,它们还长在珊瑚礁上,那里的土壤,如果也可以这么叫的话,不过是一些散沙混上些破碎的贝壳和珊瑚石。这种有价值的树在仅靠大海的地方也照样生长,在很多地方树根被海水冲刷着。但我们发现沙地上的椰子树与山谷里面的长得一样好,果实也一样甜美。

——巴兰坦:《珊瑚岛》①

有天下午,我们看见船周围漂浮着大量死草样的东西。医生告诉我,那是马尾藻,大海的浮草区。再向前一点海草变得非常厚,把整个水面都盖住看不见了,这使"麻鹬号"看起来不像是航行在大西洋里,而像是行驶在大草甸里。

在这些海藻上面,你能看见许多螃蟹爬来爬去。看见它们,医生学甲壳语的梦想又复活了。他用网捞上来几只这种螃蟹,然后把它们放进他的"听缸"里,看能不能听懂它们。在这些螃蟹中间,他还捞上来一条样子怪怪的小胖鱼,他告诉我这是一条银菲吉鱼。

——洛夫汀:《奇怪的赖医生》②

浩瀚的太平洋正在涨潮,每隔几秒钟,比较平静的环礁湖水就上

---

① [英]R. M. 巴兰坦:《珊瑚岛》(英汉对照),沈忆文、沈忆辉译,北京:中国对外翻译出版公司,2009 年,第 125 页。
② [英]休·洛夫汀:《奇怪的赖医生》,高红梅译。北京:人民文学出版社,2010 年,第 234页。

涨一英寸。在这最近一次上涨的海水中有一些小生物，随着海潮满上烫人而干燥的沙滩，这些小小的透明生物前来探索。它们用人们难以识别的感官考察着这片新的地域。在上一次海潮侵袭把食料一卷而光的地方，现在又出现了种种食料：也许是鸟粪，也许是小虫，总之是散在四处的，陆生生物的碎屑。这些小小的透明的生物，像无数会动的小锯齿，前来清扫海滩。

——戈尔丁：《蝇王》

图书在版编目（CIP）数据

英国海洋小说与国家认同和文化自信研究/郭海霞著. —上海：上海三联书店，2022.1
ISBN 978 - 7 - 5426 - 7591 - 0

Ⅰ.① 英 …　Ⅱ.① 郭 …　Ⅲ.① 小 说 研 究－英 国
Ⅳ.①I561.074

中国版本图书馆 CIP 数据核字(2021)第 226067 号

英国海洋小说与国家认同和文化自信研究

著　　者 / 郭海霞

责任编辑 / 姚望星
装帧设计 / 徐　徐
监　　制 / 姚　军
责任校对 / 张大伟

出版发行 / 上海三联书店
　　　　　(200030)中国上海市漕溪北路 331 号 A 座 6 楼
邮购电话 / 021 - 22895540
印　　刷 / 上海普顺印刷包装有限公司

版　　次 / 2022 年 1 月第 1 版
印　　次 / 2022 年 1 月第 1 次印刷
开　　本 / 710mm × 1000mm　1/16
字　　数 / 382 千字
印　　张 / 24.5
书　　号 / ISBN 978 - 7 - 5426 - 7591 - 0/I · 1739
定　　价 / 108.00 元

敬启读者，如发现本书有印装质量问题，请与印刷厂联系 021 - 36522998